光文社文庫

文庫書下ろし

屍者の凱旋

異形コレクションLⅦ

井上雅彦 監修

光 文 社

この作品は光文社文庫のために書下ろされました。

CONTENTS

屍者の凱旋

CONTENTS

LVII FREAK OUT COLLECTION

編集序文

井上雅彦

闇を愛する皆様。

怪奇と幻想と人外の美を求めてやまぬ読者の皆様。

そして……なによりも異形の短篇小説を、こよなく愛してくださる皆様……。

五十七冊目の《異形コレクション》は、これまでにもまして、闇の色濃い本になりました。


令和の時代に甦《よみがえ》ってから、早くも九冊目を数えようという本叢書。

今回の一冊は、題して『屍者の凱旋』。

闇色の祝祭にも相応《ふさわ》しいこのタイトルから、お気づきの方もいらっしゃるでしょう。

〈死者〉ならぬ〈屍者〉の凱旋。

墓地から這い上がるもの、闇を彷徨《さまよ》い、群れ集《つど》うものたち……。

ホラー映画のお好きな方なら、「ゾンビ」あるいは「リヴィング・デッド」（生きている屍体）テーマのアンソロジーだと、ピンとこられた方も少なくない、と思います。

いや、それ以上に……。

この序文の文章を読みながら、あることにお気づきになったという方も、読者のなかにはおいでになるやも知れません。

そうなのです。実は、ここまでの文章は、二十六年前に刊行された《異形コレクション》第6巻『屍者の行進』の編集序文に準《なぞら》えて、いわばセルフ・パスティーシュのように書いてみたものなのでした。

『屍者の行進』——それは、1998年（平成十年）に廣済堂文庫から刊行された創刊六冊目の《異形コレクション》。すなわち、《異形》最初期——いや、《異形》創生期ともいうべき時代の一冊です。

そして、この一冊は、「ゾンビ」（もしくは「生ける屍者《リヴィング・デッド》」）をテーマにしたオリジナル・アンソロジーとして〈本邦初〉といえるものだったのでした。

この題材は、当時から、自分にとっては、かなりフェイバリットなものでした。《異形コレクション》としても、本格的に妖怪をテーマにした第5巻『水妖』に続いて、ホラー界を代表するものとして選んだのがこのモチーフでした。

映画世界の怪物たち《フェイマスモンスター・オブ・ムービー・ランド》のなかでも、リヴィング・デッドは、自分にとってかなり好みの「怪物」だったようです。クラシックな怪奇映画の三大モンスターとして知られる人狼（第

25巻『獣人』）、吸血鬼《ヴァンパイア》（第37巻『伯爵の血族　紅ノ章』）、フランケンシュタインの怪物（第46巻『Fの肖像』）などに先駆けて、このモンスターを《異形コレクション》のテーマに選んだことからも、監修者の偏愛ぶりが窺《うかが》えるかもしれません（といっても、自分ではほとんど自覚していなかったことなのですが……）。

三大モンスターといえば、〈怪奇映画〉が〈ホラー映画〉と呼ばれだした八〇年代には「新時代の三大モンスター」が提唱されました。すなわち、「仮面の殺人鬼（ジェイソンやブギーマンなど）」「不定形の異生物（物体Xやブロブなど）」そして「ゾンビ（リヴィング・デッド）」です。それぞれ〈仮面〉〈不定形〉〈群集〉という《匿名性》の恐怖を象徴するような存在ですが、生ける屍者たちは〈群集〉であると同時に強烈な〈個〉としての《両義性》を有しています。また、古き佳《よ》きアンデッドの系譜でもあり、吸血鬼の原初的な姿をも彷彿させるのです。

その意味で、〈生ける屍者〉は実に魅力的なテーマでした。何度でもオリジナル・アンソロジーを創ってみたいと思わせるほどに。

そして。ついに、この機会がやってきました。

令和の《異形コレクション》、その九冊目として、このテーマを甦らせました。

叢書を創りはじめた時代《ころ》のテーマに、新しい時代の作家たちが挑戦するという試みは、《異形コレクション》としても初めてといえるでしょう。

いわば、四半世紀後の凱旋興行。

個人的にも胸が躍るのです。令和の時代、第一線で活躍する現代の《異形》の作家たちが、いかなる、屍者の凱旋パレードを描くのか。いかにして、〈屍者〉に挑むのか。

ここで、パレード鑑賞の前に、もうひとつ。

あらためて、〈屍者〉というテーマについて、申し上げておかねばなりません。《異形コレクション》がテーマとする〈屍者〉とは、ゾンビ映画に登場するような存在ばかりとはかぎらない――ということを。

これも昔語りで説明しましょう。

奇しくも『屍者の行進』が出た1998年の同月、上下二巻からなる米国のゾンビ・アンソロジー『死霊たちの宴』(J・スキップ&C・スペクター編、夏来健次訳。創元推理文庫)が書店に並びました。日米ゾンビ対決の様相を呈したのは、実にうれしい偶然でした。『死霊たちの宴』は、スティーヴン・キング、ラムジー・キャンベル、ロバート・R・マキャモン、ジョー・R・ランズデールなどホラーの名手を集めており、一方の『屍者の行進』は菊地秀行《きくちひでゆき》、朝松健《あさまつけん》、友成純一《ともなりじゆんいち》など日本のホラー者の饗宴であったところも双璧《そうへき》といえるのですが――実はこの二つのオリジナル・アンソロジーには際だった違いもありました。『死霊たちの宴』が、ジョージ・A・ロメロ監督のゾンビ映画三部作(『ナイト・オブ・

ザ・リビングデッド』『ゾンビ』『死霊のえじき』）と同じ世界観の作品集——すなわち、ロメロ版ゾンビのシェアード・ワールド・アンソロジーだったことに対して、《異形コレクション》の『屍者の行進』は、作家の思うままに、完全にオリジナルに創られた〈屍者〉の物語だったのです。

《異形コレクション》の独創的な〈屍者〉たち——ロメロ版ゾンビのルールから解放された、国産作家のオリジナリティあふれる〈屍者〉たちの行進には目を瞠《みは》るものがありました。

たとえば、小林泰三《こばやしやすみ》のネクロな屍体SFウェスタン「ジャンク」、リンドクヴィストの『モールス』（映画『ぼくのエリ　200歳の少女』の原作）よりも早く不死者との同居を描いた小中千昭《こなかちあき》の「部屋で飼っている女」など、それぞれが独自の世界観を志向しました。

さらに言うならば——そもそも、私がこのアンソロジーで目指した〈屍体〉の物語は、「歩く屍体」が登場するものに限定すらしておりませんでした。

たとえば、江戸川乱歩《えどがわらんぽ》の怪奇小説論『怪談入門』のなかで〈疾病《しっぺい》、死、死体の怪談（医学怪談を含む）〉と分類したなかの〈死体の怪談〉も念頭にありました。乱歩の綴《つづ》った「古来死そのものの怪談よりも死体に関する怪談のほうが遥かに多いのである」という言葉を励みに、霊より屍骸を、たとえ幽霊の物語であってもより屍肉の体重を感じさせるものを、と呼びかけておりました。その結果——多様な作品が集まったのです。拾った身体の一部への詩情を描く津原泰水《つはらやすみ》の「臑骨」や、ネクロフィリアの相愛を語った村田基《むらたはじめ》の問題作「黄沙子」

など、極めて特異な屍体幻想も加わっての屍者の行進が繰り広げられたのでした。

この多様性は、本書でも実現しているのです。めくるめくような異彩を放ちながら。


今世紀に入って、かつてのゾンビ映画も驚くべき変遷を見せています。ジョージ・A・ロメロ監督の古典『ゾンビ』（1978年）のリメイク映画『ドーン・オブ・ザ・デッド』（2004年）では、なんと屍者が走る。さらに、原典では不明とされていたゾンビ化の原因がウイルスということにされています。この改変は、その二年前の英国映画『28日後…』（2002年）、ゾンビ映画ではないのにゾンビ映画的な凶暴化ウイルスの恐怖を描いたバイオ・パニック映画の、逆輸入的な影響なのかも知れません。

一方で、『ゾンビランド』（2009年）のような集大成的コメディや『高慢と偏見とゾンビ』（2016年。原作小説は2009年）のような文藝改変《マッシュアップ》への深化も遂げています。

そして、我が国でも——国産ゾンビ映画やアニメの蔓延が目覚ましいばかり。この波は、小説にまで押し寄せています。

まるで……「屍者の行進」ならぬ「屍者の更新」。これも、新しい時代が「生きる恐怖」に満ちているからなのかもしれません。なればこそ……。

変化の著しい今日《こんにち》を、生きる恐怖にあがきながらも創作意欲に飢えたものたちとともに、異形の凱旋を愉《たの》しむことにいたしましょう。さあ……パレードのはじまりです。

背筋

ふっかつのじゅもん

●『ふっかつのじゅもん』背筋《せすじ》

2023年のホラー・シーンを語る時、欠かすことのできない「事件」ともいえるのが、「近畿地方のある場所について」のカクヨム発表と書籍化だろう。不思議な筆名の投稿者によって「情報をお持ちの方はご連絡ください」との触れ込みで一話ずつ発表されていった奇妙なカキコミと怪談。そして、浮かびあがってくる恐怖の真相と結末。この「事件」をリアルタイムで体験できたことは闇を愛する者の悦《よろこ》びでもあったし、書籍化された『近畿地方のある場所について』（KADOKAWA）が年末の「#ベストホラー2023」（Xで開催される投票。運営者は朝宮運河《あさみやうんが》）で国内部門の一位に輝いたことも大いに頷ける。この著者にして、不思議な筆名の投稿者・背筋を《異形コレクション》執筆陣に迎えたことは、2024年の「事件」として語られるかもしれない。

それも、甦る屍者の物語である。

このモチーフに関しても、背筋の筆力の美点が活かされている。恐怖の種を効果的に配置していく手順。怪異を語る巧妙さ。のみならず読者に馴染みの無い業界や専門的な情報でさえ、興味深く、わかりやすく読ませてしまう筆力の高さ。ホラーではない部分ですら、背筋の文章はおもしろい。だから、背筋は怖いのだ。新しい時代の「怪談」表現者・背筋の綴《つづ》る〈屍者〉の物語。短いが、心にしっかりと残る。この読後感を、ぜひ堪能してほしい。

私は、人を生き返らせました。

今、これを書いている私のそばには、妻がいます。

半年前に死んだ妻が、微笑《ほほえ》んでいます。


これを読まれた方はさぞかし驚かれることでしょう。もっとも、ネットの片隅に書かれたこんな妄言《もうげん》とも取られかねない文章を、読んでいる方がいればの話ですが。

ただ、これは私にとってまぎれもない事実です。


人を生き返らせるなどと書くと、ゾンビのようなものを思い出す方も多くいらっしゃるのではないでしょうか。狂気の研究の末に生みだされたつぎはぎの大男、未知のウイルスによって自我を失ってしまった歩く死体の群れ、死者がよみがえる物語は、古くから多くの人によって作られてきました。

それは、恐怖の対象であると同時に、一種の願望の表れなのかもしれません。このブログを書くにあたって色々調べてみたところ、現実でもそういった事件はいくつか起こっているようです。

四十年代には、アメリカのアラバマ州で、死んだ妻の死体と十年近く生活していた男が逮捕される事件が起きています。男は、自宅で病死した妻を埋葬することなく、死体にエンバーミングを施《ほどこ》し、洋服を着せて、生前と変わらずに生活を共にしていました。男の証言によると、そうすることでいつか妻がよみがえるのではないか、そんな希望を持っていたそうです。死体を寝かせたベッドの横に座り、語りかけ続けました。ですが、妻が生き返ることはありませんでした。悲しいことです。

日本でも似たような事件が起こっています。二十年ほど前のことです。ある新興宗教の信者の女性が、母親の死後、正式な手続きを取らずに自宅で死体に儀式を行っていたというものです。白装束を身にまとい、手製の祭壇に寝かせた死体に昼夜問わず祈り続けたそうです。そうすることで、母親が生き返ると信じていたのでしょう。残念なことに、その願いは叶いませんでした。騒音を訴える近隣住民の通報を受けた警察が駆けつけたときには、部屋中に耐えがたいほどの腐敗臭が漂っていたといいます。

愛する人にもう一度会いたいと思う彼らの気持ちは痛いほどわかります。ただ、悲しいことに、死体が動き出すことなど、ありはしないのです。

心臓が止まった身体には、血液が循環しません。滞《とどこお》った血液は死斑《しはん》となります。やがて、死後硬直が起こり、腐敗がはじまります。その過程で身体の色は、白から青、そして褐色に変化していくことでしょう。腐敗が進むと、体液が身体の外に漏れだします。溶けた皮膚で外形が崩れはじめ、体内に溜まっていたガスは水泡となって破れていきます。においにつられてハエが卵を産みつけ、蛆《うじ》が大量に湧くことでしょう。これは、抗《あらが》えない自然の摂理です。

私の妻が生き返ったのは単なる偶然です。それまで、人を生き返らせることができるなんて、想像もしていませんでした。私がオカルティズムに傾倒していたら、例に挙げた彼らのような方法をとっていたのかもしれません。ただし、それを思いついたとしても、私の妻の身体はバラバラになってしまっていたので、あきらめていたでしょうが。

少し長くなってしまいますが、経緯も含めて、私の体験を詳細にお伝えしたいと思いますのでお付き合いいただければ幸いです。

妻の死後、私は生きているか死んでいるかわからないような生活をぼんやりと続けていたものです。親切な職場の同僚に勧められて、はじめて行った精神科で正式な病名をもらった私は、会社を休職することにしました。

「なにか趣味はありますか」

何度目かのカウンセリングで医師にそう問われたとき、私はなにも思いつきませんでした。平日は生活のために働き、休みの日には妻と買い物や小旅行に行く。それが結婚してからの私の暮らしの全てでしたから。

「なんでもいいんです。読書でも、散歩でも。少しずつ、はじめてみましょう」

なんとか絞り出したのは、ゲームでした。もっともそれは独身時代の話で、結婚してから十年以上、触ってもいませんでしたが。

家に帰った私は、押し入れから三つほどの段ボール箱を引っ張り出しました。そこには、私が実家から持ってきたゲーム機が入っています。最新のゲームを購入するのは、今の私には荷が重く感じたからです。

動きさえすれば、どれでもいい。そんな半ば投げやりな気持ちで段ボール箱を漁《あさ》り、手に取ったのは、九十年代後半に発売された、あるゲーム機のディスクでした。3Dゲーム黎明《れいめい》期《き》に発売されたそのゲーム機は、ややマイナー、でも、聞く人が聞けば、「ああ、あれね」と思うぐらいには有名なものです。残念ながら、当時人気を誇っていたPlayStationやNINTENDO64といったハードと比較すると知名度は劣っていますが、ゲーム好きの、いわゆる玄人《くろうと》向けゲーム機として、そこそこ売れていたと聞きます。

そんな事情もあって、そのゲーム機独占で発売された、今からご紹介するゲームのタイトルをここに書いても、ご存知の方はほとんどおられないでしょう。プレイされたことがある方は相当なゲーム好きかと思います。

そのゲームは、いわゆるRPG（ロールプレイングゲーム）ジャンルに属するものです。

ゲームに詳しくない方は、ドラゴンクエストなどを思い浮かべていただけるとわかりやすいかと思います。主人公が仲間と一緒に旅をし、レベルを上げて、敵を倒していくというシステムのゲームです。ＲＰＧとはいえ、当時は各社がこぞって3D技術を駆使したゲームを開発していましたから、そのゲームも多分に漏れず、スーパーファミコンのような見おろし型の2Dではなく、３Ｄで奥行きのあるフィールドやキャラクターのグラフィックを描いていました。

粗《あら》いポリゴンで描かれた角ばったようなキャラクター造形は、付属の取り扱い説明書に描かれたキャラクターイラストとは似ても似つかず、現代の実写と見まがうような最新ゲームと比較すると失笑ものな出来です。ただ、当時のプレイヤーの目には、３Ｄ技術によって作られた、最新のＲＰＧゲームに映ったことでしょう。もっとも、３Ｄゲームブームだった当時においては、それ自体が特徴になり得ることはなく、展開される平凡なストーリーも相まって、「最近よくあるＲＰＧ」程度の認識だったと記憶しています。その証拠に、そのゲーム機で発売されたタイトルのなかでも、特段人気なものではありませんでしたから。

今でこそめっきり遠のいていましたが、当時の私はいわゆるゲームオタクといっていい人種でした。ゲームを買い込んでは、友人とも会わず、日がな一日プレイする。そうやって、貴重な大学生活を無駄にしていました。プレイするのはもっぱらＲＰＧ。きっと、凝《こ》り性《しょう》な私の性分と合っていたのでしょう。私は、そのゲームをプレイしていた、物好きな人間でした。なにに引きつけられたのかは憶えていません。RPGだったから、それ以上の理由はなかったのかもしれません。

そんなゲームを、私は数十年ぶりにプレイすることにしたのです。

埃《ほこり》っぽいゲーム機をガランとしたリビングに運び、端子《たんし》をテレビにつなぎます。ディスクを挿入すると、懐かしいオープニングが流れました。現代のファミリーサイズのテレビには画面の比率が合っておらず、両脇に黒い帯が表示されていましたが。

コントローラーを手にした私は、意外なほどそのゲームに熱中しました。特段、楽しかったわけではありません。昔を懐かしんでいたわけでもありません。与えられた目標に向かって、ただ敵を倒して、レベルを上げていく。そんな機械的な作業が、忘れさせてくれたからなのかもしれません。妻の死を、これからの人生を。

はじめたときは昼でしたが、気がついたときにはもう外はすっかり暗くなっていました。それでも、私はゲームをプレイし続けました。食事は摂《と》っていませんでしたが、食欲はありませんでした。結局、一晩寝ずに、次の日の昼過ぎに、私はそのゲームをクリアしました。

エンドロールを眺めながら、疲労感に浸っていると、罪悪感が襲ってきました。ゲームに没頭することで、妻のことを忘れてしまっていた。私は、妻の死から逃げようとしていると。

医師は、正しく忘れることも大切だと話していました。無理に忘れようとしなくていいし、無理に憶えておこうとしなくてもいいと。そうは言っても、今自分がしているそれは、妻から逃げているように感じたのです。

一度考えはじめると止まらず、気がついたときにはエンドロールはすでに終わり、ゲームはタイトル画面に戻っていました。私は、手にしたままのコントローラーを握り直し、画面に表示された「はじめから」を選んでいました。考えることを止めるには、もうそれしかなかったのです。たとえ、それが終わったときに再び罪悪感に苛《さいな》まれようとも。

私はゲームをプレイし続けました。今度は、徹底的に攻略しました。クリアしたくなかったからです。執拗《しつよう》にアイテムを集め、限界までレベルを上げました。睡魔に耐えられなくなると、ソファに倒れこみ、目が覚めると、すぐにコントローラーを握りました。食事はカップ麺で済まし、風呂も入らずに画面の前に座り続けました。まともな状態ではありませんでしたが、その時間が終わってしまうことがなによりも怖かったのです。

どれだけじっくり攻略しても、いずれ終わってしまいます。最初にプレイしたときの二倍ほどの時間をかけて、再びクリアを迎えてしまいました。エンドロールがはじまると、私は段ボール箱のある部屋に走り、必死に中身を漁りました。他のゲームを探すためです。罪悪感が襲ってくる前に。

段ボール箱のなかには、ゲームと一緒に、攻略本も入っていました。当時の私は、ゲームを買うと必ず本屋へ行き、攻略本を購入していました。ネットで攻略情報を収集できる昨今、攻略本は書店から姿を消してしまいましたが、当時は、それなりの書店には攻略本コーナーが必ずあったものです。

段ボール箱をかき分けていたとき、私はつい今しがたプレイしていたゲームの攻略本を見つけました。思わずパラパラとめくってみると、攻略情報とともに当時自分が書き込んだメモが欄外に記されており、そのなかには取り逃したアイテムについての情報もありました。

リビングに戻った私は、今度はその攻略本を片手に、ゲームをプレイしはじめました。ストーリーの進行に合わせて一ページずつめくり、全てのアイテムを集めました。

三度目のクリアを迎えたとき、すでに五日ほどが経過していました。もう見慣れてしまったエンドロールを横目に、攻略本の最後のページをめくった私は、書き込みを見つけたのです。

『ゲーム裏技大全　P237』

奥付のページ、自分の筆跡で書き込まれたそのメモの内容に心当たりがありました。私は、別の段ボール箱の底にそれを見つけました。『ゲーム裏技大全 ～1999年最新版～』、表紙に赤のゴシック体で大きく印字されたその本を。

マイナーな版元から出版されているそれは、様々なジャンルのゲームの裏技を紹介する内容です。ゲーム内でセレクトボタンとスタートボタンを同時に十秒間押し続けると、残機が百の状態で復活できるとか、最終ボスを倒さずにエンディングを迎えることができるといったものがいくつも紹介されていました。恐らく、ゲームの発売元に許可は取っていないのでしょう。紹介されているなかには開発側が想定していない挙動を利用した、いわゆるバグ技を用いたものも多くありましたから。

ゲームタイトルをアイウエオ順に紹介するその本は、いくつかのページの隅《すみ》が折り曲げられていました。当時の私が、自分が購入したゲームが紹介されているページに目印をつけていたのでしょう。二百三十七ページ目も、折り曲げられていました。今まで私がプレイしていたゲームです。

内容は、よくあるものでした。タイトル画面で特定のコマンドを入力すると、秘密の部屋に入れるというもの。いわゆるデバッグルームと呼ばれる部屋です。説明しておくと、デバッグルームというのは、開発元がゲームの開発段階でテストプレイをするためのゲーム本編とは切り離された空間です。ゲームによって様々ですが、そこでは、キャラクターのステータスを自由に操作したり、任意の敵と戦ったりすることができます。開発者がテストプレイをすることで、実際のプレイでエラーやバグが起こらないかチェックするための空間です。

当然、一般のプレイヤーには隠された存在であり、その空間に入るためには特殊な操作が要求されます。それが、その本には掲載されていました。

私はそれを試してみることにしました。ゲームをプレイし続けることができれば、もはやなんでもよかったのです。

タイトル画面で本に書いてあった通りにコマンドを入力すると、デバッグルームに入ることができました。白一色の殺風景な空間に、本編では村人だったキャラクターがぽつんと立っています。

主人公を操作し、村人に話しかけると、選択肢が表示されました。

『あげる』『たたかう』『なかま』『おぼえる』『もちもの』

試しに『あげる』を選択します。すると、レベルアップ画面に移行し、自由にレベルを操作できました。『たたかう』を選択すると、ゲーム内のボスを含む敵の名前がずらりと表示され、選択した敵と戦うことができます。『なかま』では、ストーリーのなかでパーティに加わるキャラクターを追加でき、『おぼえる』は特技や呪文を、『もちもの』では任意のアイテムを加えられました。

私はデバッグルームで、適当にキャラクターのレベルをカスタマイズし、リストに並んだ敵を上から順に倒しました。その作業になんの意味もありませんでしたが、ただただ機械的に続けました。全ての敵を倒し終わると、私はキャラクターに全ての呪文を覚えさせることにしました。今度は敵を呪文で倒すためです。目の奥に鈍い痛みを感じながら、リストに表示されたカタカナの呪文たち、それを上から順に選択していきます。すると、見慣れない呪文が目につきました。

『ススキタティオ』

そんな呪文でした。続けて三度もプレイしていましたから、リストにある呪文は全て、その名前を見れば、効果を思い出すことができました。にもかかわらず、私はその呪文の名称に見覚えもなければ、効果も思い出せませんでした。

私は試しに、それを主人公に覚えさせて、適当な敵に唱えてみました。特になにも起こりません。本来であれば、『こうかがないようだ』と表示されるであろうテキストボックスも空白のままです。開発段階で没になった呪文なのだろうか。そう思いました。

ひとしきりデバッグルームで意味のないプレイを続けた私は、いつの間にか睡魔《すいま》に負けていたようです。コントローラーが手から落ちた音で我に返ったときには、外が薄明るくなっていました。夕方なのか、明け方なのかわかりませんでしたが、特に気にはなりませんでした。どうせ私には、予定や約束はありませんでしたから。

画面には本編のオープニングが流れていました。もう、全てと言っていいほど攻略し尽してしまっていましたが、思考を追い出し、惰性《だせい》でプレイをはじめます。

無心で追う四度目の物語は、気づけば中盤に差しかかっていました。

世界を滅ぼそうとしている「竜帝」を倒すため、選ばれし勇者の血を引く主人公は旅をします。仲間は、旅の途中で出会った王子や、魔法使い見習い。ですが、旅の半ばで竜帝の手先によって、王子は殺されてしまいます。その後は、王子の妹が兄の遺志を継いでパーティに加わり、困難を乗り越えて、竜帝を討伐します。

そのとき流れていたのは、王子が殺される重要なムービーシーンでした。竜帝の手先の攻撃を受け、倒れこむ王子。『ふはははは。くちほどにもないわ』、そんな台詞《せりふ》がテキストボックスに表示されます。残ったメンバーで戦闘がはじまり、辛《から》くも敵を撃退しますが、主人公たちは打ちひしがれます。

その後、王子の訃報《ふほう》を伝えに、彼の妹が待つ王国に帰るため、私は主人公を操作しはじめました。ですが、画面を見た私は違和感を覚えました。王子が生きているのです。本来であれば、移動する主人公のあとをついて歩くのは、魔法使い見習いのキャラクターだけのはずです。実際、私がプレイした三回は全てそうでした。王子は死んでいるのですから。にもかかわらず、王子はムービーシーンの前と変わらない様子で、主人公のあとをついてきていました。

バグったな。そう思いました。真っ先に思い浮かんだのは、デバッグルームです。ですが、テストプレイをするための空間に入って、それが原因でバグが起こるのもおかしな話です。ただ、私はそこで呪文を覚えました。ゲームには実装されなかった呪文を。当然、最初から本編をはじめたときにはレベルや呪文は全てリセットされてはいました。かといって、未実装の呪文を唱えたことで、なにかしらのエラーが起こらないとも限りません。再起動をせずに、そのまま本編をはじめてしまった迂闊《うかつ》さを悔やみました。

セーブをしてから再起動しても、バグは直りませんでした。王子は、主人公のあとを生前と変わらない姿でついてきました。驚いたことに、戦闘にも参加しました。ただ、選択肢には『こうげき』しか表示されず、呪文も、特技も、持ち物すら使うことができませんでした。歩く死体を連れた主人公一行が王国にたどりつきます。

『おにいさまがしんでしまったなんて……』

悲しむ妹の目の前には、兄が立っています。角ばった顔に、のっぺりとした笑みを貼りつけたまま。

妹がパーティに加わったあとも、王子はついてきました。本来であれば三人で旅をするはずが、四人になったのです。王子は、戦闘で傷ついて、体力を表すHP（ヒットポイント）のゲージが減っても、回復することができません。HPがゼロになっても、『たたかう』コマンドを選択すれば、戦います。セーブするために、町の宿屋に立ち寄っても、王子は寝ることはありませんでした。主人公を含めた三人がベッドで寝ているムービーが流れている間、王子は部屋の隅で壁のほうを向いたままただただ立っています。

いつしか、私はこの状態を楽しんでいました。バグとは言え、四度目の物語に変化があったわけですから。

四人での旅がはじまって、どれくらい経った頃でしょうか。王子の相貌《そうぼう》が崩れはじめました。目や、口の位置が下手な福笑いのようにバラバラになりはじめました。頬の位置にずれてしまった口の形だけは、変わらず口角《こうかく》が上がっていましたが。続いて、身体の色が変わりはじめました。真っ青になりました。想定していない存在が、ゲーム内のシステムに影響を及ぼしていたのでしょう。フィールドを移動する際の王子の挙動も変化していきました。主人公たちが手を振って移動するのに対して、王子は直立の体勢で、歩きます。

これから王子は、どうなってしまうのだろう。そんな怖いものみたさから、私はゲームをプレイし続けました。

終盤になった頃には、王子は原形をとどめていませんでした。首はおかしな方向に曲がり、片腕と両脚のグラフィックは消失し、胴体だけで滑るように移動します。全身が緑色になり、顔には目がありません。ただ、口角が上がった口だけが縦に貼りついています。

『おにいさまのかたきがこのとびらのむこうに！』

そう話す妹の後ろには、かつて王子だったポリゴンの塊《かたまり》がいます。

『かくごしろ！　りゅうてい！』

ラストバトルがはじまりました。本来であれば、三人で戦うところを四人で挑めるわけですから、苦もなく倒せます。竜帝のＨＰがゼロになったときでした。突然、主人公を含む三人のＨＰがゼロになりました。

『ちからつきてしまった！』

そう表示され、ゲームはタイトル画面に戻りました。想定していない形でハッピーエンドを迎えることを、システムが拒否したのかもしれません。

「ススキタティオ」

画面を見つめながらつぶやいて、自嘲《じちょう》しました。ゲームにでてくるよくわからない呪文に頼るようではいよいよだなと。別のゲームを探そうか。でも、もうそれも面倒だ。それなら、もう一度はじめからやり直そうか。細切れな思考を巡らせていると、タイトルロゴが映る画面の左右の黒い帯、その右側に人影が見えました。反射した部屋のなか、ソファの横に誰かが立っていました。

私の妻でした。思わず振り返ると、あの日、出かける前の服を着た姿の妻が、微笑んでいました。

「おはよう」

あの日と変わらない声で、言ってくれました。

ゲームのなかの王子はゾンビになってしまったのでしょうか。私は、そうは思いません。これは、システムが想定しない状況で起こった単なるバグです。

私たちが生きる現実世界も多くのシステムによって運用されています。光合成によって、植物が二酸化炭素を吸収し、酸素を生成する。海から発生した蒸気が雲になり、雨を降らせる。生物が死に、新しい生命が生まれる。それらは、理とも言い換えられます。

ただし、どんなシステムにもバグは存在します。

偶発的に起こったバグは、怪現象と捉えられることもあります。幽霊の目撃談などは、この世に生じたある種のバグを偶然目にしてしまったことによるものでしょう。ですが、『ゲーム裏技大全』なるものがあるように、意図的にバグを発生させることもまた、可能だと私は考えています。

ネットでは「異界に行く方法」という都市伝説めいた噂もあるようです。特定の時刻にある方面へ行く電車に乗ると、存在しない駅に行けるというものや、商業ビルのエレベーターで、特定階のボタンを正しい順番に押すと、存在しない地下の階に行けるというものなどです。

これは、コマンドを入力することによく似ています。意図せず、コマンドを入力してしまった人が、この世界のデバッグルームを目撃してしまった結果、都市伝説が生まれたのかもしれません。

望まずにそれを入力してしまった人にとって、それは恐怖体験になり得ますが、そのバグを望んでいる人もいます。意図的にバグを利用する方法はおまじないや呪いと呼ばれることもあるでしょう。そう考えると、私が唱えたのは、幸運のおまじないだったのかもしれません。

以前、ある有名人の奇行がメディアで騒がれたことがありました。

八十年代に一世を風靡《ふうび》した元アイドルの女性です。アイドル引退後も、最近までタレントとしてバラエティ番組にもよく出演していましたから、ご存知の方も多いでしょう。彼女の息子、彼も二世俳優として数多くのドラマに出演していました。彼が、薬物使用による自死でこの世を去った際は、ワイドショーが連日その内容を報じていました。彼女が目を赤くしながら、息子の死についてインタビューに答えていたのが印象に残っています。

彼女は男女問わず、同世代の人から一定の人気があったようです。インスタグラムのフォロワーも五万人ほどいて、番組共演者とのオフショットや、その世代におすすめの美容グッズなどを配信していました。彼女の奇行が注目されたのも、インスタグラムが発端です。

息子の死後、メディア出演や、インスタグラムなどのSNSへの投稿頻度も減った彼女ですが、あるときから次々に不可解な投稿をはじめたのです。彼女の投稿は現在もまだ削除されていませんので、投稿文を引用させていただきます。

「今日は◯◯（女性の息子の名前）が実家に帰ってきたので、久しぶりに手料理を振る舞いました♪」

「テレビを見ながらソファで寝っ転がってるのを見ると、小学生からなにも変わらないなって思う今日この頃……」

文面だけ見ると、芸能人親子の微笑ましいプライベートを投稿しただけのものに思えるでしょう。ですが、この投稿は実に様々な憶測を呼びました。文章と一緒に投稿された写真のどこにも、息子の姿がなかったのです。芸能人らしいオシャレな食卓に並んだ手料理、揃えられた箸と取り皿の向こう側に、空《から》の椅子だけが映った写真。大きなソファの端にクッションがひとつだけ置かれた写真。その構図はまるで、クッションを枕にして、誰かが寝ころんでいる姿を撮影したかのようでした。

アイドル引退後、すぐに結婚、子どもを授かった直後に泥沼離婚。お騒がせタレントなどと世間から揶揄《やゆ》されながらも、必死に芸能界で生き抜いた彼女にとって、息子の存在は心の支えだったのかもしれません。コメントには多くの心配の声が寄せられました。私も、当時ワイドショーでこの件が取り上げられていたことを憶えています。コメンテーターは、なんらかの薬物の副作用が、彼女の精神状態を不安定にしているのではないかと話していましたが。彼女はその後、今に至るまで表舞台から姿を消してしまいましたので、消息はわかりません。

今になって、私は思います。彼女も、私と同種のなんらかのバグを目《ま》の当たりにしたのではないかと。意図的か、そうでないかはわかりません。ただ、彼女も私と同様に自身の息子を生き返らせることに成功したのではないでしょうか。異界への行き方がひとつではないように、人を生き返らせる方法もひとつではないのでしょうから。

妻を目にしたとき、私はそれが幽霊なのではないかと思いました。

しかし、彼女に近づいて、手に触れたとき、実体としての妻の存在を確信しました。

驚きで声が出ませんでした。納骨はすでに済ませており、妻が生きている可能性など、万にひとつもないわけですから。ですが、現に妻は私の前に立っていました。いつものように私に向かって、微笑んでいました。

「ごめん」

口を衝《つ》いて出たのはその一言でした。その言葉をきっかけに、涙があふれだしました。

あの日は、土曜日でした。私は妻と出かける約束をしていました。ペットショップに犬を見に行くためです。それなのに、私は前日遅くまで残業をしていたからと、それを渋ったのです。そんな私を妻は責めることもなく、言いました。

「かわいい子がいたら、写真を送るね」

それが、彼女の最後の言葉になりました。アクセルとブレーキを踏み間違えた、老人の車に撥《は》ねられた妻の身体は、対向車線まで転がり、さらに大型トラックに押しつぶされました。

あのとき、自分も一緒に行っていれば。そんな私の嗚咽《おえつ》混じりの言葉を妻は黙って聞いていました。私が話し終わるのを待って、彼女は一言、言いました。

「逃げないで」

そう言った妻の顔は、怒りに満ちていました。先ほどまでの微笑みをまるで忘れてしまったかのように、私を鋭い眼差しで見据えていました。

　やはり、妻は私を許してはいなかったのか。絶望で頭を抱えました。そんな私を置いて、妻はゆっくりとダイニングテーブルの席に着き、言いました。

「コーヒー、淹《い》れて欲しいな」

　その台詞は、生前の妻が私に、よく言っていたものです。妻の声は優しく、その顔には、微笑みが戻っていました。

「憶えてる？　伊豆に行ったときのこと。あなた、高速の出口間違えて。喧嘩《けんか》になっちゃったよね」

　湯気を立てるコーヒーのマグカップ、それに口をつけることもなく、遠い目をしてポツリと妻は言いました。

「うん。でも、そのおかげで、いい感じのカフェ見つけられたよな」

「そうそう。結果オーライだったよね」

　私たちは、出会ってからの思い出を語り合いました。まるで、生きていた頃交わしていた、何気ない会話でもするように。時折、こらえきれずに私が泣き出しても、妻はなにも気にせず、ただただ微笑みながら、会話を続けました。結婚式で私の上司の挨拶がとても長かったこと。いつもトイレットペーパーのストックの量を忘れて買い過ぎてしまったこと。妻の生前、同じように何度も交わした思い出話を何時間も、話し続けました。

「きみがいなくなってから、とても辛かった」

そう言って、彼女の死後、私がどのように暮らしていたのかを話しはじめたとき、不意に彼女の顔から微笑みが消えました。

「そうなの」

無表情での、そっけない返事。私が話を続けても、「うん」「そっか」など、先ほどとは打って変わって口数が減ります。

「ねえねえ、あの映画、なんだっけ。ほら、十年ぐらい前に一緒に観にいったホラー映画」

彼女が私の話を遮《さえぎ》って話しはじめます。優しく微笑みながら。

「ああ、憶えてるよ」

私も、楽しかった思い出話を続けることにしました。

「お腹が空いたな。なにか食べないか？」

「私はいいの。あなたと話すだけで」

レトルトのカレーを食べる私を、ただただ優しい眼差しで見つめる彼女。彼女の存在をそばに感じるだけで、私は、久しぶりに生きているような気がしました。

「許してくれないかもしれないけど、本当に後悔してる。あの日、俺も一緒に行けばよかった」

カレーを掬《すく》う手を止め、もう一度言ったときも、彼女の反応は変わりませんでした。

「逃げないで」

やはり、怒りに満ちた顔でそう言いました。私は、妻が生きているときにも一度だけ、その顔を見たことがありました。普段は温厚な彼女が、私にとても怒ったときです。

「逃げないで。私は、あなたの気持ちを聞いてるの」

あのときも、静かに、しかし、とても強い口調で妻は私に言いました。

私たち夫婦には子どもがいませんでした。結婚するときには、子どもと一緒に暮らす生活を夢見ていました。ですが、いつまでたっても授かることはありませんでした。

妻から不妊治療の提案を受けたとき、私はあくまで彼女の意思を尊重したいと思いました。

「きみがそうしたいなら、やってみよう」

私の言葉を聞いて、妻はひどく悲しそうな顔をしたあと、言ったのです。逃げないで、と。

「きちんと寝てないでしょ？　クマ、すごいよ」

残業続きの私に、かけてくれていたのと、同じ調子の言葉に我に返ったとき、妻の顔には微笑みが戻っていました。

久しく入っていなかった寝室のダブルベッドに横になったとき、妻は、隣に来ませんでした。

「私はいいの」

微笑みながら、ベッドサイドに立っていました。

「明日になったら、いなくなってたりしないよな？」

私の心配をよそに、彼女は笑います。

「なに馬鹿なこと言ってんのよ」

その言葉通り、目が覚めたときも、彼女は微笑みながら、私の顔を見おろしていました。

青紫色の斑点に覆《おお》われた顔で。


「コーヒー、淹れて欲しいな」

彼女の言葉に従い、私はコーヒーを淹れます。

そして、また、語り合いました。過去の記憶をなぞるように。話し疲れると、寝室に移動しました。そして、彼女に見つめられながら、眠りにつきました。こんな時間が永遠に続けばいいのに。そう思いました。そのときには、時間の感覚はありませんでしたが。

「コーヒー、淹れて欲しいな」

右腕がどこかにいってしまった彼女は、そう言いました。淹れても、飲めないのに。それでも、私はコーヒーを淹れました。そして、また、語り合いました。

私は、彼女を外に連れ出すことはしませんでした。そうすることが、その時点での私には怖かったからです。

私は、壊れていく彼女と何日も語り合いました。腕がなくなり、脚がなくなっても、彼女は優しく微笑んでいました。私が眠るときは、胴体だけで滑るように這いずりながら、寝室までついてきてくれました。

「ごめん」

何日目かにそう言ったとき、彼女は言いました。

「逃げないで」

私は続けました。

「その気持ちは多分ずっと消えない。でも、それよりも、幸せだった。今までありがとう」

やっとの思いでそう言えたとき、妻の顔からは体液が染み出し、眼球はすでにありませんでした。

「いいのよ」

まるで私が、買い物リストにある洗剤を買い忘れてしまったときに言うような、何気ない口調でした。

「ペットショップ、行かないの？」

あの日と同じ、変わらない口調で、彼女は言いました。その言葉は、死んでいた私の心を生き返らせました。

今なら外に出られる気がする。そう思いました。

これは、些細《ささい》なバグです。死者をゾンビにするようなものでもなければ、異界にアクセスするようなものでもありません。私のなかに起こった、些細な、そして幸せなバグでした。

ただし、修正は必要です。妻が死んだときから、私にとってのハッピーエンドの未来は潰《つい》えてしまいました。もうその先になにもなかったとしても、人生は続きます。これは、ゲームではないのですから。

この文章は、私自身に向けて書きました。バグを修正して、正しく人生をやり直すために。その決意が揺るがぬように。

妻は、私がそうすることで、きっと消えてしまうのでしょう。でも、私の思い出のなかの妻は、壊れることなく、微笑んでいます。それが正しいのです。死者は、きっと、死者であるままのほうがよいのですから。

織守きょうや

ハネムーン

●『ハネムーン』織守《おりがみ》きょうや

序文でも触れたが、いわゆるゾンビ映画の〈生ける屍者〉の原因をウイルス感染とする設定が生まれたのは今世紀になってからのこと。それ以前ではカプコンのゲーム『バイオハザード』があった程度だが、それまでのゾンビ映画に影響を受けたと思われる英国映画『28日後…』で暴力ウイルスによる感染者パニックが描かれたのち、今度はそれに影響されたかのように本家ゾンビ映画のジョージ・A・ロメロ監督の『ゾンビ』のリメイク『ドーン・オブ・ザ・デッド』（２００４）がウイルスを元凶として以来、一気に以降の映画に〈感染〉してしまったと思われる。

おりしも、その後の現実の新型コロナウイルスによる「パンデミック」が〈ゾンビ感染〉のリアルさを増強させたが、そのコロナが沈静化し、厚生労働省が五類相当とした現在の〈ゾンビ〉はどう描かれるのだろうか。織守きょうやが本作で描き出したのは、まさにアフターコロナならぬアフターゾンビの世界。これこそ、現在までのコロナ体験が如実に反映された最も新しいゾンビ小説の好例。まさに〈屍者の更新〉だろう。

織守きょうやは第51巻『秘密』収録の「壁の中」に続いて《異形コレクション》二度目の登場。家ホラーとミステリが融合した『彼女はそこにいる』（ＫＡＤＯＫＡＷＡ）以降は、最新作『キスに煙』（文藝春秋）までミステリ著作の多かった織守きょうやが挑戦した渾身のゾンビ――生ける屍者の物語である。

ゾンビパニックが収束し、ゴーストタウンと化した町で、僕は生まれて初めて、女性に告白をされた。

もちろん、特殊な状況下での、一時的な感情に過ぎない。わかっていても、嬉しくないと言えば嘘になる。しかし、彼女の気持ちを受け容れることはできなかった。

一緒に暮らしている女の子がいるんです、とは言えない事情があって、僕はできる限り誠実に言葉を選ぶ。

「すみません。僕、体温がある相手には勃《た》たないんです」

勃ったところで、相手には下半身がないんですけど。

＊＊＊

町にゾンビが溢《あふ》れていたのは、十日間ほどのことだった。未曾有《みぞう》のゾンビパニック――にしては、収束は早かったと言っていい。

科学研究所での事故、と最初は発表されて、後にテロだとわかったウイルスの流出によって、この町だけでも百数十人が汚染されたものの、ウイルスの感染力は強くなかった。数日のうちに、空気感染や飛沫《ひまつ》感染の心配はないことが確認された。

ウイルスによりゾンビ化した感染者の体液が血中に入れば二次感染の危険はあるものの、接触を避けさえすれば、ほぼ感染を防げる。当初皆が恐れたように、感染が日本全国に広がるということはなく、汚染は僕の住む町を中心とした、ごく限られたエリアにとどまった。

幸い、ホラー映画のゾンビとは違って、ワクチンの開発・接種もすみやかに進んだので、もはやゾンビは脅威とも言えない。対策に当たっていた政府の姿勢が緩《ゆる》んだのは、当然と言えば当然だった。

徹底的な浄化作戦が行われるというようなことはなく、汚染された町は半ば放置される形になっている。

ゾンビ発生から約二か月、周辺住民に対するワクチン接種が済んでからは、二週間が経った。人口の5パーセントほどが感染し、無事だった住人たちもほとんどが町外に避難して、まだ三分の一ほどしか戻っていない町は、ゴーストタウンのような様相を呈しているが、じきに元通りになるだろう。

ゾンビ化してしまった感染者たちは、少なくない人数が最初期のパニックで殺されたか、不慮の事故死を遂げてしまった——逃げようとする人の車に撥《は》ねられたりして——が、無事だった個体は多くがその家族によって保護された。しかし、保護したところで、何ができるというわけでもない。感染予防のワクチンはできたが、すでに感染し、変異してしまった者を元に戻す治療薬は開発されていなかった。

治療薬ができるまで、ゾンビ化した人たちを冷凍保存してはどうかという声もあるらしいが、冷凍しない状態でどれくらい生きるのか――そもそも生きているのかについては意見が分かれるところだが――についても未《いま》だ不明なので、具体的には進んでいないようだ。

今いるゾンビたちが活動停止すれば、もう治療薬は必要がなくなる。今後また同じようなことが起きたときのために、開発自体は続けられるだろうが、優先順位は間違いなく下がる。つまり、ゾンビの存在する世界は、ごく短期間のものと、人々は考えている。

僕は子どものころからホラー映画が好きで、中でもゾンビ映画は大好物だったから、ワクチン接種を済ませてからは、できるだけ町へ出て、ゾンビの写真や動画を撮りまくった。僕はもともと祖母の持ち物だった一軒家に一人暮らしで、オタク特有の行動を嘆くような家族もいないし、住人が四分の一以下になったこの町では、人の目を気にすることもない。

あんなに町中をうろついていたゾンビは今や激減した。まだたまに野良ゾンビを見かけるが、いずれ政府の車が回収しにくるだろう。

その前に少しでも実物を見ておこうと、カメラを持って町の中をうろついていたら、どこかで何かがごそごそと動くような物音がした。

人の減った町では、少しの音でもよく聞こえる。音のするほうへ近寄っていくと、よその家の庭の木柵《もくさく》の向こうで、何かが動いている気配がした。

猫でもいるのかと思って覗《のぞ》き込む。

そこにいたのは、ぬらぬらと血に濡れた芝生の上で蠢《うごめ》く、汚れたピンク色の塊《かたまり》だった。

正確には、ピンク色の服を着た女の子――が、半分だけ。

彼女には、腰から下がなかった。

断面がつぶれているから、おそらく車に轢《ひ》かれたのだろう。破れた服の裾《すそ》から、背骨と、内臓らしきものがはみ出して、地面にひきずられている。桃色の腸のちぎれた先が、砂で汚れていた。

「……ミユ？」

呼びかけが疑問形になったが、間違いなかった。

浜中美憂《はまなかみゆ》――だったものが、段差に引っかかって進めなくなっている掃除用ロボットのように、緩慢《かんまん》な動きでじたばたしている。

見れば、擦《す》り切れてぼろきれのようになった服の裾が、木柵の釘に引っかかっていた。そのせいで動けないでいるらしい。

「ミユ」

もう一度呼んでみたが、反応はない。

前へ回り、屈《かが》みこんで顔を覗き込んだ。その顔は灰色がかった土気色《つちけいろ》で、目は白っぽく濁って、焦点が合っていない。濡れた泥のようなにおいもした。

　ミユの家はこの近くだが、一家はとっくに引っ越して、空き家になっているはずだ。外出していた彼女がウイルスに一次感染してゾンビ化し、行方不明になった後、娘を探しに出た母親が事故に巻き込まれて亡くなり、残った家族は町を出ていった。きっと、もう戻ってはこないだろう。

　ミユが――半分だけ――見つかったと連絡しても、彼らが喜ぶとは思えない。はなから、そうするつもりもなかった。

　僕はミユを自宅へ連れ帰ることにした。半分になったミユは軽くて、簡単に持ち上げることができたが、手も服もどろどろになった。背骨と内臓が垂れ下がった上半身を抱えて歩いたのだから当然だ。

　僕のことを潔癖だと言って笑ったいつかのミユに見せてやりたい。今、僕、おまえの血と脂でどろどろになってんだけど。

　内臓のはみ出ている状態のミユにシャワーを浴びさせるわけにもいかないので、汚れた服を脱がせて、蒸しタオルとウェットティッシュを駆使して身体を拭いた後、食品用ラップとビニールで断面を覆い、上から包帯を巻いた。

　露出していた骨や内臓は無理やり上半身に押し込んだ。おそらく正しい位置にはおさまっていないが、そのままにしておくよりはましだ。腸や脊椎《せきつい》を引きずったまま動きまわられると、部屋中にカタツムリが這った跡のように血と脂の道ができて、掃除が大変だった。

ミユと部屋をきれいにしてからシャワーを浴びたが、こびりついた血と脂を落とすのにボディソープとシャンプーを大量に使わなければならなかった。

髪を乾かしながら、ネット通販で女の子の服を買った。郵便や公共交通機関は本数を減らしつつも一部復活していて、この町でも利用できる。自宅までの配達はまだ再開していないから、中央郵便局まで取りにいく必要があるが、それでもありがたい。

最初は一応、ミユを膝《ひざ》の上にあげてパソコンの画面を見せたり、「どれがいい？」と訊いてみたりもしたのだが、何せ相手はゾンビだ。気に入ったものを指さす、などという芸当ができるはずもない。そもそも画面がきちんと見えているのかも怪しい。

本人に選ばせるのは早々にあきらめ、ミユの着ていたぼろぼろの服のタグを見てブランド名を確認し、同じ店の似たような服を買った。フリルの襟《えり》とえんじ色のリボンのついたブラウスに、ピンク色のニットカーディガンだ。カーディガンはアメリカのドーナツチェーンとのコラボアイテムらしく、裾にカラフルなチョコスプレーをふりかけたドーナツのワンポイント刺しゅうがされ、胸には「トルネード」と英語のロゴが入っている。僕からすると子どもっぽく思えるデザインだが、ちゃんと大人用だった。こういうファッションらしい。

ずいぶん前、ゾンビになる前のミユが、「私がもうちょっと小柄だったらこの丈のスカートがもっと似合うのに」と悔しそうにカタログを眺めていたのを思い出した。今のミユにはスカートは不要だ。

買った服は数日で届いたので、僕のTシャツから着換えさせ、余った裾を結んで調節する。ついでに髪もとかして、生前（？）よくしていたツインテールに結ってやった。あまりうまくはできなかったが、鏡を見せてやると、ミユは「アー」と声をあげた。声帯も変化したのか、濁《にご》ったような声だ。

心なしか、嬉しそうにしている――ように見える。

もちろん、僕の思い込み、というか願望だ。ミユに意識だか自我だかが残っていたら、僕に着替えをさせたり身体を拭かせたりするわけがない。抱きあげたときも、もっと暴れるだろう。

ミユのようになった人たちを、僕も他の皆も、単にゾンビと呼び、原因になったウイルスのこともゾンビウイルスと呼んでいるが、本当は症状にもウイルスにも、どこぞの研究所がつけた長ったらしい名前がある。彼らは映画に出てくるゾンビのように腐敗しているわけではないから、ゾンビというのは実態を反映した呼び名ではないかもしれない。むしろ、英語圏で使われているリビングデッドという呼び名のほうがしっくりくる。生きている死体。生きているのに、死んでいる。

食事はいらない。排泄《はいせつ》もしない。傷は治らないが、悪化もしない。傷口から血が流れ続けていないのを見ると、血液はどうやら循環していないようなのに、何故か活動している。上半身だけになっても。ウイルスのせいで変異して、死ににくくなった人間なのか、それとも、生きているかのように動く死体なのか。

どちらでもいいけど、と呟くと、独り言に反応したように、ミユがこちらを見た。偶然かもしれない。

「僕のことわかる？」

期待せずに訊いてみた。ミユは、アー、と鳴いたが、たまたまタイミングが合っただけだろう。

別にかまわなかった。

彼女が僕に興味がないのは今に始まったことではない。

ミユと僕は小・中・高と学校が一緒だった、言ってみれば幼なじみだ。

僕の祖母とミユの母親——どちらも故人だ——が知り合いだったので、昔はよく一緒に遊んでいたが、高校に入ったころから、ミユはファッションの趣味の近い友達と過ごすことが多くなり、ダサい僕とはつるまなくなった。

それでも高校生のうちは、家族ぐるみのつきあいが微妙に続いていたせいで顔を合わせることもそれなりにあり、ミユの近況についての情報も入ってきていた。彼氏はバスケ部かサッカー部か軽音部の人がいいとか、身長差は最低十センチなくちゃ嫌だとか、自分をお姫様抱っこできない男は願い下げだとか、頼んでもいないのに、本人が色々と話すからだ。

「お姫様抱っこねえ……」

ミユに彼氏がいたかどうかは知らない。いたとして、その彼氏にお姫様抱っこしてもらえたのかも知らない。

ミユと僕とは十センチも身長差がなかったから、その時点で僕は彼女の恋愛対象外だった。身長だけクリアしていたところで、何も変わらなかっただろうが。

正直に言って、僕だって、お姫様抱っこくらいできたと思う。ゾンビになる前のミユでも。

しかし、「できる」と主張するのは、まるでしたいようだし、ひいては、彼女の恋人になりたがっているように聞こえると思ったから言わなかった。

今のミユは、片手でも運べるくらいの重さと大きさだ。

そこらじゅうを這い回って汚れた服を着替えさせるために抱き上げた。アーアー言いながら手をばたばたさせている様子は赤ん坊のようだ。振り回す手が顔にべちべちと当たるので、向きを変えて抱え直した。こうなってしまっては、もはや身長差も何もない。

ゾンビは吸血鬼のように日光で灰になるなんてことはないが、強い光はあまり好きではないらしい。ミユも、天気のいい日の日中は、暗い場所でうとうとしていることが多い。実際に眠っているのかどうかは定かではないが、目を閉じていることもあるので、まどろんでいるのだと僕は思っている。

ゴミ出しや買い物など外出が必要な用事は、ミユがそうやっておとなしくしている間に、部屋と家に鍵をかけて行くようにしている。睡眠もその間にとるので、このままだと昼夜が逆転しそうだ。

一週間分のゴミをまとめた袋を、他に一つもゴミの置かれていない収集場所に下ろす。

この町でもゴミの収集は行われているが、収集車が来る頻度は下がり、収集場所も減らされているため、僕は自宅から徒歩五分近くかかる距離を歩いてゴミを出しに行かなければならなかった。それでも、住人の大幅に減ったこの町まで収集車が来てくれるだけありがたいので、文句は言えない。

ゴミ出しを終え、帰ろうとしたところで、駆け寄ってくる足音に気づいた。

音のほうへ目をやると、僕よりもいくつか年上だろう女性が、両手にふくらんだゴミ袋を提《さ》げて小走りに近づいてくる。今や数少ないこの町の住民の一人、ウエノだ。

ゴミ捨て場で顔を合わせたのがきっかけで、話をするようになった。人の減ったこの町では、同じ町内の同じ地区に住んでいるというだけで、感覚的には隣人だ。

「セキヤさん。おはようございます、ウエノさん」

「おはようございます。おはようございますっ」

ウエノは、ゾンビパニック以前は母親と二人で暮らしていたが、母親は今町外の兄夫婦のもとに身を寄せているという。ゴミ出しのときに顔を合わせる程度の関係ではあるが、半ばゴーストタウンと化したこの町で一人暮らしをしている者同士、妙な親近感というか、仲間意識のようなものがあった。

僕が彼女を認識したのは、このゴミ捨て場を使うようになってからだが、彼女のほうは、ゾンビパニック以前から、僕を見かけたことがあったそうだ。

初めて話をしたとき、髪の長い、可愛い服を着た女の子と一緒にいるのを見ましたと言われ、ミユのことだとすぐにわかった。

「きっと大分前ですね、それ」

ミユとは大学に入る前から、一緒に出歩くことなんてなくなっていた。オタクと仲がいいと思われたくないから、人前で話しかけるなとも言われていた。

「妹さんですか？」

「幼なじみなんですけど、もう疎遠になってしまいました。彼女の一家も、町を出たみたいです」

身内に感染者が出たので、とは言わなかった。

しかし、何か察したのか、ウエノはそうですか、とだけ言ってそれ以上訊かなかった。

「随分人が減ってしまって、ちょっと不安ですよね。治安のこととか……。家族からは引っ越しを勧められているんですけど、費用のことなんかを考えると、迷ってしまって。もう何年も住んでいる町ですし」

「そうですよね、不便ですし……早く色々、復旧して、人も戻ってくるといいんですが。僕は物心ついたときからこの町に住んでいて、離れることは考えられないので」

確か、そんな話をしたのだった。

それから顔を合わせるたびに、こういうところが不便ですよねとか、まだ人が戻りませんねとか、代わり映えしない会話をしている。

僕は四歳のときに母親の実家に預けられて、母親が行方をくらましてからもずっと同じ町の同じ家で暮らしている。ここを離れるつもりがないのも不便だと思うのも本当だったが、人は別に戻らなくてもよかった。むしろ今の、誰の目も気にせずにいられる状態は心地いい。町に人が戻ってきたら、ミユをリュックに入れて散歩することもできなくなるだろう。


ゴミ出しと買い物を終えて帰宅したら、ミユがテーブルの足を噛んでいた。

噛む力が強くないので、テーブルの足には薄く歯形がついたくらいだが、ミユの歯がぐらぐらになるんじゃないかと、そちらのほうが心配だった。よだれまみれの顎《あご》をつかんで口を開かせ、確認したが、大丈夫そうだ。

ゾンビ化した人間が食事をするのかどうかはわからず、インターネットなどで調べても情報が出てこなかった。たぶん、食べてもそのまま出てくるだけだよなあと思いながら、最初の数日は食事をさせようと試みたのだが、そもそも飲み込むことができないようだった。咀《そ》嚼《しゃく》はできるが、ぼろぼろ口からこぼれるだけ、液体もだらだらと垂れ流すだけだ。

それで動き続けているのだから、どういう原理なのかわからない。

時間が過ぎれば、だんだん弱っていくのだろうか。それとも、やっぱり、もう死んでいるから、栄養は必要ないのか。

小さい子どもにするように、ミユに水で口をゆすがせて、タオルで口の周りを拭いた。

うとうとして、目が覚めた。ほんの午睡《ごすい》のつもりが、気づいたら、二時間近く経っている。

室内を見回して、はっとした。

タブレットで動画を観ていたはずのミユが、いなくなっている。

どこかの隙間にでも隠れているのかと、家中探し回ったが、見つからない。

庭に面した和室の窓が少し開いていた。窓から見える空はどんより曇っている。

外に出たのかもしれない。

スマホと空《から》のリュックだけ持って飛び出した。家の前の道路の左右を見た。動くものは見当たらない。

ミユは這ってしか移動できないから、それほど遠くへは行っていないはずだ。

ゾンビでなかったころの記憶が残っていて、お気に入りだった場所に向かっている可能性もゼロではない。だとしたら、僕にはどうしようもない。ミユの好きな場所なんて想像もつかない。

今のミユならどう行動するか、考えるしかない。

とりあえず家を出て左、東のほうから探し始める。人は無意識のとき、曲がり角で左へ行く傾向にあると聞いたことがあった。

車道は特に気をつけて見た。車の通りはほとんどないが、たまにゴミ回収や郵便配達の車が来ることもある。

ミユの身体はすでに半分しかないのだ。また車に轢かれでもして、これ以上ダメージを受けたら、今度こそ活動停止しかねない。

「ミユ。ミユ」

名前を呼ぶことに果たして意味があるだろうか。聞こえてはいるようだが、それを自分の名前と認識しているのか、認識しているとして、僕に呼ばれて出てきてくれるのかはわからない。

それでも、そうするほかないので、呼ぶ。探す。

バス停のベンチの下を覗き込み、ミユ、と呼んだとき、頭上から声が降ってきた。

「セキヤさん」

顔をあげると、ウエノが立っている。

「猫ちゃんですか？」

「あ、その……」

「いなくなっちゃったんですか？　私も探します」

僕はさっと立ち上がった。

善意で言ってくれているのはわかるが、探しているのは猫ではない。

「大丈夫です」

今ここで彼女にミユが見つかるほうがまずい。

「腹が減ったら戻ってくると思いますから」

できるだけ、大したことではないという風にふるまう。

早く話を終わらせたい、かかわらないでほしい、と思っているのが、もしかしたら滲み出ていたかもしれない。ウエノは少したじろいだ様子だった。僕は急いで笑顔を作る。彼女は善き隣人だ。怪しまれたくない。

「それより、どうしたんですか。ウエノさんとこのへんでお会いするの、珍しい気がしますけど」

「あ、いえ、ちょっと散歩していたら、セキヤさんが見えたので。……そうだ」

ウエノは、今後の情報交換のために、メッセージアプリで連絡先を交換しないかと言った。

僕は応じた。早くやりとりを終わらせたかった。

「猫ちゃん見かけたら、連絡しますね」

「ありがとうございます」

どんな猫かと訊かれても答えられないので、訊かれる前にと足早に立ち去る。

ピンクの服を着て髪をツインテールにしていると言うわけにもいかない。

空のリュックを背負って歩き回っている途中、シルバーグレーの乗用車を見かけた。数か月前なら珍しくもなかったものだが、今のこの町では、車が走っているというだけで目立つ。

遠目に見ただけだが、運転しているのは男のようだった。

車は、徐行一歩手前くらいののろのろとしたスピードで通りを進み、公園の周りをぐるりと迂回《うかい》して、別の道を通って来た方向へ戻っていく。

目的地に向かって走っているというよりは、町の見回りでもしているかのようだった。もしくは、何か、誰かを探してでもいるのか。

町に残っている住人は珍しいから、気づかれたら声をかけられるかもしれない。面倒に巻き込まれたくはなかったので、車が遠ざかるまで動かずにいた。それから、車が走っていったのと反対方向へ向かって歩いた。

ミユは結局、隣の家の庭で見つかった。

自宅玄関からの距離はわずか数メートルだが、自宅の敷地と隣家の庭とを隔《へだ》てる低い囲いの向こう側にいたので、見回しただけではわからなかったのだ。這いずる音に気づいて、囲いの上から覗き込んで発見した。

隣家の囲いに沿って、ぐるっと回り込み、玄関に面した囲いの切れ目から侵入したらしい。

「びっくりしただろ。勝手にいなくなるから」

両脇の間に手を入れて抱きあげる。充分動きまわって満足したからか、それとも疲れているのか、ミユは抵抗もせずおとなしくしていた。

自分の肩にもたれかけさせるように抱いて歩き出す。

物音が聞こえた気がして振り向いたら、歩道の向こう側に、離れていくウエノらしき後ろ姿が見えた。

しまった、と思う。

見られただろうか。

人の減った——ほとんど見かけない——町とはいえ、ミユと外へ出るときはいつも大きなリュックに入れ、明るいうちは蓋も閉めていた。けれどこのときは、すぐそこの距離だからと、油断した。

ミユを抱えて家の中に入り、ドアを閉める。

ゾンビを自宅に置いても罪になることはないはずだ。相手が人間だったら誘拐や監禁になるだろうが、ゾンビにどこまで人権が認められるかはまだ充分に議論されていない。少なくとも今のところは、明確に禁じられているわけではない。

しかし、できることなら、隠しておきたかった。たとえばミユの家族に知られて、娘を返せと言われたら、返さないわけにはいかなくなる。

ウエノは、黙っていてくれるだろうか。

僕は、腕の中のミユを見た。廊下に下ろすと、ゆっくりと腕を使って這い始める。

土気色の肌、濁った目、開きっぱなしの口。まさに、変わり果てた姿というやつだ。

ウエノはゾンビになる前のミユを見たことがあるようだが、これがミユだとは、気づかなかったのではないだろうか。遠目だったから、ゾンビかどうかもわからなかったかもしれない――というのは、期待しすぎだろうか。

何か言われたら、見間違いで押し通すしかない。

さすがに、猫を見間違えたというのは苦しいにしても、それっぽい人形でも用意して、指摘された時のために備えるか。少し距離があったし、ごまかせなくもないだろう。こちらから言い出すのも不自然だから、何か言われるまでは黙っていよう。

洗面所で自分とミユの手を洗い、汚れた服を着替えさせる。

シャワーを浴びて出てきたら、ウエノから、スマホのアプリにメッセージが届いていた。

『猫ちゃん、見つかりましたか』

ミユのことには触れていない。見られたと思ったのは勘違いかも、とここで安心できるほど楽観的ではないが、彼女も、自分が何を見たのか、確信できずにいるのかもしれない。

『はい。お騒がせしました』

短く返信する。すぐに、『よかった』という何かのキャラクターのスタンプが送られてきた。

そこでやりとりは終わるものと思っていたら、

『二丁目の角の家に住んでいたフルタさんという人を、今日見かけました』

『奥さんとお子さんを亡くされて、町を出ていかれた人です』

ぽんぽんと、二つに分けたメッセージが届く。

さっき見かけた、シルバーグレーの車の男だろうかと思い当たった。

『なんだか思いつめたような、ちょっと声をかけにくい雰囲気でした。目的があって戻ってこられたみたいです。念のためお伝えだけしておきます』

そのフルタという男に注意したほうがいい、と警告してくれているようだ。具体的に何がというわけではないから、はっきりとは言えないが、言語化しにくい何か、危険な気配を感じたということだろう。

ウエノは、さっき——僕がミユといるのを目撃してしまわなければ——直接この話をするつもりだったのかもしれない。

いい人だ。

わかりました、ありがとうございます、と簡潔に返事をして、スマホを置いた。

どうやら、あの車を避けて帰ってきたのは正解だったようだ。

人がいなくなった町は、犯罪の温床《おんしょう》になりがちだ。住人の避難中に家財道具を盗む、いわゆる火事場泥棒や、勝手に空き家に住みつくような輩《やから》が、いつ現れてもおかしくない。だから、見慣れない人間を見かけたら気をつけなければならないとは思っていた。

しかし、フルタは、もともとこの町に住んでいた男だという。家族を失ったこの町に、何のために戻ってきたのか。

ただ住み慣れた町を忘れられなかっただけで、他意はないのかもしれない。さっきも、しばらく離れていた町を懐かしく思って、ゆっくりドライブをして見て回っていただけかもしれない。

そうだといいと思いながら、そうではないのだろうとわかっていた。

今後、狭い町内で、彼と遭遇することがないよう祈りながら、パソコンを立ち上げて通販サイトを開く。ミユの着替えを買わなければならないし、ミユを車に乗せて移動しなければならなくなったときのために、座席に置いても安定する蓋つきの入れ物も欲しい。

古いホラー映画を思い出して「バスケット　ケース」と検索してみると、映画の中で見たものによく似た、四角いバスケットがずらりと画面に並んだ。

＊＊＊

買い出しの帰り、荷物とミユを積んだ車を走らせていると、少し先に人が倒れているのが見えた。

見通しがいいおかげで、轢いてしまう前に気づくことができた。体格から、成人男性のようだ。歩道から車道にはみ出す形でうつ伏せになっていて、立ち上がる気配はない。

もしや、ウエノの話していた、フルタだろうか。

急いで車を停め、降りて近づく。男はぴくりとも動かない。覗き込んでみると、顔が土気色で、どう見ても生きてはいなかった。白く濁った目、露出している部分の肌の色、汚れた衣服から、どうやらゾンビのようだ。ゾンビだった――というべきか。

ゾンビの死体だ。活動停止したゾンビ、というのがより正確かもしれない。

行きにも同じ道を通ったが、そのときは気づかなかったから、買い物に行って帰るまでの間に、このゾンビはここで死んだということになる。

よく見ると、頭が割れていた。

「大丈夫だ。もう動かないから」

声が聞こえて、飛び上がった。

男が一人、近づいてくるところだった。スポーツウェアを着て、手に何か、工具のようなものを持っている。あれだ。よくニュースなんかで聞く、バールのようなもの。というか、バールだ。

フルタだ、と直感した。

妻子を亡くしたと聞いて、なんとなく自分の父親くらいの年齢を想像していたが、思っていたより若い。三十手前に見える。一見して、仕事ができそう、という印象だった。

このゾンビを殺したのは、彼らしい。

「腕とか足がなくなったくらいじゃなんともないが、頭が潰れると動かなくなるようだ」

フルタはバールを軽く振って言った。

脳からの指示で身体が動いているから、ということだろう。

僕は頷き、そうなんですね、と感情を込めずに応じる。

「何かあったときのために、覚えておきます」

小さく会釈をして背を向けようとしたところで、

「君は、何故この町に残っているんだ」

呼びとめられ、仕方なく足を止めた。

人気のない場所で、バールを手にした男と二人きりではいたくないが、彼を怒らせることはもっと避けたい。

「僕ですか。金ないし、ほかに行くところもないんで……まあ不便ですけど、ゾンビも、特に危険はなさそうってわかったし」

「危険だよ」

フルタは、僕の語尾に被《かぶ》せるように鋭く言った。

「ゾンビは危険だ。私の息子はゾンビに殺されたんだから」

妻は？　とか、ゾンビは積極的に人を襲いはしないはずでは？　とか、頭に浮かんだ疑問はあったが、少しでも否定するようなことは言わないほうがいいだろうと判断する。

ただ、そうなんですか、と返した僕に、ああ、そうだ、とフルタが頷いた。

「一見無害に見えても、いつ襲ってくるかわからない。君も、武器を持ち歩いたほうがいい。見つけ次第、頭を殴って活動停止させるんだ。自分たちの身を守るためだけじゃなく、ゾンビのためでもある」

粘度の高い血がこびりついたバールを、目の高さまで掲げて見せる。

「感染した彼らだって、化け物になってまで動き続けたくないだろう。止めてやるのが情けだよ」

否定はしないように、しかし、肯定もしにくいので、そうかもしれませんね、と曖昧《あいまい》に答えた。脇に停めた車のほうを見ないように注意する。

ミユは、通販で買った蓋つきのバスケットの中にいる。

町を出て人目のある場所を走るときは、念のため、バスケットごと座席の下に隠していたが、今はシートの上だ。ほかにも買い込んだ品物を積んでいるから、その中に紛《まぎ》れていて、窓から覗き込んでも目立たないはずだし、後部座席の窓にはスモークフィルムも貼っている。気づかれる心配はない。わかっていても、緊張した。

車に乗り込み、エンジンをかける。

反対側の歩道にタイヤを乗り上げてしまったが、どうにか、ゾンビの死体を避けて進んだ。

フロントミラーに映るフルタが遠ざかっていくのを見て、ようやくほっとする。

早く安全なところへ行きたかったが、不自然だと思われないよう、スピードをあげずに運転した。

当分、ミユを散歩に連れ出すのはやめよう。

政府が彼の蛮行に気づき、野良ゾンビを回収？　保護？　するまで――あるいは、フルタが町中のゾンビを狩りつくして、町を出ていくまで、おとなしくしているのが賢明だ。

＊＊＊

買い物はできるだけ通販を利用して、ミユを家から出さないのはもちろん、自分も不必要に出歩かないようにする――そう決めた二日後の、夕方のことだ。

ちょっと目を離した隙に、ミユは姿を消していた。

ラーメンを作るために湯を沸かしていたコンロの火を止め、家中を探し回り、隙間という隙間を確認した後で、家を出る。リュックとスマホと、ペン型のハンディライトを持って家を出た。外はもうすでに薄暗い。探しているうちに日は落ちてしまうだろうから、必要になるはずだ。

目を離していたのは数分だけで、ミユの移動の速度は遅い。今度も、遠くへは行っていない。近くにいるはずだという予感はあった。

動く音が聞こえないかと耳を澄ませる。何か聞こえた気がしたが、気のせいかもしれない。

「ミユ」

呼んでみて、反応を待つ。

間の悪いことに風が吹いていた。ミユが少しくらい音をたてても、木の枝や草を揺らす音に紛れてしまいそうだ。

思いついて、ぐるりと囲いを回り込み、隣の家の庭へ入った。前回ミユがいたあたりを探したが、見当たらない。

「ミユ」

大きめの声で呼びかけたら、ごそごそ動く音がした。近い。ちょうど風が止んだときだったのが幸いした。

「ミユ？」

アー、とどこかで声が聞こえる。

返事（のつもりかどうかはわからないが）をしてくれたのはラッキーだった。声がしたのは、囲いの向こうだ。つまり、僕の家の敷地内だった。

またぐるりと回り込んで、声のしたあたりを見る。

そこには、祖母が庭仕事の道具などをしまっていた、一畳ぶんくらいの大きさの物置が置いてあった。

物置は隣家の囲いの前に設置されていて、囲いとの間には数十センチほどの隙間がある。

物置の裏を覗き込むと、案の定、ミユはそこにいた。

僕はほっと息を吐く。

囲いの内か外かという違いだけで、前回いなくなったときとほぼ同じ場所だ。猫やハムスターなんかの小動物も、狭いところに入り込む習性があるというが、元人間のミユも同じような行動をするというのが不思議だった。

「やっぱり、ここが落ち着く、とかあるのかな……」

独り言を言いながら、物置と隣の囲いの隙間からミユを引っ張り出す。ミユは少し腕を動かしたが、抵抗らしい抵抗はしなかった。

ほら、家に入ろう、と声をかけようとしたとき、背後に人の気配を感じた。

正確には、砂を踏む音で気づいたのだ。僕はミユを持ち上げようとした中腰の姿勢のまま凍りつく。

肩越しに振り返ると、フルタが立っていた。

「ここは、君の家か？」

フルタの目は、僕ではなく、ミユに向いている。

「野良かな。私が駆除しようか」

僕はフルタから目を離さずに、身体の位置をわずかにずらして、ミユを隠した。無意味なことだ。すでに見られてしまった。一番知られたくなかった相手に。

「……いえ、結構です。間に合ってるんで」

感情を込めずに言ったつもりだったが、声には緊張が滲んでいたかもしれない。

もちろんフルタは、ああ、そう、と言って立ち去ってはくれなかった。

ミユの断面に包帯が巻かれて、手当されていることに気がついただろう。引き取り手がなく放置されている野良ゾンビではなく、世話をされているゾンビだとわかったはずだった。

「ひょっとして、身内かな？　だったらやりにくいだろう。手を貸すよ」

フルタは今日も、右手にバールを持っている。それを、無造作に持ち上げて見せた。

「ヒトに害を与えないうちに殺してやったほうがいい。彼女のためにも」

余計なお世話だ。口には出さなかったが、表情に出ていただろう。しかし、フルタは落ち着いた態度を崩さなかった。

「私の妻は一次感染したんだ。ゾンビ化して、子どもを殺した。生まれて半年足らずの赤ん坊を」

聞き分けのない相手を、諭《さと》そうとするかのような口調で言う。

彼は妻子を亡くしたと、ウエノが言っていたのを思い出した。

「感染したときから、妻ではなくなっていた。あれはもう、動くだけの死体だ。人を襲う化け物だった」

そいつも同じだ、と僕の身体に隠れたミユのほうを顎で示す。ミユは状況を理解していない様子で、ゆっくり腕を上下させている。意味のある動きではないだろう。僕はその身体を抱え直した。

「ゾンビは、積極的に人を襲わないって聞いてますけど」

「皆知らないだけだ。わかっていないんだよ。私の子が死んだのが何よりの証拠だ」

「殺すところを見たんですか」

「死んでいた。死体を見た。ゾンビになった妻と二人きりの部屋で」

彼のゾンビ化した妻に、殺意があったとは思えない。しかし、ゾンビ化して、子どもの世話を正しくできなくなっただろうことは想像に難くなかった。物理的に、うまく抱けなくなっただろうし、それ以前に、赤ん坊がどういう存在かもわからなくなっていただろう。　結果として子どもが死んでも、その事実を認識することもなかったはずだ。

　それで、そのとき、あんたはどこにいたんだ？　生まれて半年の子どもと妻を二人きりにして、何をしてたんだ？　と、面と向かってフルタに言うほど、僕は無謀ではない。媚《こ》びへつらっても事態が好転するとは思えないが、せめて怒らせないようにしようと思うくらいの分別はあった。

　だから、

「それで、あんたは自分の妻を殺したんですか」

　口から出た言葉には、自分でも驚いた。まさに、口が滑ったというやつだ。挑発するつもりなんて、まるでなかったのに。

「何が悪い！」

　思った通り、フルタは激高《げっこう》した。

　怒鳴り声をまともに浴びて、僕は身体を縮こませる。耳がびりびりしたが、いきなり殴りかかられなかっただけでも幸運だ。

「妻じゃない。子どもを殺した化け物だ。私は子どもの仇《かたき》をとって、妻を解放したんだ」

「悪いなんて言ってないですよ」

　最初に一声怒鳴ったおかげで、少しはガスが抜けたのか、彼自身が意識した結果か、第二声は幾分か音量が下がっている。なんとか口を挟む余地があった。

「あのころは、皆混乱してた。殺さなきゃ殺されるかもしれないと思って、自分や家族の身を守るために、あんたと同じことをした人がたくさんいたと思います」

僕は、ゾンビが危険だとは思わないけど。と、本音を滑り込ませつつ、続ける。

「ゾンビになった人たちだって、あんたの言うとおり、解放してほしいと思ってるかもしれない。本当のところどう思ってるかなんてわからないけど、わからないから、僕がどうこう言えることじゃないです。ヒトのためにもゾンビのためにも、あんたがしたことは正しいのかも」

でも、と、ミユを抱くに力を込め、

「でもこいつは見てのとおり、ヒトを襲えるような身体じゃないし、うちの子なんで、殺さないでください」

フルタから目を逸《そ》らさずに言った。

あんたが信念を持ってゾンビと人類を救うのは邪魔しないから、ミユと僕だけ放っておいてくれ。

「その子の尊厳はどうなる」

「わかってないと思いますよ」

「ゾンビになる前のその子の尊厳だ。そんな姿になってまで動きまわっていたくないと思っているんじゃないか？」

「それは僕やあんたにはわからない」

「君だったらどうだ。自分が動く死体になったら？　誰かに終わらせてほしいと思わないか？」

　思う。ミユもそう思っただろう。今も、死にたいと思っているかもしれない。しかし確かめようがない。もっと言えば、知ったことではない。

「そうだとしても、いなくなると僕が困ります」

　フルタは「なるほど」と言った。

「何が正しいかわかっていながら、私欲のためにそれをねじまげようというわけだ」

　冷たい目で僕とミユを見下ろし、怒りを滲ませた声音《こわね》で、はっきりと宣言する。

「君の妄執《もうしゅう》から、君も彼女も解放してやる」

　嘘だろ、と思わず声に出た。

　あんたのプライドに配慮して、どうにか折り合いをつけられるように言い訳を考えたのに、全部無駄なのかよ。

　話の通じない相手だ、と思ったのはお互い様らしい。フルタは全く迷うそぶりもなく、バールを振り上げる。

　僕はとっさにミユを放り出し、バールを持ったフルタの腕にとびついた。

「逃げろミユ！」

ぼてっと地面に落ちたミユは、どこを見ているかわからない目をこちらへ向けている。

通じないか。そうだよな。

おそらくミユには今の状況も、自分がどういう状態なのかも、僕が誰かもわかっていない。

自分が誰かすらも。そんなことはとっくに知っていた。

僕がフルタの動きを止められたのは、数秒の間だけだった。腹に膝を入れられて、僕はあっさり身体を折る。痛みと衝撃で胸が詰まり、息ができない。それでも腕を抱き込んだままでいたが、力が緩んだところを引きはがされた。

「ミユ、……逃げ」

声さえ、喉に引っ掛かってかすれる。

まずい。止められない。止めなければ。止めるために、何かしなければ。

ぼやけた視界の隅《すみ》に、握り拳《こぶし》より少し大きいくらいの石が落ちているのが見えた。

祖母が花壇を作るのに使って、余ったぶんをその辺に転がしていた石の一つだ。

フルタも、僕の意図に気づいたらしかった。

僕が手を伸ばし、石をつかむのと同時に、フルタが手を振り下ろす。

がんと固いもので側頭部を殴られて、僕は横向きに吹っ飛んだ。

一瞬、見えているものが白黒になる。

ざざっと身体の右側が地面を擦《こす》って止まった。

視界は様子がおかしく、壊れたテレビみたいに色が混じっている。

顔が濡れている感覚があった。流れてきた血が目に入って、腕で拭《ぬぐ》う。右手には石をつかんだままだった。指が硬直して、握ったまま開けなくなっていた。

ミユ。ミユは？

見回して探したいのに、身体が動かない。

フルタの足が近づいてくる。

一歩進むたびに揺れるバールの先端が目に入る。

どうにかして上半身を起こし、フルタを見上げた。

その目に躊躇《ちゅうちょ》はない。やばい奴だ。いや、向こうから見れば、やばいのは僕のほうか。

あれ、これ、僕死ぬ？

しかし再びバールを振り上げようとして、フルタは「うわっ」と声をあげる。バールがその手から飛んで、地面に落ちた。何かにつまずいたのか？

バランスを崩したフルタが地面に膝と手をつく。

距離が近づいた。

フルタの頭が、すぐそこにあった。

もはや考えることすらせずに、僕は握った石をその頭に叩きつけていた。

これまで生きてきて、人を殴ったのは初めてだった。

僕はしばらくの間、地面に座り込んだ姿勢のままで、うつぶせに倒れているフルタを見つめた。

もう一発くらい殴っておいたほうがいいだろうか、と思ったが、バールは手の届かないところにあるし、当面、危険はなさそうだ。

がばっと起き上がって襲ってくるような気配を見せたらすぐに殴れるように、石は握ったままでいた。

ぴくぴくと痙攣《けいれん》していた指先が、やがて動かなくなる。

僕は石を手放し、顔に垂れてくる血を拭った。

その段になってようやく、フルタの足元にミユが転がっていることに気づく。

上半身しかない身体を折り曲げて、でんぐり返りに失敗したような妙な姿勢になっているが、ゆっくりと腕が動いていて、無事なのがわかった。

よろよろと立ち上がり、近寄って、ミユをひっくり返す。

「……ミユ、大丈夫か」

ミユはアー、といつものように声をあげたが、その目は相変わらずどこを見ているかわからない。

僕はミユを持ち上げ、裏返したり横から見たりして、けががないかを確かめた。大丈夫そうだ。

フルタに踏まれたり蹴られたりしなくてよかった。

息を吐き、抱きしめる。ミユはいつも通り、緩慢な動きで腕を上下させている。若干迷惑そうなニュアンスを感じるが、無視した。どうせミユの反応なんてほとんど反射で、僕が勝手に意味を見出しているだけだ。

自分とミユの命が助かったことを静かに喜んだ後、僕は倒れているフルタに目をやった。後始末をしなければいけない。

口元に耳を近づけたところ、息はしていないようだ。そうだろうと思っていたので、何の感慨もない。確認しただけだ。なるべく素手で触らないほうがよさそうだった。

フルタの足首の少し上のあたりに、くっきりとした深い噛み痕がついているのに気づく。ミユの噛んだ痕だ。スポーツウェアのパンツは、ふくらはぎが半分露出するくらいの丈だった。血がにじむほど強く噛まれている。

僕を殴ろうとしたフルタが、あのとき、バランスを崩した理由がわかった。

「僕を助けてくれた？」

ミユの目を覗き込んで尋ねる。ミユは、アア、と返事をした――ように見えた。

相変わらず目の焦点は合っていないが、ミユの眼球には、僕が映っている。

抱きあげたら、気が昂《たかぶ》っているのか、二の腕に歯を立てられた。痛てて、と顔をしかめながら、そのまま家の中へ運ぶ。長袖を着ていてよかった。

すべてをその夜のうちに済ませた。

当然というべきか、フルタはきちんとワクチン接取を受けていたようで、死体がゾンビ化する気配はなかった。

自宅の敷地内に放置しておくわけにもいかなかったので、どうにか引きずって、近くに停めてあった本人の車まで運ぶ。車に血がつかないように、頭からゴミ袋をかぶせてある。鍵は、ズボンのポケットにあった。

フルタの車のトランクを開けてみると、そこにはすでに死体が積んであった。ゾンビの死体だ。フルタが殺して、どこかに捨てにいくために積んでおいたのだろう。

ゾンビの死体の上にフルタの死体を転がし、トランクを閉めて、裏手の山へ捨てにいった。

本人が車で山へ行き、山中に入ったところで転んで頭を打った、という体《てい》にするつもりだったが、ゾンビの死体と血のついたバールが一緒に転がっていたら、フルタとゾンビが相討ちになったように見えるかもしれない。

バールには僕の血もついていることを思い出し、かといって拭き取ると第三者が関与したことがわかってしまうので、考えた末、バールは山の中の小川でよくすすいだ後、川の真ん中へ投げ込んだ。発見されても、僕の痕跡は残っていないはずだ。血のついた石も、ついでに捨てておいた。

フルタの足には、ミユが嚙んだ痕があるが、どのゾンビが嚙んだ痕かなんて、特定されないだろう。そのままにした。

死体を埋めるだけの体力はなかったから、死体は転がしただけだ。車は山の途中に置いて、そこから歩いて帰るだけでも疲れ果てた。

町がゴーストタウンと化していたのは幸運だった。自宅の敷地内から死体を運んで捨てに行き、戻ってくるまで、誰にも目撃されずに済むなんて、普通の町だったらあり得ない。

こんな状況だから、死体の発見まではある程度時間がかかるだろう。死体に残った細かい証拠があったとしても、発見されるころには腐敗が進んで、検出しにくくなっていることを祈る。

＊＊＊

僕がよれよれになって帰宅すると、ミユは廊下を行ったり来たりしていた。

ミユを洗った後、自分もシャワーを浴びて泥のように眠った。

目が覚めたらミユはちゃんといたので安心した。

フルタが町から消えて一週間が経ったが、警察が来るようなことはなかった。

そもそも、彼がこの町へ戻っていたことを知っている人間は多くなかったはずだ。もしかしたら、僕とウエノだけだったかもしれない。フルタが町へ戻ったのはゾンビを駆逐《くちく》するためだったのだから、わざわざ町外の知り合いに伝えていなかったとしても不思議はない。

ウエノとの間では、一度だけ、「そういえば見なくなりましたね」「出ていかれたんでしょうね」と話題に上がったが、それきりだった。

ウエノはミユのことも、何も言わなかった。

フルタが消えて一か月経ったころ、いつものようにゴミ出しで顔を合わせ、

「私、町を出ることになりそうなんです」

ウエノはそんなことを言った。

「家族に勧められて。もうすぐ復興が始まると思うって伝えたんですけど、それまでだけでもって……」

さびしくなります、と僕は言った。

半分は社交辞令だが、半分は本気だ。彼女は善き隣人だった。

ウエノは、別れの挨拶を口に出そうとした僕の機先を制するかのように、「それで」と続ける。

「セキヤさんも、一緒に行きませんか。よかったら……というか」

自分の服の胸元をぎゅっと握って、顔をあげて、僕をまっすぐに見て言った。

「私と、おつきあいしてもらえませんか」

まったく予想していなかった。

女性に告白されたのは初めてだった。

ゴーストタウンに残った者同士でなかったら、彼女が僕に興味を持つことはなかっただろうし、僕も彼女と話をするような間柄にはならなかっただろう。つまり彼女の僕への感情はこの特殊な状況下でだけ生じた、そしておそらく、この状況下でだけ続くものだ。

この町を出て、本来あるべき姿の世界に触れたら、消えてしまうようなものだ。

たとえそうでなかったとしても、僕の答えは決まっていた。

「すみません」

彼女を正面から見つめ返して口を開く。

好かれているということは、単純に嬉しかったが、余計なことは言わないようにする。

彼女はいい人だから、傷つけないように、でも、ほんのわずかでも期待なんてさせないように、表情を作り言葉を選んだ。

「僕、体温がある相手には勃たないんです」

ひっぱたかれてもおかしくなかったと思うが、ウエノは告白に対する僕の返事に、怒りも呆れもしなかった。断られることを予想していた、というように頷いて、「それなら仕方ないですね」と言った。僕は「はい、すみません」ともう一度謝った。

そのときはそれで別れ、数日後に、アプリにメッセージが届いた。フルタの件を伝えてくれたとき以来、初のメッセージだ。

『明日、町を出ます』

住所を聞き、隣人として見送りに行くことにした。

彼女の家は、ゴミ収集所の、道路を挟んだすぐ向かいだった。

家の前に空色の車が停まっていると聞いていたので、一目でわかった。

ウエノは晴れ晴れとした表情だった。

「色々、ありがとうございました。いずれ戻ってくると思うので、そのときはまたよろしくお願いします」

彼女が戻ってくるときは、町が元通りになったときだ。他の住民たちが戻れば、僕と彼女はその中の一人と一人で、もはや隣人とも言えない。ゴミの収集場所も変わって、そうそう顔を合わせることもなくなるだろう。

そんなことは、僕も彼女もわかっていた。

僕は、「こちらこそ」と頭を下げた。

「この間は、突然、すみませんでした。困らせて」

車に乗り込むとき、ふと思い出したようにこちらを見て、ウエノが言った。

僕が触れずにいたことに、彼女のほうから触れてきたことに少し驚きながら、いえ、と首を横に振る。

「こちらこそ、すみません。僕、変態で」

冗談っぽく、軽く言った。ウエノはふっと唇の端をあげて笑う。

「それは変態じゃなくて、純愛だと思います」

ドアが閉まる。ウエノは笑顔で会釈をして、後部座席にも助手席にもぎっしり荷物を積んだ車を発進させる。

僕は車が見えなくなるまで、善き隣人を見送った。


ミユを一人にしているので、ウエノを見送ってすぐに家に帰った。

玄関の鍵を開ける前に、ふと思い出して、隣家との境に立っている物置のドアに目をやる。ミユが隙間に入り込んでいた、あの物置だ。

きしむ扉を開けた奥には、金属製のロッカーがある。ロッカーの前に置かれた荷物をどかし、扉に取りつけられたダイヤル錠を外した。もともと中に入っていた園芸用品は、外に出してある。

へこんだ金属の扉を開けると、前に確認したときと変わらず、ミユの下半身はそこにあった。

見つけたときに、傷口が空気に触れないようにラップと包帯で処置をしたきりで、特に冷やしたり防腐処置をしたりはしていなかったが、腐敗が進んでいる様子はない。

上半身と違って動かないのは、脳とつながっていないからだろうか。しかし上半身のほうは、下半身の隠されたここへ引き寄せられているようだ。ここにあることは知らないはずなのに。少なくとも僕は見せていない。

理屈はわからないが、気配のようなものを感じているのかもしれない。

ロッカーの扉を閉め、鍵をかけた。

足なんかつけたって、動かないなら邪魔なだけだ。かといって、万が一動くなら、どこへ歩いていってしまうかわからない。どちらにしたって、いいことはない。

「だからって捨てるのもなあ……」

独り言を言いながら、ロッカーの前に、園芸用の土の入った袋と重ねた植木鉢を置いて、物置の扉を閉めた。

町に人が戻り始めたら、バスケットやリュックに入れて連れ出すことも難しくなるだろう。そうなったら、どうしようか。訪ねてくる人もいないような、山奥の一軒家にでも引っ越そうか。それとも、広い地下室のある家に住むのはどうだろう。そこをミユ用に改造して、自由に動き回れるようにする。いいかもしれない。

玄関のドアを開けると、ミユが廊下を這っているのが見えた。特に意味はない行動だ。壁に突き当たると方向を変え、往復する。

「外に散歩に行く？」

抱き上げて訊いた。ミユは運動の邪魔をされたのが不服だったのか、アア、と声をあげた。

ミユの肌は冷たくて、乾いている。

上田早夕里

ゾンビはなぜ笑う

●『ゾンビはなぜ笑う』上田早夕里《うえださゆり》

いわゆる「ゾンビ」——屍体の復活の理由を、ウイルスを原因とする映画ばかりが今世紀になって続出したが、かつては、それぞれ「原因」は異なった。ジョージ・A・ロメロ三部作や、ルチオ・フルチ『サンゲリア』などは、ヒッチコックの『鳥』（1963）同様に原因不明。ロメロの二作目は、配給側が、遊星の爆発の影響などという「仮の設定」を説明していたが、公式には原因不明だったのである。それ以外でも、『悪魔の墓場』（1975）は害虫駆除機の超音波が原因だし、『バタリアン』（1985）は化学物質の影響だった。それぞれ、咬まれたものは出血や敗血症などで死亡するのだが、感染とは異なり、それぞれの「原因」で甦るのである。

SF作家・上田早夕里が本作で描き出したものも、ウイルス感染ではない。自然科学に精通した作者のオリジナル設定であり、まったく新しい原因が「ゾンビ」を作り出すというもので、そもそも、その行動も弱点もまったく異なる別種——作者の言葉を借りるなら「違種《いしゅ》」なのである。

本作はオープニングから凄まじい緊張感が漲《みなぎ》っている。まさに、臨戦態勢。人間と「違種」との闘いは、まさに一触即発。しかしながら、その一方で、実に不思議な——しかも美しい——シーンが挿入される。いまだかつてゾンビ映画では表現されてこなかった「映像」であり、上田早夕里の小説ならではの醍醐味《だいごみ》といえるだろう。

マンションのロビーインターフォンを何度も押したが返事がない。運んできた宅配便をどうすべきか、私は迷った。この受取人が、この時間帯に自宅を留守にするとは考えにくい。もう何年も前から、誰もが可能な限り外出を避け、オンラインショップをフル活用しているのだ。ここは宅配ボックスの規模が小さいから、なおのこと、めったに家をあけないだろう。

眼前のガラスドアの向こうにはエントランスがあり、その奥にエレベーターが見える。ドアをあけるには、暗証番号か鍵でオートロックを解除するか、インターフォンからの呼び出しに応じた住人が室内から操作するしかない。

作業服のポケットからスマートフォンを取り出し、運送票に記載された受取人の電話番号にかけた。呼び出し音が虚《むな》しく響くばかりで、やはり応答はなかった。仕方がないので、不在連絡票に必要事項を記入しようとしたとき、ガラスドアの向こうで、エレベーターが一階に到着したのが見えた。

エレベーターからおりてきた人物は、こちらへゆっくりと近づいてきた。その異様な姿を目《ま》の当たりにして、私の中で素早くスイッチが切り替わった。全身の血が沸騰《ふっとう》し、怒りを帯びた感情が爆発する。これまで失ってきたものの記憶が私を奮い立たせた。荷物を小脇に抱え、後ずさりしながら私はマンションの入口から離れた。右手を腰のホルスターにのばして拳銃を引き抜く。宅配トラックの助手席へ戻るよりも早く、さきほどの人物が、ガラスドアから屋外へ飛び出してきた。

そいつは、流行《はや》りの図柄がプリントされたTシャツにジーンズという格好で、私と同じぐらいの若い男だった。それなのに、やつれ具合がまるで餓鬼《がき》だ。長い髪はかきむしられて乱れ、肌の色は血の気を失って灰色に沈んでいる。顔のあちこちに紫色の斑《はん》が浮かび、口のまわりだけは赤黒い。白く濁った両眼は、陽射しに炙《あぶ》られて腐った魚を連想させた。頭を左右にふりながら、チチッ、チチッと、鳥のさえずりに似た声を繰り返す。濁った眼球の代わりに、音の反射で物の位置を探っているのだ。イルカやクジラが、海の中で対象物との距離をつかむときに使う方法と同じだ。

男の顔がこちらを向き、ぴたりと止まった。男はうれしそうにかっと口を開き、獣のような唸《うな》り声をあげて突進してきた。私は拳銃の安全装置をはずし、相手の顔の真ん中あたりに狙いを定めた。シグザウエルP365のコピー品。いまの日本ではどこでも手に入る。

銃声と共に相手は頭を仰《の》け反《ぞ》らせ、よろめいて両膝を折った。手足がまだ動いていた。頭を撃たれてもまだ動くのが、こいつらのやっかいなところだ。だが、頭を潰しておくと少しだけ動きが鈍る。両膝も破壊しておくべきだったが、銃声を聞きつけたのか、今度は通りの向こうから別の奴らが五人も走ってきた。私は宅配トラックの助手席の足下に荷物を放り込み、すぐに座席に飛び乗った。相棒の湊《みなと》が運転席で目を丸くする。私は湊に向かって怒鳴《どな》った。「すぐに出せ」

「なんや。何があった」

「ここはもうだめだ。マンション内で『違種《いしゅ》』が発生したようだ」

「えっ」

「対策本部に連絡しろ。私たちでは処理できん」

荷物の位置を靴の先で動かし、私は拳銃を握り直した。連中が接近しすぎたら助手席から撃つ。

湊はトラックのエンジンをかけ、自分のスマートフォンで違種対策本部の窓口をコールした。位置情報は電話をかけた瞬間に自動的に把握される。手短に状況を伝えると電話を切り、トラックを発進させた。これでこの件は、陸上自衛隊第3師団第3緊急対策隊か、県警に新設された特殊部隊の仕事となる。

例の奴らは、もう車の間近まで迫っていた。湊はアクセルを踏み込み、立ちふさがる奴を容赦なくはね飛ばして大通りへ出た。しばらく進んだ先で、奴らを処理している現場と遭遇した。腐敗臭を漂わせながら町を彷徨《さまよ》う異様な存在——日本では「違種」と呼ばれている連中が、歩道側に追い詰められ、対策隊員からサブマシンガンの掃射《そうしゃ》を浴びていた。銃声が鳴り響くたびに、違種たちが身をよじって倒れ伏す。どこかのビルに狙撃手が配置されているようで、逃げ惑う違種の頭が一体ずつ吹き飛ばされていく。倒れた違種の手足を対策隊員がショットガンで砕く。頭を撃たれても関節を砕かれても違種はもがき続ける。防護服で身を包んだ清掃業者が、ふたりがかりで、崩壊しかけている違種の体を手押し車に載せ、トラックの荷台まで押していく。専用の焼却場があるので、そこで完全に灰になるまで焼くのだ。灰は地中深く埋められるが、新たなものが生まれてくるのではないかと周辺住民は怯《おび》えているという。この地区では、怪しい宗教団体が御札や御守りを売りつけ、これが飛ぶように売れるのだから嫌になる。いまこの国に必要なのは御札でも御守りでもなく、護身用のサブコンパクトハンドガンやアサルトライフルだ。

湊が忌々《いまいま》しそうに言った。「何年経っても、あいつらちっとも減らんな。どうなっとるんや」

「今朝の政府広報を見たか」

「いいや」

「違種の発生件数は横ばいらしい。減りもしない、増えもしない。世界中の軍隊や警察が対処しているのに——だ」

奴らはある日突然この世に出現した。通常の兵器や焼夷弾《しょういだん》が効くので、人類文明が崩壊するような事態には陥《おちい》らなかったが、どこの国も異様な日常と未《いま》だに格闘中だ。

日本は長いあいだ、一般人が護身用の銃を持つ習慣のない社会だった。だが、違種が発生してからは様相が変わった。護身用としてほしがる人間が急増したせいで、海外から膨大な量の銃が国内へ流れ込んでいる。いまやネット通販や闇市で買えるほどだ。携帯用として人気の高いサブコンパクトハンドガンや、少年兵でも使える武器として有名なアサルトライフルが人気だ。正規品ではなく、安価なコピー品が出回っている。

日本政府はこの状況を、非常事態ゆえの特例として見て見ぬふりをした。自衛隊と警察だけでは違種の駆除に手が回らないので、一般人にも対処させたいのだ。こういうときだけ妙に融通を利かせるのが、いまの政府のいいところだ。ただし、銃は自費で購入。政府からの支援は一切ない。

私と湊は日没前にトラックを営業所に戻し、スマートフォンのタイムレコーダーアプリで退勤を打刻した。夜になると違種との遭遇率が高まるので、配達業者であっても、以前のように深夜まで働いたりはしない。配達するときも、非常事態に備えて必ずふたり一組で行動する。顧客からは配達遅延《ちえん》のクレームを毎日浴びせられるが、この状況でも休まず荷物を届けている私たちのことを、少しは労《ねぎら》ってもらいたいものだ。

会社の駐車場から車を出し、自宅へ戻った。私と湊は、自警団の仲間と一緒に古びたマンションの一室を使っている。部屋に入ってダイニングをのぞくと、同室のメンバー四人が食事中だった。

「よう」「お疲れさま」と声をかけ合ってから、私と湊はリビングを目指した。リビングの半分はパーティションで仕切られ、ふたり分の簡易個室になっている。残りふたつの八畳の間も同様に仕切られており、ひと部屋をふたりで使うのが、ここのやり方だ。おかげで、ひとりあたりの家賃の負担は少額で済み、浮いた金で弾薬を大量に買い込み、銃をメンテナンスできる。

ベッドを入れると、あとは、ポールハンガーと多段収納ケースを置く程度の床面積しか残らないが、自分だけの空間に入り込むと心底ほっとする。

ベッドの端に腰をおろし、スマートフォンを操作して政府広報のページを開いた。「本日の違種発生件数／国内・海外」の項目を確認する。通報したマンションには処理済みのマークが付いていた。追加で検査が入るから、しばらくのあいだ、あそこは立ち入り禁止だ。新しい広報動画があったので、再生ボタンを押してみた。近頃よく見かける女性医学者が、違種が増える仕組みに関して新たな発見があったと報告していた。

医学者が図を指し示す。「通常、人間は違種に咬《か》まれることで違種化します。咬まれてから半日以内に強い眩暈《めまい》に見舞われて倒れ、意識不明に陥った後に死亡します」

つまり、いったん死亡し、人格や知性も消失した状態で再び動き始めるため、違種は法律的には人間と見なされない。自衛隊や警察による駆除が認められているのは、このおかげだ。

アナウンサーが神妙な顔つきでうなずき、話を続けた。「では、新たな発見とは、どのような事柄でしょうか」

「現代兵器は違種に対して非常に効果が高く、本来であれば、そろそろ完全な駆除が終了していても不思議ではありません。ところが違種の数は減らず、グラフでもわかる通り、世界中で横ばいの状態にあります。これは咬みつき以外に増える方法があり、駆除される勢いと拮抗《きっこう》しているからではないかと考えられます。こちらの図をご覧ください」

画面が切り替わり、別のグラフが表示された。「最近、集合住宅内での違種発生率が、じわじわと上昇しています。咬まれたわけでもないのに違種化が起きる——このようなケースが、当事者の家族や友人の証言からわかっています。極端な場合、入院病棟で患者が違種化しています。無関係な病気で入院した人が、突然、ひどい眩暈に見舞われた後に死亡し、その後、違種化するというパターンです。新生児が違種化した報告すらあります。どちらの場合も対策隊員が処理し、大きな被害には至っていません」

「この人たちは、何が原因で違種化したのでしょうか」

「違種が人間を襲うのは、摂食によって活動エネルギーを得たり、人体の複雑な構造を維持するためです。しかし、死体の状態を良好に保ち続けるのは難しいようで、違種の体は常にどこかが傷《いた》んでいます。そして、効率よく人間を狩るには集団化が必要なのですが、単独行動をとる個体も確認されています。他の個体よりも食欲が旺盛で、コンビニやスーパーの食品棚なども荒らします。この個体は、ある時点から何も食べなくなり、まったく動かなくなるのですが、ここから二次変異が起きることが確認されました。次の図を出していただけますか。このように、違種の体から、植物の茎《くき》に似たものが生えてきまして――」

表示されたのは簡略化されたイラストだった。実物の写真を公開しない理由は察しがついた。相当にグロテスクな光景なのだろう。

私は広報動画を停止し、動画投稿サイトに飛んで検索語を入力してみた。すると大量の動画が出てきた。どのサムネイル画像にも、真っ赤な文字で「グロ注意」の警告文が躍っている。再生してみると、建物内で床に座り込み、壁にもたれた違種の姿が映し出された。ミイラのように変色し、ぴくりとも動かない。普通は手足をバラバラにしても蠢《うごめ》くのだから、この様子は異常だ。

撮影者が近づく。違種の首筋や手の甲には、ボール状の瘤《こぶ》がいくつもあった。瘤から茎に似たものが生え、先端に蕾《つぼみ》状の何かが形成されている。機械音声とテロップが同時に流れ始めた。

『この蕾状の部位は、開くと、タンポポの綿毛に似たものを放出します』

画面が切り替わり、全身に綿毛が生じた違種が映し出された。防護服を着込んだ撮影者が手袋越しに綿毛をつつくと、綿毛は茎から離れ、ふわふわとあたりを舞った。

『綿毛は少し風が吹く程度で本体から離れ、あちこちへ飛んでいきます。これが違種を生み出す物質を含んでいるものと思われます。ウイルスでしょうか、細菌でしょうか。軍部が開発した生物兵器、死体を動かすナノマシンという説も唱えられているようです』

動画のコメント欄には、視聴者の悲鳴や怒りの声が溢《あふ》れていた。『何これ。めちゃくちゃ怖い』『キモっ』『政府は、さっさと駆除しろ！』等々。それに交じって、『これはフェイク動画』『ＡＩが描いてるんだよ』『デマ。通報しました』などの投稿も続く。

実際、投稿されている数々の動画の中には、明らかに、ホラー映画から合成したとおぼしきものもあった。綿毛だらけになった違種が、かっと口を開いて、撮影者に咬みつこうとする瞬間──などは、いくらなんでも撮れないだろう。とはいうものの、何が起きても不思議ではない状況だ。どの動画が本物でどれが偽物なのか、正確に見抜くのは難しかった。

この騒ぎが始まって以来、世界中の政府が自国民に命じていることがある。それは『違種を「ゾンビ」という名称で呼んではいけない』ということだ。国際ルールとして定められ、マスコミも厳しく守っている。どう見てもゾンビにしか見えないものを、なぜゾンビと呼んではいけないのかというと、ゾンビはフィクションの中であまりにも有名な存在であるため、ゾンビと称してしまうと、『ゾンビなら、こうすれば退治できるだろう』とか『こうやったらサバイバルできるはずだ』みたいな虚構の情報を、世界中の人間が本気で信じてしまうからだという。違種はゾンビとは違う反応を見せるので、虚構の情報が足かせになると被害が急速に拡大する。だから国連とＷＨＯは、別の名称をつけることを強く推し進めた。

その結果、日本語では「違種」という名称が定着した。ゾンビ化のことは「違種化」と呼ぶ。綿毛に関する報告は、またひとつ、違種が、虚構のゾンビとは別物だと証明された出来事でもあった。と同時に、これはついに始まった、ゾンビ側からの逆襲ではないかとも思えた。『我々はいつまでも駆除される側ではない、環境から最適解を見つけ出して変異し続けるのだ――』と。

体が、ひんやりと冷えてきた。

閲覧していた動画と広報サイトを閉じ、パーティションの外へ出た。そろそろ、ダイニングがあいた頃だろう。

ダイニングへ行くと、食事を終えた四人がまだ残っていた。いまにもつかみかからんばかりの勢いで、湊と言い争っている最中だった。

「無茶を言うな」と、ひとりが叫んだ。「それがおまえの知り合いだという証拠が、どこにある」

「状況から、そうとしか思えない」と湊は答えた。四人の男から責め立てられても、いっこうに退《ひ》こうとしない。

「だが、おまえだって直接見たわけじゃないんだろう」

「だから確かめに行く」

「弾薬を無駄にはできん。その程度のことにおれたちを巻き込むな」

私は仲間たちに声をかけた。「おい、喧嘩ならよそでやってくれ。腹が減ってるんだ」

一番近くにいた奴が、湊に指を突きつけながら私に向かって言った。「おまえが説得してくれ。こいつとは長い付き合いなんだろう」

「何をもめてるんだよ」

「おれたちは協力しない。それだけだ」

吐き捨てるように言い残すと、四人は個室に引きあげた。湊は、ぶすっとした表情で口許を引き結んでいる。私は湊に向かって訊ねた。「飯は、もう食ったのか」

湊は首を左右に振った。私は続けた。「じゃあ、おまえの弁当から先に温めるぞ」

「おれは、あとでええ」

「そうか」

冷凍庫から弁当を取り出し、パッケージの端を少しだけあけて電子レンジに入れた。温め終わるまでのあいだに茶を淹《い》れ、炊飯器から茶碗にご飯をよそう。「おまえ、皆に何を頼んだ？」

「ここから二駅先の駅ビルの一階に、ストリートピアノがある。知ってるか」

「何だそりゃ」

「駅前や広場にある誰でも弾けるピアノや。たいていはアップライトだが、グランドピアノを置いているところもある。あそこにあるのはグランドピアノ。学校の音楽室に置かれてる程度の大きさやけどな」

「グランドピアノの大きさって、どれも同じじゃないのか」

「形は同じでも奥行きの長さが違う。コンサートホールで使うやつが一番大きい」

「それで?」

「あの駅周辺は、少し前に対策隊員が掃討《そうとう》作戦を展開して、いまは無人状態や。にもかかわらず、駅ビルの一階にあるピアノを誰かが弾いている。ドローンを飛ばして短い映像と音を記録した奴がいる。そのデータを入手できた」

湊が教えてくれた地区は、かつて違種の大規模発生が起きた場所だった。対策隊員は効率よく違種を全滅させたが、住民はまだ戻っていない。湊の話によると、撮影と録音に成功したのは一度きりで、あとは何度ドローンを飛ばしても、駅ビル内に入ってしばらく経つと墜落してしまうという。原因は不明だ。

私は訊ねた。「そのピアニストを助けたいって話か」

「いや――」湊は苦しそうに答えた。「たぶん、弾いているのは人間やない。違種化した――若い女や」

＊

――夕方から眩暈がして、あたしは家の救急箱にあった薬を飲み、すぐにベッドに入った。

少し前から風邪気味だったから、悪化させてしまったのかもしれない。熱が出たら病院に電話しよう。容態によっては、もう少し自宅で様子を見てくれと言われるかもしれないけれど。ああ、新しいブラウスと靴を買いに行くつもりだったのに。一緒に見かけたあの素敵なスカートも、きっとすぐに売り切れてしまう。

目をつぶっても、体がぐらぐら揺れる気持ち悪さがあった。ページがバラバラになった楽譜が頭の中を飛び回り、音符がぐにゃぐにゃ変形しながら跳ね回る幻覚を見た。熱心に練習しすぎたせいだろうか。ここしばらく、配信もお休みするほど弾いていたし。

やっぱり、グランドピアノは手ごわい。少しブランクがあるだけで苦労する。それでも、あの曲を綺麗に弾きたい。ショパンの練習曲作品10第3番。あたしの腕前なら最後まで弾けるけれど、ピアノがうまく歌ってくれない。特にBパート。

もっと自由に、軽やかに歌わせるにはどうすれば――。

すっと意識が遠のいた。眠りに落ちていった。

朝になったら眩暈はおさまり、すっきりした気分だった。

髪が妙にべたべたする。寝汗のせいだろうか。シャワーを浴びたとき、ごっそりと抜けた髪の量に驚いた。昨日洗わなかったから二日分だとしても多すぎる。大豆と卵を食べなきゃ。あと、ワカメも。

食パンを焼いてバターを塗って食べたが、あまり美味《おい》しくなかった。サラダに混ぜた大豆もソースをかけた目玉焼きも全然味がしない。もしかしたら味覚障害？　薬局で亜鉛《あえん》タブレットを買ってみよう。それで治らなかったら、今度こそ病院へ行こう。

外出するために衣裳棚の抽斗《ひきだし》をあけたが、何を着ればいいのかわからなかった。いま何月だっけ。春？　夏？　秋？　冬？　寒さも暑さも体の感覚からものすごく遠い。スマートフォンに目をやって、ようやく五月初旬だと理解した。七分袖のカットソーとパンツを選ぶ。靴下をはくとき、爪先の色がずいぶん悪いのが気になった。やっぱり、湯船に浸からないと血の巡りが悪くなるんだろうか。今夜はゆっくりお風呂に入ろう。

紫外線よけのパーカーを着込んでから、独身者向けマンションの外へ出た。視界が妙に濁っている。何度も目をこすったがよくならなかった。音はよく聞こえる。自分の足音が気になるほどに。不思議なことに、道路を走る車や自転車が一台も見あたらなかった。町の人たちは全員徒歩だった。気怠《けだる》そうにぼんやりと歩いていく。みんな、こんな調子で行きたいところへ行けるんだろうか。間に合うんだろうか。と思ったところで、はたと思考が止まった。間に合う？　何に？　あたしもどこへ行こうとしている？　というか、この町で毎日何をしていたんだっけ？

町の風景が白い光に包まれ、すべてが薄れて消えていく。入れ替わるように鮮やかに出現したのは、お祭りの日の光景だった。道の両側に唐揚げや綿菓子やベビーカステラを売る屋台が並び、行き交う家族やカップルが楽しそうに声をあげている。ヨーヨー釣りや射的《しやてき》の屋台もあった。立ち止まって箸巻《はしま》きを食べている女の子たちがいる。濃厚なソースと鰹節《かつおぶし》の香りに食欲をそそられ、あたしも何かほしくなった。朝食をとったばかりなのに、もうお腹がすいている。屋台は限りなく続き目移りしたが、一番お客さんが詰めかけているのは串焼き屋だった。牛肉、豚肉、モツの串焼きまである。あたしもそこへ飛んでいって五本買った。屋台のそばにつくられた休憩所で、むさぼるように串焼きを食べた。妙に太い串に刺さった肉やモツだったが、どれも、これまで食べたことがないほど美味で、あたしは自分でも呆れるほど追加で串焼きを買った。お腹がいっぱいになると喉が渇いたので、真っ赤なジュースを買ってごくごく飲んだ。甘味と鉄分の味が感じられる美味しい飲み物だった。他のお客さんもがぶがぶ飲んで、口のまわりが真っ赤に染まっていた。

一息ついたところで、休憩所のベンチから立ちあがり、また屋台を物色しながら歩き続けた。不思議なことに屋台はどこまでも続いており、終わりがなかった。しばらくするとまた空腹を覚えたので、屋台で焼きそばを買って食べ、赤いジュースを飲んだ。甘いものもほしくなった。リンゴ飴を売っている店を見つけた。人の頭ぐらいある巨大なリンゴに、真っ赤な飴がかかってる。ためらうことなくひとつ買った。外側は結構固かったが、中は柔らかくて甘かった。あれ、リンゴってこんなに柔らかかったっけ。間違ってイチゴ大福でも買ったのかなあ。飴がけしたイチゴ大福。聞いたことがないけれど、うん、これはこれですごく美味しい。

食べては休み、休んでは食べているうちに、ようやく一番大切なことを思い出した。

――そうだピアノを弾かなくちゃ。駅前のあのグランドピアノを、誰よりも軽やかに楽しく。

＊

「違種がいるとわかってる場所に、ふたりだけで行く？　勘弁してくれよ」

私が反対しても、湊はひるまなかった。他の仲間から断られたせいか、私にすがりついてきた。「様子を見に行くだけや。確認できたら、すぐに駅前から離れる」

「他にも違種が大勢いたらどうする」

「車で行けば逃げるのは簡単や。今日かて、しのげたやないか」

「トラックならな。私の軽自動車じゃ、あいつらをはね飛ばすのは限界がある。だいたい、そんな用途で車を汚されてたまるか」

湊が恨めしそうな目つきをするので、私は言ってやった。「そもそも、駅でピアノを弾いてる奴は誰なんだ。おまえが居酒屋で働いてたときに引っかけた女か」

「人聞きの悪いことを言うな。あんな小さな店のバイトで、そんなことしとる暇があるか」

「じゃあ誰なんだ」

「もうだいぶ前、違種がまだおらんかった頃――。店が潰れて次の仕事も見つからずむしゃくしゃしてたとき、たまたま、駅ビルの広場でピアノの演奏を耳にした。それが〈あやは〉さんとの出会いやった」

「〈あやは〉？」

「動画配信用のハンドルネーム。本名は別にある」

湊は彼女との出会いを、ぽつりぽつりと語り始めた。


――そのとき、あやはさんが弾いていたのは、クラシックみたいな地味な曲やった。誰もピアノの周囲には留《とど》まらず、通り過ぎていくだけ――。おれもそうなりかけたが、弾いてた曲が終わって次の演奏が始まった瞬間、おや？　と思って足を止めた。どこかで聞いたことがある印象的なメロディーだった。テレビのCMかドラマかな。ぎゅっと胸をつかまれ、涙がこぼれ落ちそうになった。おれの寂しさに直接染みてきたその曲は、途中からなんだか難しくなってきたが、しばらくするとまた最初のメロディーが戻ってきて、ああ、やっぱりええ曲やなあと実感できた。

どんな人が弾いているのか知りたくて、近くまで寄って横手から顔を見た。見覚えがある。じっと眺めているうちに思い出した。高校時代の同級生や。学校の音楽会や卒業式でピアノ演奏を担当していた女子。社会に出ると、女子はガラッと雰囲気が変わるんやな。別人みたいに綺麗になっとった。

ピアノを弾き終えると、彼女はすぐに帰り支度を始めた。おれは思い切って声をかけた。

『あの、もしかしたら北高《きたこう》に通ってた青木《あおき》さんですか。おれ、同じクラスにいた湊です』

彼女は目を丸くして、『えっ、湊さん？　ほんと？　ものすごく大人っぽくなったね』『青木さんも、すぐにはわからへんかった』『いま何やってるの』『勤め先が潰れたからまた仕事探し。青木さんは？』『会社で事務』『音楽の仕事じゃなくて？』『音楽はただの趣味よ。あたし、楽器店の音楽教室に通ってた程度だし』

さっきまで弾いてた曲は何？　とおれが訊ねると、彼女はうれしそうに目を細め、ショパンの練習曲——ううん、ショパンの『別れの曲』といったほうがわかりやすいかな、と答えた。正式には練習曲作品10第3番というんだそうだ。おれにはなんのことかさっぱりわからなかったが、そのタイトルで検索したらネットで見つかるかと訊ねたら、彼女は首を縦にふり、おれに向かって名刺を差し出した。『私、いま〈あやは〉っていう名前で、動画投稿サイトで演奏を配信してるの。よかったらアクセスして』

名刺には〈A. Ayaha〉という文字と、動画のURLだけが記されていた。再生回数を上げるために、出会った人に片っ端から配ってるんやろうなと思えるタイプの名刺。それでもありがたく頂戴して、帰りの電車の中でアクセスしてみた。確かに青木さん——いや、あやはさんは、動画投稿サイトで鍵盤楽器の演奏を配信していた。固定カメラは演奏者の手元から足下だけを映し、顔は映らないように工夫されていた。アマチュアの演奏動画は、完全に素顔を見せる人と、あやはさんみたいに隠す人がいる。それは個々人が自分の事情に合わせて決めるんや。

イヤホンから聞こえてきた音楽は、さっきとはまったく方向性が違っていた。テンポが速くてノリのいい派手な曲、あるいは感動的なバラードで、音色もピアノとは全然違った。それもそのはずで、あやはさんが配信動画で使っていたのはエレクトーンだった。両手両足を駆使して弾く鍵盤楽器で、音色は数百種類にも及ぶという。演奏方法によっては、たったひとりで、大迫力のオーケストラみたいな分厚い音をつくり出せる電子オルガンだ。

投稿された動画をスクロールしていくと、大半はヒットした流行歌やアニメの主題歌だった。あやはさんが作曲したオリジナル曲もいくつかある。有名な曲は結構いい再生回数をはじき出していたが、オリジナル曲だとがくんと数字が落ちる。それでも固定ファンがいて、コメント欄には熱心な書き込みが並んでいた。古くからのファンの中には〈あーやさん〉と呼ぶ人もいた。ハンドルネームの頭にAがふたつ並ぶから、そこからついた略称だろう。『あーやさんの動画が毎日の癒やしです』『仕事に行く前に必ず聴いてます』とか『何度も聴きに来てしまう』『感激のあまり号泣しました』『定年退職したので、老後の趣味としてエレクトーンを始めました。Ａｙａｈａさんの演奏をお手本にしています』とか『ライブ配信はやらないんですか？　投げ銭させてください！』等々。おれは音楽なんて、配信サービスのサジェストで出てくる曲を聞き流す程度だったから、自分がこういう世界にどっぷりはまるとは、想像もしていなかった。

あやはさんは、あの駅ビルでは平日の夕方に十分から十五分程度弾くだけだった。ストリートピアノは不特定多数の人が触るから、いつ誰がどの時間に弾き始めるかわからない。他の駅のピアノも併用し、ときには、ピアノごと貸りられる音楽練習室も利用していたそうだから、おれがあのときそばを通らなかったら、出会えなかった可能性は高い。

おれはもう一度あやはさんと話したくて、何度か空振りを繰り返したのち、あの駅ビルの広場でまた会えた。配信を聴いたと伝え、どうして、わざわざ駅まで弾きに来るのかと訊ねると、あやはさんは『グランドピアノでショパンを弾きたいから』と答えた。『家には、エレクトーンの他に電子ピアノもある。でも、グランドピアノは全然違う楽器だからね』

あやはさんは、おれにピアノの種類と仕組みについて教えてくれた。弦を叩く方向とか音の響き方とかキータッチの重さとか、ピアノの種類によってそんなに違うのかとおれは驚いた。エレクトーンや電子ピアノに慣れているあやはさんでも、グランドピアノでクラシックをうまく弾くには、根気よく練習を繰り返すしかないのだという。

いまでもじゅうぶん努力してるのに、もっとやるなんてすごいなあとおれが感心すると、あやはさんは『楽しいからやってるだけ』と笑った。『配信やってると、みんなが喜んでくれるのが直《じか》にわかる。顔も知らない人たちと、ほんのわずかでも心がつながるのって、わくわくするよね』

高校で同じクラスだった頃、おれたちは特に仲がよかったわけやない。お互いに名前と人柄を少し知っている――という程度だった。それなのに高校時代よりも会話が弾んだのは、お互い社会人になって、他人との付き合い方がこなれてきたからだろうな。

あやはさんは『これからも駅のピアノで見かけたら、遠慮なく声をかけて。湊さんなら安心だし』と言った。

ストーカー扱いされるのを心配していたおれは、これだけですっかり舞いあがった。勿論、ここから先を望むならば、きちんと再就職して貯金も増やして、あやはさんの気持ちも慮《おもんぱか》って――。それまでは何も打ち明けるまいと決めた。

あやはさんは『せっかくだからもう一曲』と言って、またグランドピアノでの演奏を聴かせてくれた。ノリのいい流行歌、おれでも知っているヒット曲だった。綺麗に弾き終えたとき、あやはさんは晴れ晴れとした表情を浮かべ、おれに微笑《ほほえ》みを向けた。

「――あの駅の近くで違種の大発生が起き、対策隊員が掃討作戦に成功したと知ったとき、おれは」湊は天井を仰いで目を閉じ、私に言った。「あやはさんの配信は、それからしばらくして止まった。以後一度も更新されていない」

「そういうことか――。だが、駅でピアノを弾いているのは、本当に違種化したあやはさんなのか？」

「ショパンの練習曲作品10第3番を弾いている。もっとも、まともな演奏やない。音もリズムも素人以前のひどいもんや」

「だったら別人かもしれん。ショパンの『別れの曲』はとても有名だ。ピアノを習っている人間なら、レベルに関係なく大勢が弾こうとする」

「オリジナルを一緒に弾いてるんや」

「は？」

「配信サイトに上げてたやつ。あやはさん作曲のオリジナル曲や。たいして視聴もされなかったあの曲を、わざわざ、ショパンに続けて弾く奴がおるとは思えん」

「あやはさんのファンが、違種化したのかもしれん」

「だから確かめたい」湊は私を見据えた。「あれが本当に、あやはさんなのかどうか」

「もし、そうだったら」

「おれの手で、あやはさんを焼却場へ運ぶ。人間としての意識がないまま、何らかの理由でピアノを弾き続けているのであれば、可哀想すぎる。おれがこの手で止めてやりたい」

＊

——調子いい。いつもよりうまく弾けている。あたしは夢中になって鍵盤に指を走らせた。両手の指先が白鍵《はっけん》と黒鍵《こっけん》の上を舞い踊る。駅ビル広場のストリートピアノ。大好きなグランドピアノ。広場を取り囲むショッピングモールの二階バルコニーでは、買い物客が手すりにもたれて、あたしの演奏を見おろしている。大勢の買い物客の視線を浴びながら、あたしは一音も間違うことなく、ショパンの練習曲作品10第3番を弾き続ける。楽譜には記されていないペダルを踏むタイミングと足の離し方も、自分なりの解釈で完璧にこなせた。やっと練習の成果が出たみたい。

自分でつくったオリジナルの曲も、変奏曲をつくり出し、音符を修飾して、もっと素晴らしい曲に変えていく。

一階にはフードコートがあるので、食べ物のいい匂いが流れてくる。少し休憩してご飯を食べて、またピアノを弾こう。そのうち、また湊さんが聴きに来てくれるだろう。いまなら、この完璧な演奏を聴いてもらえる。

このピアノを弾き続けていれば、きっとまた湊さんに会える。

いずれにせよふたりじゃだめだ、もうひとり入れようと、私は湊を懸命に説得した。現地で多数の違種と遭遇した場合には、その場で対策本部に救援を要請するべきだとも。あらかじめ通報用の文章を作成しておき、音声入力で、本部の窓口へ送信できるようにするのだ。ドローンが何度も墜落しているのが気になる。駅ビルに潜んでいる奴らに、死角から叩き落とされたのかもしれない。

最初から対策本部に調査を頼むと、こちらが現場に立ち入れない。湊はそれを嫌がっていたのだが、この方法なら、ぎりぎりまで私たちだけで動ける。

＊

私は自警団の別の班にあたり、サブマシンガンを使える奴を探して声をかけた。小田切《おだぎり》という名の男が「弾薬をそちらで調達してくれるなら行ってもいい」と応じたので、私はUZI用の弾薬を大量に購入した。自分では普段サブマシンガンなど使わないから、貴重な貯金があっというまに目減りしてしまった。がっくりきたが身の安全には代えられない。現地に大勢の違種が潜んでいたら、短時間であっても三人だけでしのぐにはサブマシンガンが要る。小田切の役目は、違種が襲ってきたときの足止めだ。UZIで連中の腰から下を集中的に破壊してもらう。

動きやすい服の上に使い捨ての防護服を重ね着し、高性能フィルター付きのマスクをしてから、フェイスゴーグルを装着した。

準備が整うと、湊と小田切は、私が運転する車に乗り込んだ。

駅ビルへ向かう途中、湊が、ぽつりと洩らした。「違種は、ほんまに、人間としての意識や知性を失っとるんやろうか」

「なんだって？」

「意識がないのにピアノを弾けるというのは、いったい、どういう状態なんやろうと思ってな」

小田切が横から口を挟んだ。「それはおれも気になっていた。政府は違種を掃討しやすいように、『あれには意識も知性もない』『だから人間じゃない』と言ってるだけかもしれん。あれを人間と認めてしまったら、撃つ側の精神的な負担がでかすぎる」

私は言葉を失い、ハンドルを握りしめた。確かにそうかもしれないが確認できる方法はない。違種との対話は不可能だ。人間を見つけるなり、食料と判断して襲ってくるのだから。

小田切は続けた。「タイの熱帯雨林には、蟻《あり》に寄生してゾンビ化させる菌類がいるそうだ。ところがこの菌は蟻の脳には侵入せず、脳を破壊することもない。蟻の体だけに菌糸《きんし》を伸ばし、化学物質で蟻の動きを操っているという。違種も同じかもしれん。人間は筋肉の動きを支配されているだけで、ひょっとしたら脳はまだ――」

おれは訊ねた。「ゾンビ化された蟻は、最後にはどうなるんだ？」

「この菌は蟻の体を操って、蟻の通り道に生えている植物の葉に嚙みつかせ、その場から動けなくさせるそうだ。そして、蟻の体に胞子の嚢《ふくろ》を生やし、正午になると中身をばらまく。するとまた別の蟻が、その菌に寄生されるってわけだ」

あの綿毛――違種の体から生えるあれが、蟻に寄生する菌類と同じ仕組みで仲間を増やしているとしたら。私たちは人間としての意識を留めている相手を、いや、どうかすると、こちらが誰だか認識している相手を、平気で撃ち殺してきたことになる。

私は頭を左右に振った。「そんなことがあってたまるか。もし人間としての意識や知性が残っているなら、平気で他人を襲って食うはずがないだろう。もはや人間ではないからこそ、そういった行動をとれるんだ」

「起きたまま夢を見ている状態に近いのかもしれん。人間は脳を通して現実を認識している。脳の認知が異常をきたしたなら、違種には、この現実がおれたちとは別のものに見えているはずだ。違種化物質は人間の脳には入り込めなくても、脳の機能に介入できる化学物質を生成できるのかもしれん。臨死体験のときに見る三途の川やあの世も、脳が見せる幻覚だっていうじゃないか。違種が、人間として生きていた頃の幸せな夢を見ながら彷徨っているのだとしたら――。他人を人間として認識できず、牛や豚や、あるいは美味そうな料理だと思い込んで、むさぼっているのかもしれんぞ」

「いくらなんでも嫌すぎるだろう、それは」

湊が乾いた声で笑った。「まあ、違種に意識が残っていようがいまいが、おれは結局撃つしかない。あれが本当にあやはさんであってもな。どうでもええ話をして、すまんかった」

「いや、気にするな」

小田切はそれっきり口をつぐみ、私も沈黙を守った。

湊は、しみじみと続けた。「おれは、あやはさんに出会えて幸せやった。音楽が、こんなに楽しいものとは思わんかった。明日から、おれも楽器を始めてみよう。ちっこい電子キーボードでも買ってみるか」

「それがいい」と私が言うと、湊は目を細め、あとはずっと車窓の外を眺めていた。


駅ビルの間近で車を止めると、私たちはそれぞれの銃を手にして外へ出た。

私と湊は、自警団の仕事で使い慣れているAK74Uのコピー品を持参していた。巷《ちまた》では「対ゾンビAK」という綽名《あだな》で呼ばれ、闇市では、「AK74Z」と表記されることもあるアサルトライフル。世界中で億単位の数が出回っているAK47よりも小型で反動も小さく、命中精度がいい。

コンコースは南北の出入り口が開放されており、東側は駅の改札口、西側はショッピングモールのビルと連結したつくりだ。二棟のビルのあいだに、東西方向に通路がのびている。

南から北へ向かって午後の風が吹き抜けていく。北に山脈、南に海洋があるこの土地では、午前と午後では風が吹く方角が逆になる。ここは風の通り道になっているのだ。

立ち並ぶ柱に埋め込まれたデジタルサイネージは、電源が落ちているせいで黒かった。ピアノの音はまだ聞こえてこない。ピアノはどこだと湊に訊ねると、ショッピングモールの通路を西方向へ進んだ先に広場があり、その中央に置かれているという。そこは吹き抜け構造になっており、天蓋《てんがい》があるので雨風には曝《さら》されないとのことだった。

いつでも撃てるように銃を構え、薄暗く寒々とした通路を慎重に進んでいくと、ふいに、ポーンと一音だけ鍵盤を叩く音がした。いったん立ち止まり様子をうかがっていると、音はおそろしくゆっくりと連なり、確かに、何かのメロディーを奏《かな》でている様子だった。

忍び足で進み、通路が途切れる手前で壁に身を寄せた。天窓からの採光で、広場は通路よりも少し明るかった。赤い絨毯《じゅうたん》が敷かれた場所にグランドピアノが置かれている。椅子に腰かけた誰かの姿も見えた。床の上には脱ぎ捨てられたパーカーが落ちていた。演奏者が着ている七分袖のカットソーは汚れて色褪せ、袖からのぞく腕は灰色だ。死斑《しはん》のような紫色の斑が浮いている。乾燥しきった髪の一部はごっそり抜け落ち、餓鬼《がき》じみた痩せ方だった。

私は湊に向かって訊ねた。「あやはさんで間違いないか」

湊は目が据わっていた。口をつぐんだまま、首を縦に振った。

私たちは広場に足を踏み入れた。そのとき初めて、広場を取り囲むショッピングモールの二階バルコニーに、人が鈴なりになっていることに気づいた。いや、人ではない。ミイラのように干からびた大勢の違種が、ぴくりとも動かず、手すりにもたれかかって広場を見おろしていた。頭部は元の顔がどうだったのかわからないほど変形し、ぼこぼこと膨らんだ瘤から植物に似た茎が生えている。綿毛はまだ開いていないが、私たちは息を呑んで立ち尽くした。小田切が低い声でうめいた。「なんだこれは。ここは連中の墓場なのか」

そのとき、ピアノの音にかぶさるように、あの嫌な音が響いてきた。チチッ、チチッと、鳥がさえずるような声——。反射的に周囲を見回した私よりも早く、小田切がUZIを撃ち始めた。一階のフードコートや駅とつながる通路を走ってきた数体の違種が弾丸の嵐を浴びる。小田切は一発も無駄にせず違種たちの腰から下をズタズタにしていった。体の支えを失った違種は床に倒れ、もがき、唸り声をあげながら両腕をつかって這ってきた。そいつらを踏み越えて、新たな違種が、あとからあとから姿を現す。

私は怒鳴った。「ここは瘤ができた連中の溜まり場だ。たぶんピアノの音に引き寄せられて、周辺の町からここへ辿り着くんだ」

——そして、ここで動けなくなった違種から生えた綿毛を、駅ビルを吹き抜ける風が遠くの町まで運ぶのだろう。

対策本部の窓口へ通報するためのメールを、私は音声入力で送信した。これですぐに対策隊員が駆けつけてくれる。私たちはそれまで持ち堪《こた》えればいい。

ピアノの音色と違種の鳴き声を掻き消す勢いで、小田切がＵＺＩを撃ちまくりながら怒鳴った。「この程度なら大丈夫だ。さっさと、そのピアノを弾いている奴を処理しろ」

私は湊に声をかけ、ピアノに向かって駆け出した。突然、バルコニーに鈴なりになっている違種を押しのけ、新たな違種が何体も飛び降りてきた。普通の人間なら、この高さから着地した瞬間に脚を傷めて苦痛に転げ回るはずなのに、平気な様子で突進してくる。背中を丸めて四つん這いになり、猛獣のように駆けてきた。もはや人間とは思えぬほど体形が歪んでいる。こんな変違種まで発生しているのかと私は慄然《りつぜん》とし、横っ飛びで相手をかわしつつＡＫ74Ｕでライフル弾をぶち込んだ。射出口から肉片と体液が噴き出し、マスク越しでも腐った魚と排泄物が入り混じったような臭気が感じられた。鈍色《にびいろ》の汁を頭部や手足から流しながら、それでも違種たちは動きを止めず、もがき続ける。異種をピアノから遠ざけるため、私は死に物狂いで撃ちまくった。小田切がＵＺＩの弾倉を入れ替える。予想以上に弾の消費が早い。

「湊！」私はピアノがある方向を振り返り、叫んだ。「早く撃て。あまり余裕がない」

迫り来る違種を自分でも何体か撃ち倒したあと、湊はＡＫ74Ｕの銃口を演奏者に向けた。だが撃たない。ここまで来て迷っているのか。頭ではわかっていても体が動かないのか。

あやはさんとおぼしき女は、ふと、ピアノを弾くのをやめ、椅子に座ったまま湊のほうへ顔を向けた。体中にボール状の膨らみがある。両眼は白く濁り、ぼんやりと遠くを見つめていた。唇の両端がゆっくりと吊りあがった。それは、よく知っている誰かと再会したときの、喜びに満ちた笑みにも見えた。が、次の瞬間、ぐわっと口をあけ、喉の奥から凄まじい咆哮《ほうこう》を放った。椅子を蹴倒して立ちあがり、湊に飛びかかった。

湊のＡＫ74Ｕが女の胸と腹を連射した。女は甲高《かんだか》い叫び声をあげてよろめき、それでもまだ湊に向かって両腕を突き出した。次の二発が頭部を撃ち抜いた。女が床に倒れると、湊は彼女の手足の関節を撃ち砕いた。

新たな違種はもう広場には現れず、小田切はサブマシンガンの銃口をおろしていた。駅ビルの外で銃声が鳴っている。対策隊員が到着し、コンコース内や周辺に残っている違種を掃討し始めたようだ。すべて片づけたあとは、連絡を入れた発信者を確認するために、ここへやって来るだろう。

足下でまだ蠢く体を見おろし、私は湊に「これは間違いなく、あやはさんだったのか」と訊ねた。

湊は険しい表情のまま、「そうや」と、ぼそりと答えた。

「笑っとった」フェイスゴーグルの奥で、湊の目から涙が溢れ出した。「演奏がうまくいくと、あやはさんは、いつも、あんなふうに笑顔を見せた。あのときと同じや。なあ、おまえも見たやろ――」

「ああ、笑ってたな」私はうなずき、湊の二の腕を軽く叩いた。「確かに見たよ。あやはさんはおまえを見つけたとき、うれしそうに笑ってた」

違種に人間としての記憶が残っているのか、いないのか、私にはこの一件だけでは判断がつかなかった。あやはさんのあの笑みは、湊を、ほんの少しでも認識したうえでの表情だったのか、あるいは、食べ物が近づいてきたと喜ぶ違種としての凶暴な笑いだったのか。私は未だにその答えを出せずにいる。

湊は出発前に話していたように、電子キーボードを買って練習を始めた。教則本通りに指を広げ、たどたどしく右手だけで音を出しながら「難しいなあ」と苦笑いを浮かべる。あやはさんの一件を、少しずつ受け入れ、前へ進もうとしているようだった。

二年後、自警団の仕事で出かけたとき、不幸にも湊は違種に咬まれた。治療方法はまだなかった。少し経てば強烈な眩暈に見舞われて湊は死亡し、その後、違種化するはずだった。

「違種になって皆に迷惑をかけるのはごめんや」と湊は言い、生きているあいだに、ひとりで焼却場へ行った。処理業者に向かって「お手数をおかけしますが、このあと、よろしくお願いします」と告げてから、焼却場の建物の陰で拳銃を抜き、自ら頭を撃ち抜いた。処理業者は湊の遺言通り、彼の遺体をすぐに灰にした。

違種化現象が始まって以来、どこの国でも、通夜を行わないまま遺体を焼くのが普通になった。湊は私と同じく違種被害で家族を全員失っており、既に天涯孤独だった。自警団の仲間に手間をかけさせたくなかったのだろう。

　私は湊が死んだあとも、新しい相棒と共に、宅配便の配達と自警団の仕事を続けている。こんな生活を送っていたら、さほど遠くない将来、私も湊と同じような結末を迎えるに違いない。だが、それ自体はどうでもいいことだ。少しも怖くはない。あの世に行ったら、先に逝《い》った大勢の人たちや湊や、あやはさんとも会えるだろう。そのときあらためて、私はあやはさんに挨拶しようと思っている。

――はじめまして、あやはさん。ここは現世と違って穏やかな場所だ。あれからずいぶん経ったから、あやはさんのピアノの腕前も、もっと上達しているんでしょう？　湊と一緒に、私もあなたの演奏を聴いてもいいでしょうか。

　ショパンの練習曲作品10第3番を、じっくりと聴いてみたいのです。

篠たまき

粒の契り

●『粒の契り』篠《しの》たまき

ホラーの語源が「髪が逆立つ」という語に由来することは幾度も述べてきたように思うが、すなわち身体的、肉体的な恐怖の質がホラーには重視される。ゾンビ映画が世紀を越えてなお人の心を魅了するのも、「屍体が歩く」「人肉を喰らう」など、その身体性、肉体性が〈神話的〉なまでに表現されるモチーフだからだろう。そして、その肉体的な恐怖は、心理的、精神的な戦慄《せんりつ》と表裏一体なのである。

令和の《異形コレクション》に四回目の登場となる篠たまきは、まさに「ホラー」の質感を表現する作家だ。そもそも、私が《異形》に起用したいと思った最初のきっかけは、篠たまきの連作短篇集『人喰観音』（早川書房）にその質感を感じたからだった。「人肉を喰らう」美しきもののもたらす官能的なまでの身体的恐怖が、人間の心の闇を照らしだし、戦慄を生む物語。篠たまきの資質は《異形コレクション》初登場の「とこしえの雨」（第54巻『超常気象』収録）から変わることがない。

もちろん、最新作であるこの屍者の物語も。本作「粒の契り」は、篠たまきが小学生の時期に読み、〈トラウマレベルの怖さと「大好き」を同時に植え付けられた〉という屍者の物語——日本神話のある一場面を思い出しながら書いたとのことである。

なお、篠たまきの最近作は、ウェブで公開した短篇「私のきれいなお母様」を収録したアンソロジー『小説紊乱《しょうせつびんらん》』（ffeen pub）となる。

細く開いた掃き出し窓から風が流れ込む。

レースカーテンの向こうに樹々の緑と木洩《きも》れ陽《び》の金がさざめく。

木の窓枠は古びていて開閉時はぎぃぎぃと軋《きし》むに違いない。

凝った造りの小さな洋室だ。壁紙にエーデルワイスが描かれ、クラシックな腰壁《こしかべ》は窓枠と揃いの木材だ。とは言っても、どれもが端がめくれたり黒ずんだりはしているけれど。

私は白いシーツに横たわり、男が上にのしかかって蠢《うごめ》いている。

この人は誰だっけ？

知らない人ではない気がする。

どうしてここにいるの？

思い出せない。記憶は捕まりそうで捕まらない蝶《ちょう》のよう。

花にとまる白い大きな蝶を見たのはいつのことだったろう？　びろうどに似た羽根に触れようとしたら、ふわり、と飛び去られた。

「逃げられちゃった」そう言ったのは自分だ。

「いくら蝶でもそんなとろくないって」恋人が笑いながら応えた。

ひどい、とふくれたら、悪い悪い、とすまなそうに返された。

おぼろな記憶。頼りない思い出。おぼえているはずなのに心の表層にくっきりと浮かんで来ない。

涼風にカーテンが膨らみ、外界の湿気がそよぎ込む。土と樹々の匂いにここはいつか来た別荘地だと思い出した。

おおいかぶさる男が低く呻《うめ》いて動きを止めた。

森の匂いに濃厚な体液の臭気が混じる。

将来は豊かな自然の中でくらし……

子供ができたら森で虫採りを……

朦朧《もうろう》とした意識に浮き上がるのは、照れながら、つかえながら、語る声だ。

同じ男が今、耳元で何かをささやいている。

うまく聞き取れない。けれども愛の言葉なのはわかる。

瞼《まぶた》が重い。起きようと思うけれど意識が夢とうつつの間を行き来する。

乱された私の髪の中に、細い輪が煌《きら》めいた。小さな赤いクリスタルガラスが埋まったフープピアスだ。

黒髪の中の赤い粒に、か細い記憶の糸が手繰《たぐ》られる。

黒い羽根に真っ赤な瞳の鳥を見た。

ミズバショウの咲く湿地にいた鳥だ。

浅い沼をぐるりと囲む木道で、博識な恋人がオオバンという水鳥だと教えてくれた。夏と冬で後肢《こうし》の色が変わるとか、絶滅危惧種に指定する地域もあるとか、聞くのが苦痛にならない程度の蘊蓄《うんちく》が続く。

けれども渡り鳥に装着する衛星追跡調査用送信機とやらの構造解説に続いたから「難しくてよくわかんない」と私は音を上げた。

「やばっ、また仕事の話をしちゃった」

無粋《ぶすい》な彼が心底すまなそうな顔をする。

ミズバショウの群生地を歩き、側のカフェでお茶をした時のできごとだ。

「またここでミズバショウを見たいんだけど、一緒に来てくれる？」

彼がコーヒーを片手におずおずと誘った。

「え？」私は聞き返す。「もうすぐ梅雨でミズバショウの花は終わっちゃうよ？」

「だから……ええと……、来年も一緒に来てって。つまり……その時まで結婚式を挙げて」

うつむいた彼が差し出した箱にはダイヤの指輪が入っていた。

「夜に渡す予定だったけど……その、もう緊張に耐えるのが限界で……」

しどろもどろな言葉が続く。

大きな身体を哀れなほどに縮こめている。

頭が良いけど口下手な人。ちょっと野暮ったくて、無器用で仕事一辺倒のまま恋愛と無縁に過ごして来たと言う。

「ありがとう」とても素直に声が出た。「私、良い奥さんになるようがんばるから」

テーブル越しに手を握られた。

ごつごつとした指と大きな手の平が少し汗ばんでいた。

ロマンチックなできごとのはずなのに。

希望と幸福にあふれる瞬間のはずなのに。

心を占めていたのは喜びよりも、幸せよりも、じっとりとした安堵だった。

ルビーとパールのピアスはどうしよう……？

あの時、私はどうしてそんなことを思ったんだっけ？

びょう、とひときわ強い風が吹く。古い窓枠ががたがたと鳴り、気持ちが今に戻された。

耳たぶを彼の寝息が濡らし、ピアスが吐息に曇る。

私の長い髪が頭頂部を中心に、白い寝具の上に黒々と広がっている。

そこで初めて気がついた。

どうして自分の耳が見えるの？

なぜ自分の髪の全部が見えているの？

戸惑いの果てに理解した。

自分が天井付近から部屋を眺め下ろしているということに。

これって幽体離脱という現象？

まさか。きっと変な夢を見ているだけ。

目をさまさなきゃ。でも目ざめられない。もどかしい。気が焦《じ》れる。

彼が身じろぎをして、腕枕をしながら私の髪を撫でた。

「死んでも離しません。誰にも渡しません。生まれて初めてであった僕だけの人……」

睦言《むつごと》とも寝言ともつかないささやきを、今度ははっきりと聞き取っていた。


吹き入る風が冷え始めて陽光が薄くなる。

彼はずっと私を抱きしめ続けている。

「早百合《さゆり》さんと肌を合わせているなんて、まだ信じられません。もう決して離しません」

男が髪に頰をすり寄せ、淡く露出した耳たぶを唇に挟む。

ぬるめく舌が耳朶《じだ》を這い、荒くなる息づかいが鼓膜《こまく》を浸す。

かちり、とかすかな、本当にかすかな音が響いた。

それはピアスに歯が当たる、とても小さな音だった。

「さっきまで気がつかなかったけど……」

彼が戸惑い気味に声を漏らす。

「これもルビーのピアスですよね？」

違う。ルビーじゃない。フープピアスの粒は赤いクリスタルガラス。

言いたいけれど唇が動かない。声も出ない。

細い指が、苛立《いらだ》たし気にピアスの輪をつかむ。

「僕がルビーをプレゼントするって言った時は遠慮したくせに」

なぜこのピアスがだめなの？

ホワイトデーにくれたものなのに？

ふいに思い出す。

「早百合さんのバースデーに誕生石のルビーを贈りたいんです」

この人にそう言われたのはまだ五月の頃だった。

「嬉しい。でもそんな気を遣《つか》わないで」

遠慮したのはジュエリーをもらうほどの仲ではなかったから。まだ手を握ったこともなかったから。

「似合うと思うんです。プレゼントさせてください。僕、アクセサリーに疎《うと》くて上手に選べないかも知れないけど」

無下《むげ》にするのは気が引けた。趣味にあわないものや高価なものを贈られても困る。

「じゃあ一緒に選びに行きましょう」

「あの、でも、最初から品物がわかってたらつまらなくないですか？」

女性へのプレゼントはサプライズであるべきと信じ込んでいる様子だった。純情で素朴な人なのだと、あの時は感じていた。

だからあまり高価ではなく、同時に奮発の満足感は得られそうな品を慎重に選んだ。

「このピアス、取りましょうよ」思い出を破って現在の彼が悲し気に訴える。「身につける誕生石はこれから僕が贈るものだけです」

男の華奢《きゃしゃ》な指がピアスの輪の上で右往左往《うおうさおう》している。女性慣れしていない人だからキャッチレスピアスの取り方など知らないのだ。

「ひどいじゃないですか」

外せないピアスに指をかけたまま彼が嘆く。

涙がぽろぽろとを耳に落ち、透明な粒になって転げていった。

「こんなにがっちりつけるなんて！　僕に意地悪するのはもうやめてくださいよ！」

ピアスが力任せに引っ張られる。

痛い！　やめて！　そう叫んだつもりだった。けれども声は出なかった。

ピアスの穴が大きく広がり、銀色の弧が心なしか縦長に歪み、次に、みりみり、とも、ぶちぶち、ともつかない音をたてて肉が裂けた。

悲鳴も激痛も気にとめず、彼は一対のピアスを千切《ちぎ》り取った。

銀の輪が細長い指に握られている。ポストには毟《むし》れた肉が付着している。

彼は窓辺に歩み寄り、忌まわしげに肉片のついたピアスを外に投げ捨てた。

二筋のきらめきが流れ星のように過《よぎ》り、ひとつは森の草に沈む。そして、もう片方の輪は白樺の細い、細い、胴吹き枝に引っかかって地に落ちるのを免《まぬが》れた。

「ごめんなさい。痛かったですよね？」

打って変わって優しい声を彼は出す。

次にうやうやしくナイトテーブルの引き出しを開け、赤いリボンの箱を取り出した。

「僕からのバースデープレゼントです」

するするとリボンがほどかれると見おぼえのあるピアスが現れた。銀の爪で固定された小粒のルビーと揺れるベビーパール。恥ずかしがる男と一緒にショップで選んだ品だ。

彼はそっとピアスをつまみ上げ、銀色の軸を私の耳たぶにずぶずぶと突き入れた。

パールの白が皮膚の白さに同化する。

私はこんなに色白だっけ？　鮮紅色《せんこうしょく》の粒が血の固まりみたい。赤黒い肉の亀裂が飾りのタッセルチェーンに見えてしまう。

そこでまた気づく。

どうして裂けた耳から血が出ないの？

「こっちの方がずっと似合います」男が満ち足りた声を出す。「この誕生石は契りあった記念で、二人の永遠の愛の誓いです」

横たわった上半身が起こされ、きつく抱きしめられると私の首が、がくり、と背後に折れ曲がった。

長い髪が背中に流れ、自分の顔面が光の中に晒《さら》される。

半眼の濁った瞳、開いた唇から垂れた青黒い舌、首は不自然な角度でぐらついている。

彼は愛《いと》しそうに私を抱き、折れてのけぞった喉に唇を這わせ始めた。

暗色の手形が首まわりをぐるりと一周し、喉頭《こうとう》には親指がめり込んだ跡が残されている。

ああ、そうか、私、死んでいたんだ……

確かこの人に嘆かれて、責められて、首に手をまわされて……

驚かないのはなぜ？

淡々と受け入れるのはどうして？

「大好きな早百合さん、これで僕だけのもの。僕はあなたとであうために生まれて来たんです。やっとひとつになれたんです」

濡れた唇が青黒い手形をなぞる。

「首に跡をつけちゃってごめんなさい。でも愛の行為の証しだから許してくれますよね。見られたら恥ずかしいですか？　今度、隠すためのリボンを買ってあげますね」

彼は私を抱きしめたままくすくすと笑う。

それはお気に入りのおもちゃを手に入れた幼児のような、妙にあどけない笑い声だった。


窓の外に薄明かりが増し、木の葉に乱された朝陽が踊り始める。

白いタオルケットの中で男が身を震わせた。

「おはようございます。寒くないですか？　夏でも避暑地の朝は冷えるんですね」

少しむくんだ顔がすりよせられる。

「ああ、そうか。早百合さんが冷たいから、抱いている僕も寒く感じちゃうんですね」

男は夜通し私を貪《むさぼ》り続けた。飽き疲れてはまどろみ、目をさましては交わり、かき抱いてはまた眠りに落ちる。

「こんなに愛していても身体は冷えていくなんて、哀しいですね」

彼が胸乳《むなぢ》に顔を埋め、切なげに嘆いた。

「冷たいだけじゃない。かわいそうに、こんなに硬くなっちゃって……」

そうだよね。死んだら硬直するんだよね？

青紫色の斑《まだら》が出るんじゃなかったっけ？

硬く冷たい身体を撫でさする手は優しく、関節を揉みほぐす指を見るだけで血の通わない身体が火照《ほて》るよう。

「柔らかくしてあげます。あたたかくしてあげます。そうしたらまた動いて、しゃべって、笑いかけてくださいね」

肌に触れ、指を絡めて生者の体温を移し、頬をよせて吐息の熱を伝える。

ナイトテーブルの二段目の引き出しには薄紅色のローションボトル。バラの香りのジェルが絞り出されて死んだ身体に塗り込められてゆく。

肉を押し開き、指を潜らせ、中をほぐしてバラの香気で濡らし、寝姿のまま背後からまた契る。

後ろに折れて固まった首ががくがくと揺れ、はみ出た舌ごと背後から唇を塞がれた。のたうつ黒髪の隙間には赤いルビーと白いパールの粒がのぞく。

「死んじゃってもいいんです。僕の側にいてくれればいいんです。また生き返らせてあげますから。森で見た蝶の羽根みたいに、生かしてあげられます。あの時はとっさに嘘をついて……ごめんなさい……」

生き返らせて？

森で見た蝶の羽根？

あれはいつのことだったろう。大きな白い蝶を逃がしたのとは日も場所も違うはずだ。

彼の指が肌に喰い入るたび意識の濁りが薄らぎ、脳裏に蝶の残骸《ざんがい》が浮き上がる。

そうだ。森の蜘蛛《くも》の巣にアゲハ蝶の片羽根が引っかかっていて、千切れたもう片羽根が地面に落ちていたのだ。

「かわいそう……」

あの時、私はありきたりな悼《いた》みを口にした。

「かわいそうですね」

彼がいつもと同じ聞き取りにくい声を出す。

「もう空を飛べなくなっちゃって」

「飛ばせてあげたいですか？」

「え？」

「僕、また飛ばせてあげられるんです」

彼がぼそぼそと言い、私は意味がわからず、意識した愛らしさで首を傾《かし》げた。

けれども思いは別だった。

生きる才覚がないから食べられただけなのに。

運良く生き返ってもまた補食されちゃうんじゃないかな。

才覚があれば？　運が良ければ？

人も虫も、一緒。才覚や運のない者は落ちるだけ。一度でも地に堕ちたら再び飛ぶのは至難の業《わざ》だ。

生前の記憶が澱《よど》んだ沼底からぷくぷくと浮き上がる。

私は薄給で残業の多い企業で働いていた。

世間によくある話だ。新卒の就活で辛酸《しんさん》を舐め、やっと入社した企業はブラックで、心身ともに疲弊《ひへい》して退社した。奨学金の返済を抱えたまま何度面接を受けても安定した雇用にありつけず、正社員登用という疑似餌《ぎじえ》につられて契約社員を続け、年ごとに同年齢の社員との差が開き、いつしか重たい挫折感と諦念《ていねん》が身に染みていったのだ。

「蝶を、また飛ばせたいですか？」

もう一度おずおずと聞かれた時、蜘蛛の巣で片羽根が風に揺れていた。

「そうね」私は反射的に曖昧《あいまい》なことを言う。「また花の中を飛べたらね」

「じゃあ飛ばせます。でもこのことは内緒にしてくださいね」

いつも自信がなさそうで消極的な彼が、あの時いきなり私の手を握った。

まだ恋人と言える仲ではなかった。けれどもなぜか振りほどくことができなかった。

男性にしては細い指に力が込められ、痛い、と声を出した時、地面の片羽根がひくひくと震え、次に、ふわり、と宙に浮いたのだ。

胴体のない羽根がはためいて上へ上へと浮遊する。蜘蛛の巣の片羽根も呼応してぷるぷると動き出す。

「なにこれ……」怯《おび》えた声が漏れる。

「空を飛べるようにしてあげました」

千切れた羽根が目の高さにひらめいている。

うぞうぞとした嫌悪が背筋を這い上がる。

「やだ、気持ち悪い……」

「気持ち悪いって、どうしてですか？　また花の中を飛べたらって言いましたよね？」

彼は得意そうな顔をしていた。眼差しは褒め言葉を待つ無垢《むく》な子供のそれだった。

腕にふつふつと鳥肌が浮き、光が降る木立の中が昏《くら》い丑三《うしみ》つの気配に満ちる。

不気味さに彼の手を振り払った瞬間、見つめる瞳から誇らしさが消え失せた。

「ごめんなさい。冗談です」

細面《ほそおもて》でちょっと整った顔にいつもの気弱な表情が戻る。同時に子供めいた目の色が、世《せ》知《ち》にまみれた大人のそれに変化した。

宙の片羽根は動きを止め、空気抵抗にいたぶられてゆっくりと落下していった。

「これは……その……」彼が歯切れ悪く言う。「つまり……上昇気流の影響で」

「上昇気流？」

「ええと、日陰になって空気が冷えると地面のあたたかい空気が上にのぼって、蝶の羽根くらいなら浮いて……」

「そう……私はてっきり……」

蝕《むし》まれた羽根だけが生き返ったかと思った、とは続けなかった。

そして冷めた気持ちで考えた。

物知りなのはいいけどたちの悪い冗談が好きなら結婚相手には不向きかな、と。

しらけた気分で立ち去る時、買ったばかりのサンダルがずぶずぶと土に沈んだ。

ヒールの傷にため息をついた時、蝶の羽根が再び飛びたげに、ぱたぱた、ぱたぱた、と地面でのたうっていた。

あの片羽根が今の自分に重なってゆく。

命を断たれたはずなのに思考も五感も生きている。首が折れ曲がり、冷たく硬直しても意識が残されている。

部屋に満ちるのは人工のバラの香り。そして流れ込む森の匂いと放出された体液の臭気。

外に夏の陽光が強くなる。

長い髪の毛だけがゆさゆさと揺れる。

そして愛撫されるごとに身の硬直がゆるゆると解け、血の通わない指先が、ひくり、ひくり、と動き始めたのだった。


この部屋で何日過ごしたのかわからない。

数えていたのは二度目の朝陽まで。

触れられるごとに皮膚の感覚が生々しいものになり、視覚や聴覚が明瞭になった。折れた首や裂けた耳たぶの痛みはあるような、ないような。

生き返ることができる？

失った生命を取り戻すことができる？

希望が湧き上がる。

私は幸福になるはずだったもの。

湿地のカフェで婚約したばかりだったもの。

「二人で住む家を買おう。頭金は出せるから」

「残業ばっかりで土曜出勤も当たり前だけど、日曜日は一緒にジムやドライブに行きたいんだ」

指輪を渡した後、彼は嬉し気に、訥々《とつとつ》と将来を語り、私はその言葉を吟味した。持ち家ってすてき、男の人は忙し過ぎるくらいでいいの、運動習慣は大切よね、と。

最初は恋愛感情などなかった。

私より魅力的な女性はたくさんいる。だから多くは望まずに、競争率を考慮して選んだ婚活相手の一人だった。

彼は名の知れた電子機器メーカーの技術職で、やや仕事中毒っぽくて、趣味と言えば週末の筋トレとドライブくらい。

　私のスマホを見て、この機種の開発に自分も関わっているとか、キーパッドのマイナーチェンジに指の側屈《そっくつ》運動の特性を配慮したとか、プレリリースした位置追跡機能が簡単設定で正確過ぎるからストーカー防止のため削除予定だとか、そんな小難しい仕事の話をしがちでも憎めなかった。

　スワロフスキーをスワンスキーと間違えながらホワイトデーのピアスをくれるような朴訥《ぼくとつ》さ、垢抜《あかぬ》けなさもほほ笑ましかった。

　恋心などなかったはずなのに、指輪を渡され、地に足のついた未来を語られると、この上なく大切で愛しい存在に変わってゆく。

　心の変化に私自身が戸惑《とまど》っていた。

　そして考えた。情熱的な恋愛が全てじゃないよね、と。安定と祝福を土壌にして芽生える愛もあっていいじゃない。打算的な好感が家族愛に育つことも多いんだから。

　でも、ルビーのピアスはどうしよう……？

　あの時、浮かんだ疑問の意味がまだつかめない。

　ううん、大丈夫。生き返れば思い出せるはず。

　生への希望に瞼が熱くなり、涙腺《るいせん》をおし開いて何かがこみ上げる。

　喜びの涙が流れるのかと考えた。けれども涙はこぼれない。目頭にあふれたものは眼球や瞼に溜まってもぞもぞと小刻みに動くだけ。

痛痒《いたがゆ》さに目をこすりたくなる。けれども腕を持ち上げるほどには動けない。

視点がまた、ふわり、と浮遊した。

見おろすと私の半開きになった目に白っぽい小さな粒があふれている。

鼻や口にも棒真珠めいたものが蠕動《ぜんどう》している。

それは、小さな、小さな、蛆《うじ》の群れだった。

私は小虫にたかられ、皮膚は黒ずんで少し膨満《ぼうまん》し、あちこちに濁った汁を滲《にじ》ませている。

「やっと巡り会えた運命の女性ですから。僕が愛した初めての人ですから。ずっと森の虫達に囲まれてくらすんです」

変色し、膨張した身体に彼は頬をよせて甘い睦言を吐いている。

口づけすると彼の唇に乳白色の小虫が移り、髪の中に潜り、鼻腔《びくう》や唇に這い入る。

どす黒く膨れた耳たぶにルビーは沈み込み、耳孔から垂れる濁汁にパールが濡れて小虫の肌に同化していた。

どろついた記憶の中に、またひとつの光景が浮かぶ。

「遠い親戚が遺産に不動産を残したんです」

彼が内気そうな小さな声で告げて来た。

五月末の爽やかな時期のことだった。

「市街地の土地や建物は直系親族が相続しました。でも高原の別荘は誰も欲しがらないから僕がもらうことにしたんです」

「高原の別荘？　すてき！」

私はごく普通に喜んだ。結婚を意識する相手が別荘持ちなんて素晴らしいことだ。

「古いけど避暑地の洋館で。もちろん手直しは必要ですが……あの、それで……もし嫌じゃなかったら見に来ませんか？」

ふたつ返事で応じた。夏の賞与などない身分なのに無理をして初夏の服を揃え、高原にふさわしいバッグとおしゃれなサンダルを買った。

けれども連れて来られたのは避暑地とは名ばかりの僻地《へきち》だったのだ。

確かに高名な別荘地の地名はついていた。とは言ってもスーパーまで車で一時間、バス停は車で四十分の位置だ。

向かう道路沿いには大昔のペンションが朽ち、一件だけのローカルコンビニは薄暗くて埃《ほこり》っぽかった。

四輪駆動でもない車で未舗装の一本道を走り、私が別の曲を聴きたいと言い出すまで車内にはリュートが奏でるバロック音楽だけが流れ続けていた。

目指す洋館は私道という名の獣道《けものみち》の果てにあり、車を降りて十分以上も森を歩かなければいけない。

新品のサンダルのヒールがずぶずぶと土に刺さって傷がつき、髪やバッグに枝が絡み、剝き出しの手足を容赦なく藪蚊《やぶか》が襲い、さらに森で気味の悪い蝶の片羽根を見たのだった。辿り着いた別荘は廃屋《はいおく》でしかなく、澄んだ地下水が出るという水道は真っ赤に錆びつき、ガスや電気が使えるかどうか怪しかった。スマホの電波は完全に圏外だ。

「将来は豊かな自然の中でくらしたいんです。子供ができたら森で虫採りをさせたくて」

口数の多くない男が語り始めた。私の疲労も失望も察していない口調だった。

「いずれ都会を離れます。ここは古いけどリフォームして住み心地を良くします」

「リフォームって高そう」

熱っぽく語る彼に対して、私の声は冷たい。

「水回りは業者に頼みます。でも内装は週末に僕がこつこつやるつもりです」

「DIYが得意？」

「これからおぼえます。試行錯誤しながら早百合さんのこだわりを全て取り入れます」

デスクワークに慣れた手にひ弱な指。力仕事に無縁そうな細身。この人が山の家一軒を直せるとは思えない。

「昆虫採集をして、石で竈《かまど》を組み上げて、森の果実でドライフルーツやジャムを作りましょう。二十分くらい歩いた水辺に蛍の幼虫がいたから夏の夜は蛍狩りができますよ」

この人が嫌いではなかった。

陽気ではないけれど真面目。ちょっとエキセントリックな風情だけれど横柄《おうへい》ではない。

恋はしていないものの、それなりに持っていたはずの好感が急速に冷めてゆく。

「早百合さん、お願いです。僕とここで一緒にくらしてください」

「そうね……」

「やった！」おとなしいはずの男が喜びの声を上げた。「僕、がんばります！　どんな困難も乗り越えて自然とともに生きて、ここに二人の楽園を築くんです」

「そうね」の後に「少し考えさせて」と続けるつもりだったのに夢を吐く声に遮《さえぎ》られた。

「僕、昆虫が大好きなんです。標本をたくさん作っているから見せてあげますよ。森にはきれいな蝶や珍しい甲虫《こうちゅう》もいるから一部屋を標本部屋にさせてくださいね」

「あの、少し考えさせて……」

やっと口を挟んでも彼の耳には入らない。

「博物学的な標本だけじゃなく標本アートにも挑戦して、飼育にも力を入れて、ネットで情報発信もして……」

冗談じゃない、と私は考えた。

休日の別荘滞在には憧れても僻地への移住はまっぴらだ。

都市部で安定した収入の夫を持ち、落ち着いたら資格を取り、子供ができても、年齢を重ねても活かせる職を得たいのだ。

「幸せにします。約束します。虫達に祝福された楽園で二人で力をあわせて生きましょう」

「少し考えてさせて……」

もう一度、言っても浮き立つ声は止まらない。

「少し不便かも知れないけど車があれば大丈夫です。通販で必需品は揃います。仕事もフルリモートの時代が訪れるはずです」

薄っぺらい言葉で一方的な将来設計をまくしたてる男を、私は心の中で切り捨てた。

あのルビーとパールのピアスはどうしよう……？

買わせてしまったプレゼントをどう断ろう……？

心に浮かんだのは、恥ずかしがる彼と二人で選び、バースデーの夜に手渡されるはずのピアスのことだった。

男が口づけを続ける。

ここ数日で数を増した蛆達を、異様に熱を帯びた舌で掬《すく》いながら彼はつぶやく。

「飛び始めた虫達が妖精のようですね」

孵《かえ》った蠅がしめやかな翅音《はおと》を立てるのだ。

唇に虫をとまらせた男の寝物語がひそひそと続く。耳たぶのパールを濡らすのが唾液なのか腐汁なのかが、もうわからない。

「僕、本当は昆虫学者になりたかったんです。でも親や教師は無難な学部を勧めて、失業の心配がない職場にコネで入れられて。だから仕事に未練はないんです。ここで自然に囲まれて心豊かにくらしたいんです」

心の奥をちりちりと炙《あぶ》ったのは怒りだったのか、それとも嫉妬だったのか。

なぜ安定した職を捨てるの？　コネ入社できる身分をどうして粗雑にするの？　学者になりたいなら最初からその職を他に譲れば良かったのに。

目元や唇がひくついた。けれども瞼を開き、言葉を紡ぐほどには動かない。

「小さな羽根が虹色できれいですね」まばらに飛び交う小蠅を眺めて彼が続ける。「この子達は早百合さんが育《はぐく》んだ命です。小さくても健気《けなげ》に精一杯、生きているんです」

彼が胸乳に顔を乗せた時、圧された胸部から空気が絞られて喉を擦過《さっか》した。

ぐぅ、とも、うぅ、ともつかない音が漏れたのを男は聞き逃さなかった。

「早百合さん、喋りました？」

ぼぉ……、と太く濁った声が出る。

押し出された空気が唇を震わせたのだ。

「どんどん生き返っているんですね！」

声が出るなら口にしたい言葉がある。

ミズバショウの咲く湿地で指輪をくれた人に誓ったことだった。

懐かしくて、愛しくて、恋しくてたまらない。

最初は無難で温和な人だからつきあった。けれども地に足の着いた未来を語られるうち、安堵がずっしりとした情愛に変わったのだ。

「よい……おぐ、ざん、に……なる……」

排出される空気が不明瞭な言葉を形づくる。

生者に戻る喜びに瞼の奥が、また熱くなる。

「早百合さん、無理はしないで。生き返るのはゆっくりでいいんです。僕、いつまででも待ちますから。ずっと側にいますから」

不自然に熱い指が小虫だらけの髪を梳《す》く。

「寝ていても退屈しないように夏は蛍を捕って来ます。秋には虫籠で鈴虫を飼いましょう」

ふと思う。蛍が棲《す》む水場に黄色い芯を抱くミズバショウは咲くのかな、と。

「もしかしたら早生《そうせい》の蛍が光ってるかも知れません。暗くなる前にちょっと見てきますね」

男がゆっくりと、名残惜しげに身を離す。衣類を身につける指が細かく震えている。目の下に隈《くま》が浮き、部屋を出る足はふらついていた。体調でも悪い？　と汗と腐汁が滲みたシーツの上で私は考えた。

一人残された部屋で、ぼぅ……、ぼぅ……、と吐息とも声ともつかない音を発していると、それにつれて死ぬ前の記憶が、ぽこり、ぽこり、と浮き上がって来る。

「どうしてですか？　僕、何か悪いことをしましたか？」

梅雨明け間近の公園で男が詰問していた。

「一緒に森でくらすって約束したじゃないですか。僕、木でポストを作りました。蛍狩りのために寝具やカーテンも揃えました。なのに、なのに、ひどい……」

「私、約束なんかしていないのに」

「一緒にくらしてって頼んだら、そうね、って返事しましたよね」

「考えさせてって答えたはずよ」

「避暑地の別荘はすてきって言ったのに」

「確かにすてきだけど移住はちょっと」

「早百合さんも住めば好きになるはずです」

「でも……価値観が違い過ぎて一緒にくらすのは難しいと思う」

「価値観なんて近づけあうものですよ」

話が噛み合わない。意思は通じない。

公園のベンチで彼は涙をこぼし、人々が見て見ぬ振りをして通り過ぎて行く。

「自然の中での生活を拒むなんて……早百合さんはそんな汚れた人じゃないはず。都会の瘴気《しょうき》に冒されてるだけです。もう一度、あの森に行ってみれば気づきます」

最初は心苦しかったけれど話すうちに後ろめたさも消え失せた。

「ごめんなさい。もうこれっきりにして」

最後の言葉に彼が顔をおおって嗚咽《おえつ》する。

「僕、死んでも諦めませんから！」

立ち去る時、涙声で告げられたけれど返事はしなかった。

ただ買わせてしまったバースデープレゼントのことだけが小さなしこりになっていた。


後味の悪い別れでも過ぎてしまえば忘れ出す。

婚活のデートは複数としてもいい。でも婚約相手は一人だけ。選ばれる者がいれば選ばれない者が出る。進学や就職や営業と同じことだ。自然界の生存競争もきっと似たようなもの。

婚約者はミズバショウの見えるカフェで指輪をくれた堅実な人。

夜ごと連絡を交し、平日は無理でも日曜日はデートをし、式場のパンフレットを取り寄せ、モデルルームに足を運び続けた。

幸福だった。未来は明るくて、これまでよりずっと心豊かに過ごせそうだった。

けれどもあの夜、サービス残業の帰りに終電で眠り込み、彼へのメッセージを忘れていた。

一人ぐらしのマンション近くで夜食を買ったのはおぼえている。けれども自宅を目前にして記憶が途切れてしまったのだ。

気がついた時は車の後部座席に横たわっていた。

リュートが奏でるバロック音楽が低く流れ、呻き声が漏れた。車外に廃墟めいた建物群が流れ去る。

動くと頭に激痛が走り、呻き声が漏れた。

「早百合さん、目ざめたんですか？」

運転しながら後ろを振り返ったのは、公園で人目も憚《はばか》らず咽《むせ》び泣いていた男だった。

「よく眠っていましたね。寒くないですか？」

「助けて……」

絞り出した声は掠《かす》れていた。

「いきなり後ろから殴ってごめんなさい。血が出ていますね。後で手当しますから血と一緒に悪い考えも流しちゃってください」

お願い、助けて、と懇願しても届かない。

「包帯を買いましょう。コンビニは便利だけどぎらぎらした看板は光害《こうがい》ですね」

男が顔を前方に戻す。流れるリュートの調べに男の独白が絡む。

「二人で清らかな森に行きましょう。永遠の愛を育み、身も心も結ばれましょうね」

未舗装の道路で車が揺れ、頭に痛みが走る。

街灯もまばらな一本道にみすぼらしいローカルコンビニが現れると、自動車はゆっくりと真っ暗な駐車スペースに入って行った。

「欲しいものはないですか？」店舗に向かう前に彼が聞いた。「タオルや着替えや保存食はトランクにたくさん積みました。止血用のガーゼや夜食や飲み物を買って来ます」

逃げるなら今。男が買い物をするうちに車外に出て大声をあげればいい。けれども頭が痛くて動けない。

シートでもがくとポケットの中のスマホに手が触れた。夜道では手に持つかポケットに入れるかする習慣だったのだ。

震える指でロック解除し、目の中の血をまばたきで払い、現れた通話画面を闇雲にタップするとコール音と同時に男の声が流れ出た。

「こんばんは！　早百合ちゃん、元気？」

明るい声だった。ミズバショウの見えるカフェで指輪をくれた婚約者の声だった。

「今夜は遅かったね。待ってたんだ。またサービス残業？　それとも友達と食事？」

弾んだ声だ。とても嬉しそうな響きだ。

「平日に電話って珍しいね。嬉しいな。俺、今夜も泊まりで今は開発室の寝袋の中」

「助けて……」

「は？」素《す》っ頓狂《とんきょう》な声が返される。「え？　何？　ええと、事故とか？」

「助けて……」

息を絞って声を出す。

「早百合ちゃん、今どこ？　何かあったの？」

「攫《さら》われて……いきなり……」

「何だって！　怪我は？」

「動けない……」

「場所はわかる？　犯人は側にいる？」

「あの人は今、コンビニに……」

彼が一瞬だけ沈黙し、ゆっくりと告げた。

「よく聞いて。必ず助けるから通話を切らないで画面の右上の点々をタップして」

目に入る血をぬぐい、意味がわからないままモニターの右上に触れた。

「『この番号に位置情報を全て送信』って文字が出るよね？　そこをタップして」

言われた通りにする。

「よし！　来た！　これですぐ捜せる。通報もする。俺、絶対に助けるから！」

その言葉に安堵した瞬間、車内に蒸し暑い外の空気が流れ込んだ。

「早百合さん、何をしているんですか？」

車のドアが開いていた。

あるかなしかの街灯りを逆光に男が立っている。スマホは取り上げられ、その手の中で、ぽろん、と頼りない終話音をこぼした。

「誰かに連絡しようとしたんですね。背徳的な裏切りですよ。こんな邪悪な機械はどこかに捨ててあげなきゃいけませんね」

男が眉をひそめ、顔を黒い陰影が彩《いろど》る。

「その前に血を拭きましょう。ガーゼとウエットティッシュを買いましたから」

髪に触れられると恐怖と嫌悪が弾け、力を振り絞って手を払った。

「どうして？　手当してあげるのに？」

手が、また伸びてくる。

嫌……やめて……助けて……

叫びが声にならない。身体はまともに動かない。けれども私の拒絶を、男ははっきりと読み取ったようだった。

「嫌がるんですか？　困ったなあ。運転中に暴れられたら危ないんですよ」

ぶつぶつと小声でぼやく。

「ああ、そうだ。とりあえず動けなくしておけばいいんですよね」

車内に差し入る薄い灯りの中、男の笑顔が浮かんだ。少し整った顔立ちが異様なほど晴れやかに輝いている。

両手が伸びて来て、冷たい手の平が頸部《けいぶ》にへばりついて、そして渾身《こんしん》の力で締めつけられたのだった。

部屋に一人で残されて、ぼぅ……、ぼぅ……、と胸部の空気を絞り続ける。一人でいると次第に力が失せてゆく。まどろみに似た暗転に落ちかけた頃、外に土を踏む音がした。男が戻って来たのだ。けれども足音が少し違うような。歩幅が妙に大きいような。

「これ、早百合ちゃんのピアス……？」

外から聞こえるのは誰の声？

戻って来るはずの男の声じゃない。

「俺がホワイトデーにあげたスワンスキーだ……」

言い間違いを聞きとめて喜びが弾けた。

スワンスキーじゃない。スワロフスキーだよ。

来てくれたんだ……ここにいるよ……お願い、窓を開けて……

恋人を求めて手足がびくびくと動く。

「早百合ちゃん、どこ？　この家の中？」

嬉しさに関節がぎちぎちと唸《うな》り、希望が力になって漲《みなぎ》り、ゆっくりと私は起き上がっていった。

「それにしても、なんてひどい臭い……」

不安と嫌悪のつぶやきを彼が漏らす。

私は足をよろめかせ、壁を伝って窓に向かう。求める手を差し伸べると、指が窓に当たり、こつん、と小さな音を立てた。

「誰かいる？」ひそめた声がする。「もしかして早百合ちゃん？ 中にいる？」

こつん、とカーテン越しに窓を打つ。

腐汁が白いレースに濁ったしみを作る。

「早百合ちゃん？ 本当に？」

こつん……

「そこに一人？ 誰もいない？」

こつん……

レースカーテンを透かした明るさの中、愛しい姿がぼんやりと見える。

口元をタオルできつく覆っている。

疲れた顔をしているね。髪がぼさぼさ。徹夜明けみたいな隈も浮いてるよ。

「このまま話していい？ イエスなら一回、ノーなら二回、窓を叩いて」

こつん……

「怪我してない？」

怪我？　してるのかな？　してないのかな？　どこも痛くないからよくわからないよ。

「歩ける？」

こつん……

「窓を開けるよ。音をたてても大丈夫？」

こつん……

彼が指で窓枠を探りながら話し始めた。

「早百合ちゃんのスマホから現在地の緯度と経度が送信されたんだ。通報もした。でもスマホがゴミ箱に捨てられて収集車に運ばれたせいで捜査が何日も攪乱《かくらん》されてさ」

いかつい指が古窓の隙間を探り当てた。

「この辺りは圏外だけど、あの追跡機能は過去一時間の位置情報も送信するんだ。通話前の移動経路から考えて山の一本道を進んだ可能性が高いと踏んで」

ぎしぎし、がたがた、と窓枠が開き出す。

「俺、一人で山に入ってここに来る踏み跡を見つけたよ。森の入り口に他県ナンバーの車が小道を塞ぐみたいに駐《と》まってたし、警察にも連絡しておいた」

大きな手が窓を力任せにこじ開けた。

今、私達の間にはレースカーテン一枚だけ。

彼がタオルで口元を抑え「何なんだ、この臭い」とくぐもった声を出す。

二人を隔てる薄布をそっと持ち上げると隙間から光が差し込み、室内を飛び交う羽虫達が外界へと飛翔した。

淡い光の中、愛しい人が目を見開いている。

再会の喜びに歩み出すと肌を飾る蛆達がほろほろとこぼれ落ち、腕を伸ばすと腐液の雫《しずく》が陽光に輝いた。

彼がへたへたとその場に座り込む。

名前を呼ぼうとしたけれど声にはならず、臓腑《ぞうふ》の臭気を吐いただけだった。

恋人が絶叫した。

喉を裂くような、樹々の梢を揺るがすような咆哮《ほうこう》だった。

男が胃の中のものを吐き散らしている。

具合が悪いの？　道がでこぼこで車が揺れたせい？

「化け物！　来るな！」

なにそれ？　化け物って何？

近よると彼は腰を落としたまま後ずさる。口元の吐瀉物《としやぶつ》をぬぐおうともしない。

側に行きたいのに。抱きしめられたいのに。けれども関節を繋ぐ筋は頼りなく、私はよろめいて彼の上に倒れ込んでしまったのだ。

耳孔《じこう》を突き刺したのは男の悲鳴。

振り飛ばされ、樹に叩きつけられた。

衝撃で崩れ落ちる時、蕩《とろ》けかけた眼球が捉えていた。あの人が、愛する婚約者が、怯え切った瞳で、穢《けが》らわしいものを見る目で私を見ていたことに。

「よるな……化け物……来ないでくれ……」

胃液に濡れた口が呪詛《じゅそ》を吐く。

なぜ拒むの？　せっかく生き返ったのに？　またミズバショウを見に行く約束なのに？

彼は木につかまって立ち上がり、よたよたと逃げ去ろうとしている。

嫌いになったの？　ずっと一緒のはずじゃない？　もう式場は見に行かないの？

噴き上げる疑念と無念がひしゃげた身体を突き動かした。身中を這いずる虫達の微熱も私の力に変わる。

渾身の想いで追いすがり、しがみつき、脂汗の吹き出すうなじに喰いついた。

歯茎《はぐき》は溶けても歯は骨に根を張っている。犬歯《けんし》が皮膚を破って血の巡る肉に突き刺さる。

悲鳴が響く。離れはしない。深く、強く、歯をこの人の身に突き挿《い》れるのだ。

「やめろ！　離れろ、化け物！」

太い指につかまれて髪の毛ごと頭皮がずるずると剝けた。

男は叫ぶ。次に私の頭を引き離す。

衝撃で、ぐきり、と頸《くび》が折れた。

振りほどかれて白樺の幹にぶつかり、四肢が壊れて頭がだらりと胸元に垂れ落ちる。

もう動けない。けれども歯には毟れた肉が付着している。

生き血と皮脂の残り香が悩ましくて、愛しくて、憎らしい。

よたよたと走り去る男は何度も無様《ぶざま》に転び、そのたびに倒木の折れ枝が腹や首にざくざくと刺さる。

鮮血と臓腑の臭気が漂って来る。

朽ち葉と土を踏む音が遠ざかる。

どうして忌《い》み嫌うの？　一度、死んだから？　それとも他の男と交わったから？

もうおしまい。でも、終わりじゃない。

ほんの一瞬、私は彼と契りあったのだから。

力を振り絞って歯を肉に刺し挿れた。

歯先が皮膚を穿《うが》った時、腐肉に棲む細菌達が男の血中に忍び入ってくれた。

屍者《ししゃ》に宿った者共が生者の血肉に流れ込み、呪いとなり、祝福となって身を冒すのだ。

粒真珠に似た蛆達もほろほろとこぼれ入り、その口吻《こうふん》を生きた身に潜らせる。

あれらが男の傷を貪るに違いない。そして可憐な消化管の中、私の肉と彼の肉が交わるのだ。

森には夏鳥がさえずり、樹々がざわめき、蠅の双翅《そうし》が煌めき、私の肌には白蠕《はくじゅ》が遊ぶ。

もう立ち上がれない。目も閉じられない。

意識が、想いが、次第に木洩れ陽にぼやけ、心が終焉《しゅうえん》に向かって消えそぼっていった。


「早百合さん、早百合さん……」

呼ぶ声に視界が、ぼう、と広がった。

「部屋にいないから捜しましたよ」

夕闇に濡れた森で男が私を抱いていた。

「すごい。歩けるようになったんですね」

慈《いつく》しむ瞳が見つめている。肌のぬるめきも肉の爛《ただ》れも気にせず触れている。

「待ちくたびれて外に出たんですか？　遅くなってごめんなさい。蛍はまだでしたが、白いホタルブクロを見つけて摘んでいました。私道から離れていて時間がかかったんです」

花束が胸の上に置かれていた。

白い釣り鐘形の、とても清楚な花だった。

「この花に蛍を入れて光を楽しむんです。雅《みやび》でしょう？　ホタルブクロって、ぷっくりして白くて、早百合さんに湧いた蛆に似てかわいいと思いませんか？」

男の毛先が腐敗汁の滴りに濡れる。

その頬は明らかな発熱に火照り、支える腕は絶え間なく震えている。

「僕、あまり元気じゃないんです。うまく歩けなくなってて、花摘みにも時間がかかっちゃって、ごめんなさい」

声も腕も弱々しいけれど触れられると全身に力が湧くような。消えそうな命がゆっくりと身に戻るような。

「屍体に棲む細菌やウィルスのせいだと思うけど……僕の身体、もう限界みたいです」

出かける前よりはるかに頼りない声だ。

「今は僕を僕自身が無理に生かしているような状態で……早百合さんが育んだ命を受け入れるのは、この上ない悦び……なんですが……」

たれ込める闇に男の言葉が溶けてゆく。

彼方に耳障りな異音が響き、森にふさわしくない甲高い人工音が近づいて来る。

掠れた記憶をまさぐると、あれは生者が駆《か》る警察車両のサイレンだと思い至る。

胴吹き枝にフープピアスはもうない。

花束に愛くるしい粒真珠が戯《たわむ》れる。

「この花……嫌いじゃない……ですよね？」

おどおどとした声がたずねる。

この男は私を嫌わない。腐っても、蛆をまとって崩れても、花を捧げて恋慕《れんぼ》する。

ほほ笑むと眼窩《がんか》に溜まった濁液の中を眼球が泳ぎ、ぐずぐずと頰の肉が歪んだ。

「ああ……笑って、くれるんですね……」

男が弱い歓喜の声をあげ、朽ちて破れた皮膚に口づけし、発熱した頰をすりよせる。

「愛しています。死んでも……添い続けます」

震える腕が腐肉に沈み、白々とした粒達が男の肌へと遊び入る。

人の世の憂いや不安は過去のもの。

生者の想いや絆など儚《はかな》いだけ。

私は白い花を抱き、真珠色の粒をまとい、永久の黄泉《よみ》の契りに満たされていった。

井上雅彦

アンティークたち

●『アンティークたち』井上雅彦《いのうえまさひこ》

四半世紀以上前の《異形コレクション》第6巻『屍者の行進』のテーマを甦《よみがえ》らせるというこの企画。編集序文では書ききれなかった事項を、毎回、自分の扉裏の解説に書いてきたのだが、前巻から「監修後記」を「ｎｏｔｅ」にアップすることにしてみた。検索してみてください。近年の国産ゾンビ小説についても書いています。

さて、甦る屍体といえば、自分はさまざまな小説で、幾度も死者を甦らせてきたのだが、『屍者の行進』以降で、その濃度が最も高かったのは、ラヴクラフトの「死体蘇生者ハーバート・ウエスト」をモチーフにした競作集『死体蘇生』（創土社クトゥルー・ミュトス・ファイルズ）に寄稿した「女死体蘇生人ハーバル・ウエスト」。この主人公の短篇を五篇収録したアメコミ的な連作だが、五話目でニューヨークに屍者が蔓延《まんえん》するものとなった。

また、これは自作ではないが、吉田悠軌《よしだゆうき》の著書『現代怪談考』（晶文社）収録の「歩く死体を追いかけろ！」なる論考に井上が登場し、実に意味深《いみしん》なことを述べている。

さて、本作は井上の短篇にときおり横断するように登場する人形師・宵宮綺耽《よいみやきたん》の「作品目録」を中心に物語を書いてみた。宵宮綺耽やその「作品」が登場する作品としては、《異形コレクション》では第21巻『マスカレード』収録の「舞踏会、西へ」、第38巻『心霊理論』収録の「私設博物館資料目録」などがある。

眼窩《がんか》がこちらを向いている。黒々とぽっかり空いた昏《くら》い窩《あな》でしかない。

それでも強い視線を感じるのは、やはりなにかが込められているのだろうか。

自分はただの物体《オブジェ》ではないと訴えている怨念《おんねん》か。それとも、それを込めたと自負する芸術家の矜持《きょうじ》なのだろうか。


普通なら、私は、決してこのような場所へは来ない。

いくら気の置けない仲間たちと一緒でも。

それでも、その分野では高名な古美術蒐集家《しゅうしゅうか》の別荘——それも、海外流出を免れた宵宮《よいみや》綺耽《きたん》の銘品が大量に秘蔵されている隠れ家だと聞かされたからには、もはや、自分を抑えることはできなかった。

目的地までの道程は、困難を窮《きわ》めた。

一本道だから分かり易いはずなのだったが、幾度も山道のカーヴを繰り返す。

ジンのように鮮烈な針葉樹林の薫《かお》りを感じながらも、運転席のタツヤがうっかりハンドルを切り損ねてしまったらなどと思うと、気が気ではなかった。

頭蓋骨《ずがいこつ》の矢状縫合線《しじょうほうごうせん》のようなジグザグを描いて、夜霧の中をひた走る。

この一体は、まるでダビデ像。すっくと立った裸体の青年。ミケランジェロのダビデ像のように、あるいは、まるで見得《みえ》を切るバレリーノのように、颯爽《さっそう》としたポーズをとっているかのように見える。鍛え上げられた筋肉。だが、その腹部は胃上部から下腹・丹田《たんでん》までを垂直に切り開かれたあと、すでに黒くて太い糸で縫い閉じられている。レンブラントの有名な「ニコラス・テュルプ博士の解剖講義」で描かれたとおり、腐敗しやすい臓器から先に剖検《ぼうけん》する古典的な手順を踏んだことを見せているのだろう。そのあとは、別の部位にとりかかっている。

頭頂部から蜜柑《みかん》の皮のように剝がされた頭皮は、顔の左右の側面にだらりと大きく垂れ下げられ、耳や顳顬《こめかみ》など側頭部を覆い隠している。頭蓋骨も前頭骨上部と頭頂骨はすでに外されており、露出した大脳のうち、右半分は硬膜《こうまく》、左半分は蜘蛛膜《くもまく》までが剝がされている。そんな脳髄《のうずい》を剝き出しにして、べろりと両側面に垂れ下がる頭皮の裏側の赤紫色にぬらぬら光る粘膜の合間から、まだ若いダビデのような顔が恥ずかしげにこちらを見ているのだが、その澄んだ瞳と目が合うと、さすがにこちらも不思議なくらい頰が火照《ほて》ってくるのは何故なのだろう。

生人形《いきにんぎょう》と口にすると、後部座席に並んで座ったマリの顔は急に青ざめ、タツヤの後頭部越しに浮かびあがるヘッドライトに照らされた車道から、こわばった表情で、目を逸《そ》らした。有名な実話怪談に同じような題名で知られる話があるらしく、これまでも話を切り出したとたんに誤解されることもあったのだが、それとは、まったく別ものだ。江戸時代に生まれた見立て細工「生人形」について説明しておかなくては、話が前に進まない。

生人形——もしくは、活人形《いきにんぎょう》——とは、まるで生きている人間そっくりに拵《こしら》えあげられた等身大の人形細工のこと。つまりは、西洋の蠟《ろう》人形に匹敵するものだが、日本では紙の張り子や木材などで、人間そっくりのリアルな人形を作り出したという。

この分野で有名な人形師といえば、真っ先に名を挙げるべきなのは、幕末から明治にかけて創作活動を行った肥後《ひご》・熊本の松本喜三郎《まつもときさぶろう》だろう。そもそも、肥後にはお祭りの際に供される「造り物」という風習があり、山野に自生する植物や日用品などの材料から昔話の動物や人物を造りあげるという文化がある。喜三郎はこの職人文化を「生きた人間そっくりの人形」造りに限定し、至宝の領域にまで高めて、生人形というアートのジャンルを創ってしまった。すなわち、松本喜三郎こそが生人形の始祖《しそ》。その文化は、同じく熊本に生まれ、親子三世に亘《わた》って技術を磨いた安本亀八《やすもとかめはち》の一門に受け継がれて……などと詳しく語りだせばキリがないのが、これが、ここでいう「生人形」の概要だ。

喜三郎や亀八の作品は、江戸・浅草でも有名になった。見世物興業である。ヴィクトリア朝ロンドンのマダム・タッソー人形館とよく似た趣向といえるだろう。

だが、やがてこの文化は、江戸――いや、東京で、さらに奇怪な変遷《へんせん》を遂《と》げていく。

それが、宵宮綺眈の死人形《しにんぎょう》――もしくは屍人形《しにんぎょう》――なのである。


この一体は、まるで道化師。

とはいっても、サーカスの道化師のように、けばけばしい化粧の「クラウン」とはちがう。

これは、本来的な「ピエロ」だ。すなわち、フランスの無言劇に登場する白い顔、白装束のピエロのことだ。しかし、この白い顔には陰鬱《いんうつ》な青が滲《にじ》み出ている。そのせいなのだろうか、もうひとつの仮面喜劇の道化役「アルルカン」をも連想してしまう。

アルルカンとは本来、イタリア仮面劇のアルレッキーノという悪戯者《いたずらもの》、いわば陽気なトリックスターのことだが、ここで連想したのは若きピカソの絵に描かれた物憂いアルルカン。

パリで深刻な憂鬱《ゆううつ》に憑《つ》かれたピカソの、いわゆる〈青の時代〉――青の色調に鬱蒼《うっそう》と支配されたモノクロームの人物画――の代表作であるアルルカンに、この一体は通底している。

宵宮綺眈じしんもパリの芸術には造詣《ぞうけい》が深く、そもそも、このヨーロッパ随一の花の都で開催された国際見世物博覧会へも参加しているわけだから、自作への影響がなかったとは断定できない。しかし、これもまた偶然のなせる業《わざ》、暗合《あんごう》ともいえるのかもしれない。

綺眈の「死人形」の最大の特徴――死んだ人間そっくりに人形を造型するというリアルさ

の追求の結果が、陰鬱な精神の天才の画風や色調と、あるいは通底してしまったということなのかもしれない。

陰鬱なる青……。ピカソが偏愛した絵の具はプロシャ青だが、綺眈が死人の皮膚の彩色のため白の胡粉《ごふん》に混ぜたのも同じものだろうか。あるいは、瑠璃《ラピスラズリ》か、桑《くわ》の果汁《かじゅう》か。

あらためて、この一体を見る。

この白い顔は、血液の止まった肉体の変貌。

滲みだす陰鬱な青は、腐敗しはじめた血液の浸潤《しんじゅん》。すでに、顔半分に多く青の斑紋《はんもん》が滲《し》みだしているのは、頭を傾けた姿勢のためか。それまで横たわり、肉体の自重《じじゅう》で現れていた死斑が、しだいに、全身に現れはじめる、その青い兆し。

やがて、青坊主のように凄まじく変色する一歩手前で、彼は起き上がったのだ。

物言わぬ白い顔が演じる無言劇のために。

宵宮綺眈の死人形――もしくは屍人形――は、かの凌雲閣《りょううんかく》を見あげる時代の浅草でカルトな人気を博し、やがては衛生博覧会の時代にも突入していく。

しかし、綺眈の芸術性を高く評価していたのは、むしろ海外の審美家たちで、彼の驚くべき作品群とともに、彼もまた、海を隔《へだ》てた大向こうからお呼びがかかった。パリでは六回目の万国博の前哨《ぜんしょう》でもある国際見世物博覧会にも意気揚々と出品し――などと、夜道を走る車内で、これ以上、詳しく話してみたところで、マリが、そこまで真剣に聞いてくれるようには思えない。

もとはといえば、彼女から「なに？　ヨイミヤ・キタンってなにもの？」と訊かれたから答えたまでのことなのだが、いかんせん、さまざまな想いが入りすぎる。彼女の今のカレ氏に訊いたほうが、簡潔に教えてくれたに違いない。タツヤは、例の古美術蒐集家の親戚なのだし、そもそも、この名前を出してきたのは、彼なのだから。

前期試験《ゼンキ》終わったら、またみんなで旅行に行くんだけど。

そこで、アンティーク鑑定のバイトをやってみない？

そんな風に誘われた時には、まさか、こんな展開になるとは思ってもみなかった。

宵宮綺耽の名前に、私の目の色が変わるのを、タツヤは愉《たの》しんでいたのかもしれない。

スマホを見て、ぶつぶつ呟いてるマリの声も、タツヤは愉しんでいるのかもしれない。

霧が深くなってくる。

後続車両に追突されたら大事《おおごと》だが、ダイキの運転なら大丈夫だろう。

繊細なドライブ技術にかけては、彼は天才。しかもタフで、ル・マンやデイトナの耐久レースに出ても勝ち抜きそうな天性のアスリート――というのが、マリの元カレ評。

もっとも――ダイキの感情がいまだにこじれたままだとしたら、話は別だと思うのだけれど。

この一体は、まるで赤富士。

北斎の錦絵よりも、朱朱《あかあか》と染まったその色彩はもちろんのこと、表情もみえぬほど破損したこの上半身から、むしろ強烈な生命力が放たれているように見えるのは逆説的なほどである。まさに凄まじく迸《ほとばし》る生のオーラも見て取れる。とはいえ、これは喜三郎や亀八の生人形の表現ではありえない。これほど損壊した肉体であるならば、すでに生きた人間の写しとはいえない。なればこそ、これこそ宵宮綺耽の死人形ならではの表現であろう。

無残に引き裂かれた肉体である。――首から上も、下も、上半身を中心に刃物で切り裂かれて皮膚も脂肪も筋肉も抉《えぐ》られたのか、それとも、大きな獣の顎《あご》で肉を齧《かじ》りとられたのか、あるいは――なにかの機械に挟まれたのか。怪奇小説『猿の手』で、あの両親の玄関先まで帰ってきたものは、こんな姿だったのだろうか。

いずれにしても、たとえ監察医であったとしても、原因は目視《もくし》で確認できないだろう。法医学の隠語に「青鬼」「赤鬼」「黒鬼」と呼ばれる状態がそれぞれにあるというのだが、これはむしろ、赤鬼の例として適切かどうか。

あるいは、仏教美術で描かれるいわゆる〈九相図《くそうず》〉――京都市左京区の浄土宗安楽寺《あんらくじ》の「小野小町《おののこまち》九相図」に代表される屍体《したい》の九段階――のなかにある「血塗相《けちずそう》」なるものにしても、死後の自然な崩壊にいたる変化の段階を指す言葉であり、この凄まじい状態とは異なるだろう。

溢《あふ》れ出る鮮血で、ぬらぬらと輝き、むしろ鉱物のようにすら見えるほどだ。

事実、この一体で酸鼻《さんび》なまでに彩られた部位は、真紅の顔料《がんりょう》である「辰砂《しんしゃ》」の結晶にも酷似している。

辰砂とは硫化水銀のことであり、熱を帯びると有毒な水銀蒸気を発するが、この赤い「屍体」も、どこか有毒な気を発しているようにも見えてしまう。その意味でも火山に似ている。

綺眈がこの「屍体」の着色に、本当に辰砂を使用したのかはわからないが、まさにこの赤い「血」は、マグマのように内側から煮えたぎり、噴きだしているかのようだ。

だからこそ——この一体は「赤富士」と呼んでもさしつかえないのではないか。

富士のごとくに、みごとな立ち姿だ。

宵宮綺眈の死人形は、いかなる状態でも、立ち姿が決まっている。

まさに「生きている屍体」のように。


これも活断層のせいだというのだろうか？

それとも、やはりこの霧の影響か？

なによりも困るのが、カーナビが効かないことだ。

マリがぶつぶつ呟いているとおり、スマホの電波も途切れてしまう。

二時間前のドライブインで、ジローが言っていたことも、根拠のない噂話とばかりはいえないようだ。

このあたりには電波を狂わせる霧が出る。霧というよりも、地場の問題であるらしく、未確認の活断層が地下を通過しているために電磁波パルスが起こりやすいのだとか。

別荘のあるこの高原が寂れていったのは、バブル崩壊の影響ばかりではないのだろう。

確かに、ペンションブームの頃の美晴沢《みはるざわ》は、観光客の賑わいのあった時期から、名前とは裏腹《は》に濃霧で有名だった。ジローに言わせると、この地は古くは魅甸澤《みはうざわ》――霧を魑魅魍魎《ちみもうりよう》の甸いまわる様にたとえたほどであり、実際、さまざまな伝承にことかかぬとか。

ジローはそんな話で、今頃、後続車のなかでも、ダイキやシノブをあきれさせているにちがいない。

などと思っているうちに、運転席でタツヤが歓声をあげた。

目的地が見えてくる。

大きな破風《はふ》。急勾配《きゆうこうばい》の切妻《きりづま》屋根。

白霧から、突きだしているのは塔だろうか。

電磁波パルスが時空を狂わしたのかもしれない。

まるで、異国の城が佇《たたず》んでいる。

別荘地にしては珍しい外観である。建築については専門外だが、凝《こ》った装飾の破風や切妻屋根の形状から、いわゆるゴシック・リヴァイバルの一種だろう。中世ヨーロッパのゴシック様式を模した近世の西洋館。本物のゴシックならば石造りだが、こちらは木造。いや、あちこちに煉瓦《れんが》が見えている。避暑地の別荘らしく、ポーチやベランダなども見える。どことなく、スイスの山荘にも見えてくる。……とまでいえば、屍肉《しにく》の巨人や吸血鬼の物語を文士たちが生みだした山荘もかくやと連想してしまうのだが、宵宮綺眈の「創造物《クリーチャー》」たちが密やかに佇む隠れ家としては相応《ふさわ》しいのかもしれない。

二台の車が、敷地に停車した。

真っ先にドアを開けたマリが、館を見あげて、

「ヨーロッパのお屋敷みたい！」

などと叫ぶと、後ろの車輛のドアが開いて、

「むしろ、アメリカね」

ショートカットで銀髪のシノブが言った。「木造のカーペンター・ゴシックよ。いや、スティック様式かな」

「なんていうのか……あれに似てるよな」

ジローが言った。「ほら……ノーマン・ベイツのモーテルに」

「ハロウィンにはぴったりだろう」

タツヤが言った。「まだ、七月だけれども」

「どういうカレンダーなんだ？」

「タツヤには、パーティーの季節だってコト」

マリが魔女めいた笑みをみせて、漆黒《しっこく》のフリルに飾られたブラウスの腕を、今カレの腕に絡めた。

ダイキが無言で、後続車のドアを閉めた。

私は、五人のあとをついて、ポーチの屋根をくぐり、玄関に向かった。

ドアを見たとたん、緊張と興奮で指先が震えていることに気づく。

でも——意外と頭は冴えている。冷静だ。

ドアが開いた。

ひとりの男性が出てくる。

私たちより、それほど離れた年齢には見えない。

でも、間違いない。彼なら、きっと知っているにちがいない。

宵宮綺耽について、私の知りたがっていることを。

この一体は、屹立《きつりつ》するトランジ。

トランジとは、中世ヨーロッパの領主、貴族、枢機卿《すうきけい》などの間で流行した極めて特徴的な彫像のこと。墓標や霊廟《れいびょう》に用いられ、故人の姿を模した墓像彫刻なのだが、生前の姿の肖像ではない。死後に朽ち果てていく骸《むくろ》の彫像なのだ。

日本では「腐敗遺骸《いがい》像」と訳されることが多いが、まさに現世を通り過ぎて《トランジーレ》いく肉体の崩壊の過程を彫像化したものである。

自分の遺骸像は、生前の遺言で造らせるという。まさに死後の特徴が顕《あらわ》れた肉体を「写して」彫られるもので、たいていは横臥像《ジザン》だが、ごくまれに立像もある。

生前の罪を吐露《とろ》し、魂の安寧《あんねい》を願う中世富裕層の奇怪な風習で、ルネサンス以降は衰退していたはずだが、「死を想え《メメント・モリ》」の思想は、根強くヨーロッパ人の間に根付いていたようだ。

宵宮綺耽が、西洋で受け入れられたのも、こうした思想が背景にあったからとも思われる。

彫像ではなく、人形細工という表現ではあるものの、綺耽が造ってきたものは、すべてが屹立《きつりつ》したトランジ——腐敗遺骸像だということもできる。

ただ、この一体は、いささか特殊であるのかもしれない……

「前にお話ししたのが彼女です。例のアンティークについての専門家」

タツヤが、私のことを紹介する。

「あ。これは……どうも、遠路遥々《はるばる》」

大袈裟《おおげさ》な紹介で、この館の相続人——古美術蒐集家のご子息という方は、ひどく恐縮していた。ハンケチで汗を拭いている。

私はいささか、拍子抜けがした。

城のような館の主人が、カリスマ的なオーラを背負っているなどという先入観を持っていたつもりはない。

さらに、数少ない写真に撮られた宵宮綺耽の端整な容貌と比べるつもりも毛頭《もうとう》無い。ただ、タツヤと彼とのやりとりを聞くにつれ、彼は古美術に対しての興味も審美も欠落しているかのように、自分には思われた。

相続品を、もてあましている。

それは、この見事な建築意匠のメインホールのあちこちにぶらさがった大量の蜘蛛《くも》の巣や、豪華な装飾の家具、バロック様式のキャビネットや、ロココ調のコモードを覆う埃《ほこり》や錆《さび》、黴《かび》の汚れからも窺える。

相続品のそれぞれは、ざっと見ただけでも博物館級ではないかと思われた。

マリが長々と寝そべっているあの渦巻装飾のソファーにしても、シノブが「ロココとシノワズリーとが詩的に調和してる」などと鑑賞しているあの猫脚《ねこあし》のチッペンデールの化粧台にしても。

おお、これは信じられない、などと声をあげているジローが、手にとって、ダイキに見せているのは、蛸の触手のような足が何本も巻きついている燭台《しょくだい》。

こうしたものの価値を、この主人は理解しているのか、どうなのか。

「ああしたものでも、需要はあるものなのでしょうか」

などと、タツヤに訊いている始末。

おそらく、この別荘も売却したいのだろう。

どのように売却すればよいのかわかりかねて、なにかの機会で、親戚の一人に相談したということなのだろう。

タツヤにすれば、便利な資産家の親戚。

というよりも、むしろ、良心的に接しているのかもしれない。

「例のアンティーク――宵宮綺耽の作品も、彼女なら真価がわかるはずです。きっと、素晴らしい目録ができるでしょう」

タツヤは、私の背中に手を置いた。「彼女は美術や工藝全体に詳しいだけではありません。お父様が、法医学者でしたから」

資産家が、一瞬、ハッとしたように見えた。

なにもそんなことまで言わなくても、と私は思ったが、かえって身が引き締まった。

黒縁眼鏡の縁を、指で少しだけ動かして、

「蒐集室は、どちらに？」

館の主人は、目をしばたたかせ、その廊下の角から地下に降りた部屋にあるのですが、実のところ、何年も、ほとんど近寄ったこともなくて、と声が小さくなる。

指さされた方向に近づくと、確かに地階へ続く階段がある。

地の底からひんやりとした風が噴き上がるような気がする踊り場には、まるで地階への門番ででもあるかのように、巨人めいたアンティークの柱時計が、ヴェサリウスの骨格図のように隆々《りゅうりゅう》と屹立していた。


宵宮綺眈に奇妙な憧憬《しょうけい》を抱き、とうとうこの貴重な陳列室に辿り着いた時には、心の中で欣喜雀躍《きんきじゃくやく》したものだったが、あれから淡々と、一体一体のラベリングをしていく作業を続けていくうちに、やはり、なにやら、尋常ならざる感情がこみあげてくることもある。

手袋越しでも、触れてはならないような、なにか。

巨大な柱時計の前を通り抜け、筐体《きょうたい》の中で振り棹《ざお》と振り玉が左右に往来するのを見ながら、私は持参してきた検診用の手袋を着用する。

綺眈に魅せられたばかりに、法医学から美術の道に進んだ。ここで、検診用手袋をつけることになろうとは思ってもみなかった。

父より前の世代の監察医から聞いた話だが、昔は素手で解剖を行うことはしばしばあったという。しかし、現在は手袋を着用する。「死体から死毒が移る」という防疫上の理由だが、特に今の若い人は免疫がない。素手で死体を触ると、深刻な感染症を引き起こすらしい。

私がこの鑑定で手袋を着用したのは、あくまでも綺䏆作品への敬意のつもりだったのだが、思わず防疫上の不安に駆られてしまったほどだ。

一体、一体が、手袋越しでも、冷気を感じるほどだった。

かれらに屍体を連想させる匂いは無い。ラヴクラフトの小説では、魔書ネクロノミコンからは死臭が漂うなどと書かれているが、綺䏆の人形からはその気配は一切ない。それがむしろ意外に思われたことだ。

そのかわり、それぞれの「物語」にふさわしい匂いを持っているような気はする。


本格的な鑑定は明日から、できるだけ昼のうちに、と念を押されて、館の主人は、逃げるように帰って行った。

私もそのほうが好都合だ。鍵ならタツヤからもらっているし。

ホールに戻ると、奇妙に盛りあがっている。

見ると、五人揃って、大きなテーブルを囲んで、ゲームめいたことをしている。

出会ったころを思いだし、なにをやってるのかと訊くと、ウィジャ盤があったんだ、とジローが言った。

あの蛸足の燭台の下にあったのが、これだよ。

そう言いながら、ドイツで使われた亀甲文字《フラクトゥール》の上を這いまわる一枚のコインの上に指をおいているのは、マリとシノブだ。

「何度やっても、同じことを訊かれるんだ」

と、ジロー。

「訊かれる？　こっちが訊くんじゃなくて？　なにかのお告げを受け取るのが、ウィジャ盤でしょ？」

「だから、なにがわかるかを訊いたんだ。そしたら、同じことを訊きかえす」

「質問に質問で答えるってやつ？」

「まったく失礼なウィジャ盤よね」

と、シノブが言った。

「なんて、訊いてくるの？」

私は訊いた。

「馬鹿のひとつおぼえ」

マリが答えた。「誰を選ぶのかって？」

「Who would you choose?」

私は訊いた。「いや、ドイツ語だから……」

「いや、そうじゃなくて……」

タツヤが言い澱《よど》むと、ダイキが苦み走った顔をあげて、

「日本語で訊いたから、日本語でかえされた」

低い声で一語ずつ。「DA・RE・O・E・RA・BU・NO・KA?」

一瞬、変な沈黙があった。

マリが癇癪《かんしゃく》を起こしたように、コインを振り払った。

「あたしの勝手じゃない! 誰を選んだって!」

コインが一直線に飛んだ。

暖炉の壁に当たり、マントルピースを縦に転がって、束ねた火掻き棒の上に落ちた。

鋭い金属音が、きんきんと音叉《おんさ》を鳴らしたように、いつまでも尾を引いた。

シノブが思わず立ちあがり、マリを睨《にら》みつけた。

タツヤとダイキは、目を合わさない。

ジローがあわてたように、まあ、そんな意味じゃないんだからとなだめると、どんな意味なのよ、とマリが怒鳴《どな》り返した。こうなると手をつけられない。

シノブが物凄い目つきで、マリに向かっていった。

そして、彼女を抱きしめた。

そう。この一体は、ゴート風。

これを、さきほど、腐敗遺骸像《トランジ》として「いささか特殊な一体」と述べたのは、実にさまざまな意味で「特殊」なのだが……。

まず強く目立つのは、「ゴシック」の語源となったゴート人——すなわち、ゲルマン、ドイツ系の遺骸像に見られる傾向が窺えることだろう。死骸はただ朽ちていくだけではない。その肉体には、怖ろしいものたちが、群がっている。蛆蟲《うじむし》や長蟲《ながむし》、うじゃうじゃと屍肉を貪《むさぼ》るものたちが、大量にたかっている姿なのだ。

蛙《かえる》や蝸牛《かたつむり》が顔を覆った中世ゲルマンの石造りのトランジでは、どこかユーモラスな印象もあるが、宵宮綺眈の死人形は、あまりにも悪夢的。大量の蛆蟲。蚯蚓《みみず》。蛞蝓《なめくじ》、なにやら、白い頭の環状《かんじょう》の円筒形の虫らしきものが、大量にうじゃうじゃと、あたかも蠕動《ぜんどう》運動を繰り返し、口鉤《こうこう》のついた咽頭《いんとう》を蠢《うごめ》かして、肉汁を啜《すす》っているかのように見える。

蝶や甲虫《こうちゅう》までが肉を啄《ついば》んでいるのも珍しい。久生十蘭《ひさおじゅうらん》の掌篇《しょうへん》「昆虫図」をも連想させる。

この大群に顔面は貪《むさぼ》られ、男女の性差すら、わからない。

だが、よく観察すると、顔が見つかるのだ。

それが、この一体を「特殊な」と呼んだ真の理由。

宵宮綺眈の死人形——とりわけ、女性の死人形には、特定のモデルがいると言われる。

婚姻関係にあった浮気な恋人に裏切られ、その復讐のため、無残な死骸の似姿を造ったとの噂も囁《ささや》かれたが、実際は、それ以前から、よく似た面影の「死美人」を造っている。むしろ、話は逆であって、くだんの浮気な妻は、綺耽の心にあった女性に似ていたから選ばれた——と考えることも可能だ。真実はわからない。

ただ、ひとつ言えること。その顔は、この凄まじいトランジに見つけることができる。

拡大鏡で、はじめて見つけた時には、慄然《りつぜん》とした。

肉体を貪る白い蟲たち——それをよく見ると、一匹、一匹の頭部に美しい女性の顔が生えている。蛆蟲にも、長蟲にも、蛞蝓にも、蜥蜴にも、同じ女の顔がある。

この女性は、宵宮綺耽にとって、いかなる存在なのだろうか。

そして、この女の群れに喰われている屍体とは、いったい誰なのだろうか。

生前の罪や悔恨を吐露する腐敗遺骸像の例からすれば、喰われているのが宵宮綺耽じしんかもしれない。なのだとすれば、この女は、宵宮綺耽の罪悪感だろうか。

あるいは、もしも女に喰われているのがこの女じしんだとするならば、いったい、どう考えたらよいのだろうか。

マリとシノブが、歌い出した。

二人ともワインの飲み過ぎだ。へべれけになって、わめいているようなもの。

一時はどうなることかと思ったが、持ち合ったものと、館の主人が用意してくれていたもので、なんとか遅いディナーにありつけた。

ディナーらしさが出ているのは、この部屋の豪華な調度品と、ワインのせいだろう。ボヘミアンカットのワイングラスもこの館のものならば、そこに注がれた赤葡萄酒も、ジローが館内を物色し、どこかから「一本だけあった」のを持ってきたのだ。

タツヤも、ダイキも、なにごともなかったようにテーブルを囲んでいる。談笑とまではいかなかったが。彼らは大人だ、と私は思う。

ワインに、口はつけなかった。

グラスを廻しただけでも、なんだか澱《おり》が残って、飲む気にはならない。

それでも、妙にうとうとした。

誰かが顔を覗き込んでいるような気がする。

どこかで見た男の人。

背中にゆっくり、指が匍《は》ってくるような気がした。

タツヤ？

唇に名前がのぼりかけ、ハッとして、目を開けると、目の前にシノブの顔があった。

「このコを介抱してくるから」

シノブが、ぐったりとしたマリを抱えていた。

「ええっ？　大丈夫？」

シノブが言った。「ここ、すごく柔らかい天然温泉が湧いてるって」

「風呂場で休ませる」

「そう……」

私の譫言《うわごと》は聞かれていなかったようだ。

「手伝えなくてごめん」

「いいのよ」

小声になって、私の耳元に、

「マリが気にしてた。なんであんたが、そのなんとかいう人形師にハマってることをタツヤは知ってたのかって。あんたの父親の仕事のことも」

「え？」

私は驚いて、身を起こした。

男たちの寝息が聞こえている。

「まあ、あたしとしては関係ない」

シノブがにっこりと笑った。

「あたしたちはゆっくりしてくる。あんたもゆっくりしていな」

この一体は、ボウちゃんと呼ぼう。

そんなふざけた渾名《あだな》でもつけなければ、とても、正常な心理状態が保てない。人の形にみえぬほど、膨れあがった状態は、確かに法医学の写真では見たこともある。体内の腐敗によって発生したガスにより、内側から膨れ上がった屍体の状態。「小野小町九相図」にも、「肪脹相《ぼうちょうそう》」として描かれた状態ではあるのだが、これはいささかデフォルメの度が過ぎるようにも思われる。

海から漂着する正体不明の怪肉塊《グロブスター》をも彷彿《ほうふつ》させる質感なのだが、それがあきらかに女性の特徴を有しているのが、いかにも、綺耽らしいタッチといえる。

桃山人《とうさんじん》「絵本百物語」に描かれた寝肥《ねぶとり》——肥満の女性の妖怪視された威容《いよう》から、鳥山石燕《とりやませきえん》「画図《がず》百鬼夜行《ひゃっきやこう》」のぬっぺっぽうの如き肉塊《にくかい》に移行する寸前のような、まさに妖怪そのもののフォルムである。そういえば、江戸で初めて「お化け屋敷」を創った人物は町医者だったというが、人体を知り尽くした者の造型する「お化け」は確かにリアルな不気味を持っていたのだろう。

宵宮綺耽も浅草で「幽昧閣《ゆうまいかく》」なる化け物屋敷の興業を行ったという記録があるが、この肉塊女もそこの展示物だったのだろうか。

綺耽の造る女の顔が、すべて同一の顔をモデルにしているという説も、すべて検証がされにくいのも、このようなケースがあるからだが、「幽昧閣」の時代に妻だった女性は美人で評判の芸人だった。木馬館の喇叭《らっぱ》吹きと恋愛関係になり、渡欧の寸前に綺耽が行方不明になったことから、綺耽は男女に殺されたという説もあるが、真偽のほどはわからない。実は秘かに渡欧して、さらに悪魔的なものを造り続けていたとの説もあるほどだ。

とはいえ、この一体。

女性らしい顔が、妙にユーモラスでもある。だから「肪脹相」のボウちゃん。相撲取りのように立ちはだかった姿も、愛嬌がある。見ようによっては、ロココとシノワズリーが入り混じったチッペンデールの家具の曲線を思わせる丸みまでもが、愛らしい。この無残な姿が、そんなふうに見えてしまうことじたい、私はすでに正常な心理状態ではなくなっているのかもしれない。

また、誰かの指を感じる。

手も。柔らかい手。

薄目をあけると、ぼんやりと顔が見える。

古い写真の端整な容貌。あなたは……と訊くと、そっと肯《うなず》く。

あ、と思ったとたんに、霞《かすみ》のように霧散する。

目が、まだぼんやりしている。

なにかがくるくると廻っている。円い盤。魔方陣？　時計の文字盤？　ウィジャ盤？

——誰を選ぶのか？——

声が聞こえたような気がした。

まだ、視界が、ぼんやりしている。

目を凝らす。

カーテンの外。月明かりの庭。

その土がすこしずつ、すこしずつ盛りあがり……。

土砂を掻き分けるようにして、なにか異様なものが姿を現す。

蒼々とした月光をまとって、歪んだ姿のものたちが、身を起こし、立ちあがる。

あるものは手を突き出し、あるものは折れ曲がった首を揺らし、あるものはふらふらと酔《すい》歩《ほ》するような動きをみせ、あるものは硬直したままで、窓に向かって、近づこうとしている。

声が聞こえる。

嗚咽《おえつ》のような。咆哮《ほうこう》のような。

私は、ぼんやりと、それを眺めている。

動こうにも、動けない。

月が、歩いてくるものの顔を照らす。

顔……というよりは、顔の残骸。着衣同様、襤褸《ぼろ》で覆い隠されても、はみ出た臓物。したたる腐肉。隠しようのない骸《むくろ》の姿。目は濁っているのに、妙に光を放つ。

それぞれが、口を開ける。唇のない口なのに、真紅に染まっている。

なにかの肉を咥《くわ》えているものもいる。咀嚼《そしやく》するたび、黒い涎《よだれ》を滴《したた》らせるものもいる。
歪《いびつ》な動きが、波のように近づいてくる。
おびただしい数の青黒い手が伸びてきて――
ハッとして、目を開ける。
窓の外は静かだ。
カーテンは閉まっている。
また、うとうとと眠っていたのだ。
照明が消えている。
女子たちが浴室から戻ったのか。こう昏くては確かめようもない。
誰かの寝息らしきものは聞こえる。
あれから、どれだけ時間が経ったのか。
厭《いや》な夢を見た。よくわからないが、気分が悪い。
だが、私には、これから、やることがあるというのに……。
どうしても、調べたい。
手がかりを追って、ここに辿り着いたというのに。
私はすでに正常な心理状態ではなくなっているのかもしれない。

奇妙な声が聞こえる。

頭の中に、声が聞こえるのだ。

……せっかく、ここに辿り着いたというのに……。

あれは、いったい、誰の声だったのか……


私は、息を整えた。

この館に来たからには、明日まで待ってはいられない。

しっかりと、身を起こす。

持参したショルダーバッグの中のＬＥＤ電灯や工具類を確認する。

そして、護身用の装備も……。

もう一度、息をゆっくり吐いてみた。

覚悟を決めなくては。

なんとしても、姉の手がかりを見つけなくてはならない。

姉から聞くまで、宵宮綺耽なんて名前は知らなかった。

まるで、今で言う「推し」のアイドルか、漫画家か、小説家みたいな、そんな存在だとばかり思い込んでいた。アーティストなどと言われるから、なおのことだ。

それが、著名な蒐集家のもとで宵宮綺耽作品の鑑定をすることになったという連絡を最後に、消息がぷっつり途絶えてしまった。
綺耽のことを自分なりに調べ始めたのは、それからだった。
そして――思いがけない好機が到来した。
もう一度、息を整えた。
覚悟を決めて、立ちあがる。
と、その瞬間――
ぴえろ。
という声に心臓が摑《つか》まれたような気がした。
「おれは、ぴえろ」
ジローの譫言だ。「ああ、たしかに……そのとおりだな」
そう言って、顔を横に向けた。
寝言で自嘲《じちょう》しているのだろうか。
私は、はじめて彼の心の淵を覗きかけたような気がしたのだが……。
かまっても、いられない。
私は、ゆっくりと部屋を出た。
駄目だ……。ここに来てはいけない。私は、必死の思いで、これを書き続けている。

このノートに、当初の目的とは、まったく異なるメッセージを。

あんな愚かしいことに、忌まわしい契約に、手を貸してはいけない。

あの凄まじい有り様の——あのなかの誰を選ぶかなどと、そんな怖ろしいことは……


冷たい廊下を、歩く。

階段を降りるのに、勇気がいる。

だが、自分はこのために来たのだ。

巨大な柱時計の前を通り抜け、筐体の中で振り棹と振り玉が左右に往来するのを見ながら、私は持参してきた手袋を着用する。

あのドアの向こうに、宵宮綺耽に関する蒐集物がある。

ならば、姉に関する情報も、残っているに違いない。

綺耽のことを自分なりに調べ始めたのは、姉に会いたい一心だった。

——それが、もうすぐにわかる。

鍵穴に鍵を入れようとして、はじめて鍵がかかっていないことを知る。

ゆっくりと、扉に手をかける。

この一体は……いや、もはや、一体とはいえない。

奇怪な群体。ロダンの「カレーの市民」を思わせるような、それぞれにドラマを抱えたもののたちの群像劇。それぞれが歪んだ姿の、襤褸のような、朽ちかけた流氷木めいた姿をしたものたちは、たがいに折り重なるようにして、それぞれ互いに挑みかかっている。だが、いささか理解しがたい。あたかも、なにかを貪り喰っているような、この姿。ぐらぐらと揺れ動いている。なにかが変だ。これはあきらかに……


扉を開けた。

ひんやりとした闇が、重い。

指先が震える、でも、震える指が、壁のスイッチを探り当てる。

指でオンにすると、淡い光が視界を拡げた。

ここは、想像していた地下室じゃない。石室《いしむろ》だ。床も壁も天井も石造り。巨岩を切り出して造られた室《むろ》か。地下室というより、まるで、古墳時代の横穴式石室《せきしつ》だ。こんなものと、地下で繋がっていたとは。いや、この館は、古墳の上に建てられたのか？

見渡す限りがらんとした空間だ。

ここにある筈の宵宮綺耽のアンティークも、見当たらない。

家具も、調度品も、なにひとつない。

そのかわり、床一面に黒い染みがある。焼け焦げた痕なのか、それとも……。

「どうして？」

呆然《ぼうぜん》とした。

ここに異様な死人形が陳列されていて、姉はここで、鑑定の仕事をして。

そんなことは、すべてが私の思い込みだったのか？

私は、呆然と立ち竦《すく》む。

いや――隅の方になにかがある。

なにやら黒々としたものが、蹲《うずくま》っている。これは、おそらく……。

私は、奥に向かって、歩き出した。


……これは、明らかにバランスを欠いている。

その証拠に、この奇怪な群像は、私が触ると、それらは一斉に頽《くずお》れる。明白だ。これは、宵宮綺耽の作品ではない。贋作《がんさく》だ。いや、贋作以前だ。「造り物」ではない。ただの悲しい現実でしかない。アンティークではない。ヴィンテージでもない。無残きわまる「大量生産品」だ。私は怒りがこみあげている。怒りにまかせて、これを書いている。

思ったとおりだ。石で造られた円卓。古代の祭壇めいたものだ。

なにかが載っている。これはルーズリーフのバインダー。手に取ると綴《と》じられていなかったのだろう。バラバラと中のリーフノートが落ちて舞う。

姉の字だ。間違いない。やっぱり、姉はここに来ていたのだ。

ノンブルもなく、日付もない。そういうところが、姉らしい。バラバラなので順番はわからないが、読んでみればなにかがわかるかもしれない。


話が逆なのだと、依頼人は説明する。これを求めているのは綺耽のほうだ。自分ではない。自分は素材を綺耽に捧げる御役。時空を超えて、芸術家の意識下の領域に届ける御役。彼の作品が遠い未来にアンティークと呼ばれるために。そのための秘儀なのだ。自分が「契約」したのは芸術そのものなのだ、などと力説する。正気ではない。そもそも、綺耽は、そのような意図で自分のアートを造ったはずがない。創作当時の綺耽は、そんな忌まわしい存在とこの男との契約など知ろうはずもない。だから、私は決断するに至ったのだ。だから――


「夜に、この空間に入るとは」

背後からの声に、私は震えあがった。

館の主人が、昏い目でこちらを見ていた。

「あんたが、あのアンティークの専門家だと、タツヤ君が言うから頼む気になった。もう、もてあましていたのさ。魔術の道具とか、儀式の方法とか。父の過ちをこれ以上繰り返したくはなかった。ああ、それなのに……。あれが、また、はじまっているじゃないか！」

その手にあるものを見て、愕然《がくぜん》となった。猟銃だ。

「どういうことですか！」

うわずりながらも言った。「姉は、いったいどうして？」

「姉！　そうか、姉妹……だったのか」

主人は、肩を落とした。

「眼鏡で気づかなかった。なるほど、そっくりだよ。あの人形作家のお気に入りの顔にも」

「えっ？」

彼の言っている意味がしだいにわかってきた。わかる前から、震えが高まっていた。

「父が彼女を信頼した理由もそうだった。いや――おそらく、彼女が綺耽に異様な興味を持った理由も。それなのに、彼女は、あのアンティークたちを……あの綺耽の作品を――」

これ以上、愚《おろ》かしいことを繰り返させてはならない。いや、それ以上に、こんなことに巻き込まれた綺耽が不憫《ふびん》だ。綺耽はおそましい儀式の道具なんかじゃない。だから、解放してあげなくては。あの美しい綺耽の作品たちを、綺耽の身元に送らなければ。

「まさか姉が……綺耽の作品を……ひとつのこらず燃やしたとでも？」

私は愕然とした。自分の靴の下にある黒々とした痕跡が影のようにまとわりつく。

「わからない。父も詳しくは語ってはくれなかった。事実、ここには人形の類《たぐ》いは、なにも残っていないようだ。あのアンティークだけは別なのだが」

「えっ？」

「私がそのノートを読んでも、なにがなんだかわからない。順序はバラバラだし、欠損も多い。でも、父は言った。闇に象《かたど》られたものを毀すことなどできない。未来での破壊は、過去の創生で償う。それが契約だと。……全身に咬み傷を負い、敗血症の熱に魘《うな》されながらね」

この男の言ってることさえ、私には、なにがなんだか、わからない。

「姉をどうしたんですか。まさか——あなたが、その銃で」

「馬鹿なことを言うな。行方など知るか。父の言ったとおりの、あれが、はじまっているんだ」

部屋の外で、悲鳴があがった。

誰の声か、わからない。悲鳴というよりも、怖ろしい咆哮。

霧が入り込んできた。冷気の中に、歪んだ影の蠢く姿がゆらめく。

私のもくろみは甘かった。跫音《あしおと》がする。あの声も。やつらが来たようだ。時間を遡《さかのぼ》り、綺耽に傑作を造らせるために。そのための素材というのなら、私を使えばいい。その時は、私も、きっと、綺耽に会えるのだから。どうしても会いたかった、あの人に。

霧の中で、主人の銃が火を放った。私はバッグから出そうとしたスタンガンを落としてしまったが、そのまま、かいくぐって、入り口に急いだ。タツヤ、マリ、ダイキ、ジロー、シノブの顔が頭に浮かんだ。あの五人はどうしたのだろうかとも思ったが、根拠のない絶望感に心が裂けそうだった。

ドアの外に出た時に階上に、大きくゆらめく影が見えた。その動き方を見て、足が止まった。その時、部屋の中から凄まじい絶叫と銃声が聞こえた。ぐしゃぐしゃという音が双方から聞こえてくる。そして……階段を降りてきたのは、凄まじい姿をした影が五つ……。

一瞬、霧が止まった。そんな感覚だった。

強い視線を感じる。なにかの強い意思の込められた視線。目の前で、眼窩がこちらを向いている。黒々とぽっかり空いた昏い窩《あな》。まぎれもなく人の顔がすぐ近くにあり、背筋が凍りついた瞬間、異質な音に気がついた。

玻璃板《はりいた》の中で、左右に素速く動き続ける振り棹と振り玉。柱時計だ。窩の両眼でこちらを見つめる愁いに満ちた男の顔は、筐体の扉に彫られたレリーフだ。地下室の扉前から階上に向かって聳《そび》え立つ巨大な柱時計。隠れるなら、ここの中だ。選択の余地はない。そう思った瞬間――人面が縦に割れ、筐体の観音扉が内側から開く。発条《バネ》や振り子の音が他の音を消し去る。二本の蒼い腕が奥から現れて、私のからだを抱きすくめる。そうだ。はじめから私はこの人を選んでいたのだ、と感じながら、私は、闇の中に掬《すく》いとられて……。

この一体は、楽園の微睡み。

いかなるモデルがいて、いかなる物語があったのかはわからないが、おそらく、これこそが、宵宮綺耽の創作のはじまりではないかと思われる。時計内部の精密な部品に組み込まれたまま、虚空《こくう》に漂うように配置された女は、死者とも生者ともつかぬ表情で、悦楽そのものに抱きすくめられているかのように見える。もちろん、時計と美女の対比は古典的な儚《はかな》さのメタファーともいえる。だが、むしろ、死すらも焦《じ》らし、欺こうとする綺耽の意思すら感じ取れるのだ。最下部の床下から、羨ましげに女を見あげる巨大な一匹の蛆虫も含めて。

《参考資料》
霊感を与えて下さった美術書として、小池寿子著『屍体狩り』(白水社)。
その他、法医学、美術などいくつかのｗｅｂサイトの記事を参考にしました。

久永実木彦

風に吹かれて

●『風に吹かれて』久永《ひさなが》実《み》木《き》彦《ひこ》

《異形コレクション》では、前巻にあたる第56巻『乗物綺談』に驚くべきモンスターと主人公の交流を描いた話題作「可愛いミミ」で初登場を飾った久永実木彦。

この年2023年に久永実木彦が刊行した作品集『わたしたちの怪獣』(創元日本SF叢書)は、「第6回飯田《いいだ》賞」(書店バイヤー・飯田正人《まさと》氏が半期に一冊選ぶベスト小説賞)と「ヒデミス! 2023 小島秀夫が選んだミステリー・ゴールデン・ダズン」の二つの賞を獲得した。『わたしたちの怪獣』は、まさに全作、モンスター(あるいは、怪物的なもの)の登場する作品集だが、その最後の作品に登場した怪物がゾンビである。

「『アタック・オブ・ザ・キラートマト』を観ながら」というタイトル通り、主人公たちがこの1978年公開のカルト・ムービーを観ている映画館の周囲が、すでにゾンビたちに包囲されている。それもトマトのように赤く膨《ふく》れた頭部をもったゾンビ——という極めてダークにしてコミカルでさえもある、終末感漂う作品である。この幻想絵画のようなヴィジュアルを、飄々《ひょうひょう》とした文体で描いてみせる久永実木彦の筆力は、本作でも見事に発揮されているのだ。

「風に吹かれて」は、これまで誰も表現してこなかった、まったく新しい〈生ける屍者〉の姿が描かれている。これもまた幻想絵画のようにビザールな風景だが、作品の底に流れているピュアな痛みもまた、久永実木彦ならではの作品世界なのである。

1

"Float?" The clown's grin widened.
"Oh yes, indeed they do. They float! And there's cotton candy…."

スティーヴン・キング『IT』

実際、みんなふわふわ浮かぶことになった。

早朝、墓守《はかもり》はサンドイッチを詰めこんだランチボックスを片手に、つつましくも味わいのある――いいかえれば、築年数が半世紀ほどにもなる――わが家から、歩いて一〇分ほどの霊園に出勤する。

住まいは都市部からこちらに越してきたときに、自治体が用意してくれたものだ。素朴なつくりの素朴な平屋だが、墓守は気に入っていた。生活に必要な最低限のものはそろっているし、なにより周囲にほかの家がないところがいい。自治体の担当者は「山の上にぽつんと建つ一軒家なので、寂しいかもしれませんが」といったが、それこそ望む環境だった。

「お隣さんを気にせずに音楽をきけるなんて、最高じゃあないですか」そう答えると、担当者は「なるほど」と笑顔でうなずいた。もってきたのは段ボールひと箱分の文庫本と、おなじく段ボールひと箱分のCDのみ。ほかのものはすべて——いうまでもなく、しがらみやあわただしさの一切を含む——捨ててきた。

モバイル端末もずいぶん前に解約したきりだ。もっともこれは、エスカレートする規制と不正の相乗効果によって、インターネットがほとんど無用の長物になってしまったからでもあるが。慣れてしまえば、むしろ快適なものだ。

清新な朝のにおいが漂う林道を抜けて、勾配《こうばい》のゆるやかな下り坂にさしかかると、霊園をぐるりとかこむ煉瓦《れんが》の壁と、その内側でふわふわ浮かぶ親愛なる屍者《ししゃ》たちの姿を見おろすことができる。多くは老人だが、中年もいくらかまじっている。まれに若者や幼い子供もいる。だれもが赤色や黄色の鮮やかな装いに身をつつみ、風に吹かれて優雅に揺れている。

霊園の正門は坂道をくだって、小川にかかる橋をわたった先にある。黒い鉄製の門扉《もんぴ》のアーチには、飾り文字で〈MEAR'S CEMETERY〉と書かれている。深愛市営霊園《ミアズ・セメタリー》——誇り高き墓守の仕事場だ。

墓守は正門の横にある通用口から霊園にはいり、前庭の隅《すみ》にある詰所《つめしょ》へ行った。簡素なプレハブ小屋のなかには、腕を組んで事務椅子にすわり、うつらうつらと船を漕ぐ夜まわりの姿があった。

「夜まわり、時間だぞ」

「……んあ、寝てないよ？」

墓守の呼びかけに、夜まわりは目をこすりながら答えた。大あくびをして、言葉をつづける。「心配しなくても、仕事のほうはきっちりさ。夜《よ》はなべてこともなし。異状なしの問題なしだよ」

「それはなにより」

墓守は苦笑いしながら答えた。この時間に夜まわりが寝ているのは、いつものことだった。

夜まわりもまた墓守のひとりだ。正しくは夜まわり番の墓守ということになるのだが、墓守は彼のことを単に夜まわりと呼んでいたし、夜まわりも日勤担当の墓守のことを単に墓守と呼んでいた。ふたりはここの開園当初からいる同期で、もともとは日勤と夜勤を一定期間ごとに交替する予定だったのだが、夜まわりが「おれは夜だけにしてもらえませんか？」と希望し、墓守もとくに異論はなかったので、それぞれの時間帯を専門に担当するようになった。

夜まわりの仕事は、その名のとおり夜間の霊園を見まわることだ。デスクに置かれたクリップボードには、定刻どおりに巡回したことを示す丸印が記入されたチェックシートがはさまれている。であれば、墓守から指摘すべきようなことはなにもない。

墓守が灰色の作業服に着替えているあいだに、夜まわりは電気ケトルで湯を沸かし、ふたり分の珈琲《コーヒー》を淹《い》れた。いつからか、テーブルをはさんで珈琲を飲みながら申し送りをおこなうのが、いつもの決まりになっていた。

「まあ、とくにないな」夜まわりはいった。これもいつものことだった。この町において、夜はただ静かに、じっと過ぎるものだ。

「例のボルトクリッパー女は？」

「知ってのとおり、ありゃあ日が沈んでるあいだは来ないよ。頭はイカれてても、生活は規則正しいんだ。ああ、そういえばU区画で浮かんでいる緑色のマントに白ひげの紳士だが、ロープがゆるんでいるかもしれないから念のため見ておいてくれ。風に吹かれて、いつもより余計に揺れていたから」

「了解」

そういって墓守がマグカップを手にとると、暗褐色《あんかっしょく》の液体が小刻みに揺れて波紋をつくりはじめた。遠くから響いてくる不愉快な音が大きくなるにつれて、波紋は幾重にも広がった。夜まわりが立ちあがり、窓をあけて上空を見あげる。墓守のすわっているところからも、編隊を組んで東の空へ飛んでいく先制自衛軍の戦闘機が見えた。

「世のほうは、なべてこともなしってわけにはいかないようだな。いやだねえ。こんな朝早くから」

「国は本当に戦争をはじめるつもりかな？」

夜まわりは両の手のひらを上にむけて「さあね。昼間のことは知らないよ。だから夜まわりをやっているんだ」といって首をすくめた。墓守は波紋がおさまるのを待って、マグカップを口に運んだ。珈琲の苦みに、いつもと変わるところはなかった。

夜まわりが退勤し、墓守はふたり分のマグカップを洗ってから、自分の仕事をはじめた。定刻まで残り三〇分ほど。正門をあける前に、ぐるりと園内をまわって開園前の最終確認をおこなう。

詰所のある前庭から花壇にはさまれた道を奥に進めば、そこに広がるのは幻想的な屍者たちの世界だ。屍者たちはオルガン型の墓石から延びたロープを左足首の鉄輪に結ばれて、地上から二メートルあたりをふわふわ浮いている。遺族が用意した美しい衣装――金銀の精緻《せいち》な刺繍《ししゅう》がほどこされたコート、レースやフリルが幾重にも重ねられたドレス、オーストリッチの羽根があしらわれた帽子などなど――をまとってそよ風に揺れるようすは、青空の下でおこなわれる舞踏会のようだ。屍者たちの青みがかった顔面は、うっかりどこかにぶつけてしまった陶器のようにひび割れているが、損傷がひどい箇所は職人が樹脂で埋めているので、ほとんど目立たない。その表情は穏やかで、どこか気品に満ちていた。

人間は死ぬとふわふわ浮かぶ。それが現在――二〇三〇年代の常識だった。ほんの一〇年前までは、腐って朽ちていくばかりだったのだから進歩したものだ。一線の科学者たちがこぞって調べたが、いまだにどうしてこうなったのかわかっていない。ある時点から、突然に、全世界的にそうなったのだ。ほかの生物にはまったく見られないこの現象は、人間という種にかけられた呪いのように思える。

通常、動物が生命のおわりをむかえると、体内酵素や細菌、バクテリアなどによって細胞が消化され、分解される。つまり腐敗していくわけだが、人間においてその進行は死後三〜四日くらい（日数は多くの要因によって前後する）たったところでとまる。分解を免れた細胞は、そこから一週間ほどかけて内部にガスを内包する非常に軽い有機結晶的な構造体に変化し、ふわふわと宙に浮かぶようになる。俗にいう〈ゾンビ風船〉のできあがりである。

ゾンビという名前を冠してはいるが、ホラー映画やコミックのように〈ゾンビ風船〉が人間を襲うことはない。そもそも彼らは歩いたり、腕をふりまわしたりすることができない。できるのは、空気の流れに身をまかせて漂うことだけ。あとは、せいぜい小さな声でうなるくらいだ。もちろん、人間を咬んで仲間を増やすこともない。無理矢理〈ゾンビ風船〉の歯を押しあてて、だれかの皮膚を傷つけたとしても、それが原因で〈ゾンビ風船〉になるといったことはない。腐敗が進行せず、ふわふわ浮かぶ性質をもつことをのぞけば〈ゾンビ風船〉は、ほとんどただの屍体《したい》にほかならないからだ。

これは人類を滅亡させるような種類の呪いではないのだ。しかし、この星から土に還《かえ》ることを拒否されているのだとしたら、それはそれでおそろしい呪いといえるかもしれない――ときどき墓守はそう考える。

それでも、墓守は風のなかで静かに催される、色とりどりの衣装をまとった屍者たちの舞踏会を、この世界のどんな景色よりも愛していた。彼らに魂はもはやない。しかし、だからこそ美しい。だからこそ、これほどまでに心をとらわれる。屍者たちは競うことも、争うこともない。性別も人種も貧富も才能の多寡《たか》も、あらゆる他者とのちがいに苦しむこともなく、ただ穏やかに浮かんでいる。癒やし——という言葉をつかうことにいささかの抵抗を感じないわけではなかったが、墓守はまちがいなく彼らに癒やされていた。

とはいえ、ここまで屍者たちに魅了されている墓守のような人間は、いくらか珍しくもあった。いかに幻想的な光景をつくりだしているとはいえ、屍体は屍体なのだ。深愛市営霊園のような形式の墓場は年々増えているものの、それらをおぞましいものと批判する向きもまた、世間には存在する。ここの園長——地元の名士が便宜的にその職におさまっているだけで、滅多に顔も見せない名ばかりの園長だが——などは、陰で「最高に悪趣味なテーマパーク」と漏らしているほどだ。じつに愚かで、残念なことに。

墓守は霊園の北側奥に位置するU区画にたどりつくと、緑色のマントを羽織って宙に浮かぶ白ひげの紳士に近づき、彼をつないでいるロープの両方の端——左足首の鉄輪と墓石のロープ固定具を交互に見くらべた。夜まわりが心配していたとおり、固定具がわずかにゆるんでいるようだ。夜間に懐中電灯の明かりだけで、よくわかるものだと感心する。しかし、いますぐロープがほどけたり、ちぎれとんでいったりする心配はなさそうだ。これなら開園後の対応でも問題ない。墓守はクリップボードにはさまれたチェックシートに《要、固定具の交換》と書きつけて、つぎの区画にむかった。

結局、ほかに異状らしい異状は見あたらなかった。園内を一周して前庭にもどった墓守は、正門を解錠してあけはなした。深愛市営霊園、お待ちかねの開園である——といっても、定刻前から待機しているような墓参者はひとりもいないのだが。まあ、ぼちぼち訪れてくるだろう。

墓守は前庭の花壇にじょうろで水をやり、倉庫から新品の固定具といくつかの作業用具をもちだして、もう一度U区画へ足を運んだ。

作業の工程は以下のとおり。①まず、ロープをたぐり寄せて緑色のマントの紳士をおろし、あらかじめ横に立てておいた車線分離標のような重みのあるポールの先端のフックに、彼のズボンのベルトをひっかける。②つづいて、柄《え》の長い専用のハンマーをゴルフのスイングの要領で固定具側面のでっぱりに打ちつける。乱暴なように見えるが、これはマニュアルにもきちんと載っている正式なとりはずし手順だ。チャペルの鐘のような音とともに固定具がはずれると、墓石側のロープがするりとほどける仕組みになっている。③新しい固定具にロープを通して墓石に再設置したら（このときハンマーは不要）、④最後にフックつきポールからベルトをはずして、緑色のマントの紳士をふたたび浮かびあがらせて完了だ。簡単で手慣れた作業だが、紳士がどこかへ飛んでいってしまわないよう、順番に気をつけて進めなくてはならない。

しかし、思うようにひとつの事柄に集中できないのが、仕事というもののつらいところだ。墓守は作業をしながら、ななめ向かいのL区画でふわふわ浮いている葡萄酒《ぶどうしゅ》色のタキシードを着たハンサムな屍者にも目をくばらなくてはならなかった。なぜなら、そろそろボルトクリッパー女の来園する時間だからだ。彼女はいつもどこかの壁を乗り越えてやってくるので、どの方向からあらわれるのか予測がつかない。区画が近いのが、せめてもの幸運だった。

「おはよう。墓守のおじさん」

ベルトをフックつきポールにひっかけて緑色のマントの紳士を地上近くに固定していると、小さな──たしか九歳か一〇歳だったはずだ──男の子から声をかけられた。墓守は三〇をすぎたばかりだったが、少年にしてみればおじさんという呼び方も妥当なところだろうと思う。

「おはよう。今日もお祖母《ばあ》ちゃんのお墓参りかい？」

少年はうなずき、しゃがみこんでフックつきポールの根もとを手で押さえた。

「手伝うから、しばらくここにいていい？」

「なにもしなくたっていていいさ。でも、手伝ってくれてありがとう。助かるよ」

少年は春休みがはじまってから、ほとんど毎日のように霊園を訪れていた。しかも、日に日に滞在時間が延びている。友だちと遊びたい盛りのようにも思えるが、人はそれぞれだ。子供だって、ひとりになりたい時期はあるだろう。墓守自身の子供時代も、そういうものだった。

「昔は屍体がくさかったたって本当?」少年はいった。

「いまとちがって、人間は死んでも〈ゾンビ風船〉にならずに腐ったからね。夏場に食べ物が悪くなるとにおってくるだろう? ああいう風になったんだよ。でも、くさくなる前に燃やしたり土に埋めたりしていたから、人間が腐ったにおいを嗅ぐことなんて、あまりなかったな」

「飼ってた亀が死んだときに、お庭に埋めたよ」

「それといっしょさ」

墓守がハンマーを握って固定具のとりはずしにかかると、少年は脇にどいて、紳士のマントについた葉っぱのかけらを指でつまんで掃除しはじめた。この子は屍者のあつかいが丁寧なので好感がもてる。

「ぼくは好きだな、〈ゾンビ風船〉のにおい」

変質した屍者たちの細胞からは腐敗の悪臭が消えて、乾燥した茶葉のような香りがうっすら漂うようになる。それは心落ち着くにおいだった。

「おじさんもだよ」

「燃やしたり、埋めたりするのは寂しい」

そうかもしれないな──墓守は曖昧《あいまい》にうなずきながら、新しい固定具にロープを通した。

これからのお墓をどうするか──それは屍体が浮かびあがるのと同時にもちあがった問題だ。屍体が腐らなくなったことで、燃やしたり、埋めたりする必要はなくなった。むしろ腐らなくなったのなら、保存していつまでも偲《しの》んでいたいと思うのが人情だ。なんなら、ある種のインテリアとして部屋に置いておいてもいい──いや、いくら腐らないといっても、さすがに屍体を部屋に置いておくわけには──そういった人々の声に応じるかたちで登場したのが、屍者を生前の姿のままふわふわ浮かばせておくここのような霊園だ。そしていまや、このスタイルこそがお墓の新しいスタンダードになりつつある。

かつては、故人に思いを馳《は》せるために、もっぱら記憶を──そして、力強い助けとして写真や録音、動画を──活用していたわけだが、いまは肉体そのものがそこにある。もちろん、本当に生きていたころの姿とはいくぶんちがっていることを、みんなわかっている。それでも、燃やしたり、埋めたりするよりは寂しくないように思う。

あるいは、変わってしまった姿が残ることは、かえって寂しいことなのかもしれない。人それぞれ、そのときどきで感じ方はちがうだろう。だから自宅で保管するのではなく、墓地に浮かばせて一定の距離を維持する。屍者そのものの美しさを愛している墓守とは、少し溝のある考え方ではあるが。

「よし、上にもどそう。ロープを押さえていてくれるかい？」墓守がフックからベルトを引きぬくと、緑色のマントの紳士の体がふわりと宙に浮いた。交換した固定具に問題はないようだった。「オーケー、離していいよ。手伝ってくれてありがとう」

「おじさんはこれからどうするの？」

「そうだな、本当は園内を箒《ほうき》で掃いて、ついでに屍者をかじるリスが巣をつくっていないか見まわりたいところだけれど」墓守はL区画のハンサムな屍者のほうをちらりと見た。

「もう少し、このあたりにいることにしようかな」

「お祖母ちゃんの歌、いっしょにきく？」

「そうだな、いいね。いいとも」


少年のお祖母ちゃんは、ちょうど緑色のマントの紳士の裏側の墓石につながれて浮いていた。墓守が古い固定具と作業用具一式をかかえて、少年といっしょに墓石の列をまわりこむと、頭上からかすかな歌声がきこえてきた。ボブ・ディランの「風に吹かれて」だった。

この曲が収録されているCDアルバムなら、墓守ももっている。あるいは、お祖母ちゃん自身はピーター・ポール&マリーのバージョンのつもりかもしれないが、声が小さくかすれているうえに、頻繁に途切れてしまうから判別はつかなかった。それでも、たいていは黙っているか、低いうなり声を漏らすかしかできない屍者としては、見事な歌唱といえた。このように歌う屍者のことを、世間は吟遊屍人《ぎんゆうしじん》と呼んでいる。

墓守と少年は、目の覚めるような青いロココ調のドレス《ローブ・アラ・フランセーズ》に身をつつんだお祖母ちゃんのすぐ下の芝生に腰をおろして、素朴だが、心に直接吹きつける風のようなメロディーに耳を澄ました。

「ぼく、お祖母ちゃんの歌が好きなんだ」

「おじさんもだよ」

そよ風にドレスが揺れると、歌声にもビブラートがかかった。このまま芝生で寝てしまったら、どれほど気持ちいいだろうか。墓守は横になりたい衝動を抑えつけ、しかし少しだけ瞼《まぶた》を閉じた。

「お祖母ちゃんが生きていたころも、よく歌ってくれたんだ」

そうだろうな、と墓守は思う。吟遊屍人と呼ばれる屍者たちが歌うのは、生前にたびたび口にした詩や歌であることがほとんどだからだ。科学者によると、一部の〈ゾンビ風船〉が発声するのは細胞が変質する過程で動かなくなるはずの声帯組織が、なんらかの刺激によって半永久的な反復運動を起こすようになった状態であるということらしい。なんらかの刺激と記憶には――シナプスの形態や構造うんぬんといった――密接なかかわりがあるそうだが、結局のところ〈ゾンビ風船〉の起こりとおなじく詳細はわかっていない。

まったく、わからないことだらけだ。しかし、この午前中の芝生においては、わからないということが心地よくもある。少年のお祖母ちゃんのかすれた声が「風に吹かれて」の最後のパートをくりかえした。

「おじさん、あのお姉ちゃんを見て」

遠ざかりかけていた墓守の意識が、少年の声で急速にもどった。瞼をひらいてL区画に目をむけると、身の丈の半分ほどもあるボルトクリッパー――巨大なニッパーのような見た目をした、番線やチェーンの切断にもちいる工具――をもったゴシック調の黒いロングコートの女が、ハンサムな屍者が浮かんでいる下でなにやらごそごそやっていた。

「こら、そこから離れなさい！」

墓守は叫んでL区画に走ったが、ボルトクリッパー女はその場にとどまってみずからの目的――すなわち、ハンサムな屍者のロープをボルトクリッパーの刃ではさみこみ、ハンドルを握りしめて上下に激しく揺さぶる作業――に集中していた。特殊な金属繊維が編みこまれたロープの強度は高く、ボルトクリッパーでもそう簡単には切断できないのだが、このままでは交換が必要になるくらいの傷がつかないともかぎらない。墓守はボルトクリッパー女の肩をつかんで、ハンサムな屍者のロープから彼女の体を引きはがした。

ぎぎぎぎ――ボルトクリッパー女はうなり、顔面を覆う豊かな黒髪の隙間から、悪霊そのもののようなまなざしで墓守をにらみつけた。生きている人間のほうが、よほど怪物じみている、と墓守は思う。

「屍者のロープは切っちゃいけないんだ。わかるね？」

ボルトクリッパー女は墓守の言葉をきいて——きいているだけで理解はしていないのだろう。何度いおうと、彼女は毎日ここを訪れるのだから——ふたたび、ぎぎぎぎ、となると、ふりむいてどこかへ走り去った。

「すごかったね、あのお姉ちゃん」

「ああ、本当に。チーター並みの逃げ足だ」墓守は返事をしながら、ハンサムな屍者のロープを手にとって傷がないか確かめた。「だが、こっちのほうは問題なさそうだ。きみがお姉ちゃんを見つけて、すぐに教えてくれたからだよ。ありがとう」

少年はうなずき、それから首をかしげた。

「でも、どうしてお姉ちゃんはロープを切ろうとするんだろう？」

「このハンサムなお兄さんに恨みがあるんだそうだよ。人からきいた話だし、おじさんもくわしく知らないけれどね」

ボルトクリッパー女にまつわる物語を教えてくれたのは、夜まわりだった。かつてのボルトクリッパー女は——つまり、ボルトクリッパー女がボルトクリッパー女になる前はということだが——町で評判になるほどの器量よしだったそうだ。ところが、ひどい結婚詐欺にあって心を病んでしまった。その詐欺師こそが、この葡萄酒色のタキシードを着たハンサムな屍者だという。

夜まわりはいった。あのハンサムは結婚詐欺の常習犯でね、ほかにも何人もの女を騙《だま》していたんだが、ついにそのうちのひとりに刺されて死んじまったのさ、因果応報だねえ、ああ、殺したのはボルトクリッパー女じゃないよ、たぶん彼女は、自分があのハンサムを殺したかったんじゃないかなあ？　ロープを切るのは、屍体の放逐《ほうちく》が目的だろうよ。

なるほど、とうなずきながらも、墓守の考えは少しちがっていた。そこまで恨んでいるのなら、直接ハンサムな屍者を傷つけてもよさそうなものだが、彼女のボルトクリッパーが屍体におよぶことはないし、ロープを切ろうとするときも――ぎぎぎぎ、とおそろしい声を漏らしつつではあるが――その手さばきには、どこか丁寧さのようなものが感じられる。ならば、ボルトクリッパー女の目的は放逐ではなく解放ではないだろうか。彼女にはまだ恋心が残っていて、詐欺師を自由な空に解き放ってあげたいのかもしれない――などと考えるのは、いささかロマンチックにすぎるだろうか？　いずれにしても、墓守として屍者のロープを切らせるわけにはいかないのだが。

「怖いけど、でも綺麗なお姉ちゃんだったね」

「おじさんもそう思う」

墓守は答えてから、自分の口から出た言葉に驚いた。町で評判になるほどの器量よし――いわれてみれば、いまの悪霊のような彼女にも、その片鱗《へんりん》をうかがわせるところはある。むしろ、屍者や悪霊のようなものこそ自分の愛するところではあるし――。

墓守はかぶりをふって、少年の頭を撫でた。そして、あらためて手伝ってくれたことへの礼をいうと、彼をお祖母ちゃんのところに残して、予定されていたみずからの仕事にもどった。

2

朝早くランチボックスを片手に出勤し、夜まわりと珈琲を飲みながら申し送りをおこない、開演後は花壇に水をやったり、ボルトクリッパー女を追い払ったり、少年とお祖母ちゃんの歌をきいたり、リスの巣穴がないか確認してまわったり――墓守の日々は、そのようにして過ぎていった。美しい屍者たちの舞踏会がひらかれる、この愛すべき深愛市営霊園で、こんな毎日がこれからもずっとつづいてくれたら――墓守はそう願わずにはいられなかった。しかし、そうはならなかった。

ある日、午前の仕事をおえて詰所にもどった墓守に一本の電話がかかってきた。

「万事、問題はないんだろうね？」園長は挨拶もなしにいった。「市民から霊園で不審者を見かけるという声もあがっているようだが」

「はい、今日はもう」ボルトクリッパー女なら帰りましたから、といいかけて言葉を切る。

「いいえ。万事、問題はありません」

「じつは、さる先制自衛軍の御方から、午後にもうちの霊園の視察をしたいという連絡がはいってね」

「午後？　今日のですか？」

「このあとすぐだよ。なにかとお忙しい御方なんだ。わたしも合流してそちらへむかうから、くれぐれも失礼のないようにな」

そういうと、園長は墓守が返事をするよりも早く電話を切った。まったく、どちらが失礼なのか。今日は風も穏やかで、暖かないい日だというのに。

園長がさる御方とともに霊園を訪れたのは、それからきっかり三〇分後だった。園長のセダンに先導されてやってきた先制自衛軍のジープからまっ先に降りてきたのは、サルバドール・ダリのような口ひげを生やした男だった。草色の制服の左胸にさまざまな勲章《くんしょう》が踊っていたが、墓守にはそのうちのひとつの意味もわからなかった。

「ささ、主任殿。こちらでございます」

「うむ」

口ひげの男は銃で武装した迷彩服の部下たちをしたがえて、せわしなく手揉みする園長とともに正門をくぐった。彼らのだれひとりとして、お辞儀をする墓守に目もくれなかった。しかし、もしお辞儀をしなかったなら、それはそれで烈火のごとく怒りだすのだろう。権威を笠に着て威張《いば》りちらすようなやつらは、えてしてそういうものだ。

　しかし、先制自衛軍——二〇二〇年代に東ヨーロッパで起きた軍事侵攻に端を発する不安定な世界情勢に対応するため、法改正によって必要となれば先制攻撃も可能になったかつての自衛軍のことだ。はたしてそれを自衛といっていいのかどうか、墓守にはわからないが——のような連中が、こんな地方の霊園になんの用だろうか？　ありそうなのは、軍需工場建設のための土地差し押さえといったところか。近ごろは、そういうことが増えているという話を耳にしたことがある。経済の停滞、かつての同盟国であるかの国との関係悪化、そして、軍備拡大……ふたたびこの国は戦争に突き進もうとしているのかもしれない。

「で、この霊園にはいくつの〈ゾンビ風船〉が浮いているのかね」

「〈ゾンビ風船〉の数でございますね……ほらっ、おまえ！　ぼけっと突っ立ってないで、主任殿に説明してさしあげんか！」

　墓守は同行するつもりはなかった——正確にいえば、同行したくなかった——のだが、しかたなく小走りで一行に追いつき、何人の屍者がいるかについて回答した。ほかにも口ひげの男——主任は園内を歩きながら園長にむかってさまざまなことを質問し、そのすべてに墓守が答えた。墓参者はどれくらいいるのかだとか、著名人の屍者はいるのかだとか、どの質問もたわいのないものばかりだった。どうやら主任は先制自衛軍のなかでも、なんらかの新兵器を開発する機関の研究主任ということのようだった。となると、やはり軍需工場建設で決まりだろう……まったく、やれやれだ。ここの霊園がなくなったら、屍者たちはどうなるのだろうか。よその霊園に移されるのなら、自分もいっしょに異動したいところだが……。

一行は園内を時計まわりに進んで、北側奥のU区画にたどりついた。お祖母ちゃんの下ですわっていた少年が、立ちあがってこちらを見た。

「主任殿、こちらは世にも珍しい〈ゾンビ風船〉の吟遊屍人でございます」

得意顔の園長に、主任は「歌などという軟弱なものに興味はない」と返した。ひどいいようだが、それをきいて墓守は安堵のため息を漏らした。一部の金持ちや権力者には、吟遊屍人をコレクションする趣味をもつ者たちがいるからだ。このイカれたひげの主任とやらが、お祖母ちゃんの屍体をもっていくのではないかと気が気ではなかったのだ。しかし、つぎの主任のひとことに安堵は打ち砕かれた。

「では、このあたりの〈ゾンビ風船〉を五体ほどいただいていくとしよう」

「どうぞどうぞ、好きなだけおもちください。吟遊屍人はいかがされますか？」

園長の言葉に少年が近づいてきた。墓守はいざというときのために、少年と主任のあいだに割ってはいろうとしたが、迷彩服の男に立ちはだかられた。

「興味はないといったろう。それにサンプルは、なるべく無個性なものが適している」

少年が足をとめたのでひとまずほっとしたが、お祖母ちゃんでなければいいというものでもない。墓守は迷彩服の男ごしに、主任に質問を投げかけた。

「ご遺族の許可はとっているんですか？」

「……きさま、何者だ？　わたしがだれだかわかっているのか？」

「この男はただの墓守でございます……ほらっ、くだらない質問なんかしてないで、早く固定具とりはずし用のハンマーをもってこんか！」

　こっちこそ、お前のことなんか知らないが——といいたい気持ちをこらえて墓守は一礼し、前庭の倉庫へむかった。頭のなかを怒りと疑問と不安、そしてあきらめが渦巻いていた。屍者をサンプルと呼び、自分たちの都合で連れていくなど許せなかった。屍者を連れていって、いったいなにをするつもりなのだろうか。彼らが屍者に敬意をもって接するとは思えない。なにかの実験につかうつもりかもしれないし、もっとひどいことをするかもしれない。だが、なにができる？　銃と権力で武装した相手にたいして、こちらはただの墓守にすぎないのだ。おとなしくしたがうしかない。

　固定具とりはずし用のハンマーと屍者をつないでおくためのフックつきポールをかかえて、園長や主任たちのもとへもどると、先ほど墓守の前に立ちはだかった迷彩服の男が握手でも求めるように片手をこちらにむけた。ハンマーをわたせ、という合図だった。

「……固定具のとりはずしなら慣れていますから、わたしが」墓守はいった。

「いいからさっさとわたしたまえ！」園長は小型犬のように吠えた。「お手間をおかけするんじゃやない！」

墓守が黙って差しだすと、迷彩服の男は奪うようにハンマーを手にとった。そして、緑色のマントの紳士の墓石に近づいて、やにわにふりかぶった。

「待ってください。先にポールに屍者をつないでおかないと――」

墓守の警告もむなしく、ハンマーはふりおろされた。金属音が濁っているのは、でっぱり以外の部分にもハンマーがあたってしまっている証拠だ。それでもとりはずしはされるが、固定具や墓石の設置部が傷んでしまう。しかしいまはそれよりも、固定具のとりはずしともにするりとほどけてしまったロープ――そして、いままさにどこかへ飛んでいこうとする緑色のマントの紳士をなんとかしなくてはならなかった。

墓守は迷彩服の男を押しのけて、紳士の足輪から垂れているロープ――浮上する紳士に引っぱられて、するすると宙に巻きあげられていく――をつかもうと手を伸ばしたが、あと少しというところで後頭部に衝撃を受け、その場に倒れてしまった。迷彩服の男が、ハンマーの柄で墓守を殴ったのだ。

あわや手の届かないところまで浮かびあがりかけたロープをつかんだのは、主任だった。すかさず園長が「ナイス・キャッチでございます！」と手を叩いたが、主任はにこりともしなかった。

「野ざらしになっていても、浮力は弱まらないようだな」主任はロープを左右にふって、緑色のマントの紳士を揺らした。「これなら計画に支障はあるまい」

「乱暴に……あつかうな……」

墓守は倒れたまま、なんとか声を絞りだした。目の焦点があわない。吐き気もする。おそらく脳震盪《のうしんとう》を起こしているのだろう。頭から生ぬるいものが流れ落ちていくのが感じられた。

「きさま、どうやら死にたいようだな」

主任は紳士のロープを別の迷彩服にもたせると、腰のホルスターから拳銃を抜いて墓守の頭頂部にむけた。離れたところから、少年の叫び声がきこえた。自分の脳みそが芝生に撒きちらされるところを、幼い彼に見せたくなかった。心的外傷《トラウマ》になってしまうだろうから。しかし墓守には、もうなにかをいうだけの力さえ残っていなかった。

視界が端から黒く塗りつぶされていった。まるで子供のころにやっていたコメディ・アニメでよく見かけたラストシーンの演出のようだ、と墓守は思った。登場人物の顔を残して画面が丸く暗転《アイリス・アウト》していく。そして、登場人物は「もう、こりごりだよ」などとつぶやくのだ。まったくそのとおり。もう、こりごりだ。

結局、墓守は死なずにすんだ。失神した墓守に、主任が興味を失ったからだ。診療所のベッドで目を覚ました墓守は、自分がふわふわ浮かんでいないことに気づいてため息を漏らした。

包帯を巻かれた頭がひどく痛んだが、医師は痛み止めの処方箋を寄こすのみで、もう帰ってかまわないと告げた。先制自衛軍のお偉方に反抗的な態度をとり、地元の名士である園長に恥をかかせた――おおかたそんなところで話が通っているのだろう。

家に帰りつくころには、すっかり日も沈んでいた。どうやら眠っていたのは六時間かそこららしい。顔を洗い、濡らしたタオルで体の汗を拭きとり、部屋着に着替えて居間にもどると、留守番電話に夜まわりからのメッセージがはいっていた。

――どうだ？　生きてるか？　きいたよ、大活躍だったらしいじゃないか、園長はかんかんだったけどな、ああ、午後の仕事なら、おれが早出してやっつけておいたから心配するな、園長のやつ、体調不良なんて認めないから、明日はいつもどおり出勤させるように、とかなんとかいっていたが、引きつづきおれが昼間の霊園の面倒も見ておいてやるから、おまえはゆっくり休んでろよ、そのかわり、元気になったら茶菓子の差し入れをたのむ、それじゃあな、お大事に。

墓守は台所でコップ一杯の水を飲み、それから泥のように眠った。仕事を休むつもりはなかった。夜まわりに迷惑をかけたくはないし、なにより自分がいないあいだにまたあいつらがやってきて、屍者たちを連れていってしまうのではないかと思うと――自分にできることがあるのかどうかは別としても――休むわけにはいかなかった。

翌朝、血のにじんだ包帯を巻いて出勤してきた墓守を、夜まわりはあきれた顔で迎えた。昨日は帰ってすぐに眠ってしまったので茶菓子を買ってこれなかった、と墓守が詫びると、夜まわりはますますあきれた顔になった。

いいから今日は休めといいはる夜まわりを帰して、墓守はいつもどおり仕事をはじめた。開園して花壇に水をやり、L区画のハンサムな屍者のところへ行くと、いつもどおりの時間にボルトクリッパー女があらわれたが、彼女は隣のU区画からいくつかの屍者が消えていることに気づいて、いくらか動揺しているようだった。あるいは、墓守の包帯が彼女を驚かせてしまったのかもしれない。

ボルトクリッパー女を追い払ってまもなく、墓守は西の空が重い灰色に覆われつつあることに気づいた。朝の時点では予報になかったが、このようすでは二〜三時間後に雨になると思われた。墓守はあわてて固定具とりはずし用のハンマーと、屍者をひっかけておくためのフックつきポールをとりに倉庫へむかった。屍者と屍者の衣装を濡らさないように、雨のあいだは霊園の西側にある雨天時格納棟に彼らを避難させることになっている。

墓守は、屍者たちを墓石の固定具から解放し、足輪から垂れるロープをもって三体ずつ格納棟に運んだ。四体だと浮力が墓守の体重をやや上まわり、文字どおり地に足がつかなくなってしまうのだ。墓守自身の体を浮きあがらせることなく屍者たちの避難を進めるには、どれだけ墓地と格納棟のあいだを往復することになろうとも、一度に三体ずつ運ぶしかなかった。

半分ほどの屍者たちを避難させたところで、少年が霊園にやってきて手伝いを申しでた。

小さな彼の体重でもち運べるのは一体ずつが限界だったが、それでもかなりの助けになった。

雨が降りだしたのは、すべての屍者を雨天時格納棟に運びおえてから、五分ほどあとのことだった。

「危なかった。おかげで屍者たちを濡らさないですんだよ。ありがとう」

少年は、いつものように無言でうなずいた。

格納棟のなかには、墓石のかわりに複数のフックがついた長方形の台がならんでおり、屍者たちのロープはそこにひっかけられていた。当然のことながら、厳重な固定具が不要なのは天井があるおかげだ。ここならロープがはずれてしまっても、簡単に屍者を回収できる。だったら最初から屋根のあるところに墓石を設置すればいいのではないか——という意見はもちろんある。実際、都心部の霊園の多くは屋内タイプだ。しかし——

「なんだか、歴史の授業で習った強制収容所みたいだね」

少年のいうとおりだった。フックにひっかけられたロープは、死者たちの左足首にはめられた鉄輪につながっている。青空の下では舞踏会に興じているように見えた屍者たちが、部屋に押しこめられているというだけで、まるで囚人のように思える。そして、それこそが深愛市営霊園のような屋外型墓地が一定数存在する理由である。気持ちの問題といわれればそれまでだが、弔うという行為にたいして気持ちが重要視されるのは自然なことだ。

とはいえ——墓守は昨日の出来事を思い出した——権力者がサンプルなどと称して好きな

ように屍者を連れていくことができるのなら、たとえ青空の下であっても強制収容所と変わらないのかもしれない。つながれている、という事実はどちらもおなじなのだから。墓守の愛してやまないこの美しい霊園も、結局は——墓守自身も含む——生者のエゴの上に成り立っているのだろう。そう考えると、墓守は悲しくてたまらなかった。

ふたりはならんでスツールに腰かけて、お祖母ちゃんの歌う「風に吹かれて」に耳を傾けた。最新の予報によると、雨雲は二時間後に東へ過ぎ去るらしい。それから、しばらく晴れがつづく。夜まわりが出勤してくる前には、屍者たちを外にもどさなくてはならない。

「もし〈ゾンビ風船〉を空に放したら、どこに行くの？」少年はいった。

「風の吹くまま、どこへだって行くさ。でも、たいていはとても高いところまで浮きあがって——」墓守は少し黙ってから、言葉をつづけた。「気圧と低温でこなごなに破裂して、海に落ちるときいたことがある」

「外国に行くこともある？　その、破裂しなければ」

「そういえば、何年か前にそういうニュースがあったね。お葬式のときにうっかり放してしまった屍者が、数か月後に太平洋の向こう側で、街路樹にひっかかっていたらしい。うまく気流に乗ったんだろうけれど、珍しいことだと思うよ。でも、どうしてそんなことが気になるんだい？」

「春休み中でも、新学期の準備のための登校日っていうのがあって、それで今日、一限の時間だけ学校に行ったんだ。だから、早くここに来たかったんだけど、遅くなっちゃった。そうじゃなきゃ、もっとおじさんの手伝いができたんだけど……」

「充分すぎるくらい、手伝ってもらったさ」

「それで、学校で友だちが話してたのをきいたんだ。ああ、友だちっていっても、クラスがいっしょなだけ。いつも威張ってて、すごくいやなやつなんだ。そいつのお父さんとおなじで」

「お父さん？」

「うん。昨日、変なひげの人が来たでしょう？　ぼく、すごく怖かった。あれがそいつのお父さん。顔がそっくりだからまちがいないよ。それで、そいつがいってたんだ。お父さんがここの〈ゾンビ風船〉をみんな連れていくって。だから、ぼくはいってやった。おまえのお父さんは、お祖母ちゃんを連れていかないっていってたぞって。でも……」

少年の目に、涙が浮かんでいた。

「でも、そいつはそんなの嘘だっていうんだ。そのうち日本中の霊園の〈ゾンビ風船〉が、みんな連れていかれて〈腐号兵器〉にされるんだって」

「〈腐号兵器〉……？」

「爆弾をくりつけられて、空に放されるんだっていってた。そうしたら外国まで飛んでいって、爆発して人を殺すって。ぼく、そんなのいやだよ……」

墓守はいよいよ泣きはじめた少年の肩を抱いて、優しく揺すった。なんという馬鹿げた計画だろうか。偏西風《へんせいふう》に乗せて太平洋を横断させるつもりなのだろうが、多くの屍者は上空で破裂して、破片が海に撒かれておわるだろう。だが、それでも大量に飛ばせば一定数はかの国に到達するかもしれない。数年前のニュースのように街路樹にひっかかった屍者を助けようとする善意の人間が居合わせたら、今度は爆発して死ぬことになる。非効率的なようにも思えるが、市民の生活圏に無差別に漂着する屍者の爆弾は、それなりの心理的効果をあげる可能性がある。

どろどろとした感情が心の奥底からこみあげてきた。戦争をはじめようとしていること。屍者を兵器として利用しようとしていること。その兵器があまりにも愚かしいこと。そして、この霊園がまもなくおわろうとしていること。どれひとつとっても許せないことだった。

「どうしたら、お祖母ちゃんが爆弾にならないですむのかな」

少年に問いかけられて、墓守は《方法はある》と思った。どう転んでもこの霊園がおわってしまうのなら、躊躇《ちゅうちょ》する理由などなかった。しかし、墓守は黙っていた。話してしまったら、やつらは——あのイカれたひげの主任は、少年を共犯者としてあつかうかもしれない。少年が尋問されたときに《墓守のおじさんの手伝いをしたけれど、忙しいといわれて追い払われた》と、偽りなく答えられるようにしておかなくてはならない。

「帰りなさい」墓守はいった。

「でも、雨がやんだら〈ゾンビ風船〉を外に出すでしょう？　ぼく、お手伝いするよ」

「いいから帰るんだ。きみの手伝いなんかいらない」


「どうしてそんなことというの？　お祖母ちゃんのこと、いっしょに考えてよ」

「大人は忙しいんだ」墓守は共用のビニール傘をもってきて、強引に少年にわたした。「お祖母ちゃんにさよならをいったら、すぐに帰りなさい」

少年は泣きながらいうとおりにした。彼が出ていくまでのあいだ、墓守はずっとうしろをむいていた。涙を流している顔を見られたくなかったからだ。ここに来てからというもの、望んでいた穏やかで幻想的な日々を過ごすことができた。最後には現実に追いつかれてしまったが。それでも、とりわけこの春は楽しかった。

3

翌朝、墓守はランチボックスのかわりに紙袋をふたつたずさえて出勤した。昨日、雨がやんで屍者たちを外にもどしたあとに計画を実行に移さなかったのは、夜まわりに茶菓子を差し入れる約束を果たすためだった。それから、ついでに頼んでおきたいこともあった。

「ブラウニーか。いいね」夜まわりは、ひとつめの紙袋をひらいていった。「申し送りしながらいっしょに食おう」

墓守は灰色の作業服に着替えて、テーブルについた。夜まわりの淹れた珈琲が、深く豊かに香る。まるで、夜のもつ包容力そのもののような香りだと墓守は思った。

「おまえの淹れた珈琲に合うと思ったんだ」

「安物の粉だぜ？　だれが淹れたって変わらないさ。だがまあ、たしかにこいつとの相性はよさそうだ」

そういって、夜まわりは詰所のキッチンにあったプラスチック製のフォークで、ブラウニーの角を切り分けて口に運んだ。墓守もおなじようにして、焦茶色の断片を口にする。控えめな甘さが、舌に好ましかった。

「で、もうひとつの紙袋はなんなんだ？」

「『フリーホイーリン・ボブ・ディラン』というCDアルバムだよ。「風に吹かれて」が収録されている」

「U区画のご婦人が歌っているやつだな」

「越してくるときにもってきた数少ない私物のひとつなんだが、こいつをおまえから、あのご婦人のお孫さんにわたしてあげてほしいんだ」

「ふうん」

夜まわりはそっけなく答えて、それからしばらく黙った。CDなんてなくても、お祖母ちゃんが歌うのをいくらでもきけるだろうとか、どうしておまえが自分でわたさないんだとか、そういうことはひとつもいわなかった。彼が質問したのは、深愛市営霊園の存続についてのみだった。

「おまえがなにをしようとしてるかなんて知りたくもないが……つまり、おれたちの仕事はなくなるってことだな？」

「どの道、そうなると思う」

はあああ、と声に出して夜まわりがため息をついた。「やれやれ。ここはいいところだったのになあ」そして、珈琲のはいったマグカップを口につける。

墓守はうなずき、夜まわりへの同意を示すように珈琲を飲んだ。その苦みに、いつもと変わるところはなかった。こんなときでも味はおなじなのだなと思うと、なぜか笑いがこみあげてきた。自分でもなにが可笑《おか》しいのかわからないが、しかし一度声に出して笑ってしまうと、もうおさえることができなかった。

すると、夜まわりもおなじように笑いはじめた。最初は、くくく、といった感じだったが、だんだんと、ははは、と大声になった。いつしか墓守と夜まわりは、腹をかかえて大笑いしていた。夜まわりも珈琲の変わらない苦みに笑ったのかどうか定かではない。それでも、夜まわりと通じあえたような気がして、墓守はうれしかった。

ひとしきり笑うと、夜まわりは残ったブラウニーを口に放りこんで、珈琲を飲み干した。

「それじゃあな。寂しくなるよ」

「おまえなら、どこでだってやっていけるよ」

「夜間勤務なら、な。このCDはたしかに預かったよ」

墓守と夜まわりは立ちあがり、短いハグをした。ふたりはそれで充分だった。


夜まわりが退勤し、墓守はふたり分のマグカップを洗ってから、自分の仕事をはじめた。倉庫からもちだした固定具とりはずし用ハンマーふたつを、左右の肩にかついで墓地の区画へとむかう。昨日とは打って変わって空は青く晴れわたっていた。この先、数日間は晴天がつづく見こみで、ときどき強い風が吹くらしい。屍者たちの舞踏会のクライマックスにはもってこいの天候といえた。

墓守はU区画の、少年のお祖母ちゃんの下の芝生に腰をおろした。瞼を閉じて、お祖母ちゃんの歌う「風に吹かれて」に耳を澄ます。答えはどこにあるのだろうと思う。いまから自分がやろうとしていることに、遺族の許可などとってはいない。であれば、自分もまたイカれたひげの主任と変わらないのではないか。そう思わないわけでもない。それでも――墓守は目をひらいてお祖母ちゃんを見あげる――屍者たちを馬鹿げた兵器にされるよりはいい。

開園時間が訪れても、正門をひらくつもりはなかった。彼女はいつも、どこかの壁を乗り越えてやってくるのだから心配ない。「風に吹かれて」を最後のパートまできいて、つぎのくりかえしがはじまるのと同時に立ちあがった墓守の視線の先に、墓石に身を隠しながら少しずつ、それでいてすばやくL区画に近づいてくるボルトクリッパー女の姿が見えた。

墓守は、葡萄酒色のタキシードを着たハンサムな屍者のロープを巨大な工具の刃にはさみこもうとするボルトクリッパー女のそばまで歩いていって、彼女の足もとに固定具とりはずし用ハンマーをひとつほうり投げた。

「ぎぎぎぎ……？」

ボルトクリッパー女が顔面に覆いかかった豊かな黒髪の隙間から、疑念のまなざしで墓守をにらみつけた。

「いいかい？　こうやるんだ」

そういって、墓守は自分のハンマーを、ハンサムな屍者の隣で浮いている紫色のローブの老人の固定具に、ゴルフのスイングの要領で打ちつけた。チャペルの鐘のような音とともに固定具がはずれ、するすると墓石からロープがほどけた。紫色のローブの老人はふわりと舞いあがり、風に運ばれてあっという間に青空の小さな点になった。

墓守は手のひらをボルトクリッパー女にむけて、どうぞ、とうながすジェスチャーをした。ボルトクリッパー女は警戒しておそるおそるハンマーに手を伸ばしていたが、拾ってしまうと躊躇なくふりかぶった。

「ぎぎぎぎ……！」

チャペルの鐘の音——それも、墓守ですら出したことのないような澄みきった荘厳な音が鳴り響き、ハンサムな屍者が自由な空に解き放たれた。彼女にはセンスがある。ボルトクリッパー女は風に乗って飛んでいく結婚詐欺師にむけて両手をふり、ぎぎぎぎ、ぎぎぎぎ、とうれしそうにうなり声をあげた。

つづいて墓守がさらに隣の屍者をつなぐ固定具にハンマーを打ちつけると、ボルトクリッパー女もそれにならってさらにさらに隣の屍者の固定具にハンマーを打ちつけた。

りぃーん、ごぉーん、りぃーん、ごぉーん。

爽快な響きとともに、つぎつぎと屍者たちが浮かびあがっていった。そのようすは、赤色や黄色、青色や緑色、紫色やピンク色——さまざまな色の衣装に身をつつんだ屍者たちによる、天空の舞踏会さながらだった。

もちろん事前の打ち合わせなどなかったが、墓守とボルトクリッパー女はそれぞれ東側と西側の区画をまわって、効率よく屍者たちを解放していった。これなら園長や主任がかけつける前に、自分の準備もすませることができそうだ。墓守は中央の区画をひとつボルトクリッパー女に残して、U区画へむかった。

墓守の最後の作業がおわりに近づいたころ、正門の方向から怒声《どせい》がきこえてきた。

「おい、おまえ！　なにをしとるかあ！」

そうわめきながら走ってくるのは園長だった。園長のうしろには、主任や迷彩服といった先制自衛軍の面々もつづいていた。心配してあたりを見まわしたが、すでにボルトクリッパー女の姿は消えていた。中央の区画の屍者たちの解放は、すべてすんでいる。彼女は仕事をおえて、さっさとこの場から立ち去ったのだ——それでいい。これですべてこともなし、だ。

墓守は園長たちを無視してU区画に残った八体の屍者たちにむきなおり、計画の最終段階に進んだ。すでに少年のお祖母ちゃんをのぞいて、屍者たちの固定具はとりはずしてある。それでも彼らがどこかへ飛んで行かないのは、足輪から延びるロープの反対側の端——墓石からほどかれた部分が、お祖母ちゃんのロープの根もとのあたりで、ひとつに結ばれているからだ。八体分の浮力がかかり、お祖母ちゃんの固定具がぎりぎりと音をたてて軋《きし》んだが、結び目はロープが揺れるたびに固く締まって、ほどけそうになかった。

墓守がハンマーを打ちつけて最後の固定具をとりはずすと、屍者たちは浮上をはじめた。ハンマーをその場に投げ捨て、急いでロープの束をつかむ。四体分の浮力で墓守の体重をやや上まわるのだから、倍の八体なら天高く飛んでいくことだって可能だ。墓守の体はぐんぐん上昇し、みるみるうちに芝生から離れていった。

地上で主任がなにか叫び、部下の迷彩服たちが空に向かって発砲をくりかえしたが、弾丸はひとつとしてすさまじい速度で舞いあがる墓守をとらえることはできず、やがて彼らはあきらめて銃をおろした。

墓守は必死にロープをよじのぼった。そして、左右四体ずつになるよう位置を調整し、ロープの結び目を尻の下に敷いて腰かけた。安定するよう右手と左手でそれぞれの側のロープをつかむと、ブランコにすわっているような格好になった。

荒い息を吐きながら地上を見おろすと、ボルトクリッパー女が霊園の壁を乗り越えて、チーターのような逃げ足で森のなかへはいっていくところだった。彼女なら、だれにもつかまることなく逃げおおせるだろう。

空飛ぶ屍者のブランコは風に流されて、町の広場の上空にさしかかった。人々はすでに米粒のように小さく、その表情までは読みとれなかったが、だれもが足を止めて天を見あげているることはわかった。どうして墓守がこんなことをしたのか、人々がその理由を知る日は来るのだろうか。それは望みの薄いことのようにも思える。けれど、だれかが先制自衛軍の馬鹿げた計画に気づいてくれたら、愚《おろ》かな戦争を少しでも押しとどめるきっかけになるかもしれない。そうなってくれたらいいなと思う。

少し前から並行飛行していた鳥たちの群れが、いつの間にかいなくなっていた。不意に強い風が吹いて、空飛ぶ屍者のブランコは急激に速度と高度を増した。おそらく上昇気流につかまったのだろう。墓守はふりおとされないように、必死にロープを腕にからめた。勢いが弱まったところでおそるおそる目をひらくと、先に解放されていった屍者たちがあたり一面を飛んでいた。

あまりにも美しい光景だった。淡い紫色と桜色が混ざりあう空。眼下に浮かぶ綿菓子《コットン・キャンディ》のような雲。ひび割れた青い顔の天使たちにかこまれて、まるで、天国のようだと墓守は思った。あるいは、自分はもう死んでしまったのかもしれない。生きているのだとしても、おそらく死は近いだろう。あまりの寒さに、ロープにからめた腕の感覚がなくなりつつあった。凍《い》てつくような空気の流れに、意識が徐々にはぎとられていく。これは、命をかけてたどりついた景色だった。

風の音にまぎれて、頭上からお祖母ちゃんの歌う「風に吹かれて」がきこえる。

あの広場の群衆のなかに、少年はいただろうか。ほかにも方法があったんじゃないかと、だれかがいうだろうか。もっとうまく立ちまわることができたんじゃないかと、だれかが笑うだろうか。では、どうしたらよかったのだろうか。なにが正解かなんて、だれが知っているのだろうか。答えはいったい、どこにあるというんだろう?

意識は流れのなかに去り、やがて完全に消える。墓守は風に吹かれている。

最東対地

コール・カダブル

●『コール・カダブル』最東対地《さいとうたいち》

ジョージ・A・ロメロ監督のリビング・デッド三部作を完璧な〈ゾンビ映画〉と熱く語る最東対地が、今回、モチーフとしたのはその語源となったブードュー教のゾンビ（魔術師に操られる屍体）である。日本で初めてゾンビなるモンスターの名が知られるようになったのは英国ハマー・プロの『吸血ゾンビ』（1966）で、これは邦題に反して吸血も人肉食もなかったが、ブードュー教の秘術で屍体を復活させ使役する怪奇映画だった。'70年代には怪奇ドラマ『事件記者コルチャック』第七話「生き返った死体ゾンビー」として登場。そして、ロメロ監督の三部作でも二作目の『ゾンビ』で主人公のひとり、黒人SWAT隊員が自分のルーツである神官の言い伝えとしてこの単語を語ったのだった。最も古い映画は、1932年の『恐怖城』。ベラ・ルゴシ演じる魔術師が白人を「ホワイト・ゾンビ」（この映画の原題）にする物語で、この時代から〈黒魔術で操る屍体〉の伝説は認知されていたのだろう。

モダンホラー小説では、『闇の展覧会―霧』（ハヤカワ文庫NV）所収のデニス・エチスン「遅番」や、《異形コレクション》第6巻『屍者の行進』所収の竹河聖《たけかわせい》「農園」などがある。

今回、最東対地が描いた作品は、まさにその最前衛。秘術も更新していくのである。

◆ゾンビ◆

コンゴで信仰されていた「ンザンビ（Nzanbi）」を語源とし、これがハイチのブードゥー教に伝わり、「ゾンビ」になった。ボコールと呼ばれる司祭が、黒魔術によって墓から掘り起こされた死体に何度も名を呼びかけ、起き上がるとそれを奴隷として使役した。しかし、これは言い伝えによるところが大きく、実際には死者ではなく生きた人間をゾンビ化していたという。ボコールは、ゾンビパウダーという『人をゾンビにする粉』を使用し、対象となった者をいったん死なせ、そしてよみがえらせたところをゾンビとして奴隷にするのだ。ボコールが自発的にゾンビを作ることはせず、依頼があった時のみこれを行う。

ボコールの中にも真っ当な者と、邪悪なものが存在していて、前者はあくまで『タブーを犯したものに対しての罰』として、主に犯罪者や組織の違反者などを意思を持たないゾンビにし、奴隷にした。『ゾンビにされる』というのは、社会的制裁の側面が強かった。一方で後者のボコールの場合、純粋に金や欲のために依頼者から依頼を受け、罪もないものをゾンビパウダーを用いてゾンビにするなどした。

また、ゾンビの外見は普通の人間と変わらず食事もすれば排泄《はいせつ》もする。自我がなく、命令を聞くだけの奴隷であり、見た目で判断できるとすれば無表情と青白い肌だけである。人の肉は食わないし、噛まれた人間が同じくゾンビになるということもない。仮に感染するとすれば、伝染病の類《たぐい》であろう。

そういったことから、ハイチの人々はゾンビを歩く死体としてではなく、自我と意思を奪われた永遠の奴隷として見ており、嫌悪の対象となるものは総じて『ゾンビ』と呼んだ。

1

いつかの晩のことだ。物音がして私は目を覚ました。

妻のベラにも聞こえなかったか訊ねようとして、隣で眠っているはずの彼女の姿がないことに気が付いた。のっそりと起き上がり、まどろむ目をこする。スリッパを爪先にひっかけて、ベッドを降りると私は妻の姿を探した。ベラの名を呼び、辺りを見回すがあるのは暗い寝室と無言のドレッサーだけだ。闇が、夜の濃い匂いをより一層引き立たせていた。ドアがすこし開いているので、物音の主は妻なのだと安堵《あんど》した。トイレにでも行っているのか、それでなければキッチンで冷たい飲み物でも飲んでいるのだろう。そう思って、私はふたたび眠ろうとベッドに腰を下ろした。その時だった。

「ルシオ！　ルシオ！　ああ、大変だわ……早く来て!!」

夜を裂くような妻の叫び声に私は飛び上がった。慌《あわ》てて、声のした方へと飛んでいくと、リビングの隅《すみ》でベラがうずくまっていた。私が駆けつけると、ベラは抱きつき震えながらこう言った。

「怖ろしいものを見たの……カミラが、カミラが生きていたの……」

カミラとはひとり娘の名だ。二か月前に不慮の事故でこの世を去り、私たち夫婦は悲しみに暮れる日々を過ごした。そのカミラが、生きているという。だが私は妻を責めない。彼女は今、混乱しているのだ。でなければ、こんな真夜中に明かりもつけず、リビングでうずくまったりはしない。優しくベラを抱き起こし、寝室へ誘おうとした時――、小さな影が私たちのそばを横切った。その気配にベラがひどく動揺する。

「今、いたわ！　死んだはずのカミラが私たちのそばを……ルシオ、感じたでしょう？　ねえ、お願い。確かめて……カミラは安らかに天へ召されたはずよ……」

私はベラを胸に抱き、髪を撫でた。窓から薄く差す月明かりを吸ったブロンドの髪は小さく震えている。よほど怖かったのだろうか。いや、違う。やはり混乱しているのだ。その証拠に、カミラは私たちには見向きもせず、ロッキングチェアに体を預けた。娘の軽い体重で、音もなく椅子が揺れている。暗い部屋の中でも、その青白い顔がよくわかった。まるで血の通っていない――いや、文字通り血が通っていない顔だ。私は可能な限り、優しい声で妻に話しかける。

「ほら、ベラ。よく見てごらん、カミラはちゃんと死んでいるよ」
カミラの死体は、月明かりの中で揺れていた。

2

カミラは利発な子供だった。私たち親や、大人のやってほしいことにいち早く気づき、その通りに行動できた。音楽的な素養もあり、日曜礼拝での讃美歌では誰よりも美しく高い声で神父様にお褒《ほ》めいただいた。自分よりも小さな子供に対してはよく世話を焼き、我々が声を荒らげて叱るようなことは決してしなかった。私とベラは、カミラが自慢だった。カミラの美しいブロンドの髪と、私のヘーゼルアイを持つ、なによりも完璧で、完全な娘だった。それゆえか、彼女の死体もまた完全だった。友達の家に遊びに行った際、友達の幼い妹の子守りをしていたカミラは、誤って二階の窓から落ちた。妹がふざけて投げた、屋根の上に載ってしまったクッキーモンスターの人形を取ってあげようとしたのだ。それが、誰よりも完璧だった娘がおかしたたったひとつのミスだった。それほど高くはなかったが、うちどころが悪かった。頭をうち、苦しむこともなく眠ったまま死んだ。それなのに、こぶひとつない綺麗なままだった。だからこそ、ベラも私も苦しんだ。それは、カミラが横たわるその姿は、どこからどうみてもただ眠っているようにしか見えなかった。そして、悲しみに放心する私たちの元に、あのセールスマンが来たのだ。悔やみの言葉を述べたのち、セールスマンが差し出した名刺は不可解なものだった。そこにはとある大手医療メーカーの名前が冠してあったのだ。セールスマンは、不思議に思っている私に対し、極秘に開発している事業があるのだと言った。カミラが死んでしまった今、どのようなものもすべからく無意味だと私は言った。告白するが、この時私は期待してしまっていた。なんといっても、『医療』のメーカーが取り組んでいるプロジェクトだ。それを聞いて、連想するのは『蘇生』ではないだろうか。しかし、文字通りそんな夢物語は存在しなかった。肩を落とす私にセールスマンは意気揚々《ようよう》としていた。とても大事な娘を喪《うしな》った家族を前にしてする態度ではなかった。私が激高《げっこう》しなかったのは、それ以上にカミラの死に打ちひしがれていたからだ。すべてに無気力になり、なにもかもどうでもよくなっていた。そんな私にセールスマンはこんな話を持ちかけてきた。

「ご子女のまったく新しい弔《とむら》い方を提案いたします」

当然と言えば当然だが、カミラが生き返る話ではなかった。小さな期待があったぶん、余計に昏《くら》く沈んだ。新しい弔い方がなんだというのだ。埋葬し、土の中で静かに眠ってもらう以外に私たちが望む弔いはない。そう、カミラが生き返るという奇跡以外は。セールスマンはそれでも相貌を崩すことなく、まるで家族旅行の相談を聞いているような穏やかな振る舞いで『まったく新しい弔い』とやらの話を続けた。

「ハイチの医療メーカー『ボコール社』が極秘に開発している人工心臓と人工血液がありま

す。まだ公式に発表をする予定はありませんが、ただいまモニターを募《つの》っておりまして、それが――」

〈生　葬《リビング・デッド》〉とセールスマンは言った。まだ試作段階とは言いつつも、ほぼ実用化レベルに達していると、さも日本に旅行に行くなら東京や京都もいいが北海道がいいと薦《すす》めるように話した。今はまだ誰も知らないが、そのうち誰もが知ることとなるとセールスマンは豪語する。

「我が国の葬送文化は主に埋葬です。日本やイギリスのように火葬が中心の国もありますが、他にも樹木葬や風葬《ふうそう》といった葬法もありますね。まあそれは少数派として……我々は、そんな埋葬・火葬に次ぐ第三の葬法を生み出しました。それが生　葬《リビング・デッド》。ご子女はこれから棺《ひつぎ》とともに埋葬され、墓地で眠ることとなります。あなたたち家族は、これから写真や動画、そして美しく幸福だったころの思い出の中でしかご子女と会うことは叶いません。抱きしめることはおろか、手を握ることですらもできないのです。そんなこと、耐えられるでしょうか」

耐えられるわけがない。だが、耐えられない現実をこれから気の遠くなる時間、生きていかねばならないのだ。遺《のこ》された家族が精いっぱい、大切な人との思いとともに生きる。それ以外にどのような方法があるというのだ。私とベラは、この先幾度となく、なにかにつけカミラの墓標の前に立ち、その下に眠る彼女と心の対話をする。それこそ、気の遠くなる時間を。

「しかし、亡くなったご子女がそばにいればどうでしょう。魂はこの世になくとも、彼女の体が、腐ることなくリビングに佇《たたず》んでいたら。それは写真や映像などよりもずっと、遺された家族の心を救い続けるのではないでしょうか。まさにリビング・デッド！」
うなだれながら話を半分聞き流していた私だったが、さすがに目を剝《む》いた。この男は一体なにを言っているのだ。カミラの死体とともに暮らせと言っているのか。

3

そうしてカミラは死んだまま、私たちと一緒に暮らしはじめた。セールスマンが言ったように、それは私たちの救いになった。しかし、どうなのだろう。今、思い返してみればそれはむしろカミラの死をより色濃いものにしただけだったようにも思う。セールスマンが提案した新しい弔い〈生葬《リビング・デッド》〉とは、その名の通り『生者のように弔う葬法』である。死体の心臓を人工心臓……というより、ポンプと表現したほうがよさそうだ。ボコール社が開発したポンプを心臓と入れ替え、人工血液……これも血液と呼んでいいのだろうか。ともかく、体内の血と入れ替える。それをポンプで循環させることで生命活動を維持させる。ただ死体を腐らないようにするエンバーミングとは違う、もう一段ギアを上げた技術だ。つまり、〈腐らない死者と暮らす〉というわけだ。通常、心臓が止まることで血流が途絶えるから人間は死に至る。が、死に至ったあとでもそれらが回復すれば肉体だけは生き続ける。理屈はわかるが、実際にそうしてみるまではおよそ信じられなかった。カミラは、花瓶の花のようにリビングに佇んでいた。生命活動を有している死体なので、目を開き、ソファに座っているが、機械の心臓《ポンプ》は静かで鼓動はない。息もしない。食事の必要もない。食べないのだから排泄もなく、トイレに行く必要がない。本当にただ、置物としてそこにあるだけだ。生きている時の習慣として時折立ち上がったり、ゆっくりと歩き回ることがあるがすぐに元の場所へと戻ってくる。真夜中に夢遊病者のごとく歩き回る娘を見て、ベラがひどく動揺したのもそのせいだ。カミラの死から立ち直っていないのに、死体となった娘がひとりでに歩き回るショックに耐えられなかった。やはり私たちには早すぎた。いや、むしろ必要だったのかすら怪しいところだ。自動掃除機というものがあるが、あれと似ている。もっとも、掃除をするわけではないので、そういう意味では掃除機のほうが優秀だと言わざるを得ない。カミラの体がここにあることが、よりカミラが死んだと思い知らせる。カミラは、なにかのついでに片づけたり、掃除をしたりということを習慣として身につけていた。カミラだったそれが動く姿は実に皮肉で残酷なことだった。確かにあのセールスマンが言う通り、写真や映像よりかはいいかもしれない……と思った。だがこれはカミラだったもので、カミラではない。カミラの動く死体との暮らしの中で、どうしてもそんな不満が拭えなかった。だが、ベラは違う。カミラが死んでから、より一層おかしくなっていった。彼女の中から、〈妻〉という要素が削《そ》げ落ち、心が壊れていった。ベラにとって、カミラが生きているのか死んでいるのか、わからなくなってしまったのだ。ベラは毎日、カミラを着替えさせた。髪飾りや髪を結ったりして、新しい靴やアクセサリーも身につけさせた。無表情のカミラに、「見て、カミラがこんなに喜んでくれている!」とはしゃぐ。犬に服を着せて喜んでいるのとなんら変わりない。かと思えば、「こんなのはカミラじゃない!」と喚《わめ》き散らして、家中をめちゃめちゃにしたりした。だが私がそれを責められるはずもなかった。笑いもしない、喋《しゃべ》ることもない、意思疎通の見込みもない娘の死体が、自我もなくうろつく家など、異常というほかに表す言葉はない。

4

カミラにはとにかく金がかかる。率直に言って、それが一番大きな課題だった。生葬《リビング・デッド》の定期的な血液交換の必要がある。カミラは、試用ということもありボコール社からの一切の費用を免除されているが、これが実用化に至った場合はかなり高額な維持費用が必要になるだろう。だが我が家では娘を生きているように扱う妻の浪費のほうが問題だった。食べもしないのに大量の料理を作り、ケーキを焼く。カミラが好きだったアニメの玩具や人形、服にアクセサリーも毎日のように家に届いた。娘が生きていたころよりも、家の中はカミラのもので溢《あふ》れかえっていた。生前、カミラが愛したものよりも、死後、ベラが買い足したもののほうがはるかに多くなり、さながら家はドールハウスかの如《ごと》き様相を呈していた。ベラの気持ちは痛いほどわかるが、それにしたって限度がある。だが、いくら私が言ってもベラは聞かなかった。繰り返すのは苦しいが、妻はおかしくなっていた。ハウスキーパーがやってきて帰るまで、ベラはずっとカミラのそばから離れない。料理もほとんど口をつけず、どんどん痩《や》せていっている。私は家に帰るのが嫌になっていた。それに伴い、仕事にばかり没頭していった。仕事に没頭している時間が現実で、カミラとベラのいる家は質《たち》の悪い夢のように思えたのだ。あそこにいるのは、私の妻と娘ではなく、本当のベラとカミラはどこか別のところで仲睦《むつ》まじく暮らし、私の帰りを待っている。そこではちょっとした小さなドーナツショップを営んでいて、ベラとカミラはふたりとも店の看板娘だ。カミラの好きなドーナッツにちなみ、『トルネード』が店名だ。昼までにショーケースをドーナッツで埋め尽くし、昼過ぎまで緩《ゆる》やかな忙しさで店を切り盛りする。やがて十八時に店を閉め、余ったドーナツを食べているところに私が帰るのだ。明日は休みだから、パパも働くよ、と笑う。ベラは必要ないと言い、カミラは家族三人の時間を喜ぶ。ドーナッツ好きだったカミラが、頬一杯に頬張りながらいつかドーナッツショップをするんだとよく夢を語っていた。そんな、確かにあったかもしれない幸福な妄想が、私を打ちのめすのだ。灰色の世界の中で、私もまた消耗していたのである。確かに、一部の間では生葬《リビング・デッド》が認知されつつあった。カミラだけではなく人々は、親や兄弟、子供や孫、果ては恋人や友人、恩師に至るまで、様々に生葬《リビング・デッド》で死をごまかした。死を、なにをもって死とするのか、私にはわからなくなっていた。もしかすると本当にいつか、埋葬や火葬よりも多くの人間が生葬《リビング・デッド》を選ぶのかもしれない。技術が確立し、経費が安定すればいよいよ一般にも実用化するだろう。では、生者と死者を分かつのは一体なんなのか。自我や意思があるか否かで判断するのが正しいのであれば、ベラのような人間はどうなってしまうのだろう。死者が生者としてそこに在るということで、生者が死者のようにも成りえるのではないのか。ハウスキーパーから、『ベラが倒れた』と連絡があった時、それが現実になったのだと思った。病院に駆けつけた私の目に映ったのは、まるで死者のように横たわるベラの姿だった。いや、もはやそれは死者だ。まもなくベラは本当に死者となった。私はセールスマンに電話した。

5

死ぬのは怖ろしい。

娘の死と妻の死はまったく違った意味をもたらした。カミラの死は私に悲しみを、ベラの死は私に恐怖を与えた。身近なふたつの死は、私を孤独にしただけではなく、死そのものの意味を問うた。次は私だ。私が死ぬ番だ。塞ぎ込み、ひとり部屋に引きこもった。だが腹は減り、喉が渇いた。尿意も便意もやってくるし、夜になると眠たくなった。心が病んでいたころはそのどれもが曖昧《あいまい》に働き、自らもさながら死者のように思えたが、生きている限りそれらの欲求や生理活動から逃れることはできない。情けないが、落ち着いてからは性欲すらも湧き上がり、自慰に耽《ふけ》っては事後、死にたくなった。しかし、死にたくなるたびに、人間的な活動を思い出し、生きている実感に呆然《ぼうぜん》とする。私は、どうしようもなく生きていた。生きていたかった。だからこそ、ベラの死が怖ろしい。悲しいよりもずっと、怖ろしいのだ。その死をそばに置いたのは正しかったのか？　と今でも思う。でなければ、ずっと前に私の精神は壊れていたことだろう。いや、違う。とっくの昔に壊れていたのかもしれない。でなければ、私はあんなバカげたことをあのセールスマンに相談しなかったはずなのだから。

「生きている人間の血液を powder blood と入れ替える、ですか」

てっきり渋い顔をすると思っていたが、セールスマンは平然としていた。powder bloodとは、生葬《リビング・デッド》に流れる、死者の血液のことだ。口元に緩く笑みを湛え、理解者であると言いたげに深くうなずく。死が怖ろしくなっていた私は、死の恐怖から逃れたいと思った。生葬《リビング・デッド》のない世界であるなら、この時私が取れる選択は自殺くらいしかない。死の恐怖から逃れるのには、結局死しかないからである。だが、私は愛する娘を生葬《リビング・デッド》に付し、その生態……いや、死態とでもいうのだろうか、ともかくそれを観察している。死者を生かす聖なる心臓と血ならば、生きている者にそれを与えればどうなるのだろうか。悪くすれば死ぬ。だが、上手くすれば、死の恐怖から解放されるのではないだろうか。

「仰《おっしゃ》る通り。もし、生きている者に powder blood を提供し、成功したならばその人物は生涯年老いることなく、病気とは無縁で、健やかなる不死のライフを満喫できるでしょう」

満面の笑みでセールスマンは自信ありげに答えた。彼のその笑顔はすなわち、すでにそういったプランが検討されている証左である。考えてみれば、私が思いつくようなことを誰かがすでに提案していてもおかしくない。セールスマンはさも「ご想像の通りです」とでも言いたげに、無表情にも思えるピエロのような笑顔を向けていた。ひとことで言えば、私はどうかしていたのだ。死の恐怖は刹那《せつな》の死か、悠久の生でしか救済できない。カミラの死から神を信じなくなった私の、新たな信仰である。自身が神となり、自身を信仰する。永遠という教えを、この生涯で成し遂げよう。私は、手術を受ける誓約書にサインをした。

6

私は不死を手に入れた。この先、どれだけの時間が過ぎようと私は死なない。ただし、殺されなければ。定期的な powder blood の交換は煩《わずら》わしいが、それさえ辛抱すれば私は不死なのだ。powder blood はいわば完全な血液である。エナジードリンクでもあるし、薬液でもある。なにより体内を循環する血だ。聖水だと表現してもいい。死体と違って、生きている人間なので powder blood が汚れるのが早いが、これもそのうち研究が進めば血の交換の頻度はさらに延びるだろう。長く終らない人生の中で、私たちはゆっくりその時を待てばいい。セールスマンの話から察していたが、私以外にも同じように powder blood の手術を行った者がいるらしい。私は第一号ですらない。死なないということから『ZOMBI』と皮肉たっぷりに呼ばれている……という噂も聞いた。なにが ZOMBI だ。私は意思があるし、人間の肉は食わない。私に噛まれれば ZOMBI になるのか？　それはない。手っ取り早く不死の人間を増やせるではないか。だが実際はそんな都合よくはならない。要は貧乏人の僻《ひが》みなのだ。しかし、その俗称を私は好んで使った。洒落《しやれ》が利いていていいじゃないか、と思った。それに ZOMBI 化には副作用もある。食欲や性欲がなくなり、睡眠も必要としなくなるということだ。powder blood が体内を循環している限り、生きるのに必要な栄養素や免疫などは常に備わっている。そのため本来、生きるために必要な食事や睡眠が不要になった。永遠の命と引き換えに、人間の悦びを喪ったのだ。一部の ZOMBI はこれを不服に思い、食事や睡眠を摂っていたが、そんなものは所詮パントマイムに過ぎず、すぐに綻《ほころ》びが生じた。今では開き直って、二四時間めいっぱいに稼働できる生活を謳歌《おうか》している。贅沢三昧《ぜいたくざんまい》、遊興三昧で満足していたのは最初のうちだけで、次第にこれに飽きると ZOMBI たちは無気力になっていった。それこそ、万人が想像するゾンビのように、意味なくうろうろしたり、一日中椅子に座ったままだったりした。そうなってくると、永遠の時間が苦痛になる。それを紛《まぎ》らわす方法を誰もがこぞって探した。すると結局のところ、労働に落ち着くのだ。高度な能力を求められる職につくものもいたが、大体が単純労働に勤《いそ》しんだ。つまるところ、それが最も人の役に立ち、なおかつ長い長い暇つぶしにはうってつけだった。人間はついに時間を手にいれたといっても過言ではない。食事が娯楽になった、といっても、普通の意味ではない。食事は排泄の必要を生み、powder bloodが汚れる要因となる。そのままで完全なのだから、不要なものを摂取し老廃物を出す食事は、ZOMBIにとって最も愚かな行為なのだ。なぜならそれらは体の劣化に繋がる。だから咀嚼《そしゃく》と味のみを楽しんだ。食べたり、飲んだり、といった振りである。みんな人間だったころを懐かしみたい。人間だったころを懐かしむという行為自体が、ZOMBIの嗜好《しこう》となっていた。そうなってしまうと生葬《リビング・デッド》もZOMBIEも変わらない。生きていても、死んでいても、ふたつを分かつものはなにもない。セールスマンによると、まだしばらくはまずはボコール社が選定した人間で実証実験していくらしいが、その人数もそこそこに膨れ、一般にも認知されつつある。これは、新たな奴隷を生むことになるのではないか、私もほんのひと時だがそのように危惧したこともあった。いつだったかZOMBIになった他の人間を見たことがある。彼女は母親を生葬《リビング・デッド》にし、のちに自分もZOMBIになった。だが並んでいるとどちらがどっちかわからなくなってしまう。じっとしていると見分けがつかない。なにしろ同じ顔をしているのだ。同じ顔というのは、同じ作りをしているという意味ではなく、同じ顔つきをしているということだ。死者と生者が、まったく同じ顔つきをしていて、見分けがつかなくなる。それはもしかすると、見ている私のほうの問題かもしれなかった。私もまた、ZOMBIなのだから。心臓も血も、人間のままの、死に怯え、年老いていく彼らが、どうしようもなく羨ましい。死があるから、人間は生きていける。死と共に生きるから、人間には尊厳があるのだ。私自身がこうなってしまってから、そのことがわかってしまった。ZOMBI化した者の中には、人間に戻ろうとした者もいた。だが、ZOMBIになることはできても、その逆は不可能だ。不死者はもはや人間には戻れない。吸血鬼やフランケンシュタインがそうであるように。

ZOMBIが死にたくなった時は、どうすればいいのか。私は以前、「powder bloodの交換を止めるとどうなるのか」と、セールスマンに聞いたことがある。

「腐りますよ。血が汚れて古くなれば、体が腐ります。私らとZOMBIが違うのは、自浄作用の有無です。ZOMBIは老いず、病に罹《かか》らず、事故や殺害以外で死ぬことはない反面、血液の交換が絶対的な条件となります。それは怖ろしいことですよ。だからメンテナンスが必要なんです。老化とは違います。老いることなく、そのままの姿で腐っていくんです。体も動かなくなりますし、五感が失われていきます。セールスを担っている者としてはおすすめしませんねえ。それにしてもせっかく永遠の命を手に入れようとしているのに、どうしてまたそんな不吉なことを聞くのでしょう？　私らは交換がないかわりに、老いるし、怖ろしい病にも罹る。事故でも、殺されても死ぬし、なにもしなくてもそのうち死んでしまいます。同じ見た目、同じ構造をしていても、私らとあなた方はまるで別の生き物なのです。もちろん、あなたがたが私らの高位の存在として」

殺されなければZOMBIは死なない。そうなのだ。これは私にたったひとつ許された、真の自由なのである。ゆっくりと腐り、死ぬ。それは自殺だ。私は後悔している。カミラの死を受け入れるべきだったのだ。そして、ベラとともに大いなる悲しみを乗り越え、尊厳あるごく普通の人間としての死を享受すべきだった。私は愚かな選択をした。これは大いなる罰だ。

私が喪った、最も大きなものは恐怖だったのかもしれない。

7

人が眠るのはなぜか。一説では、『死ぬ準備のためである』という。人は、知性があるせいで死を理解しており、そのせいでなにより死を恐れる。いつか訪れる死の恐怖で発狂してしまうので、疑似的な死としての眠りがあるのだ。疑似死としての睡眠があるから、人は本能的に死を受け入れる準備が整う。要はそういうことらしい。では、眠りさえ喪ってしまった私はどうすればいいのだろうか。同じように眠りを喪ってしまったベラとともに私は真っ暗な画面のテレビを見つめていた。違う……確かに私は眠りを喪ったが、ベラは覚醒を喪った。つまり、覚醒したままの私と眠ったままのベラとではその意味が違う。いや、本当にそうなのだろうか。起きているか寝ているかは問題ではなく、ずっとそのままであるという意味では、同じ存在なのではないだろうか。自我や魂の有無は、もはや曖昧なもので、真の意味で私たちは今一度、ひとつになれたのではないか。そのように考えたほうが、希望的でもあるし、前向きだ。そう、私はひとつの決断をした。ベラも私も、powder bloodの交換をやめることにしたのだ。そうして、カミラのもので溢れたこの家で、ゆっくりと腐って死ぬ。ひとつだけ、救いがあるとすれば、ベラに私が腐っていく様を見せずに済むということだ。そこだけが、すでに死んでいる者と生きている者としての、紙一重に隔てるたったひとつの要素なのだ。

「ベラ……私は君を愛している。それは、これからもずっと変わらない」

私はカミラの代わりにロッキングチェアで揺れるベラを見つめた。どれだけ時が流れても変わらないのは、私たちの外見だけではない。私のこの思いもだ。はじめて出会ったあの日から、今まで、変わらぬ愛でベラに接してきた。友人が恋人になり、妻になってから、そして、死者となった今でも。私はベラに口づけをした。powder bloodが体中を循環しているため、死者特有の冷たさや固さはない。これで生きていないことが不思議に思うくらいだ。そうして、彼女の手を引き、私たちはバスルームへと向かった。バスルームには予《あらかじ》め、工具を準備してある。私はかつてよくそうしたように、先にシャワーのカランを捻《ひね》った。違うのは、勢いよくシャワーから噴き出しているのが、湯ではなく水だということだ。準備を整え、ベラの手を握った時、その手が振られたように思った。考えすぎだと手を引いた時、今度ははっきりと拒絶の意思を感じた。ベラはそこから一歩たりとも足を踏み出さなかったのだ。これには私も狼狽《ろうばい》した。はじめて精神という、神の存在を目《ま》の当たりにした気がしたのだ。

「ベラ。嫌なのかい？」

私の問いかけでふっとベラの緊張が解けたような感覚があった。それまで感じた、彼女の意思のようなものは消え去り、普段と変わらない『いつも通り死んでいるベラ』に戻っていた。そこからは容易《たやす》く、浴室に入った。そうして、枕木に首を置かせると私は斧を振りかぶる。色々考えたが、これが一番苦しまないでいいと思った。それは、彼女にとっても、私にとっても。乾いた音が湿った浴室に残響し、シャワーから流れる水がベラの血を排水溝へと運んでいく。こうして、ベラはやっと死ぬことができ、私もまた死者となった。あとは、腐敗の先にある死を待つだけだ。

「ベラ……」

切り落とした妻の頭を抱きかかえ、冷たいシャワーを浴びながら私は何度もその名を呼んだ。悲しくなるほど、何度呼んでも、なんの感情も湧いてこなかった。ただ、懐かしい。それだけだ。懐かしさの中で、ふと思い出したことがある。私はこの状況をどこか見知っていた。それも深い悲しみの中で、知った。そのあとで恐怖が訪れたことも。そうだ。これは、ベラがカミラにしたことそっくりそのままだった。ベラも死してなお死なない娘を不憫《ふびん》に思い、こうやって二度目の死を娘に与えたのだった。あの時は、ただ妻が悲しみのあまりおかしくなって、そうしたのだと思った。だが違ったのだ。正気だったからこそ、彼女はあのような凶行に及んだ。そうして、人として良心と罪悪感から、死を選んだ。そこにはきっと、恐怖ではなく娘にようやく安らかな死を与えてあげられたという安堵の気持ちがあったに違いない。そこだけが、私とベラとの決定的な違いだった。そして、その決定的な違いの溝は、この先も永劫、埋まらない。

ゆっくりと朽ちて、後悔しながら死ぬというのは、今の私にはぴったりな——罰だ。

8

それから私はボコール社の規定五九項『生葬者《リビングデッド》の損壊における罰則』に抵触したため、自宅に駆けつけた職員の方々に回収されました。

ZOMBI化に伴う手術をするにあたり、前もって署名をした誓約書の中に『当手術を経てZOMBIとなった場合、条件付きで当事者はボコール社の所有とする』とありました。これは、基本的に手術を受けZOMBIになった後でも、当事者の人権及び尊厳に至るすべてのものは本人のものですが、ボコール社の規定に違反した場合そのすべてではないということです。これが先述した『条件付き』についての解答です。

生葬者《リビングデッド》の損壊は、ボコール社の財産の破壊でもあるので、私が違反者と判断されるのは仕方のないことです。従って、私はこの瞬間から完全にボコール社の所有となりました。また、排水溝にpowder bloodを流したのものちのち重大な問題となりました。まだ一般に向けての実用化がなされていない状況だったので、私の行為はボコール社の知的財産の流出とも取られかねないことだったのです。

しかし、ボコール社は私に対し、寛大な処置を下してくださいました。生葬者《リビングデッド》の損壊は由々しき事柄であっても、私が妻を不憫に思ったから故の行為であったこと。それ以前に娘を亡くし、生葬者《リビングデッド》となった娘を妻が損壊した事実があったこと。その直後、ボコール社の罰則を行使される前に妻が自ら命を断ったということなどが加味されました。いわゆる温情というものです。

私は新たな調整を施した新型のpowder bloodの被験者となり、ボコール社に尽くすことで示談、という形で納得したのです。

以来、五年間、私はボコール社を支える労働力として日々、務めています。

私に与えられたのは工場における製品のラベリング、および仕分けなどです。機械で賄《まかな》える作業の補助的役割といえるでしょう。正直、作業的にはあまりすることはありませんが有事の際に無人では心許《こころもと》ないということで、二四時間稼働できる私のようなZOMBIが重宝されるとのことでした。

新たに調整された powder blood が体に流れているとあって、私の体だけでなく精神もすこぶる健康的になりました。これまでのように、死に対し色々と思うこともなくなり、今ではベラやカミラとのことも、とてもいい思い出です。

これから長い長い、私の人生の中で私は生の悦びを糧《かて》に、ボコール社に尽くしていこうと思っています。

現在、私はハイチにある製品工場に勤めています。眠る必要も食べる必要もないので、powder blood の交換期間以外は二四時間三六五日、常に稼働していますので、是非あなたも会いに来てください。

ルシオ・ナルシス（ボコール社ンザンビNo.24）

黒木あるじ

猫に卵を抱かせるな

●『猫に卵を抱かせるな』黒木《くろき》あるじ

ハイチ島でもハリウッドでもない。ゾンビの故郷は、イタリアなのかもしれない。

そう思わせるだけの作品群は、たとえばロメロ三部作の二作目『ゾンビ』(1978)は、ダリオ・アルジェントの製作で世界的にヒットした。ルチオ・フルチ監督『サンゲリア』(1979)の増え続ける生ける屍者たちは、この種の映画ではじめて無残に腐敗したメイクが使われた。同監督の『地獄の門』(1980)の屍者たちはなんと壁を通り抜けるし、『ビヨンド』(1981)の屍者には、クトゥルー神話の魔導書が使われる。

いわゆるゾンビ映画とは異なるが、魔力に感染した人間が次々に人喰いの屍体風の怪物に変身し増殖していく『デモンズ』(1985)はダリオ・アルジェント製作総指揮だし、このシリーズとは関係ないものの墓場から甦る屍体とそれを撃つ墓守の攻防を描いた『デモンズ'95』はミケーレ・ソアビ監督作品。

そう――まさに、イタリアはゾンビの魔界なのだ。

そして、今回、黒木あるじが描き出す屍者の物語も、イタリアが舞台。ただのエキゾチズムではない。この国を舞台にしただけの感動が待っている。

黒木あるじは、日本各地の神を鎮めていく主人公の活躍を描いた連作『春のたましい　神祓《かみはら》いの記』(光文社)が話題だが、イタリアを舞台にした本作の根底にも、極めて日本的であり東洋的なマインドとスーパーナチュラルとが渦を巻いている。

◆Uno◆

「一度しか云わないぞ、若きふたりの日本人《ジャポネーゼ》よ」

跪《ひざまず》く私と茉央《まお》を見おろし、ドン・セルペンテはイタリア訛りの英語で告げた。

老人特有の嗄《しわが》れた、されども威厳に満ちている声が大広間に響く。冷ややかで荘厳な空気は、遠い昔に覗き見た教会を思いださせた。たしか、あの日は聖夜だったはずだ。降りしきる粉雪。響く讃美歌。窓の前に立つ私をちらりと見て、扉に鍵を掛けた神父。信徒《ファミリー》を遍《あまね》く迎え入れる慈悲と、それ以外の者を頑《かたく》なに拒む無慈悲。此処《ここ》に漂う気配は、あの静謐《せいひつ》な聖堂によく似ている。

事実、この屋敷は旧《ふる》い修道院を改装したものらしい。ただし、いま祀《まつ》られているのは聖母でも神の子でもない。眼前に座る男――蛇《セルペンテ》を標榜《ひょうぼう》する秘密結社の首領《ドン》、シチリアの島に長らく君臨する裏社会の支配者が〈生き神〉として崇《あが》められている。禿《は》げあがった相貌《そうぼう》や贅《ぜい》肉《にく》まみれの体軀《たいく》は基督《キリスト》と似ても似つかないが、注がれる眼光は、たしかに神とおなじ詞《ことば》を発していた。

信じる者には救いを。信じぬ者には報いを——。

かつて聖書台があったとおぼしき位置には、彫り細工をあしらった豪奢《ごうしゃ》な椅子が玉座よろしく置かれている。鎮座ましますは蛇王の隣には、蛇柄の真っ白なスーツを着こんだ細身の男が鋭い目で直立していた。セルペンテが獲物を丸呑みにする大蛇だとすれば、この男はさしずめ猛毒で敵を死に至らしめるガラガラ蛇といったところだろうか。

外へ通じる扉の前には屈強な男たち数名が立ち塞がり、私たちの逃亡を防いでいる。蛇柄の男よりも粗野な顔立ち、どうやら牙と本能が武器の野良犬どもらしい。

大椅子の背後、十字架跡がうっすら残る壁には、無数の燭台《しょくだい》が据えつけられていた。精巧な意匠が施されているのか細長い影が幾すじも壁を這っている。なにからなにまで〈蛇の巣〉に相応《ふさわ》しい造りだ。

「……さて」

セルペンテが、手にした杖で大理石の床を打ち鳴らした。

「儂《わし》は屍者《ししゃ》の復活、奇跡《ミラーコロ》を欲している」

先ほどよりも力強い声音《こわね》。空気が揺れ、影の蛇が蠢《うごめ》く。

「黄泉《よみ》の国からの帰還は、伝道のための絵空事《えそらごと》ではない。片手で数えるほどしか報告はないものの、ヴァチカンですら認めざるを得ない事実なのだ。その奇跡を果たせる者を探すため、儂は組織《ファミリー》の財力と権力をあますところなく用いた。欧州や米国はもちろん、辺境の密林や山脈の奥地、果ては東洋の島国にまで〈奇跡を求む〉と声明を発布《はっぷ》した。お前たちはそれを聞きつけて〝我こそは〟と、この屋敷にやってきたわけだ」

無言で肯《うなず》く私を数秒見つめてから、大蛇がさらに声を張りあげる。

「もし、お前たちの奇跡が本物《ヴエーロ》ならば」

言い終るより早く、蛇柄の側近が足許に転がる麻袋を胸の高さまで持ちあげた。はずみで袋の中身がぶつかり、じゃらりと金属音が鳴る。

「地中海の難破船から拾いあげた金貨だ。その気になれば小国をまるごと買うことも可能な額を、報酬として支払おう。しかし、陳腐な手品師にすぎなかった場合は」

そこで言葉を止め、爬虫《はちゅう》の魁首《かいしゅ》は巨体を揺らしながら立ちあがった。

「失望と侮辱の代償を〈商売道具〉で支払ってもらう」

セルペンテが杖を握りしめ、壁面の燭台を指す。そこで私はようやく、なぜ壁に伸びる影が異様に長いのかを理解した。

燭台は——すべて人間の手だった。

いずれも掌《てのひら》を天井へ向けた状態で剝製《はくせい》に加工されている。模造品《レプリカ》でない証拠に、手の甲には産毛《うぶげ》が残り、指先には指紋がくっきりと浮かんでいた。

「この一年、お前たちのような異能を自称する連中が日替わりでやってきた。〝いかに悪党と言えども所詮は島の田舎者、易々《やすやす》とは見破れまい〟とタカを括《くく》った愚者どもだ。おかげで、いまや蒐集品《コレツイオーネ》は百を超えている」

獣の首を誇る狩猟家さながらに、セルペンテがひとつの右手を杖で小突く。

「こいつは〈ラスベガスの至宝〉と謳《うた》われた男の手だよ。猛獣を燕尾《えんび》服のポケットから出す奇術《イルーゾオ》で、世界じゅうの富豪や著名人を魅了した。もっとも、両手を失くした現在は一枚のトランプさえ持てなくなってしまったがね」

続けて肥えた老王は、隣の細い左手を叩いた。

「これはお前たちとおなじ亜細亜《あじあ》人の女性だ。人体切断で名を馳《は》せた美人手品師だが、どうやら胴体を繋げるのに夢中で、うっかり手首を忘れていったらしい」

笑えぬ冗談に部下たちがどっと沸く。

追従《ついしょう》する気になれず、私は顔を伏せた。いっぽう隣の茉央は唇を半開きにしたまま、大理石の床をうつろな目で見つめている。

「やれやれ……おとなしい民族だとは聞いていたが、日本人の寡黙《かもく》さは想像以上だな」

私たちの態度に拍子抜けしたのか、セルペンテが椅子へ座りなおした。

「まあ、それも手を切断されるまでの束の間だ。痛みは万人へ平等に訪れる。悲鳴しかあげられなくなる前に、お前たちの名前でも聞いておこう」

「……私は猫斗《びょうと》、隣は茉央といいます」

「ふむ、顔つきがよく似ている。もしや兄妹、それも双子だな」

一方的に言うや、セルペンテは答えを待たずに懐中時計を取りだし、目を落とした。

「ビョート。マオ。十秒だけ数えてやる。怖気《おじけ》づいて声が出せないのであれば、いますぐに入り口まで全速力で走りたまえ。運が良ければ、どちらかは助かるかもしれんぞ」

と、大椅子の脇に立つ蛇柄の男が、ひとあし前に進みでた。

「腰が抜けたなら、黙って両手を前に差しだせ。痛みを感じる前に斬り落としてやる」

蛇男の〈提案〉に、首領が喉を鳴らして笑う。

「このソナリはすこぶる優秀な男でな。剣術や格闘、銃から爆弾にいたるまで〈人間を破壊する技術〉は折り紙つきなのだよ。どうだ、その身で体感してみるかね」

セルペンテの賞賛にも、蛇男は顔色ひとつ変えない。

「ドンのご希望とあらば、いますぐ此処から手首を撃ちぬきますが」

「それは困るな。壁に飾れなくなってしまうではないか」

勇み立つ部下を笑って嗜《たしな》めると、蛇の王が「さて、十秒だ」と懐中時計の蓋を閉じた。

なるほど、この恫喝《どうかつ》じみた茶番も彼らの常套《じょうとう》手段なのだろう。

「さあ、返事を聞かせたまえ。お前たちは本物なのかね。それとも詐欺師かね」

「花瓶をひとつ、用意してくれませんか」

「……なんだと」

私の要求に、ソナリと呼ばれた男が眉《まゆ》を顰《ひそ》める。

「花を飾りたいのです。ドン、あなたの望む奇跡を見せるために」

一拍置いて、蛇王が太い指をぱちんと鳴らした。すぐさま部下のひとりが奥の部屋へ駆けだし、一分と待たずに立派な花瓶を抱えて広間へ戻ってくる。

「名工によるムラーノ・ガラスの逸品だ、割らないように細心の注意をはらいたまえ。一生寝ずに働いても破片ひとつ買えないほどの骨董《アンティーコ》だぞ」

忠告へ答える代わりに深呼吸をして、私は茉央の肩をそっと叩いた。合図に促され、茉央が立ちあがる。はずみで、背中まで伸びた髪が波打った。

転ばぬよう肩を支え、おぼつかない歩みにリズムをあわせて前へ進む。

「おい、お前の妹は白痴《パッツォ》かよ。此処は治療院《サナトリオ》じゃねえぞ」

「お望みならオレが診察してやるぜ、治療代は身体で支払いな」

野犬の群れが口々に野次を飛ばすなか、私は置かれた花瓶の手前で茉央を止めると、背負っているナップザックを開けて燻《くす》んだ黄色の花束を取りだした。

花をみとめるなり、セルペンテが鼻を鳴らす。

「ミモザの木乃伊花《ドライフラワー》か。いささかイタリア人に媚《こ》びすぎの趣向だな」

揶揄《やゆ》を受けながすと、私は花束から数本を選んで花瓶へ挿《さ》した。茉央の手首を摑《つか》み、指先を花弁に触れさせる。刹那《せつな》、彼女の瞳にほんのすこしだけ感情が浮かんだ。

茉央がミモザを両手で優しく包みこむ。

そのまま数秒。花から手を離すと同時に、全員がどよめいた。

すっかり褪《あ》せていたミモザが、鮮やかな金色に変わっている。

みなが絶句するなか、ソナリが沈黙を破って「ブラヴォー！」と手を叩いた。

「すばらしい。袖に隠した生花とすり替えただけの子供騙《だま》しだな」

と――白々しい喝采《かっさい》を手で制し、セルペンテが指を鳴らした。

「もう一度《アンコーラ》。ただし、次は花束を隠せぬよう衣服を脱げ。一枚残らずだ」

即興のストリップティーズに、男たちが指笛を吹く。

吠える犬たちを無視し、私は残りの花束すべてを生けた。茉央が着ているブラウスのボタンをはずしてやり、スカートを脱がせ、下着をおろす。

透けるほど白い肌と、豊かな曲線を描く乳房。裸身を晒《さら》して立ち尽くす茉央の手をそっと誘《いざな》ってドライフワラーの束に添える。再び、目に生気が宿った。

茉央が乾いた花のかたまりを掌に閉じこめ、やさしく抱擁して一気に手をひらく。

黄金色のミモザが、打ち上げ花火のようにぼわりと広がった。

困惑した空気のなか、セルペンテが身体を小刻みに震わせて立ちあがる。

「本物《ヴェーロ》……奇跡だ。蘇生させたというのか」

「厳密に言えば生き返ったわけではありません。屍《しかばね》が動くようになるだけで、この花は成長もしなければ腐敗もしないのです」

「まさに神の祝福ではないか。日本人の多くは基督教徒《クリスティアノ》ではないと聞いたが」

「これは祝福ではありません。呪いです」

「……呪いとは、どういうことかね」

蛇の瞳に好奇心の炎がちろりと灯る。その熱に炙《あぶ》られながら、私は答えた。

「私は、火車《かしゃ》の子なのです」

◆Due◆

なにを聞かれても答えられるよう心の準備はしてきたつもりだったが、さすがに銃を突きつけられて語る事態までは予想していなかった。

「ドンを騙そうとしても、俺の目はごまかせない。さっさと種明かしをしろ」

ソナリが銃口を私の額《ひたい》に近づける。口調こそ冷静だが、そのこめかみには血管が浮かんでいた。セルペンテは静かに微笑《ほほえ》むばかりで止める気配など微塵《みじん》もない。部下たちは事態が理解できぬまま、武器を手に攻撃の指示を待っていた。

ひとこと間違えば頭が吹き飛ぶ緊張——おかげで私の説明は支離滅裂《しりめつれつ》をきわめた。

茉央が唯一の肉親であること。「枯れた花を瑞々《みずみず》しい生花に戻す」という一芸だけで長く稼いできたこと。とはいえ地味に過ぎる魔術が好評を得るはずもなく、天幕団《サーカス》、見世物小屋《フリーク・ショウ》、場末の演芸場と雇われ先を移りながら生き延びてきたこと。自分もすこしは役に立とうとトランプやスカーフ《ガフ》を用いるマジックを練習してはみたものの、不器用でひとつも習得できなかったこと――時系列も順番もでたらめに、私は思いつくかぎり話し続けた。苛立《いらだ》ったソナリが銃弾を床に撃ちこまなければ、明日を迎えるまで延々と身の上を語っていたかもしれない。

「お前の生い立ちなんぞ興味はない。答えろ、火車とはなんだ」

「じ、地獄に棲《す》み、死者の棺《ひつぎ》を攫《さら》う妖怪の名前です。火に車と書きます」

しどろもどろの回答を聞くや、セルペンテが両手で顔を覆った。

「燃える車だと……嗚呼《ああ》、なんということだ」

王の動揺に、ソナリの目が吊りあがる。

「ふざけるな。地獄《インフエルノ》の化け物と奇術に、なんの関係がある」

「日本には〝猫に跨《また》がれた死体は蘇《よみがえ》る〟という言い伝えがあります。地方によっては、地獄の使いである火車が化け猫の正体だともされているんです。現に、私が生まれた山あいの村では、いまでも火車の存在が信じられていて……」

「地獄だの化け猫だの、夢物語はそのへんにしてもらおう」

ソナリが銃を鼻先に押しつけ、撃鉄《げきてつ》を起こす。

「いいかげんに肝心の話をしないと、顔面のどまんなかに穴を開けて……」

「私の母は、妊娠中に死にました」

詰問を遮《さえぎ》り〈肝心の話〉を告白する。途端、セルペンテが慟哭《どうこく》を止めた。

「私を出産する直前、急な病で亡くなった……と人伝《ひとづ》てに聞いています。ところが母の葬儀をおこなっているさなか、どこからともなく一匹の黒猫が部屋に入ってくるなり、ひらりと遺体の胸へ飛びのった。すると……」

そこで私は深く息を吸い、ゆっくりとおもてをあげた。

「母はその場に起きあがり、我が子をぼたぼたと産み落としたのだそうです」

「要するに、お前と妹は火車とかいう猫の呪いで生まれた双子……屍者の落とし胤《だね》ということか。その呪いによって、妹は屍《しかばね》を動かす能力を得たというのか」

問うセルペンテの目を正面から見据え、私は言葉を続けた。

「はじめて彼女の〈能力〉に気づいたのは、私が七歳のときでした。当時暮らしていた掘っ建て小屋の隅《すみ》で、一匹の蛾が腹を見せて死んでいたのです。玩具など持っていなかった私は蛾の死骸で遊び、ほんの戯《たわむ》れで茉央の手に蛾を載せました。次の瞬間、死んでいるはずの蛾が、ぼろぼろの羽根を震わせ飛びたったんです。最初は〝死んだふりをしていたのだ〟と思いましたが、その後も茉央は、次々に動物の死骸を蘇らせて……」

「実に、実に興味深い。いったいどういう原理だね」

逸《はや》る気持ちを抑えきれないのか、老蛇が腰を浮かせる。

「私も詳しいことはわかりませんが……どうやら茉央の体内には〈屍者の瘴気《しょうき》〉とでも呼ぶべきガスが充満していて、それが指先から漏れているらしいのです。その瘴気に触れることで、屍体が動きだすのではないかと……」

ソナリが、舌打ちで私の仮説を遮った。

「馬鹿馬鹿しい。ガスだの漏れるだのと、風船じゃあるまいし」

「ええ。意思を持たずに動く茉央は、まさに瘴気で浮遊する風船なのでしょう」

呆れ顔で毒蛇が首を振り、セルペンテに向きなおった。

「ドン、こいつはなにか秘密を隠しています。どうにも信用できません」

部下の抗議をよそに、王は「なるほど、猫か」と弛《ゆる》んだ顎《あご》肉を摩《さす》っている。

「欧州には、魔除けのために猫を生きたまま炎へ投げこむ風習が長らく存在した。我がイタリアにも〈ガット・マンモーネ《猫の母》〉という怪物の伝説がある。子供の時分、母親から寝物語に何度も聞かされたよ。おかげで幼い儂は夜のトイレに行けず、寝小便をしてはこっぴどく叱られたものだ」

「しっかりしてください、ドン。それは御伽話《おとぎばなし》でしょう」

「さりとて、猫が魔性とされるのも事実だ。伝承や伝統を軽んじるべきではないぞ」

「ドン、お言葉ですが〈猫に卵を抱かせるな〉との格言もあります。素性も不明な日本人の戯《ざ》れ言を鵜呑《うの》みにするのは危険です。本当に兄妹かどうかも怪しいというのに」

「素性など関係ない。自身の目で見たものを信じる……それが儂の答えだ」

王の〈判決〉に、ソナリが無言で背を向ける。セルペンテが大椅子から立ちあがり、満面の笑みで握手を求めてきた。

「東洋の友人よ、数々の非礼を許してくれ。改めてお前たちに頼みがある」

「頼み……ですか」

「一年前に殺された我が娘、ひと粒種のロザリアを蘇らせてもらいたい」

予想だにしない科白《せりふ》に、伸ばしかけた手が止まる。

「……ドン・セルペンテ。一年も前に亡くなられたのであれば、もう屍体《したい》は骨になっているかと……」

まんがいちにも機嫌を損ねぬよう、努めて慇懃《いんぎん》な口調で告げる。

蛇の目を持つ男がにやりと微笑み、手にした杖で床をノックした。

「案ずるな。娘は現在も、此処にひとつ残らず保存されている」

◆Tre◆

「……十八歳の誕生日を迎えたあの日、ロザリアは街まで車で出かけたのだ」

地下へ通じる螺旋《らせん》階段を降りながら、セルペンテが漏らした。その背中を追いかけ、私と茉央も地の底へと向かっていく。

「いつもは護衛をつけるのだが、あの日は儂の目を盗み、独りで出かけてしまってね。慌《あわ》てて追跡を命じたものの……すでに手遅れだった」

セルペンテに肩を貸しているソナリが「追いかけたのは俺だ」と口を挟む。

「目抜き通りでお嬢さんの姿を探していた最中……爆発音が轟《とどろ》いた」

蛇王が杖を握りしめた。把手の革が軋《きし》み、悲鳴に似た音を立てる。

「焦げくさい空気のなか、逃げまどう群衆を掻きわけて通りの角を曲がると……赤色のフィアットから火柱が立ちのぼっていた。お嬢さんの愛車だ」

ソナリいわく、運転席の下に仕掛けられた小型爆弾によって、ロザリアの肉体は四散したのだという。上半身こそ人間の形状を残していたものの、爆発をまともに食らった下半身は〈焦げたピッツァを踏み潰した〉かのごとき状態だったらしい。それを聞き、私は老王が〈火車〉という単語にひどく狼狽《ろうばい》した理由をいまさらに悟った。

「……犯人は」

おずおずと訊ねた私に、セルペンテが首を力なく振る。

「疑わしい者はひとり残らず捕まえ、気が狂うまで拷問《ごうもん》したともさ。けれども犯人はおろか手がかりさえ見つけられなかった……」

蛇が足を止めた。螺旋階段が終わり、一行の行く手を巨大な扉が阻《はば》んでいる。

「だから儂は〝いっそロザリア本人に訊ねてみれば良い〟と閃《ひら》めいたのだ」

セルペンテが顎でドアを示した。ソナリが錠前をはずし、扉に手をかける。

ドアの先には、広大な空間が口を開けていた。

「古《いにしえ》の納骨堂《カタコンベ》だよ。この場所がほしくて、修道院を脅して買いとったのだ」

蛇王が胸の前で十字を切る。

煉瓦《れんが》造りの地下室は、黴《かび》と埃《ほこり》のにおいに満ちていた。

〈手の広間〉と異なり、装飾の類は見受けられない。同一色の壁と床と天井を等間隔にぶら下がった裸電球が照らしている。

ただひとつ――部屋の中央に置かれている銀色の立方体だけが、異様な存在感を醸《かも》しだしていた。飾り気のない霊廟《れいびょう》には不釣り合いな、大人ほどもある無機質なかたまり。しばらく考え、ようやく私はそれが「レストランの厨房《ちゅうぼう》で目にする業務用冷凍庫だ」と気づいた。

セルペンテが、愛《いと》おしげにステンレスの扉へ接吻する。

「この冷凍庫には百二十七個に分割されたロザリアが納められている。地元警察を買収し、現場からすべての肉片を収奪するのは骨が折れたよ」

銀色の棺桶を何度も摩ってから、老王がこちらへと向きなおった。〈死を嘆く父〉の目は、いつのまにか〈死を司る獣〉の眼に戻っている。

「火車の兄妹、これで理解できたかね。お前たちには、愛しい娘の屍体を繋ぎあわせ、再び蘇らせてもらいたいのだ」

　懇願とも命令ともつかぬ口調。慎重に言葉を選びながら、私は答えた。

「……正直に申しあげると、屍《しかばね》の蘇生はお勧めしません」

「ほら、やはりこいつらはペテンです。ドン、この場で手を斬り落としましょう」

　勝ちほこるソナリへ、私は「違います」と強い調子で告げた。

「茉央が蘇らせた生物は、死んだまま動くだけだ……そう言ったのを憶えていますか」

　セルペンテが無言で頷く。傍らのガラガラ蛇は渋面《じゅうめん》を崩さない。

　どこまで伝えるべきか逡巡《しゅんじゅん》し、私は茉央に視線を向けた。もちろん、彼女から答えが返ってくることはない。いつもと変わらぬ痴《し》れた表情で、焦点のあわない瞳を裸電球に向けている。溜め息をひとつ溢《こぼ》してから、私は沈黙を破った。

「蛾の一件以来、私はさまざまな動物で茉央の〈能力〉を試しました。殺鼠剤《さっそざい》で死んだ鼠《ねずみ》、悪童になぶり殺された子犬……いずれも、茉央が触ると息を吹きかえし……凶暴になったのです」

　凶暴という語句に、セルペンテの表情が変わる。

「鼠は殺鼠剤を撒いた農夫の足首に齧《かじ》りつき、血で体毛の凝《こご》った子犬は喉笛を嚙みちぎろうと悪童に飛びついた。つまり、屍体は自分を殺した相手に襲いかかるのです」

「奪われた命を〈回収〉する……その一念で屍が動くとでもいうのかね」

回収という単語が口をつくあたりは、さすが裏社会の首領だな——ひそかに感心しながら、私は言葉を続けた。

「子犬に襲われた悪童一家の告発で、私たちは村を追われました。まあ、それ以前から疎《うと》まれていたので覚悟はしていましたが……そもそも、猫斗という名も〈呪いの目印〉として、村の連中が勝手に名づけたものです」

「それ以来、お前たちは〈花の復活〉だけを活計《たつき》に細々と暮らしていたわけか」

「ええ。さすがに花は人を襲いませんから」

笑ってもらうつもりで自嘲《じちょう》を口にする。けれどもセルペンテはにこりともせず、獣の目をますます滾《たぎ》らせていた。

「それが事実なら、むしろ願ってもない好都合だよ。ロザリアみずから爆弾犯の正体を教えてくれるのだからな」

結論は出たと言わんばかりに、獣の長が杖で床を打つ。

「ピョートト、マオ。お前たちに一ヶ月の猶予《ゆうよ》を与えよう。三十日のあいだにロザリアを復元させ、娘に二度目の命を吹きこめ」

「一ヶ月……ですか」

けっして長くはない期限に、思わず口籠った。

「安心したまえ、地下には客室を用意してある。酒も食事も望みのものを運ばせよう。ほかにも、必要なものがあればすぐに準備してやる」

「それは……〝奇跡を起こすまでこの部屋から出られない〟ということですか」

セルペンテは問いに答えない。無言のままで不気味な笑みをたたえている。

「では頼むぞ。くれぐれも儂を失望させるなよ」

こちらの返事を待たず、蛇が踵《きびす》をかえして螺旋階段に向かう。

「……お嬢さんは」

背中めがけてぶつけた私の叫びに、遠ざかる靴音が止まった。

「お嬢さんはそれで本当に幸せなのでしょうか。意思を持たない屍として蘇ることを、彼女は望むのでしょうか」

セルペンテがゆるゆると振りむく。

その面立ちは父でも獣でもなかった。感情が失せた——これまで何度も目にしてきた〈動く屍〉そっくりの表情を浮かべている。

「ロザリアが望むか否かなど問題ではない。重要なのは我が一族の血脈が絶えぬこと。家族の幸福こそが娘の幸福なのだ。子は親に従えば幸福になるのだ」

この老人はなにに囚われているのだろう。なにに呪われているのだろう。考え続ける私を置き去りに、二匹の蛇が去っていく。扉が、重い音を立てて閉まった。

◆Quattro◆

牢獄に等しい地下室での〈孤独なジグゾーパズル〉は、予想以上に難航した。

冷凍庫に収納された肉片と骨と臓器をひとつずつ確認し、人体図解に照らしあわせておおまかな工程を決める。骨を接《つ》ぎ、血管や内臓を繫ぎ、肉を縫いあわせ、人体らしくなったところで茉央が触れる――計画そのものは完璧だった。

ただひとつ、私がひどく不器用であるという盲点を除けば。

繫ぐ部位を間違えては肉をはずし、縫製に失敗しては糸をほどく。来る日も来る日もその繰り返しだった。爆発から距離が遠かったおかげで、頭部や上半身は部位の判別ができるぶん、まだ幸いといえた。下半身に至っては、数ミリしか残っていない細切れや著《いちじる》しく形状が変化したものなど難易度の高い破片《ピース》ばかり。まんがいちセルペンテに針仕事の腕前を目撃されていたなら、私は無事で済まなかっただろう。

ただ、幸いにもセルペンテはあの日から姿を見せていない。

私たちのもとには日に三度、部下が食事を運んでくる手筈になっていたが、どうやら〈血と膿《うみ》のパッチワーク〉を直視するのが耐えられなかったらしい。三日目の朝からはソナリが仏頂面《ぶっちょうづら》で食事のトレイを運んでくるようになった。

もっとも、誰が来ようが私のすべきことに変わりはなかった。三十日という限られた時間を無駄にはできない。なにせ、茉央はなんの助けにもならないのだから。

茉央は朝から晩まで地下室の床に座りこみ、いつまでも空虚を眺めていた。自分ではなにも食べようとせず、スプーンで口に運んでやると、ひと匙《さじ》だけは飲みこむのだが、すぐに口から溢《こぼ》れてしまう。食事以外にもベッドや手洗いへの誘導、衣服の着替えなど手助けが必要なことは数えきれない。ロザリアの修復と併行しての介助は、お世辞にも楽な作業とは言えなかった。

とはいえ、それを苦痛と感じたことはない。なにせ生まれてこのかた、私はずっと茉央の世話を続けてきたのだ。旅をせずに済むだけマシだ——そう思っていた。

思うように、努めていた。


「どういう仕掛けか、そろそろ俺にだけ教えろ」

五日目の夜——トマト煮込み《カポナータ》を運んでくるなり、ソナリがおもむろに訊ねてきた。

「あの日、どんなトリックを使ってミモザをすり替えたんだ」

「……まだ信じていないんですね」

肉片と格闘しながら呆れる私に、蛇柄をまとった男が「当然だ」と笑う。

「俺は育ちが悪いもんでね、容易《たやす》く人を信用しないんだよ。特にお前みたいな大人しい人間ほど大きな秘密を隠しているものさ。〈猫に卵を抱かせるな〉と言うだろう」

大広間でも耳にした、聞きなれない言葉——首を傾《かし》げる私の様子に気づいて、ソナリが「イタリアの古い諺《ことわざ》だ」と言った。

「猫が卵を温めるはずなどない。つまり〝こいつは嘘だ、なにか企んでいるぞ、罠に注意しろ〟という警告ってわけだ」

「でも、あなたのボスは私と茉央を信じてくれたじゃないですか」

反論するなり、ソナリがその場へ腰を下ろして息を吐く。

「……ロザリア・ロンバルドを知っているか。この島の修道所に安置されている二歳の幼女で、〈奇跡の少女〉と呼ばれている。約百年前に病死したが、その遺体はいまでも生前とおなじ姿を保っているんだよ」

「生前とおなじ……まさか、それって」

驚くこちらを一瞥《いちべつ》し、ソナリが「猫に跨がられたわけじゃないぞ」と苦笑する。

「ロンバルドの父親は高名な将軍でな、愛娘が生前の愛らしさを永遠に保つよう医者に命じたのさ。厳命に慄《おのの》いた医者は、死に物狂いであらゆる防腐処置を施した。亜鉛塩《あえんえん》にホルマリン、グリセリンにアルコール……その甲斐あって、ロンバルドはいまも生前の可愛らしさを維持している。要は奇跡でもなんでもない。単なる医学の勝利だ」

そう言うとソナリは煉瓦のかけらを拾い、つまらなそうに壁へ投げつけた。

「だが、シチリアで生まれ育ったドンは〝それこそが奇跡だ〟と信じて疑わない。自分の娘

にロザリアと名づけたのも　"ロンバルドのように永遠の美を保ってほしい" という願いをこ
めたんだ。お前らみたいなイカサマ師を召集しているのも、ロンバルドと同様の奇跡が起こ
ると思っているからだよ」

「何度も言いましたが、茉央の能力はイカサマじゃありません」

抗議する私めがけ、ソナリが笑いながら石片をいくつもぶつけてくる。

「寝言をぬかすな。いかに此処がイタリアでも、屍者が蘇るなんて奇跡は起こらない。そん
な真似ができるのはダリオ・アルジェントくらいだ」

「……そのダリオとかいう人も、屍体を動かすことができるんですか」

なにげなく問うた途端、ソナリの投石が止まった。

「おい待て、あのダリオ・アルジェントだぞ。イタリアが誇る映画の巨匠だぞ」

「映画は……一度も観たことがないんです」

私の言葉に蛇が目を丸くする。はじめて見る、この男の人間らしい表情だった。

「それじゃあ、マリオ・バーヴァもルチオ・フルチも知らないのか。『ゾンビ』はわかるだろ」

も『地獄の門』も観ていないのか。さすがに『ヴァンパイアの惑星』

矢継ぎ早の質問に、黙って首を振る。

「生まれてから今日まで、ずっと茉央の世話をしてきたので」

ソナリは愕然(がくぜん)とした表情で、こちらをしばらく観察していたが、

「お前も……家族に殺された〈生ける屍〉ってわけか」

鋭いまなざしをすこしだけ柔らかくさせて、ぽつりと漏らした。

その日以来、ソナリは配膳のたびに話しかけてくるようになった。

当初は「粗探《あら》しでもしているのでは」と警戒していたが、言葉を交わすうち、どうやら本当に純粋な興味で言葉をかけているらしいと察した。むろん、茉央の能力に対する疑念は払拭《ふっしょく》されていなかったが、それでも彼はたしかに私との会話を楽しんでいた。

かくいう私も、ソナリと交わす他愛ない遣り取りが好きだった。

とりわけダリオだのフルチだの映画監督について熱弁をふるうときの彼は、子供っぽく目を輝かせているのが面白かった。なによりも——ソナリと語らっているときだけは、傍らにいる茉央の存在を忘れることができた。

茉央を忘れている自分に驚き、心が軽くなっている事実に、すこしだけ胸が疼《うず》いた。

「なあ、お前の妹は……ずっと〈コレ〉のままなのか。治らないのか」

ある夜——いつものお喋りに興じていたソナリが、自身のこめかみを指した。

「屍体に触れている瞬間は、人間らしい感情を取り戻すみたいです。〈屍者の瘴気〉が体内から減って、ほんのひととき生者に戻るんでしょう。なるべく長く持続してほしいけれど、まさか屍体を集めておくわけにもいきませんからね」

「やれやれ、まだ〝本当の奇跡なんです〟と言い張るつもりか」

不満をあらわにしたソナリが腕を組む。

「だったら、いっそのこと戦場にでも行けよ。屍体のビュッフェが待ってるぜ」

「……一度だけ、密入国して試しました」

理不尽な戦火に見舞われた、毎日のようにニュースで報じられている国の名を口にすると、さすがのガラガラ蛇もぎょっとした表情を浮かべた。

「それで……結果はどうなったんだ」

ソナリが皿を置き、こちらの返答をじっと待っている。

「最悪でした。戦争の場合、誰が誰を殺したのか不明瞭なんです。だから屍体は、命を奪った組織を全滅させようとするらしくて、相手の軍隊をむやみやたらに襲うんです。誤って両国の兵士をいっぺんに撫でたときは、屍体同士が争って大変でした」

ソナリは黙って話を聞いていたが、突然パスタを口から吹きだして大笑いした。

「ビョート、お前は最高だ。どれだけ手練《てだ》れの映画監督でも、そこまで荒唐無稽《こうとうむけい》な話はなかなか創れないぜ。脚本家の才能があるぞ」

「だから言ってるでしょう。これは本当の話で……」

「わかったわかった、そういうことにしておいてやるよ」

腹を抱えて笑い続ける姿が癪《しやく》に障《さわ》り、私は無理やり話題を変えた。

「そもそも、なぜあなたはそんなに映画が好きなんですか」

毒蛇の顔から笑みが消える。静寂のなかを漂う空気が、しんと冷えていく。

長い沈黙のあと、ソナリが回顧をはじめた。

「……俺のおふくろは麻薬中毒《ドウロガート》でな。ひと部屋しかないアパートのベッドを〈職場〉にして、股で薬代を稼ぐような女だった。もちろん子供が居てもお構いなしさ。おふくろが男と裸で吠えているあいだ、俺は部屋の隅でテレビに齧りついて、現実から目を逸《そ》らすしかなかったんだよ」

自分の言葉へ倣《なら》うように、蛇が顔を伏せる。

「そのとき放送していたのがアルジェントやフルチ、バーヴァのホラー映画だった。簡単に人間が死に、あっさりと蘇る。その出鱈目《でたらめ》さが、幼い俺を癒してくれたんだ……さあ、俺のつまらない思い出話はこのへんでいいだろう」

蛇男は強引に会話を終わらせると、私をまっすぐに見つめた。

「それよりビョート、報酬を受けとった後はどうするつもりだ」

「……わかりません。何処《どこ》かでふたり、死ぬまでひっそり過ごすつもりです」

ソナリが「やれやれ、お前は心底〈生きた屍〉だな」と失笑する。

「茉央に適切な治療を受けさせて、お前はお前の人生を歩む気はないのか」

「そんなことを言われても……いまさら、なにをすれば良いのか」

答えに窮して黙りこむ――と、ソナリが突然手を叩いた。

「そうだ、いっそ映画監督をめざせよ。お前の才能は俺が保証してやる」

「無理ですよ。映画を創るだなんて……そんな夢」

戸惑う私へ、ガラガラ蛇が「叶わなくても構わないんだ」と朗らかに答える。

「俺は〝いつの日か映画を撮りたい〟という儚《はかな》い希望だけを糧《かて》に、血にまみれた世界を生きている。希望というのはな、願うこと自体が希望になるんだ」

「……じゃあ、一緒に映画を創ってくださいよ」

彼の熱弁を真似て提案するなり、ソナリが息を呑んだ。

「俺が……映画だと」

「そうです。あなたと私で物語を撮りましょう。まずはダリオ・アルジェントの作品を参考に観せてください」

ソナリが手にしたままの煉瓦をじっと見つめてから、思いきり遠くに放りなげた。

「……約束するよ。この件が終わったら三人で観よう。覚悟しろ、徹夜になるぞ」

◆Cinque◆

かじかむ指を息で温めながら、私は針と糸を持ちなおした。

いつのまにか季節が秋から冬に変わったらしく、地下室はこの数日ぐっと冷えこんでいる。裁縫には辛い気温だったが、不満を口にしている暇はない。

約束の日は、いよいよ明日に迫っていた。

ロザリアは、およそ九割の部位が繋がっている。あとは細部を調整し、茉央に触れてもらえば動きだすはずだ。

まもなく終わる。明日には大金を手にできる。ふたりで静かに暮らせる。

いや、ソナリと一緒に映画を創るのも悪くはないかもな——。

未来にぼんやり思いを馳せていたその直後、後頭部に激痛が走った。

なにが起きたのかわからないまま、その場に昏倒する。眩《くら》む目をなんとかこじ開け、私は状況を確かめた。

「お前は……」

扉を塞いでいた部下のひとり、髭面《ひげづら》の男が茉央に覆い被《かぶ》さっていた。

「どうせ明日には殺されるんだ。地獄へ堕ちる前に天国を教えてやるよ」

髭面が荒い息を吐きながらズボンを下ろす。止めようにも手足が痺《しび》れ、起きあがることもままならない。呻《うめ》き声を聞きつけ、男が顔面を思いきり蹴りあげてきた。

どうやら私はそのまま気を失っていたらしい。気づいたときには、目の前でソナリが真っ赤に染まる拳《こぶし》を握りしめていた。猛《たけ》る毒蛇の前では髭面男が膝をつき、拝むような仕草を見せている。男は鼻といわず瞼《まぶた》といわず、顔面がひどく腫れあがっていた。

「か、勘弁してくれソナリ。あんたの顔を潰すつもりは……」

「いや、お前は俺の顔を潰そうとした。だからお前の顔を潰す。手足も金玉も潰す。お前で肉団子《ポルペッタ》をこしらえ、泣いて拒む家族に食わせてやる」

部下はズボンをひったくると、尻を剝きだしたままで階段を駆けあがっていった。

「……俺の不覚だ。明日の準備に手間取って、うっかり連中から目を離しちまった」

ソナリが差し伸べる手を摑み、よろよろと起きあがる。

「ありがとう、助かりました」

「礼を言う暇があったら、さっさと逃げろ」

ハンカチで拳の血を拭いながら、猛蛇が早口で諭《さと》した。

「残念だが、あの野郎の言葉は正しい。ドンは秘密を知った人間を生かしておく男じゃない。ましてやロザリアが蘇らないと知ったら、死ぬより辛い目に遭うぞ」

「まだ疑っているんですか。茉央は本当に……」

「本当だろうが噓だろうがどうでも良い！」

ソナリが私の胸ぐらを摑み、壁に押しつけた。

「屍者が蘇る……そんなものは奇跡じゃない。悪夢だ。呪いだ。死の痛みを受け入れ、乗りこえた先にしか希望はないんだよ」

こちらの胸へ額を密着させて、毒蛇が哭《な》く。訴えかけるその言葉は、彼自身に言い聞かせているように思えてならなかった。

「……夜が明ける前に港まで来い。安全な場所まで運んでやる」

「でも、私たちを逃がしたなんて知られたら、あなたが酷《ひど》い目に」

「俺は俺なりに考えがある。心配するな」

指を離し、ソナリが螺旋階段へと歩きだす。

と——扉に触れるや、蛇柄の男は深く、長く息を吐いた。

「……いまでも、おふくろが夢に出てくるよ。常連客の〈オプション〉にしようと俺の服を剝ぎとるときの笑顔が……とっさにテレビを抱え、頭に振りおろしたときの驚いた顔が……陥没した頭でこちらを見つめる無表情の顔が……俺を責めるんだよ」

こちらへ背を向けたまま、ソナリが言葉を続ける。懺悔《ざんげ》にも似た独白。私は、聖夜に覗いた教会の冷たい光を思いだす。

「だから俺は、アルジェントやフルチの安っぽくて美しい映画が好きなんだ。生々しい死も、理不尽な暴力も、避けがたい呪縛も、すべて絵空事に上書きしてくれる。そんな最低で最高の映画に憧れたんだ。〝いつか自分もあんな作品を撮ろう〟と願うだけで、ほんのすこし自由になれる気がしたんだ」

結局、血の枷《かせ》からは逃げられなかったがな――。

小声で呟き、ソナリが振り返る。

「ピョートル、映画を創れ。〈卵〉の代わりに希望を抱け」

お前は、お前自身の物語を生きろ――。

返事をするより早く、蛇は闇の奥に消えていった。

◆Sei◆

シチリアでは珍しい、小雪が舞う曇天《どんてん》の朝だった。

空いちめん灰色の雲に覆われているおかげで、いっそう〈手の広間〉は暗い。蠟燭《ろうそく》の鈍い灯りだけが、私たちと蛇の一家を照らしている。凍《こご》える空気にその場の全員が身を縮こませるなか、セルペンテだけは頰を上気させ、白い息を太く吐いていた。

「約束の三十日目だ。さあ、奇跡を」

老王が上ずった声で急《せ》かす。餌皿を前に「待て」を命じられた飼い犬よろしく、唇の端には涎《よだれ》が光っている。ソナリは平素と変わらぬ白いスーツで隣に立っていたが、目が合った瞬間に「莫迦《ばか》野郎」と唇を動かし、逃げなかった私を短く責めた。

私は茉央とならんで玉座の前に膝を屈し〈そのとき〉を黙して待った。三分が過ぎ、五分が経ち、いよいよセルペンテが痺れをきらして立ちあがる。

直後、音が聞こえた。

ぴたん、ぴたん。地下室へ続く階段の先から不規則な足音が近づいてくる。

やがて、みなの視線が一点に集中するなか、入り口に〈奇跡の少女〉が顕《あらわ》れた。

「……なんてこった《ミオ・ディオ》」

ソナリが口を押さえて後退《あとずさ》る。部下たちも全員が放心していた。

ロザリアは、まったき生ける屍だった。

ポンペイで発掘された土器を思わせる黄色い肌の上を、乱暴な縫い目が縦横《たてよこ》ななめに走っている。不出来な真珠のように濁った眼球。水気がすっかり失せている長い金髪。唯一、この日のために新調されたドレスと靴だけが生の輝きをはなっている。

「全身を縫いあわせ、どうしても見つからない箇所は補修しています。なんとか接《つ》いでみたものの……不器用な私では、これが限界でした」

私の弁解は、どうやらセルペンテの耳に届かなかったらしい。蛇王はふらふらと椅子から立ちあがり、杖も持たずに娘へ近づいていく。

「私の愛しい子《アモーレ・ミオ》」

けれども屍体は父の呼びかけにいっかな反応せず、まなざしを虚空《こくう》に這わせている。

と、ロザリアの目が部屋の一角で止まった。

白濁した眼球に光が灯る。叢雲《むらくも》から覗く月を思わせる鋭い視線。

その先には——ソナリが立っていた。

彼の姿をみとめた〈お嬢さん〉が歯を剝きだし、ギギギィと唸《うな》り声をあげる。

ふいに私は自分の言葉を思いだす。屍は命を奪った者を襲う——だとしたら、まさか。

すべてを察した直後、少女が身体を撓《たわ》ませて駆けだした。

ぶちぶちと音を立てて縫い糸がちぎれ、腹部の裂けめから腐汁を吸った黄色の脱脂綿がこぼれていく。炭化している肉片が疾走の衝撃で剝離し、床に落ちて砕け散った。

ロザリアが跳躍し、弧を描いてソナリに飛びかかる。

刹那、毒蛇がすばやく屈《かが》んだ。金貨が入っているはずの麻袋に腕を突っこみ、二丁の短機関銃を両手に立ちあがる。

耳をつんざく轟音《ごうおん》とともに、ロザリアが後方へ吹き飛んだ。

床へ転がった少女に、なおもソナリは鉛の雨を浴びせ続ける。被弾した手足が踊り、薬《やっ》莢《きょう》のドラムロールが床を鳴らす。まもなく歪《いびつ》な人体は肉塊《にくかい》に変わり、あっというまに赤い細切れ肉となって——ぴくりとも動かなくなった。

火薬の刺激臭と白煙がただよう静寂のなか、蛇柄の男が独りごちる。

「本当に蘇るとはな。おかげで二回も殺す羽目になっちまった」

「まさか……ソナリ、なぜこんな真似を！」

玉座の背に身を隠していたセルペンテが、頭だけを覗かせて叫ぶ。すかさずソナリが銃口を大椅子へ向けた。

「当のロザリアに〝殺してほしい〟と懇願されたからだよ。理由は……ドン、あんたがいちばん良くわかっているだろう」

銃を構えたまま、ガラガラ蛇が椅子に一歩近づく。

「毎晩毎晩、抵抗する彼女の寝間着を剝《は》ぎとっては、悲鳴をあげないように口へ下着を押しこんで……」

「なぜそのことを知っている。もしやお前、ロザリアと」

目を見開いたセルペンテを、ソナリが鼻で笑う。

「安心しな。たしかに俺は彼女を愛していたし、お嬢さんも俺の慕情に気づいていた。だが、あの子は〝自分は汚れてしまった人間だ〟と、接吻《キス》ひとつ許してくれなかった。だから……ロザリアのお腹にいたのは正真正銘あんたの子供だよ」

「……なるほど、合点が往《い》った」

セルペンテが、のっそりと椅子の背後から姿を見せた。

「まさかお前が、ロミオとジュリエットを気取るとはな」

落ちつきを取りもどした貌《かお》は、すでに獰猛《どうもう》な獣のそれに戻っている。

「教えてやろう、ソナリ。一族というものは純血で受け継がれなくてはならないのだ。当主たる儂の胤《たね》を宿すことが、娘にとっても最善手なのだ。薬漬けの売女《ばいた》に育てられ、母殺しの大罪を背負ったお前には、この崇高な理念など理解できないだろう」

強弁する老蛇の胸へ、ソナリが銃口を突きつけた。

「その崇高な理念とやらのために、蘇ったロザリアをまた慰み者にするつもりか」

予想外の事態に野良犬たちも動けない。私も身体が強張《こわば》っていた。茉央だけは、いつもと変わらぬ面立ちで佇《たたず》んでいる。

北風が扉を激しく叩く。その音に促され、ガラガラ蛇の威嚇《いかく》が激しさを増した。

「なぜ彼女が爆死を懇願したと思う。肉体が残れば、あんたは純血とやらを守るためにどんな方法でも躊躇《ちゅうちょ》せず決行するだろう。娘の腹を割《さ》いて赤児を取りだすことも、卵子を採取してほかの女の借り腹で産ませることも厭《いと》わないはずだ……それを彼女は恐れ、命と引き換えに忌まわしい血を断ちきろうと惨死を選んだんだよ」

「ならば残念だな、哀しいロミオ。我が血は断てぬ。絶えぬ」

銃身を杖ではじくと、セルペンテは愉快そうに私たちを指さした。

「この日本人の奇跡があるかぎり、儂もロザリアも不死身だ。幾度でも復活し、何度も父娘《おやこ》で媾《まぐわ》い、数えきれぬほどの赤児をぼとぼと産み散らかしてやる」

大蛇が世にもおぞましい凱歌《がいか》を唄う。それでも、毒蛇に怯《ひる》む気配はない。

「ああ、あんたがそう考えるのも想定済みだ。だから茉央に仕掛けておいた」

ロザリアとおなじ小型爆弾を。

ソナリがポケットからリモコンを取りだし、ボタンを押した。

重低音がずしんと響き、爆風が放射状に広がる。風圧で体勢を崩して、私はその場へ倒れこんだ。閃光が視界を奪い、鼓膜の奥で鐘の音《ね》が反響している。

それからどれほどの時間が経ったのか。なんとか意識を取りもどすと、私は隣にいるはずの茉央を探し、まだ霞む目で周囲を見わたした。

茉央は——上半身が消失していた。

力まかせに折った樹木を思わせる、ささくれた胴体の断面。そこから内臓と肉と骨が露出していた。

ソナリが悲壮な表情で「残念だったな」と、誰にともなく呟く。

「これで奇跡は起こらない。もう二度と」

「この、この愚か者め！」

セルペンテが右手を振りあげ、号令に部下たちが動いた。再びの銃声。火花が散り、ソナリの手首から先が吹き飛んだ。血飛沫《しぶき》が舞い、白い鱗《うろこ》が赤に染まっていく。

銃撃が止むと同時に、ソナリが仰向《あおむ》けにどさりと倒れた。

巻きあがった砂埃には、血の香りが混じっている。

「……どいつもこいつも使えねえな。銃弾ひとつ、まともに当てられねえのか」

毒づきながら視線をさまよわせていたガラガラ蛇が、ようやく私の姿を見つける。

「……どうだ、血の枷を解かれた気分は。たまらなく哀しくて、そのくせ嬉しいだろ。いいかビョート、自分を責めるな。俺を恨め」

瀕死の友人に近づき、私は耳許へ唇を寄せた。

「なぜ黙っていたんです。最初から計画を教えてくれれば、私も協力したのに……」

「誰しも墓場まで持っていきたい秘密のひとつくらいあるだろう。自分だけの〈卵〉を抱えているものだろう……お前みたいにな」

「……気づいていたんですか。私の秘密に」

「俺の観察眼を舐めるなよ。お前は最初からただの一度も〝私たちの母〟とは口にしなかった。〝妹〟と呼ぶこともなかった……」

ソナリが口から血を吐いて咳きこむ。冷たい手を握りしめ、私は言葉を継いだ。

「そう。茉央は妹じゃない」

——母親です。

告白を聞き、ソナリが満足げに微笑んだ。

「黒猫に跨がられた母は〈生きる屍〉となって私を産んだ。忌むべき火車の親子に手を差しのべる者などいない。物心がついたときから、母の世話は幼い私の役目だった」

「……お前もおふくろで苦労したクチか。妙にウマが合うわけだよ」

ソナリが真っ赤な歯を見せて笑った。

唇から垂れる血の帯が太くなり、蛇の舌よろしく二股に分かれて頬を伝う。

「やがて母の〈能力〉が知られると、私たちは故郷に居られなくなった。はじめの十年こそ母子で通用したものの、生きている私はどんどん育つ。さすがに母の年齢を超えてしまうと不気味がられるようになった。だから私は、猫を意味する〈マオ〉の名を母につけ、兄妹として生きるしかなかった。〝私がさらに老いたあかつきには、父と娘を名乗る日が来るだろう〟と覚悟していたけれど……その必要はなくなったみたいです」

「……お前自身が秘密そのもの、〈猫が抱く卵〉だったとはな。大した脚本だよ」

ソナリの呼吸が弱々しくなっていく。風が吹き、燭台の火がいくつか消えた。

「そろそろ地獄行きのバスが発車するようだ。俺は、火車とやらに骨まで焼かれるだろうさ。だからビョート、俺の代わりに映画を創れ。お前ならアルジェントやフルチを超える傑作が撮れるぜ。俺やお前みたいなガキを夢中にさせる、最低で最高の物語を……」

最期の科白は、轟音で掻き消されてしまった。

ソナリの顔が、満開の花のように弾けている。私の背後で、あの肉団子にされかけた男がショットガンを構えていた。

「お喋りの続きはあの世で楽しむんだな」

私のみぞおちを強く蹴りあげると、男は茉央の足首を握りしめ、下半身を逆さ吊りに掲げて股のあいだを覗きこんだ。

「ドン。このアマの身体を貰えませんかい。昨日は肝心なとこで邪魔されちまったが、どうやらまだ使えそうなんでね」

「好きにしろ。その男も始末しておけ」

すっかり興味を失ったのか、セルペンテが退屈そうに椅子へ座りなおす。蹂躙《じゅうりん》の許しを得た肉団子が、にやつきながら銃を私に向けた。

「そういうことだ。あのキザ野郎と地獄でしゃぶりあっとけ。あばよ《チャオ》」

おどけた口調で別れを告げ、髭面が私の額へ照準をあわせた──その矢先。

かたかたと無数の燭台が振動し、天井から砂埃が落ちてきた。

「……地震《テレモート》か」

全員が周囲を見まわす。私は痛みに呻きながら「違うよ」と誰にともなく答えた。

「揺れているのは、この建物……いや、広間の壁だけだ」

壁がさらに激しく揺れ、影の蛇が暴れる。

「茉央は、〈屍の瘴気〉がぱんぱんに詰まった風船のようなものだ……そう説明しただろ。その風船を破裂させたら、どうなると思う」

答えの代わりに〈戦利品〉を留めているビスが音を立てて次々と弾けとぶ。

「部屋に充満した瘴気で、屍者が蘇るんだよ」

命を奪った相手を殺すために――。

言い終えると同時に、ぼとりぼとりと床へ落下した手が蠟燭を振りはらって、昆虫の多《た》脚《きゃく》よろしく指を器用に駆動させながら蛇の一味めがけ襲いかかった。

逃げまどう余裕さえないまま、悪党たちが命を〈回収〉されていく。首を絞められて泡を吹く男の隣では、別な男が太い指に眼球をほじくりだされていた。

扉へ向かった髭面が、足をもつれさせ前のめりに転ぶ。すかさず数本の手がズボンの裾から太腿へ滑りこんだ次の瞬間、男が顔に似合わぬ金切り声をあげた。手の群れは、残りわずかな歯磨き粉をチューブから押しだすように、何度も何度も睾丸《こうがん》を握りしめ、中身をすべて絞りだしていた。

腰を抜かしたセルペンテが、玉座から四つん這いで逃げていく。

うっかり蹴飛ばした蠟燭の火がカーテンへ燃えうつり、広間が一気に明るくなった。灯に集った蛾のごとく、手がいっせいに巨体へ群がる。長い爪が頰に食いこんで皮膚を毟《むし》り、続く手が贅肉を抉《えぐ》り、黄色い脂肪を器用に削《そ》いでいく。

血だるまの蛇が叫ぶなり、手の群れが大きく開いた口のなかへ突撃した。まもなく、がりがりがりと内臓を掻きむしる音にあわせてセルペンテの巨体が細かく痙攣《けいれん》し、ざぶりと口から血を吐いて――糸が切れたようにおとなしくなった。

館の主《あるじ》が死んでも、カーテン伝いの業火《ごうか》はいっこうに衰える気配を見せない。血の色をした炎が、旧い掟に縛《いまし》められた屋敷を、人をすべて燃やしてゆく。まさしく火車が棲まう地獄の光景を横目に、私は身体を引きずって出口をめざした。

ずっと死に場所を探していたはずなのに、家族も友人も喪《うしな》ったというのに、それでも生きたがっている自分が可笑《おか》しかった。ひどく哀しくて、嬉しかった。

背後で天井が崩れる。火の粉が散り、髪や肌をちりちりと焼いていく。

熱風に背中を押されるまま、私は扉に体当たりして——意識を失った。

◆Sette◆

頬を濡らす雪の冷たさに覚醒する。

私は慌てて半身を起こし、屋敷へと視線を向けた。

蛇の館はなにもかもが焼け崩れ、すっかりと像《かたち》を失くしていた。火はすでに鎮まったらしく、あちこちから細い煙が立ちのぼっている。焼けた肉のにおいに釣られたのか、一匹の黒猫が焼け跡をうろついているのが見えた。

ふらつきながら立ちあがると、私は屋敷の残骸をめざした。なにを探しているのか、なにを確かめようとしているのか自分でもわからぬまま、焦土に踏み入っていく。

原形を留めている死骸は皆無だった。蛇の王も、野良犬たちも、親友とその恋人も、手の群れもすべてが黒一色の炭と化し、白い粉雪を一身に浴びている。

と——モノクロームの残痕を進む足が、動くものを見つけて止まった。

「母さん……」

赤黒い肉のかけらが、ひくりひくりと蠕動《ぜんどう》している。

母はいずれ復活するのだろうか。この先も呪いは続くのだろうか。

自分は再び、秘密という名の〈卵〉を抱えて生きるのだろうか。

「……いや、違う。卵は割れてしまったよ。まもなく雛《ひな》が孵《かえ》るんだ」

肉片を踏みつけて、何度も地面に靴底を擦《こす》る。これで母が死ぬものか、確証はない。しかし、まんがいち蘇っても、あなたの家族はもう此処にはいない。

私は、私の物語をはじめるのだ。

さて、何処に行けば映画を創ることができるのだろう。

先ずはアルジェントとやらを観なくては。

雪がますます激しくなるなか、私は港に向かって歩きだした。

遠ざかる背中を、黒猫がいつまでも見送っている。

空木春宵

ESのフラグメンツ

●『ESのフラグメンツ』空木春宵《うつぎしゅんしょう》

読書家待望の第二作品集『感傷ファンタスマゴリィ』（創元日本SF叢書）が刊行されたばかりの空木春宵。

同レーベルの第一短篇集『感応グラン＝ギニョル』同様に、作者ならではの手法――幻想妖美のマインドとSFの術を駆使して縦横に物語を紡ぎ出す志向性が、ボリューム感ある作品となり、驚異の視界を拡げてくれる。空木春宵がもたらすこのめくるめくような読書体験は、令和の《異形コレクション》初参加作「夜の、光の、その目見《まみ》の、」（第52巻『狩りの季節』収録）以来、《異形》読者にアデクティヴなまでの快楽を与え続けてきた。さて、六作目となる本作は――実験的な手法で語られる歩く屍者の物語。この作者で、歩く屍者――いわゆるゾンビ――といえば、脳裏に浮かぶのは第一短篇集『感応グラン＝ギニョル』収録の「徒花《あだばな》物語」だろう。女学校を舞台に、ある〈病〉の進行によって、〈花屍《かばね》〉と化していく少女たちの物語――吉屋信子《よしやのぶこ》の「花物語」に描かれた少女同士や女教師との愛の姿（まさに現代の「百合」の原種）を、空木春宵は異化し、異形の花園で咲かせてみせたのだった。

そして、本作もまた、少女たちの物語。歩く屍者に与えられた名称は、とても魅力的だ。「感傷ファンタスマゴリィ」の舞台パリで、ボードレールが使った雅語である。

この実験的なページ構成も、一読しただけで驚かれるだろう。

1

午後二時五十八分。[1]少女は目を覚ました。

瞼《まぶた》を持ち上げ、[2]覚醒した意識と外界との摺《す》り合わせを開始した——という意味合いの目覚めではない。[3]昨日のせた真っ黒なアイシャドウとつけ睫毛《まつげ》に縁取られた眼瞼《がんけん》は八時間前からずっと見開かれたままだ。黒目をより大きく、より黒く見せるためのカラ[4]ーコンタクトはすっかり乾ききって眼球に張り付いている。レースがふんだんに使われたヘッドドレスを着けたまま仰向《あおむ》けに横たわった姿は、ガラスケースに収められた球体関節人形《ドール》のようだ。血色を欠いた皓《しろ》い膚《はだ》が、そんな印象をいっそう強めている。

瞼を瞬《しばたた》くことなく虚《うつ》ろな双眸《そうぼう》をベッドの天蓋《てんがい》に向けていた少女は、やがて、前触れなく上半身を持ち上げた。いくら見た目が似ていると言っても、実際に関節が球体でできているわけではな

1：あ、わたし、死んでるなって直観的に理解した。享年十九。想像より早かった。

2：起き上がるときには意識が失くなってるもんだって教えられてきたけど、まるっきり嘘じゃん。

3：化粧の落とし忘れ。いつもだったら、「やっちゃった！」ってメチャメチャ後悔するところだ。

4：ふだんだったら外さずに寝たりなんか絶対しないし、どれだけ疲れててもシャワーだって欠かさない。もちろん、着替えもだ。

いから、[5]死後硬直が解けたばかりの軀《からだ》はそう滑らかには動かない。ぎごちない動作につれて黒天鵞絨《ビロード》の上掛けが胸からずり落ちると、滑らかな光沢《つや》を放つブラウスが顕《あら》わになった。襟許《えりもと》には大きなリボンが結わえられ、両袖はバルーンスリーブになっている。キュウキュウと身を締め上げるレザーコルセットは——その窮屈さからくる苦しさをもって——少女の自尊心を喚起する鎧《よろい》でもあっただろうが、あらゆる感覚を喪失した遊歩者《フラヌーズ》にとっては、ただの縛《いまし》めでしかない。いずれも、まだ一般発売されていない[6]〈クワイエット、クワイエット、ディム・ライト〉の新作アイテムだ。前日のスタジオ撮影で着用した後にブランド側から提供されたもので、少女は私服に着替えることなく帰途に就いていた。
ぴたりと閉じられた遮光《しゃこう》カーテンが窓外からの日差しを遮《さえぎ》っていることもあって、件《くだん》のブランド名とおんなじに室内は薄暗い。とは言え、真っ暗闇というほどでもないから、天鵞絨の上掛けに赤黒い染みが斑《まだら》に散って毛羽を固くしている様は十分に見て取れる。[7]彼女はその汚れに何らの反応も見せず、両脚を回してベッドから立ち上がろうとする素振りを見せた——が、シアー素

5：生きてる頃でさえ、ニンゲンって不格好な生き物だ。猫みたいなしなやかさもないし、ふわふわした毛で覆われてもいない。半端に固くて、半端に柔らかい。もっと綺麗な生き物に生まれてきたかったな——いや、もう死んでるんだけどさ。

6：正直、そんなに好きなブランドでもないけど、「是非に」って押し付けられた。要は「お外で広告塔になってね」ってこと。仕方なく着て帰ることにしたけど、それが生前に袖を通した最後の服になっちゃったんだから、浮かばれないね。

7：モデル仕事での最初のギャラで買ったお気に入りだったから、かなりショック。

材のニーソックスに包まれた両[8]の足先は床を捉まえ損ね、尻もちを衝くかたちでベッドに逆戻り。ソックスにあしらわれた蝶のモチーフが天井に向けてひらめき、弾みで、ヘッドボードに並んでいた[9]カラフルなクマのぬいぐるみがいくつか転がり落ちる。身体《からだ》の方々《ほうぼう》からワタが飛び出していたり、包帯を巻いていたりするクマ達は、[10]〈アンデッド・ベア〉という名のシリーズ商品だ。様々な特徴を具《そな》えた素体と着せ替え衣装、カスタム用のパーツや専用の血糊《ちのり》などが販売されている、コレクション性もカスタム性も高い人気商品である。

少女はそれらをヘッドボードに据え直すこともなく、再度、立ち上がろうと試みた。関節の動かし方や体重移動が酷《ひど》くぶきっちょではあるものの、[11]今度は何とか成功した。

その勢いのまま、二歩、三歩と踏み出された足取りは、何とも覚束《おぼつか》ない屍者の歩み《デッドウォーク》。大脳皮質《ひしつ》にある運動野《や》の働きが著《いちじる》しく損なわれているのだから、当然だ。四歩目にして軀が大きく傾《かし》ぎ、少女は寝室の片隅に据えられたチェストに手を衝いた。猫足に支えられたアンティークのチェストの天板には[12]髑髏《どくろ》のオブジェと玩

8：何これ。ムカつく。軀が上手く言うこと聞かない。すっごく腹立つ。

9：落ちた子達の名前は、ジョディ、ウィノナ、ナタリー。みんな、大昔の映画女優。若い頃の彼女達ってば、ホントにサイコー。

10：このシリーズはほんとにお気に入り。結構個体差があるけど、だからこそ、「ウチの子〜」って感じがする。

11：やったぜって思ったけど、こんな程度で嬉しくなっちゃうのが情けない。

12：好きな作家が著者近影なんかでドクロと一緒に写ってるのに憧れて、夜道でこっそり拾ってきた。

具めいた小型のレコードプレーヤーが並んでいる。手を衝いた拍子に指先がプレーヤーの再生ボタンに偶然触れたものらしく、自動的に動きだしたトーンアームが回転する盤上にゆっくりと針を下ろした。チリチリいう雑音《クラックル・ノイズ》に続いて内蔵スピーカーから流れ出したのは、雨音と雷鳴、鐘の音、そして、[13]ドロドロと地を這うようなギターの重低音。カバーも掛けられていなかったために盤上の埃《ほこり》が酷くて、しょっちゅう針飛びしてこそいるものの、曲は確かに終末《ドゥーム》メタルの重鎮ブラック・サバスの[14]「黒い安息日」だ。傍らのレコードラックには数枚のLPが立てかけられているばかりで、少女が熱心なコレクターでないことは一目瞭然だが、ドゥームメタルというジャンルは――病みカワ系の少女に相応《ふさわ》しいセルフイメージの形成という意味合いにおいて――まずぴったりと言えるであろう。配信サービスでもなければ、CDでさえなく、わざわざアナログを選ぶというサブカル趣味も、いかにもだ。

重低音の演奏と、レコーディング当時はまだ若かったはずの[15]オジー・オズボーンの老人じみたヴォーカルとが室内の空気をビリビリと揺らす中、少女はチェストに両手を載せた姿勢のままピタ

13：ギターリフが始まった瞬間、「ゾワッ」てした。例の噂を面白がって梨沙と一緒に神保町の中古レコード屋で買ったものだけど、もちろん、所詮は噂に過ぎないと思っていた。

14：正直、今の今までダサいと思ってた曲だ。退屈だし、死とか頽廃《たいはい》とか歌ったところで、メタルってどうにも汗臭い感じがしてダメだ、って。でも、今は違う。え、何これ、サイコーじゃん。

15：いっつも口を開けて目をひん剝いてる長髪で真ん中分けの陽気なオッサンってくらいのイメージしかなかった。あと、九十歳超えてんのに、いまだ現役でフェスとか主催してる。

リと静止した。世間では[16]「遊歩者がブラック・サバスを聴くと最高にキマるらしい」という何の科学的根拠もない噂が囁《ささや》かれているが、まさか、そうして聴き入っているというわけでもあるまい。

暫《しばら》くして再び動きだした少女は腰を屈《かが》めてナイトテーブルから空調のリモコンを持ち上げ、抑制の効かぬ強過ぎる握力をもってボタンを順に押し込んでいく。冷房。強風。八℃。体内のマイクロチップとの自動リンクによるのではなく、[17]手動で空調を操作する遊歩者というのは珍しい。もっとも、それとて単に意識を欠いた肉体の動きに過ぎず、余程、日頃から動作を習慣づけてきた賜物《たまもの》なのであろうと察せられるが、一方では、そんな手間をかけるくらいならば、リンクの設定をしておけば良かったのではないかという疑問も残る。現に部屋に設《しつら》えられているのは、生者にはとても堪え難い室温を設定できる遊歩者対応の空調なのだから。

少女はノブのないスイングドアを押し開けてリビングに向かい、[18]やはりリモコンを操作して冷房をかけ、僅《わず》かに開いていたベランダ側の遮光カーテンをぴったり閉じた。緩慢《かんまん》でこそあるものの、動作のうちにまごまごしたところは見られない。日差しが絶えた

16…マジだった。全身の血管がブワッと拡がって、血湧き肉躍る感じ。いや、心臓止まってんだけど。

17…何でかわかんないけど、無意識のうちに――いや、意識なんかないって言われてるゾンビが使うといろいろややこしくなる表現だけど――とにかく、考えるまでもなく軀が動いた。衝き動かされたって感じの方が近いかも。

18…これもそう。ほとんど勝手に軀が動いた。「とにかく軀を冷やさなきゃ」なんて考えたわけじゃないし、ジジババ達がやってるような習慣づけだとか〝終活〟だとかをしてたからってわけでも、もちろん、ない。

ことでリビングも寝室同様に暗くなったが、照明を点《つ》けようとはしない。条件付けに含まれていなかったのであろう。[19]遊歩者は灯りを必要とせぬから、こちらは理に適っている。

　ふわふわ、ふわふわ。ふらふら、ふらふら。少女が雲踏む足取りで歩むたび、シフォンのパニエで膨らんだスカートが揺れ、[20]小さな顔が左右に傾ぐ。見ようによっては、まだ首の据わっていない赤ん坊じみた無垢さか、あるいは、己の容貌《きりょう》の良さを理解した上でのわざとらしい甘やかな仕種《しぐさ》とも感じられるだろうが、実際には頸椎《けいつい》が砕けて不安定になっているだけのことだ。唇の端から零《こぼ》れて赤黒い条《すじ》を引いた血は、顎先で玉を結んだ末にはらりはらりと滴《したた》り落ち、膨らみに乏《とぼ》しい胸許《むなもと》を行き過ぎて、スカートを赤い水玉模様に染めていく。少女はリビングを横切って玄関へ向かうと、脱ぎ散らされて横倒しになっていた編み上げのロングブーツを手に取った。鈍器のように分厚いソールのドクター・マーチン20ホール。色は黒。ピカピカ光るエナメル素材のアッパー。[21]少女は遊歩者のそれとは思えぬ器用さで足を辿《すべ》り込ませ、サイドジッパーを引き上げた。

19…ゾンビになるとカンタイ細胞とかいうのが発達して暗視ができるようになるんだって、いつか梨沙が話してたっけ。死んだ後で機能が上がるって何だか変な感じがするけど。

20…視界がぐらぐらして気持ち悪い。三半規管がどうとかってわけじゃなくて、単純に気が散ってしょうがない。

21…これだけは日頃の習慣のおかげだと思う。わたしにとってのマーチンは、外出するときには欠かせない一種の武装だ。「ゴスロリにマーチンは似合わない」なんて言う奴も居るけど、知ったこっちゃない。だって、靴も服も、自分に似合わせるために選んでるわけじゃないんだから。

玄関のドアにもノブはないが、少女が間近に立つや、自動的にロックの解錠される音がガチャリと響く。そうして、ゆるゆると持ち上げた片手をドアの表面《おもて》に載せたところで、しかし、彼女は[22]束の間、ためらうような素振りを見せた。当然、躊躇《ちゅうちょ》などするこころなどあるわけではないから、それとて、単に遊歩者特有の〝フリーズ〟が生じたに過ぎぬのだが。
　そのまま十秒ばかりも同じ姿勢のまま静止した後、少女——小森幸枝《こもりさちえ》は、身を預けるようにしてドアを押し開け、午後の光が降り注ぐ屋外へと足を踏み出した。

2

「遊歩者」と書いて、男性であればフラヌール、[23]女性であればフラヌーズと読む。ノンバイナリーであればフラヌリとなるが、こちらは社会の理解不足故に、あまり浸透していない。
　リアニメーテッド、起き上がり、ウォーカー、徘徊者《はいかい》、レヴナント、ブレインレス、リビングデッド——ゾンビ。死した後

22‥外に出る必要なんかないって、頭ではわかってた。部屋で待ってれば、いくらも経たないうちに梨沙が訪ねてくるはずだ。だって、「ES《エス》の契《ちぎ》り」を交わしたんだから。彼女が、わたしをもう一度殺してくれるんだから。待つべきだって軀を引き止めようとした——けど、無駄だった。

23‥自分がどうしてゾンビなんかになったのか、ううん、そもそも、何で死んじゃったのかすら、ちっとも思い出せない。雑誌用の撮影が終わってスタジオを後にしたとこまではよく覚えてるんだけど、そこから先の記憶がすっぽり欠落してる。

に再び立ち上がって徘徊を始める者の呼び名は古来から枚挙に暇《いとま》がないが、現在ではほとんどが差別的な表現とされて使われなくなりつつある。各国で非生者保護法が成立してからはその傾向がより顕著《けんちょ》だ。代わって用いられるようになったのが遊歩者という呼称である。元々は[24]フランス語で「目的もなく街をそぞろ歩きする者」を指す語だったが、非生者達を指す名詞としても、ぴったりであろう。何しろ、彼ら彼女らはよく歩く。肉体の腐敗が進んで脚の筋肉がぐずぐずに崩れようとも、なお。

そうして[25]あちこち歩き回りながら、結局、何をするでもないというところも、やはり、遊歩者という呼び名が相応しい。そう、基本的に遊歩者達は何もしない。未知の感染症によって屍《し》者《しゃ》達が突如として起き上がり、生者を襲って肉を喰らうという異常な事態が世界中を混乱に陥れて、早四半世紀余り。[26]人々の喉許《のどもと》を食い千切ったり、腹を裂いて臓物《ぞうもつ》をムシャムシャ食べたりしていた当時の生ける屍《しかばね》と違って、現在の遊歩者達はとても行儀が良い。ヒトに噛みつくこともなければ、頭蓋をかち割って脳味噌を啜《すす》ることだってない。だから——恐れることもない。

24：行ってみたかったな、フランス。それも撮影とかのためじゃなく、梨沙と一緒に旅行でパリとか行ってさ、自分がほんとうに好きな服を着て、彼女に写真を撮ってもらえたらなって憧れてた。

25：どうしてだろう。部屋でじっと梨沙を待ってはいられなかった。どうしても行きたい場所があって、それも今すぐじゃなきゃダメだっていう切迫感を覚えた。いわゆる、遊歩者としての本能なのかもしれないけど、そうは思いたくなかった。

26：ワクチン、効いてなかったらどうしようって死ぬ前はしょっちゅう不安になったけど、バッチリ効いてるみたいだ。

マンションを後にして住宅街を抜けた幸枝は、大通りに出るなり、遊歩者誘導員が伸ばした赤い[27]LEDの誘導灯に進路を阻《はば》まれ、遊歩者専用通行帯へと導かれた。歩道を中央で断ち切った白線を境として、建物側は生者用、車道寄りは遊歩者用だ。別段、フェンスや仕切りがあるわけではない。遊歩者達の領域へとわざわざ足を踏み出そうとするような生者は居ないし、遊歩者が覚束ない足取りでラインからはみ出しそうになった場合には誘導員が駆け寄り、その歩みを軌道修正させる。

　専用通行帯では[28]肉体の状態もとりどりな遊歩者達が、とりどりな歩調で歩いている。[29]黒く鬱血《うっけつ》した顔から頬の肉が崩れ落ちた者、肩から腕が抜け落ちている者、腐れて暗緑色《あんりょくしょく》がかった血液や体液をヘンゼルとグレーテルみたいに路上に落としつつ足を引き摺《ず》っている者。[30]大抵はラテックスでできた入院服めいたものか、ビニール製のポンチョを纏《まと》い、傍らには緩慢な歩調に合わせて歩む生者の姿が見られる。〝お別れの日々〟のあいだ故人の介添えをしている家族や恋人、あるいは、遊歩者介助ヘルパーだ。一方では、血と汚液とに塗《まみ》れた摺り切れだらけの

27…赤くてぼんやりした光に、何故か妙に惹きつけられた。

28…前まではこうして歩いてる人達が頭の中で何か考えてるなんて思いもしなかった。だって、そう教えられてきたし。

29…自分もこんな軀になってみてつくづく思ったけど、意識がある一方で、痛みが全然ないってのはせめてもの救いだ。軀が壊れてく痛みに苛まれながら、それでいて、そんな辛さを誰にも伝えられないって状況は、考えてみるだけでもゾッとする。

30…あんな不格好なもの絶対に着たくないって梨沙には日頃から口酸っぱく伝えてたから、その点、わたしは安心だ。

襤褸《ぼろ》を着て独《ひと》りで歩いている者の姿もある。[31]着替えをさせてくれる身内の居ない独居の遊歩者であろう。

[32]「あれっ、ご新規さんかな」という言葉とともに横合いから伸びた男の手が、幸枝の肩を掴んで引き留めた。血に汚れてこそいるものの着古されてはいないブラウスやスカートから、彼女がなりたての遊歩者だと察したのであろう六十絡みと見える初老の誘導員は、片手に握った掌《てのひら》サイズのスキャナを幸枝の首筋に当てつつ、殊更《ことさら》めいた猫撫で声をつくった。[33]「ダメだよぅ、お嬢ちゃん。ちゃんとご家族と一緒にお出かけしなきゃ、みんな、心配しちゃうからねえ……って言っても、わかんないよねぇ、死んでるんだから。ごめんねぇ。んーっ、あれっ、後見人未登録か」

幸枝の首に埋設されたマイクロチップから読み取った情報をスキャナの液晶画面で確認した男は、さも気の毒そうに眉を八の字にしてみせた。生前から軀《からだ》に埋め込まれたチップには、遊歩者が迷子になったり遺棄《いき》されたりした際に身元を特定するための個人情報や後見人の連絡先等が登

31：何だか大変そうだなって気もするけど、実際、どうなんだろう。そこまでボロボロになったときにまだ意識が残ってるのか、わからない。

32：何て言ってるのかよく聞き取れなかったけど、とにかく思ったのは、乙女の軀に気易く触ってんじゃねぇよってこと。

33：オジーが何て歌ってるのかわかんないのは英語だからだって思ってたけど、それだけじゃないっぽくて、オッサンの言葉も断片的にしか頭に入ってこない。家族、心配、死んでる、後見人——声が聞こえないわけじゃないんだけど、ごにょごにょ言ってるようにしか感じられない。

録され、GPSとの通信機能も具えている。
「まだ若い身空で[34]天涯孤独とは可哀想になぁ。お嬢ちゃんくらい可愛らしかったら、せめて彼氏くらい居そうなもんなのになぁ。寂しいよなぁ。おじさんには何もしてやれんのだけど、達者でなぁ」男が手を離すと、肩を摑まれているあいだもお構いなしに前進しようと足踏みをしていた幸枝の軀は[35]勢いのあまりつんのめった。バランスを崩しつつも何とか転ぶことなく踏み留まった彼女の背に、男はなおも、「可哀想だけど、せめて最期はお外で迎えるんだよ。そしたら、おじさん達がちゃんと片付けてやるからなぁ」
　男に引き留められているあいだに幾人《いくにん》もの遊歩者が傍らを行き過ぎ、いま幸枝の前を歩んでいるのは血と汚泥《おでい》とで元来《もと》の色もわからぬような穴だらけのスラックスを穿《は》いて、首からボロ雑巾じみた布切れを垂らした男だった。髪は皮膚病やみの野良犬みたいにまばらで、皮膚組織に浸透した血液によって膚もドス黒く変色しているから、年齢の見当もつかない。勿論《もちろん》、[36]介助者も随伴《ずいはん》していない、独り者だ。

34：天涯孤独、可哀想、恋人、寂しい——ああ、何か勘違いしてるな。チップに後見人の情報が登録されてなかったからだろうけど、大きなお世話。わたしと梨沙は、そんなものなくても繋がってるんだから。

35：わっ、急に離すな、バカ。

36：誰もそばに居てくれないってのはちょっと不憫《ふびん》な気もするけど、こと、家族ってものに関して言えば、居たからって幸せなわけでもないと思う。死んでゾンビになった後まで干渉され続けるんだって考えると、ホント、両親なんて居なくて良かったって思わずにいられない。そんなの、端的に言って最悪でしょ。

幸枝を追い越していくらも行かぬうちに、男の肩からどちゃりと湿った音を立てて何かが落ちた。[37]腐りきった皮膚や筋肉が千切れて肩から脱落した右腕だ。直ぐ様、歩道の端から寄ってきた清掃員が白い手袋に覆われた手でそれを拾い上げてポリバケツに抛《ほう》り込み、面倒臭そうにデッキブラシで路上の血を刮《こそ》ぐ。腕を失《な》くした男は自身の落とし物にもまるで気づかぬ様子で歩み続けていた。

「ねぇ、ちょっと待って、あれって[38]ミミ美《み》じゃない？」

生者用の通行帯から、出し抜けに若い女性の声が上がった。直後に、「誰、それ？」という、また別の声も。

「えっ、知らない？　ミミ咲《さき》ミミ美。[39]〈病み病み＆カワイイ・セイクリッド・マガジン〉で表紙とかにもなってるモデル。最近は生配信でメイクの動画とかも上げてる」

「えー、知らんよ。病み系とか全然興味ないし」

幸枝を〝ミミ美〟と呼んだ女性はレディーススーツにショートボブ。もう一方はふわふわした巻き髪のセミロングにパンツスーツ。会社の外回りか何かであろう。

37…まあ、どこでもよく見る光景だから、今さら、びっくりはしなかった。ただ、わたしの腕もいつか落ちちゃうのかなって思うと、少し怖い。手が無かったら、自分のやりたいことだってできなくなっちゃう。それが何より怖い。

38…キンキン声の中でも、自分の名前だけはちゃんと聞き取れた。そう、ミミ咲ミミ美。それこそがわたしの、ほんとうの名前だ。親につけられた〝幸枝〟なんてダッサい名前は要らない。

39…仕事だから仕方なく出てるけど、リニューアルして誌名も変わったあの雑誌ってば、「病みカワ」だなんて日和《ひよ》っちゃっててムカつく。ちゃんとゴスロリって言えよ。

「まぁ、ニッチっちゃニッチか。でも、うわぁ、ミミ美も遊歩者になっちゃったかぁ。結構ショックかも」

「え、何、アンタああいうフリフリな服とか好きなん？」
[40]「はたから見てる分にはね。自分が着ようだなんてことは絶対思わないけど。着て許されるキャラ限られるし、男ウケ絶望的だし。でも、可愛い子が着てるのは好きだよ」
「コスプレみたいなもんか。〝お前の顔と体形で着んなよ〟って突っ込みたくなる奴、結構居るもんね」

「そうそう。そういう奴に限って案外お高価《たか》めなのとか着てんのよ。ちなみに、ミミ美が着てるあれ、たぶん、〈デイム・ライト〉。めっちゃめちゃ高いよ」

「そうなん？　言われてみれば、生地は良さそう」

話題の主役である幸枝は[41]相変わらず首をゆらゆらさせながら歩を進めていた。小さな顔が右に左に傾ぐたび、口の端《は》から血が溢《あふ》れる。内臓か、さもなくば脳からの出血が酷いのであろう。まだ破れ目のない彼女の軀においては、体内を満たす血を逃す一番の道が口なのだ。

40：さっきのオッサンのときと同じで何を話してるかまではちっとも理解できない。まぁ、お金貰えるからモデルやってただけだけど、わたし、そこそこ有名人になっちゃったしな。芸能界なんてものにも全然興味ないけど、撮影が一緒になったことで梨沙と出会えたのだけは良かった。わたしと反対に、彼女は甘ロリだ。いつでもフワフワ、ホワホワしていて、おまけに良い香りがする。

41：やっぱり気が散って不便だなぁ、これ。梨沙みたいにお顔フリフリ～ってしてブリッ子感出してる子は好みのタイプだけど、自分がそうありたいとは思わない。似合う似合わないじゃなくて、そうはしたくないって話。いや、違う、それより首を何とかしたいって話だった。

「でも、何かさぁ」[42]最初に幸枝の存在に気づいたショートボブの女性が、さもガッカリしたという調子で言う。

「ああなっちゃうと惨《みじ》めだよね。元が可愛かっただけに、余計に惨め。結局は血と肉の塊《かたまり》じゃんって感じ」

「あー、わかるわぁ。どうせ遊歩者なんてみんなキモいんだけど、元を知ってるとね。幻滅するよね。あたしも好きだった女優が遊歩者になってからの写真ネットで見たときとか、結構キツかったもん」

ショック、惨め、幻滅、キツかった――口にしている言葉の割に、彼女達の口調や顔つきはどこか喜色《きしょく》を含んでいた。暫《しば》しの間を置いた後、ショートボブの方が悪《いた》戯《ずら》めいた声音《こわね》で、「ねぇ、ついてってみても良い？」

「えー、何で？」

「興味あるじゃん。自分がちょっと良いなって思ってた有名人が遊歩者になったら、どこに行くのか」

「まぁ、気持ちはわかる。けど、どうせ病み系のモデル[43]が行くとこなんて、そういうブランドのショップか、お

42：声は聞こえるけど意味が全然わかんないって状態からの連想で、田舎のお婆ちゃんのことを思い出した。耳が遠くて、こっちはいつも大声を出さなきゃいけなかった。お婆ちゃん自身もさぞ不便だったろうなぁって思うけど、一方で、これはこれで結構良いかもって気もする。ノイキャン付きのイヤホンもなしに、ピーチクパーチクやかましい他人の言葉をシャットアウトできるんだから。目と違って、耳って自分じゃ塞げない。いっそ、耳を引っこ抜いたら、声さえ聞こえなくなって、もっと良いかも？

43：「病み系」って聞こえた。「地雷系」とかとあわせて、嫌いな呼び方だ。「ゴスロリ」ほど肚《はら》が据わってない感じがする。あとは、「ロリータ」に対する「量産型」ってやつもそうだ。

耽美《たんび》な感じのカフェバーとか、ライブハウスなんかでしょ。いまどきバンドの追っかけとかしてんの」
[44]「いやー、恋人の家とかホスクラとかかもよ。それか、案外、メイドカフェとかガールズバーだったりして」
「え、何言ってんの。あの子、女じゃん」

「それがさぁ、病みカワとかやってる子には結構居るんだって、そっち系」

「え、マジで？　それは——ちょっと興味あるかも」

「でしょ？　行こ行こ」

そう言うと、後を尾行《つけ》る当人に気取《けど》られることを恐れぬのは疎《おろ》か、人目を憚《はばか》ることもなく、[45]幸枝と並行するようにして歩きだした。そうして、生者からしてみれば焦《じ》れったくなるほど遅々とした歩みを続けた末に幸枝が辿り着いたところと言えば、小綺麗でこそあるものの、さして広くもなく、フロアを占めるのもユーズドショップやカルチャースクールばかりという——少なくとも、〈ディム・ライト〉などの病みカワ系ブランドが店舗を

44：声デカいな、こいつら。わたしも田舎ではお婆ちゃん相手に仕方なく大声出してたけど、必要もないのにやかましく喋る連中って嫌いだ。ヒトって、みんなもっと小さな声で話すべきだと思う。そう、梨沙みたいに。花弁に結んだ朝露の玉かってくらい儚《はかな》げな声音で発される言葉には、こっちも自然と耳を澄ませて聴き入っちゃう。

45：なーんか、ついてきてんなぁって思ったけど、こういうのには慣れっこだ。ゾンビになる前から、マズい感じのファンとかにしょっちゅう尾行されてたし、まだモデルなんてやってなかった頃も、「さっき君のこと見かけて……」みたいなキモいこと言ってくる男とか多かった。女の子だったら、結構経験してる子多いと思う。

構えているような――[46]ファッションビルとは程遠い、昔ながらのデパートであった。
　歩道に向けて開け放たれた建物のエントランスに幸枝が足を踏み入れようとするや否や、[47]警備員が行く手を遮った。「ごめんね。悪いけど、ここは遊歩者フリーじゃないんだよ。中へ入れるわけにはいかないんだ」
[48]伸ばされた手を避けてビル内に入ろうとする幸枝と、それを阻もうと右へ左へステップを踏む警備員の様は、さながら、さして親しくもない中学生の男子と女子が林間学校の最終日に繰り広げる、どこか気まずいフォークダンスだ。そんなやり取りを長々と続けた後、[49]幸枝は漸《ようや》く踵《きびす》を返し、無感情であるはずの遊歩者には似つかわしからぬ、気落ちしたかのように肩を下げた姿勢で、とぼとぼと遊歩者専用通行帯に戻った。
　一部始終を眺めていたふたり組は、ぽかんと口を開けて顔を見合わせ、「結局、どこに行きたかったんだろ？」
「さぁ？」

46‥ようやく着いた。通い慣れたマンションからの道のりも、こんな軀になっちゃうと果てしなく遠いんだって思わされた。って言っても疲れとか体力って意味では、むしろ、死ぬ前より楽っちゃ楽。乳酸とか出てないからかな。いくらでも歩けそうな気がする。

47‥予想はしてたけど、やっぱり、このデパート、ゾンビお断りだったか。前までは、自分には関係ないやって思うばかりで気にしたこともなかった。

48‥もう、何なのこいつ！　別に迷惑かけるわけじゃないんだから、ちょっとくらい入ったって良いじゃん。

49‥結局、最後には諦めるしかなかった。ああ、わたしの〝聖地〟はすぐ目の前だって言うのに、やり切れない。

3

統計によれば、既に人類の大半が潜在的感染者《キャリア》であると言う。人々を遊歩者化[50]させる〈病〉の話だ。それどころか、親からの垂直伝播《でんぱ》によって、生まれながらに感染している者がほとんどだ、と。

そして、遅かれ早かれ〈病〉は必ず発症する。宿主の血液の循環が止まり、代謝が失われ、免疫機能が完全に停止したとき――平たく言ってしまえば、感染者が死んだとき――ウイルスは俄《にわか》に活性化し、操縦席を奪うようにして軀の主導権を握るのだ。

かくて、屍者達は起き上がる[51]。

何故、ウイルスの活動が地球規模で一斉に活性化したのかは不明だ。何かが閾値《いきち》を超えたということなのかもしれぬし、大昔のホラー映画のセリフにあるように、地獄が満員になったからなのかもしれない。確かなのは、地

50：どうしてだろう。わたしが死んでから、もう二週間くらいは経ったはずなのに、梨沙が部屋に来ない。元々、それこそ三日と置かず遊びに来てたし、いくら忙しかったとしても、これだけ長いこと連絡がつかなかったら、様子を見に来てくれたって良いはずだ。携帯で連絡してみようかとも思ったけど、ダメだった。手に取ってみたところで、文字どころか、画面に表示されてるのが何なのかすら理解できなかったし、記憶だけを頼りに操作してみようにも、画面に載せた指先をタッチパネルがまともに認識してくれない。

51：起き上がってからも意識があるっていうのがこんなに退屈なことだなんて、想像もしてなかった。何しろ、したいことの大半ができない。不自由な軀が原因なこともあれば、気持ちがどうにもそっちに向けられないってこともある。

[52]生ける屍達が地上を徘徊し、生者の肉を喰らい、そうして喰い殺された者もまた起き上がる黙示録的光景が現出したという事実だけだ。

誰もが、世界の終わりだと絶望した。

――だが、そうはならなかった。

すべてはワクチンのおかげである。

ワクチンと言っても、感染や発症を予防する効果はない。体内に潜伏したウイルスを駆逐することもできない。そして、あらゆるヒトが死から逃れられぬ以上、死後に起き上がることからも逃れ得ない。

ワクチンがもたらすのは、ただ、発症後の症状を緩和することだけ。具体的には凶暴性や攻撃性、それから、[53]食欲――と一般的に呼ばれているが、無論、食への欲求ではなく、感染拡大を企図《きと》したウイルスの戦略に基づく攻撃行為である――の抑制だ。

ヒトを襲い、肉を喰らい、発症者を増やす――かつて[54]「ゾンビ」と呼ばれたものの特性のことごとく

52：両親はわたしが十三歳の頃にふたり揃ってゾンビに襲われて死んだ。同じマンションの隣室で恋人と同棲してたお姉さんに。顔を合わすたび、微笑みながら挨拶をしてくれる優しいお姉さんだったけど、反ワクチン主義者だった。よせば良いのに、もう一週間も会社を無断欠勤しているというので心配して様子を見に来た勤め先の人と大家と一緒になって、部屋の玄関が解錠されるのを見届けようとした結果、扉が開くなり飛び出してきたお姉さんに喰らいつかれて、四人とも死んだ。

53：お姉さんはかなり食欲旺盛だったみたいで、後から聞いた話だと、部屋の中にはほとんど骨しか残ってない同棲相手の死体が転がってたらしい。わたしの両親も顔まわりをだいぶ酷く食い荒らされたみたいで、〝お別れの日々〟も抜きに火葬され、わたしはお婆ちゃんに引き取られた。

がワクチンの効果によって抑えられた結果、後に残されたのは、よく歩くという特徴ばかり。

かくして世界の滅亡は防がれたわけだが、人類の医学が対抗できたのもそこまでであった。早々に製造法が確立されたワクチンと異なり、治療薬の開発は遅々《ちち》として進まず、四半世紀を経た現在でも完成を見ぬばかりか、その糸口さえ摑めていない。

感染も発症も防げず、治療のしようもない。人を襲うことこそなけれど、相変わらず屍者達は起き上がり、[55]呻き声を漏らしながら方々を彷徨《さまよ》い続ける。

こうなると新たに考えなければならぬのは、腐れてゆくばかりの歩き回る肉袋となった、かつての家族や恋人の処理法だ。すぐさま荼毘《だび》に付してしまえば良いとも思われそうだが、信仰や慣習から火葬を禁《きん》忌《き》と見做《みな》す人々は多い。そうでなくとも、[56]いまだ動き続けている故人の骸《むくろ》を「死体だから」と割り切って焼却処分できる者は少ない。とは言え、目に見

54…ゾンビになっちゃった後のことについて、わたしには何の心配もない——はずだった。だって、わたしは梨沙とESの契りを結んだんだから。そりゃあ、チップへの後見人登録は済んでないけど、それだって、してないんじゃなくて、できないだけ。理由は単純。わたし達が未成年だからだ。

55…ちょっとでも気を抜くと勝手に声が出ちゃうから油断できない。誰かが聞いてる聞いてないは関係なくて、自分自身、そんなみっともない振る舞いは許せない。

56…それって、遺された側の勝手と言うか、意気地がないだけでしょ……って思ってたけど、ゾンビにもこころがあるって知ったいまとなっては、そうとばかりも言えない部分もあるかもしれないなって気もする。って言っても、さっさと焼くべきっていう、わたし自身の考えは変わらないけど。

えぬ[57]ウイルスによって愛する者が冒瀆《ぼうとく》され続けているという認識を抱いたままでいるのも堪え難い。

どうにもならぬ事態を前に、人類はどうしたか。

答えは簡単だ。見方を変えることに決めたのである。どうせ誰もが死後に起き上がることから逃れ得ぬのならば、それ自体をライフサイクルの一部ということにしてしまおう、と。起き上がった者達を、忌むべき歩く屍者と見做すのではなく、生を終えて死を迎えるまでの中間状態にある者と捉えよう、と。

ヒトはその状態を、[58]〝お別れの日々〟と呼んだ。

[59]遺された者達がこころの整理をするための時間。天から与えられた、束の間の猶予《ゆうよ》。不慮《ふりょ》の死を遂げた相手と向き合う期間。そう、これは素晴らしいギフトなのだ。カミ様、ありがとうございます。おかげで人類はもう[60]記憶媒体に残された動画データを漁ったりせずとも、ほかならぬ屍者当人が動く姿によって、在りし日の故人を偲《しの》ぶことができます。ああ、

57：冒瀆、背徳、頽廃、悪逆——どれも好きな言葉だけど、汚らしいゾンビなんかにはこれっぽっちも相応しくない。

58：小学校でのレクリエーションじみた最悪なネーミングセンス。みんなで一斉に考え方を変えましょーっていう発想も、この上なくダサい。中学から先はまともに通ってもいなかったから知らないけどさ。

59：死んじゃった当人がそんな姿を見られたいかどうかを丸っきり無視した考え方だ。少なくとも、わたしと梨沙はそんなことを望まなかった。だからこそ、ESの契りを結んだ。他の人がどうかは知らない。

60：お婆ちゃんは、しょっちゅう両親の写真を引っ張り出してきては、漫画みたいに「おいおい」って声を上げて泣いてた。わたしは、それが凄く嫌だった。

何て素晴らしいことでしょう――。
〝お別れの日々〟が具体的にどの程度の期間にわたるかは、環境や状況によって様々だ。傷《いた》み、腐り果て、軀が原形を留めなくなるまで遊歩者は動き続けるため、[61]基本的には生を終えた際の肉体の損傷具合に左右される。若くして急性心筋梗塞《こうそく》で斃《たお》れた者などは比較的長保ちするし、[62]事故等によって肉体が酷く損壊された場合には、まったく望めない。いや、実際にはバラバラになってもなお遊歩者の軀は動くのだが、そんな状態の屍者と長く過ごしたいと思うような者はさすがに少ない。
定期的に防腐処理を施し、内出血で溜まった血液の除去に加えて、低温環境を維持することができれば、その分だけ、〝お別れの日々〟も引き延ばすことが可能だ。この方向では現在、[63]十年と二ヶ月にわたって亡き娘と暮らしている夫妻が世界記録を保持しており、今なお記録更新中である。

61：お婆ちゃんは、それから一年も経たないうちに、山から人里に下りてきた熊に襲われて死んだ。熊の方は例のお姉さんと違ってヒトを食べはしなかったけど、パンチ一発でお婆ちゃんの顔は吹き飛ばしたらしい。

62：相手がゾンビだろうと熊だろうと、そんな最期を迎えられたら、〝お別れの日々〟も回避できるってわけだ。って言っても、いまどきそんな目に遭うなんて、交通事故よりも遥かに低い可能性だけど。

63：まったく、何もできないこの退屈な時間をどうやり過ごしたら良いのか、ちっともわからない。十年以上もこんな状態のままで居させられ続けている女の子も居るらしいけど、あまりに酷い話だ。

「死は平等」かもしれぬが、〝お別れの日々〟は不平等だ。殊《こと》に、その時間をともに過ごしてくれる家族も恋人も親友も居ない孤独な者にとっては、[64]死してなお独りぼっちの状態がいたずらに続くばかりで、何とも惨めなものである。

遊歩者達の多くは、かつての生活習慣をなぞるか、あるいは、生前に強い憬《あこが》れや執着を抱いていた対象を求めるような素振りを見せる。社畜などと呼ばれていたサラリーマンは死してなお満員電車に乗って会社に通勤しようとするし、真面目な女学生は毎朝学校に通おうとする。マセた娘であれば、夜の街に繰り出しもするし、もう一度抱き締めてもらうことを求めるかのように恋人の家の周囲を徘徊する者も居れば、本場たる新宿だけでなく全国の繁華街にある〝プチ・トー横〟で立ちんぼを続ける少女さえ居る。

幸枝もまた孤独な遊歩者のひとりであるに違

64：退屈退屈退屈退屈――退屈。こんな軀じゃあ、できることなんて、ほとんどゼロだ。プレーヤーがオート再生に対応してたおかげでブラック・サバスだけは簡単に聴けるけど、別のLPに換えることはできない。ふだんから忘れ物ばっかしてるからっていうずぼらな理由でゾンビフリーのマンションに住んでたのは良かったけど、紅茶も淹《い》れられなければ、燭台《しょくだい》の灯で好きな本を読むこともできない。谷崎も乱歩も久作も、コクトーもバロウズもボードレールも中也《ちゅうや》も。もちろん、ミシンを使うことだってできやしない。それにもまして嫌になるのは、あの意地悪な警備員のせいで、わたしにとっての聖地――「手芸用品と生地のヤザワヤ」に行けないことだ。ブランド生地もパーツも買えない。まったく、最悪だ。

いなかった。彼女の場合で言えば――大方、生前にカルチャースクールにでも通っていたのであろうが――ふらふらと例のデパートまで出向いては警備員に阻まれて進入を諦めるという無為なことを続けて、もう四日にもなる。そうして文字通りの徒労を終えた後、冷房で冷え切った暗い自室に帰ってくると、後はひたすらリビングに据えられたミシン[65]の前に座り込んでいる。マホガニー製のアンティーク家具やダマスク柄の絨《じゅう》毯《たん》とは不似合いな、装飾性を排して機能性のみに特化した無骨なミシンだ。彼女はそれと向かい合って腰掛けながら、経年劣化のあまりいつのものかも判じられぬ古雑誌[66]を、さも大事なものであるかのように抱えては、カラコンが張り付いたままの眼球で誌面を見つめているのである。いくら夏場ではなく、冷房も効き過ぎるほどに効いているとは言え、その程度で肉

65：お婆ちゃんの家があったド田舎はステキなものなんて何ひとつないくせに虫ばっかり多いわ、どこに居ても土のにおいがするわ、どいつもこいつもわたしの格好に白い目を向けてくるわで、最悪な土地だったけど、唯一良かったのは、お婆ちゃんが若い頃に洋裁を仕事にしてたこと。お直し専門の個人経営の店で働いてたってだけだけど、洋裁に関する一通りの知識があって、家にミシンを持っていたのは大きかった。

66：昔々も大昔、まだお婆ちゃんが若かった頃に発行されてたっていうゴスロリ専門誌だ。この雑誌を目にしたとき、初めて、あ、わたしが好きな服装って「ゴスロリ」って呼ばれてるんだって知った。単に好きなものを着てたから、名前なんて知らなかった。

体の腐敗を抑えることはできない。もう幾日も経てば、両目は眼窩《がんか》から抜け落ち、[67]何冊もある古雑誌のいずれかにへばりついた後に干涸《ひか》らびるであろう。そうして、かつて小森幸枝という少女であった肉塊《にくかい》は、家賃や光熱費の引き落としが口座の残高不足で未済となる日まで、誰に気づかれることもなく朽ちていくのだ。

ただ、膚が徐々に紫がかった色味を帯びてきているのに対し、衣服ばかりは汚れのないものであるのが奇妙であった。余程、強く習慣づけをしていたものか、彼女は毎日着替えを欠かさずにいる。相変わらずぐらぐらと揺れる首を片手で持ち上げ、大雑把《おおざっぱ》にしか動かぬ指先をそのときばかりは器用に操ってボタンを留め、[68]毎日、ゴシックでロリータな服からロリータでゴシックな服へと着替えるのである。

遊歩者としては、かなり珍しいケースだ。

67‥まだ雑誌モデルの仕事もしてなくて、お婆ちゃんが遺してくれた貯金を切り崩しながらバイト生活をしてた頃に、中野ブロードウェイの古本屋でちょっとずつ買い集めた。病みカワなんかとは違うガチのゴスロリを扱ってて、眺めてるだけでも気分がアガるし、何より、付録で付いてくる実寸の型紙がサイコー。いくつになっても、時代と合ってなくても、この雑誌は誌名通りに、わたしにとっての大切なバイブルだ。

68‥ゾンビになったたって、毎日綺麗で素敵な服に着替えるのは当たり前。そして、何よりわたしに似合うのは、ブランドなんかに関係なく、わたしがわたしの目で選んだもの。どうしても良い物が見つけられなければ、自分で作る。妥協なんてしたくない。

4

[69]今日もとぼとぼと何の甲斐もなくデパートから帰ってきた幸枝を、マンションのエントランスに設けられたガラス張りの自動ドアが滑らかにスライドして迎え入れる。当然、誰でも通すわけではない。セキュリティシステムは住人の体内に埋設されたマイクロチップからIDを読み取り、内に入れるべき相手を選《よ》り分けている。[70]エントランスを抜けた先にあるエレベーターも同様で、ボタンを押さずとも、IDに応じて、住人をめいめいの居室のあるフロアまで運ぶ。共用部には一切の段差がなく、各戸の玄関までシームレスに繋がっている。いずれも、遊歩者フリーのマンションとしては標準的な設備だ。[71]遊歩者達は意識を持たない。[72]自我を持たない。

69‥梨沙が来ない、痛みがないのが幸いだって思ったけど、前に、痛みがないのが幸いだって思ったけど、あれは間違いだった。〝痛みすら取り上げられてしまった〟ってのがホントのところ。世界と自分との唯一の接点さえ奪われた後に残るのは、存在していることの退屈さと苦痛だ。ああ、梨沙が来ない。

70‥梨沙が来てくれない限りは、この無感動で長ったらしい時間が延々と続くことになる。頭がどうにかなりそうだ。いや、どうにかも何も、腐ってるんだろうけど、そういう話じゃなくて、そう、こころが。

71‥(あー、ハロー、ハロー。聞こえる?)

72‥えっ、はっ? 何???

考えない。感じない、こころを持たない——というのが、世間での一般的な認識だ。実際、磁気共鳴機能画像法《fMRI》、近赤外線分光法《NIRS》、脳磁計《MEG》、脳波計《EEG》といった非侵襲式装置では何[73]らの脳活動も認められておらず、侵襲式測定においてこそ脳や神経の微弱な活性化が見られたものの、それとて、単に神経系統が電気的な反射を起こしただけに過ぎぬと考えられている。つまり、遊歩者の脳は完全に活動を停止している。加うるに、心臓の自律的な拍動も止まって血液の循環がなされず、代謝も為《な》されなくなっているが故に、いずれは全身の細胞が壊死《えし》して腐敗する。

となれば、いくら起き上がろうとも意識[74]があるわけではないのだから、自身の躯《からだ》がその後どう扱われたところで知りようもないというのに、魂の脱け殻となった己の肉体が、不

73：(おっ、やぁっと繋がったー！　ずっと呼び掛けてたのに、もう、どんだけかかるんだよって感じだったよー)

いや、何？　って言うか、誰!?

日が経つにつれてどんどん聞き取れなくなってく一方だった生きてる連中の声と違って、とんでもなくクリアな声が響いた。まだ若そうな女の声だ。

それも、頭の中に直接。

74：(アッハ、そりゃ、ビックリもするよね)

いや、ビックリって言うか……幻聴？　脳がどんどん腐ってきたせい？

(違うよ。脳味噌が腐るとこんなのが聞こえるっていうなら、とっくに、もっとやかましいのがガチャガチャ響いてるはず。アナタが腐りかけの頭で拵《こしら》えた幻なんかじゃなくて、ちゃんと実在してる[75]アタシが話しかけてるんだよ)

自由せず、醜態を晒《さら》すことなく、他者からも尊厳をもって扱われることを、多くの者は望む。より良い〝お別れの日々〟のために自宅を遊歩者フリーに改修したり、着脱の容易な専用服を用意しておいたり、独居者であれば遊歩者ヘルパーと契約したりという準備を余念なく整える。あるいは、遊歩者となった後の行動を上等なものにするため、大して関心があるわけでもない美術館や博物館に通ってみたり、公園のベンチで無為に時間を過ごしてみたりなどという習慣づけに勤《いそ》しむ。まかり間違っても、起き上がったその足で風俗店に直行したりだとか、パチンコに足繁く通うだとかいう醜態を晒してしまうことのなきように、と。

それら〝終活〟と呼ばれる準備を、社会や企業も盛んに煽《あお》り立てている。

〝優雅で穏やかなお別れの日々のため、日頃

75：話しかけてるって、どこから？

視力がどんどん失われてきてるせいもあるだろうけど、相手の姿はどこにも見当たらない。

（そんなキョロキョロしてみたって見つかりゃしないよ。もっと遠いところからさ、アナタがさっき考えたみたいに、アナタの中に直接話しかけてるんだよ）

何、それ。テレパシー的なこと？　頭にアルミホイルとか巻いて防がなきゃいけないやつ？

（アッハ。アルミホイルに効果があるかは知らないけど、正解だよ。やるじゃん、ミミ美ちゃん）

わたしのこと、知ってるの？

（もちろん、知ってる。ミミ咲ミミ美、十九歳。独り暮らし、雑誌モデル、ゴスロリファッションとお裁縫と〈アンデッド・ベア〉が大好き。あ、有名人だから知ってるってわけじゃないよ。ねぇ——小森幸枝ちゃん？）
76 こっちの頭の中、読んでるってこと？

から自身を律しましょう〃
〃家族のために、自分のために、思い立ったその日から行動を〃

　とは言え、まだ十九歳という若さでありながら遊歩者フリーのマンションで独り暮らしをしている幸枝のような存在は、かなりのレアケースだ。財力の問題もあるが、それ以前に〃お別れの日々〃を大事にしたいと思うような少女の存在自体、珍しい。

　何しろ、己の躯が醜く腐れて異臭を放つばかりの存在と成り果てることを、少女達の美意識は許さない。「わたしが死んだら、さっさと燃やして」というのが、若い世代のお決まりのフレーズだ。

　もっとも、起き上がった肉体の処遇については仮に当人が遺書をしたためていた場合であっても、親権者に委任される。そして、大

76：（うん。そーゆーこと。脳味噌腐ってるから、頭の中って言うよりは、胸の内——的な？）

……だったら、呼ぶな。

（え？）

読めるってんなら、幸枝って名前で呼ばれんのが大嫌いだってこともわかってるでしょ。

（あー、ごめん、ごめん。そうだったね）

嫌な奴だ。絶対わざとだろ。相手の方ではこっちの考えを読めてるっぽいのに、その逆はできないっていうのもムカつく。

（アハハ、まぁ、それは仕方ないじゃん。テレパスなのは、あくまでこっちなんだからさ）

で、その超能力者さんがいきなり話しかけてきて、一体、どういうご用件なわけ？

（いきなりってわけじゃあないよ。前から話しかけてたけど、ミミ美ちゃんが言葉として認識できてなかっただけ。そう、遊歩者になってから、ずー[77]っとアドバイスしてあげてたんだから）

抵の親というものはどれだけ痛ましい姿になろうとも、まだ動いている限り、己《おの》が子を手放そうとは決してしない。むしろ、可能な限りの処置を施し、お別れを先延ばしにしようとする。自身の容姿に悩む我が子に向けて「あなたはとっても可愛いわ」と言って聞かせる親心と少しも変わらぬ心性と言えるが、当人からしてみれば〝何の慰めにもならない〟という点まで、そっくり同じだ。

　故にこそ、少女遊歩者の損壊事件は往々にして同年代の者の手で引き起こされる。勿論、非生者保護法に抵触する行為だが、現実に、屍体性愛者《ネクロフィリア》による強姦や損壊事件よりも遥かに発生件数が多い。〝もし、わたしが起き上がったら、あなたがもう一度殺してね。約束よ。絶対よ〟という故人との約束を違《たが》えることとなく、生前の親友や恋人がそれを為すパターン

77：アドバイス？　そんなのされてないけど。

(してたよ。最強冷でエアコンかけてー、とか、カーテンちゃんと閉じてー、とかね。覚えがあるでしょ。言葉こそ通じてなくても、ミミ美ちゃんは無意識のうちにそれを受け取ってたってわけ。毎日きちんとお着替えできてるのも――)

それは違う。わたしはきっぱりと撥《は》ね除《の》けた。エアコンやカーテンの件は良い。でも、常に綺麗な服に着替えてるのだけは、絶対、こいつに誘導されたからなんかじゃない。わたしの意思だ。

(あー、えっと、そっか。ごめんね)

ケンカ売ってんなら買ってやろうってくらいの気持ちで返したのに、こうも素直に謝られちゃうと拍子抜けだ。それどころか、何だか、こっちが悪いみたいな気にもさせられる。ううん、そんな思いも見透かしてるんだろうから、やっぱり、ムカつく。いや、ともあれ――

で、[78]何で話しかけてきたわけ？

が多いためだ。いずれか一方が遊歩者となった場合に、遺されたもう一方がその肉体を〝葬る〟という約束は同性間で交わされる傾向が特に顕著だが、年頃の少女らにとってのそれは一種の淫靡《いんび》さを伴った秘めやかな戯《たわむ》れでもあり、〝ESの契り〟などと呼ばれている。

――○○さん、△△先輩のESらしいよ。

――ねぇ、お姉様、わたくしのESになってはくださいませんか。

だからこそ、幸枝のような存在は珍しい。

ESの契りを結ぶ相手も居らぬが故のことであろうが、若いうちから遊歩者となった後のことまで考えて遊歩者フリーのマンションを借りて住んでいるような者は。

そんな寂しい少女のひとりである彼女は、目的階に到着したエレベーターから共用部へと降りたにもかかわらず、先程から何故かぴたりと

78・・(いやー、何か流れ的に言いだしにくいけど、もうひとつアドバイスしたくてさ。一刻も早く〝血抜き〟をした方が良いよ、って)

血抜き? 何それ?

(ミミ美ちゃん、折れた首だけじゃなくて、脳内出血もしてるよ。そんな状態のままで五日も経ってるから、頭と顔の中が血でパンパン。口とか鼻から血が溢れるのもそのせいだけど、それだけじゃ足りない。血が溜まったままにしとくと、どんどん腐敗が加速してく。だから――)

いや、待って。五日? 二週間じゃなくて?

(うわ～、時間の感覚、失くなってんだね)

びっくりした。あれだけ梨沙を待って、待ちわびて、ヤザワヤに行きたい行きたいって考えてた時間が、まだ五日?

(さぁ、それより、血抜きだよ、血抜き。このままだと、[79]愛しの梨沙ちゃんが来る前にヒッドイ見た目になっちゃうよ)

足を止めたまま、廊下を進まずにいる。

フリーズが生じただけと捉えるにしては、挙動が妙だ。単に静止したばかりでなく、暫くすると、周囲を見回しでもするかのように方々へと顔を向けた後、またも動きを止めた。

かなりの間を置いた後、幸枝は出し抜けに歩[80]行を再開したが、長時間のフリーズの反動であろうか、その動きは僅かばかり、先までより速くなっているようにも見える。

自室に帰り着くなりマーチンの20ホールを脱ぎ捨てた彼女は、真っ直ぐにリビングへと向かった。常であれば作業机に据えられたミシンの前に腰掛けてサイドテーブルから持ち上げた雑誌を胸に抱えるところだが、今日ばかりは違っていた。オークウッド製のチェストに向き合うと、明確な意図を持ってでもいるかのような動作で下から三段目の抽斗《ひきだし》を引っ張り、丁寧に分

79：こいつの口から――口から？――梨沙の名前が出てくるの、凄く腹立つ。ううん、それに何より――梨沙はわたしがグチャグチャドロドロのゾンビになっても嫌ったりしない。

（ふーん。ま、それはそうかもしれないけど、そんな醜い姿を見せたくないからこそ、ＥＳの契りなんて結んだんじゃないの？）

…………。

80：（ほら。ちゃっちゃと動こう。急がないとマズいよ。まずは部屋に戻って）

……わかった。で、どうしたら良いの。

（必要なのは、ピンセットとハサミ。それから、脱脂綿的なものと、包帯）

どれも部屋にある。自分が着る服だけじゃなくて、〈リビングデッド・ベア〉のお洋服を作ったり、カスタムしたりするための奴が。

類して収められていた色とりどりのフェルト生地や刺繍《ししゅう》ブレードやレースアップテープ、あるいは、ガーゼの端切《はぎ》れやリボンの中から、手芸用の綿と、医療用のものと思われる包帯とを迷いなく抜き取った。

それから次には最上段の抽斗を引き、先端[81]に注射針のようなものが付いた小さなプラボトルを取り出す。生前からの習慣づけによるものとか考えるにしては、これまでに同様の行動が見られなかった点が奇妙だ。

加えて作業机の傍らにあるワゴンから裁ちバサミとピンセットを持ち上げると、それらを抱えてスイングドアを押し開け、寝室に据えられたドレッサーと差し向かいになった。

植物柄のレリーフが方々に彫り込まれたロココ調のドレッサーの上に広げた各種の道具や素材の中から、[82]針の付いたボトルを彼女は

81：(あとは、注射器とかあったりする？)

あるわけないでしょ、そんなもん。

(いやぁ、持ってる子、案外多いんだけどね。んー、じゃあ、他に何かそれっぽいものない？)

何だよ、注射器っぽいものって――と考えかけたところで、いや、あるわ、って思い至った。レジンでアクセを作るときに使ってるニードルボトルがあったはずだ。

(あ、それ、ちょうど良さげ。そしたら、全部持って寝室の鏡のとこまで行って)

部屋の間取りまで知られてるってのも、やっぱりムカつく。って言うか、キモい。でも、とりあえずいまは従うよりほかにない。

82：(まずは、その――ニードルボトルって言うの？そいつを[83]首の後ろにブッ刺して、とにかく吸い出せるだけ血を吸い出して)

手に取る。筋力の抑制が利かない指先でポリエチレン製と思しきボトル部分を押し潰したかと思えば、[84]次の瞬間には、己のうなじに深々と針を突き立てた。

徐々に指が開かれて、ボトルが元の形を取り戻すにつれ、タールのような色と粘性を具えた血液が体内から吸い出され、その内をとっぷりと満たしていく。

針を抜くと、またもボトルを押し潰し、吸い出したばかりの血を、ドレッサーが汚れるのにも構わず、針先から吐き出させた。そうして再び、うなじへと突き立てる。

そんな動作を何度か繰り返した末にボトルを放り出すと、次には、包帯を[85]鋏で切って、紐状のものをいくつも作る。できたものの一端を鼻腔《びこう》に入れると、直ぐ様、ピンセットでグイグイと押し込んでいく。

83：は？　刺すの？

（そ。刺して、チュウチュウ吸い出すの。スポイト使うみたいな要領で。どうせ痛くなんかないんだし、血だって散々見慣れてるでしょ？）

それはそうだけど、自分の軀に針を刺すってのは、また全然別の話だろって思う。

（良いから、良いから。早く）

84：うっさい。わかったから急《せ》かすな。やれば良いんでしょ、やれば。

85：（よっし。そしたら次は、包帯を切って、鼻の穴に突っ込んで。とにかく、奥の奥までぎゅうぎゅうって。もう限界ってとこまで）

鼻に？　そんな下品なこと、絶対イヤ。

（梨沙ちゃん）

だぁーっ、もう、わかったから！

[86]すっかり鼻腔に呑み込まれた包帯をピンセットで抓《つま》み、一気に引き抜く。ずろりと引き出された包帯は黒い血液と汚れた体液をたっぷり吸って、未知の軟体生物めいている。すぐに、また新たな包帯を鼻に押し込み、引き抜く——といったことを、こちらもやはり幾度も繰り返した後、千切《ちぎ》った手芸綿を栓のようにして鼻に詰めた。

それから残った綿を口中に押し込むと、最後[87]に、片手で顔を真っ直ぐに持ち上げながら、ぐるぐるぐるぐると包帯を首に巻き付けた。

そこで漸く、幸枝は動きを止めた。遊歩者のものとはおよそ考え難い一連の動作は、さながら、遊歩者保存サービスを提供する業者のエンバーミング作業めいていた。

かつて、遊歩者がこのような作業をしてみせたなどという事例はない。

86：(えらいね。そしたら今度は引っこ抜く！)
黒く染まった包帯が出てくるときの、ずろろろろろって音が最悪だった。触覚が失くなってたことだけが幸いだ。

87：(まだ抜き切れてはないけど、だいぶマシになったはず。後はこれからもちょっとずつ出てくる血を都度《つど》都度、包帯と綿で吸わせてやればオッケー)

こんなんで腐りにくくなったの、ホントに。

(なったなった。少なくとも、あのまんまでいるよりはかなりマシになったはずだよ)

……あのさ。あんたがどこの誰だか知らないけど、どうしてこんなお節介焼くわけ？

(んー、わかりやすく言うと、ミミ美ちゃんのファンだからってところかな)

それがホントだとしたら、そいつはかなり……イタくてマズいタイプのファンだ。

V

（今夜も良い感じだったね）と、レニが楽しげに言う。確かに戦果は上々ってところだ。[a]暗い路地に街灯が浮かべた光の浮島を避けるようにして歩くわたしの片手[b]に提《さ》がっている黒いリボンのあしらわれたハンドバッグの中には、戦利品がたっぷり詰まっている。ふわふわなフリル。ぴかぴか光るラインストーン。黒いスパンコールが縫い付けられた布地。生き血のように深いワインレッドのベルベット生地。どれも、[c]夜道で襲った人間達の服から毟《むし》り取ったものだ。

連中はまさか自分がゾンビに襲われるだなんて、これっぽっちも考えてない。だから、わたしが暗がりから手を伸ばして掴みかかるだけで、簡単にパニくる。[d]きゅうっと首を絞めてやると、大抵はそのまま失神する。そこで、目当てのものを奪う。

---

a：あり得ないことが起きていた。生じ得ないことが生じていた。小森幸枝はそれまでの習慣的動作や日々のルーチンから脱し、夜の街を彷徨うようになっていた。

b：幸枝は軀にまとわりつく付属品としてではなく、道具としてそれを使っている。

c：無論、幸枝はワクチン未接種者ではない。凶暴性や攻撃性は十分に抑制されているはずだ。にもかかわらず、今夜だけでも三人もの人間を襲っている。そんなことを、もう何日も繰り返している。

d：何より奇妙なのは、人間に対して攻撃を仕掛けておきながら、捕食行為には至らないという点である。その代わりに、襲った相手の身から何かを奪っているようにも見えるが、意思を持たぬ遊歩者に、そんなことが可能なのであろうか？

e：食欲や凶暴性を発露させたワクチン未接種の遊歩者であれば、生者への接近の仕方は極めて直線的、かつ、障害物を無視したものとなる。闇に乗じるなどということはあり得ない。

f：何故かマンションへの最短ルートではない脇道へと彼女は逸《そ》れた。

g：生者への襲撃を続け、両手の指で足りぬほどの被害者を出しておきながら、身元の特定に繋がる情報が警察や保健所に寄せられていないのも不思議な点だ。まるで、人目を避け、目撃者を残すことなく逃げおおせているかのようにさえ思われる。夜目《よめ》が利き、嗅覚も鋭敏になるというのが遊歩者の特徴ではあるが、それはあくまでなりたての者に限った話であり、[h]肉体の腐敗につれてそれらもまた後退していくのが常であると言うのに。

まともにやり合えば、日に日に脆《もろ》くなってく一方なわたしの軀《からだ》くらい簡単に振り払えるはずなのに、判断力を失った奴らは、その程度のこともできない。

って言っても、もちろん、わたしひとりだったら、こんなに上手くいくわけがなかった。ひとえに、レニがサポートしてくれてるおかげだ。彼女は道行く人間達の思考を読み取っては、わたしに囁きかけてくる。[e]わたしはそうして選び出された獲物を尾行《つけ》たり、待ち伏せたりして、襲う。相手に気取られないように近づくことくらい、わけもなかった。だって、ゾンビのことなんて、誰もまともに見ていやしない。野良猫の方がまだしもヒトの目を引くくらいだ。

(あ、ミミ美ちゃん、次の十字路、[f]右から人間が来るから、左に曲がってね)

促されるがままに、わたしは角を折れる。[g]夜ごと何人ものヒトを襲っておきながら、いまだに足がつかずに済んでるのも、適切なナビゲートがあるから

h：遊歩者となってから十日。幸枝の肉体の腐敗は著しく進行していた。全身の皮膚がドス黒く変色し、方々にできた破れ目から汚液を垂れ流し続けているような在り様だ。先日の乱雑なエンバーミングもどき以来、彼女は同じような作業を日々繰り返しているが、それとて、腐敗を止めるためにはさほど役立ってはおらず、ともすれば、服の袖や襟に軀を引っ掛けるだけでも裂けかねぬほどに皮膚は脆くなっている。

そんな軀であるにもかかわらず、日々の着替えばかりは決して欠かさない。

あれほどしっかりと習慣づいていたデパートと自宅の往復も見られなくなったと言うのに、律儀に服を脱ぎ、また新たな服をきちんと着込むことだけはいまも変わることなく続けている。そうして夜になれば、生者を襲いに外へ出る。


だ。レニはテレパスとしての能力を駆使して周囲の人間達の動静をレーダーみたいに哨戒《しょうかい》してるってわけ。

(買いに行けないならさ、奪っちゃえば良いじゃん)

レニがそんなことを言いだしたのは、初めて彼女と繋がった日のことだった。夜、暗い部屋で雑誌の付録の型紙を眺めながら「ヤザワヤに行きたい」って嘆くわたしに、さも何でもないことみたいに彼女はそう口にした。

(考えてもみなよ。ミミ美ちゃん、アナタ、もう死んでるんだよ。それって結構、自由なことじゃない？)

「自由って、どういう意味？」

(だからさ、生きてる人間を襲ってチョーダイしちゃえば良いんだって。欲しいなって思う素材を身に着けてる奴をさ、ブチのめして、ゲットしちゃおうよ)

「ヒトを……殺すってこと？」

(別に、そこまでしなくても——いや、したければしても良いけど——ちょいとノシちゃって奪えば良いよ)

「そんなこと、許されるの？」

（許されるも許されないも、そもそもゾンビを縛る法律なんてないじゃん。それに何よりさ、冒瀆、背徳、頽廃、悪逆――それこそ、ゴシックに相応しい言葉だったんじゃないの？）

　そうだ。その通りだ。わたしは深く頷いた。

　部屋に帰り着いて、[i]ハンドバッグをひっくり返して作業机の上に中身をぶちまけた。ここ何日かの狩りの成果が積もり積もって、ちょっとした小山をつくってる。

　いくら生地やパーツを集めてみたって、お裁縫なんかできないことくらい、ちゃんとわかってた。両手の指先からは爪が剝がれ落ちた上、ずるりと肉が刮げ、ところどころから薄桃色の骨が覗いてる。こんな手じゃあ、何も作れっこない。
　[j]それでも、想像することくらいはできた。この生地にはフリルを縫い付けてボレロにしよう。このスパンコールはヘッドドレスに使おう。ラインストーンはブラウスの襟を飾るアクセント。それらを纏ったわたしは――うん、とっても素敵だ。

i‥机にこんもりと積まれたガラクタや襤褸切れこそ、襲った相手から彼女が奪っているものであるらしい。暴力によって他者から何かを奪い取るという奇癖が生前からあったのであろうか。だが、それならば、何故に最初の数日間はそうした行動を見せなかったのか。

j‥ミシンの前で一日の大部分を過ごすという点こそ以前と変わりなかったが、例の古雑誌に視線を落とすばかりでなく、机上に積まれたゴミの数々を順繰りに手に取るという動作が新たに加わっている。自重に抗《あらが》えずに傾いた顔の前にそれらを持ち上げる様は、何か大事な物を矯《た》めつ眇《すが》めつしてでもいるかのようにも見える。

そんな甘い想像に耽るのは楽しかった。人間を襲うのも愉《たの》しかった。何もできない、鳥籠《とりかご》みたいな軀に閉じ込められて、ただただ退屈しながら軀が朽ちるのを待ってるよりは、ずっと。

そうだ。わたしは闇の眷属《けんぞく》だ。黒ずくめの衣を身に纏って、闇から闇へと跳梁《ちょうりょう》してはヒトを襲い、綺麗なもの、美しいもの、可愛らしいものを奪うモンスターなのだ。

（——ねぇ）と、夢想を遮るようにして、レニが呼び掛けてくる。（いまでもまだ、梨沙ちゃんに来てほしいって思ってる？）

[k]それは——そうだ。そうに決まってる。だって、わたしと彼女はESだ。End of Sorrow《エンド・オブ・ソロー》の契り——お互いの悲しみを終わらせる約束を交わしてるんだから。

（そっか）こっちは何も答えてないってのに、レニはひとりでに呟いた。（でも、ホントはわかってるんでしょ。梨沙ちゃんは来ないって。アタシにわかるってことはね、アナタが本心では——）

[l]「ゔあぁぁあ！」

うるさいって怒鳴ったつもりだった。でも、口から出てきたのは、言葉の形をなしてない、間の抜けた呻きだけだった。

---

k：時折、何かに頷いてみせたり、いやいやをするように首を左右に揺すぶるのも、以前は見られなかった動作である。傷み、腐れた神経が引き起こす、発作的な痙攣《けいれん》のようなものであろうか。

l：幸枝の口から呻き声が放たれるのは珍しいことであった。世の平均的な遊歩者と引き較べて、彼女は声を漏らすことが極端に少ない。大抵の遊歩者は、そうしなければ軀が動かぬとでもいうかのように、方々を徘徊しているあいだ、始終、間の抜けた声を上げ続けている。頸椎を損傷していることと関わりがあるのかもしれぬし、単に、生前からの生得的な個体差によるものなのかもしれぬが、確かな理由は知りようがない。

聞きたくない。知りたくない。
余計なお世話だ！

VI

閉じかけたエレベーターの扉が、ガコンガコンって何度も何度も軀《からだ》にぶつかってくる。わたしは両手で床を引っ掻くようにして、我ながら[m]焦れったくなるくらいのろまな動きで床を這い、フロアの共用部に降りようとしている。いくらゾンビフリーのマンションって言っても、こんな在り様になっちゃったゾンビのことまでは考慮[n]されてない。腕の肉が床と擦《こす》れて随分と刮げちゃったところで、エレベーターのドアが閉じた。やっと降りれたんだ。
(あんよ、失くなっちゃったねぇ) レニが、いつものお道化《どけ》た感じとはまるで違う、憐れむような調子で言う。続けて、(これじゃあ、もう、夜の狩りにも行けないね)
わたしは何も応じずに[o]廊下を這い進んだ。ずるずるずるずる、みっともなく軀を引き摺って。そうして、やっとのことで部屋まで着

m：マンションの外から、エントランスを抜けてエレベーターの扉へと到るまで、幸枝が両腕だけを恃《たの》みに這い摺った後には、黒々とした血の跡が筆で刷《は》いたかのようにして引かれている。

n：安全装置の働きによって際限なく開閉を繰り返していたエレベーターの扉は、少女の軀という障害物が取り除かれたことで、漸くぴたりと閉じた。

o：幸枝の両脚は、膝から先を欠いていた。膚よりもなお濃い黒色をした肉の断面の中、顔を覗かせた大腿骨《だいたいこつ》ばかりが妙に白々と浮き立って見える。

いたけれど、玄関のドアを押し開けるのには、這うこと以上に難儀した。必死で――死んでるけど――部屋に辷り込んで靴を脱ごうとしたところで、あ、[p]もう足もマーチンもないんだったって思い出した。

いつもと変わらない夜のはずだった。レニが（あいつ）って指定する相手は警戒心なんてまるで持ち合わせてない弱っちい人間って決まってたはずなのに、今夜襲った奴は反撃してきた。脚を思いっ切り蹴られて、膝の皿が膚を破って飛び出した。こっちも無我夢中で、[q]相手の両目に指をグリグリ捻《ね》じ込んでやって何とか逃げ出したけど、マンションまであとちょっとって辺りで両膝から先がもげて、このザマだ。

（アタシね、もう随分長いこと、ゾンビとしか話してないんだ）

[r]リビングまで這って行って軀を仰向けたところで、レニは唐突にそんな話を切り出した。わたしは暗い天井を見上げながら、（どうして？）

（アタシ、端的に言ってさ、すっごくブスなんだよ。外に出たらヒトから後ろ指さされちゃうくらい。ミミ美ちゃんにはわかんないだろうけどさ、好きな服とかも着れないんだよ。どんなに可愛いな～、素敵だな～って思う服があっても、アタシなんかがそんなの着てたら、笑われるってわかってるから。ううん、実際に笑われなくたって、ほら、アタシ、

p：彼女が頑《かたく》なに履き続けていたドクター・マーチン20ホールは、いま、マンションから僅かばかり離れた路傍に転がっているはずだ。

q：明らかに選択的な攻撃と言えた。ワクチン未接種の凶暴な遊歩者であっても、生者に対する攻撃に際して、特定の部位を狙うということはない。やみくもに摑みかかろうとするか、嚙みつこうとするのが関の山だ。

r：それぎり、小森幸[s]枝は動きを止めた。

s：瞬《まばた》きさえも長く忘れ去られ、死後一度も瞼の閉じられたことがない双眸には、相変わらず干涸らびたカラーコンタクトが張り付いているが、眼球を縁取る眼窩は昏《くら》く落ち窪み、室内の闇の中にあっては、黒々とした穴のようにさえ見える。

t：ほんの僅か、顎が上下したようにも見えるが、かつて見られたような、頷きにを思わせる仕種とはかけ離れた、微弱な動作だ。

見えちゃうからさ、他人の頭の中。ホントはミミ美ちゃんみたいなゴスロリ服、アタシだって着たかったんだけどさ)

笑われようが何だろうが好きなものくらい着れば良いのにって思っちゃうのは、彼女の言う通り、わたしには〝わかんない〟からか。それにしたって、(何もゾンビとばっかり話さなくたって良いじゃん。せっかく、テレパシー使えるんだからさ。顔合わせなくてもオッケーなわけでしょ)

(そんなことしたら、アタシ、すぐにどっかの研究所か何かに連れてかれて人体実験されたり、解剖されたりしちゃうよ)

それは、まぁ、そっか。その点、相手がゾンビなら安心だ。何しろ〝頭の中に語りかけてくる奴が居る!〟って、誰かに伝えることもできないんだから。正に、死人に口なしって奴。いや、使い方、合ってんのかな?

(でね、ゾンビの中でも、特に可愛かったり綺麗だったりする女の子を選んで話しかけるようにしてたんだ)

(んー、それは、どうして?)

(だって、心臓も血も止まって腐ってくだけになったらさ、みんな、ビョードーじゃん? パッチリ二重も、通った鼻筋も、ほっそりした首も腰も、おっきなおっぱいも、ドロドロに溶けちゃえば同じでしょ。だから、美人

u…幸枝の全身がぶるりと震えた。その様は、死にゆく者が最期に見せる束の間の痙攣のようにも見える。死など、もうとっくに迎えたであろうに。

v…意識もこころも持たぬはずの腐肉の塊が、何故、かくも様々な奇行を演じてみせたか。いつか、その謎が解かれる日は来るであろうか。

なら美人なほど、ゾンビになってからの頭の中を覗くのが楽しかったんだよ。どいつもこいつも、死んじゃったってことより、自分の容姿が崩れてくことにパニくったりしてさ。そこをね、更に言葉で追い詰めてやるの)

(うーわ、性格わっる) わたしはつい、笑ってしまった。

(そう、最悪なんだよ。見た目だけじゃなくて、中身も最悪)

(でも、それなら何で、人間を襲う手助けなんてしてくれてたわけ?)

そう訊《たず》ねると、長い長い沈黙を挟んでから、レニは答えた。

(好きになっちゃったから、かな)

(んんん?) 丸っきり想像してなかった言葉に、我ながら変な声が出た。

(はじめはね、すっごく嬉しかったよ。だって、あのミミ咲ミミ美がゾンビになっちゃったんだもん。アタシが一番憧れて、その分、一番憎んでもいた相手が、だよ。だから、徹底的に虐《いじ》め抜いてやろうって思ってた。顔とか軀がグチャグチャになってく恐怖を思いっきり煽り立ててやろうって。それなのにさ、ミミ美ちゃんってば、全然変わんないんだもん。頭の中にあるのは、可愛くて素敵なゴスロリ服のことと、梨沙って子のことばっかり。怖がったりなんか全然しなくて、綺麗な服とか着ることだけ考えててさ)

そんな姿を見てたら、何だか好きになっちゃった——とレニは続けた。

(あの、あのさ、ミミ美ちゃん。アタシじゃ、ダメかなぁ?)

何が――って、訊《き》き返しはしなかった。

(ダメかな。アタシだったら、今すぐミミ美ちゃんのとこまで飛んでって、終わりにしてあげられるんだよ)
[w]わたしは胸の内で首を振る。(もう、ESの契り、しちゃってるから)
そう、大昔のV系バンドの曲名にちなんだ、終わりの約束を。

(でも、あの梨沙って子は絶対に来ないよ)
[x]ホントは、言われなくてもわかってた。梨沙は単にESの契りを破ったってだけじゃない。彼女はわたしが死んでから、ただの一度だって部屋に来なかった。
それはきっと、実際に姿を見るまでもなく、わたしが死んだことを知ってたからだ。どうして、知ってるのか。簡単な話だ。わたしが死んだ現場にあの子が居合わせたって考えれば、筋が通る。ああ、そうだ――あの晩、梨沙はわたしの部屋に遊びに来たんだ。そうして、何が原因だったかは思い出せないけど、ケンカをした。揉み合いになって、それで、彼女の両手が突き出されて――

ううん、もう良い。これ以上、思い出す必要なんてない。
[y](感謝はしてるよ)
本心だ。敢えてそう言わなくたって、レニにはわかってるんだろうけど。

w…かつて小森幸枝であった者の軀は、もう動かない。

x…かつて小森幸枝であった者の軀は、もう動かない。

y…軀は、もう、動かない。

z：死者の唇が、微かに、幽《かす》かに、上下に動いた。

痛みも苦しみもないかわりに、ブラック・サバスの曲以外には何の楽しみもない、檻に閉じ込められたみたいな時間の中、話し相手ができたことも、夜の街に出てヒトを狩ることに熱中できたのも。それは、そう――全部レニのおかげだ。

でも、感謝してるってことと、一度交わしたESの契りを破っても良いかってことは、全然別の話だと思う。こんな風にしてくれたから、あんな風にしてくれたからって、加点式みたいな感じで相手を変えちゃうのは、フセージツだとわたしは思う。たとえ、当の約束を交わした相手に裏切られたとしたって。

(そんなの、損じゃん。ミミ美ちゃんだけ待ち続けるなんて、フコーへーじゃん)

(コーへーとかビョードーとかって話でもないんだよ)

レニに嘘は通じない。ほんとうはわたしがどうしたいかを、彼女は知ってる。

(冒瀆――)って、レニはぼそりと呟いた。それから、はっきりと、(冒瀆、背徳、頽廃、悪逆。それが、ゴシックってものに相応しい言葉なんじゃなかったの?)

返すべき言葉に詰まった。いや、詰まったって言うより、そんな言葉、持ち合わせてなかったたってのが正直なところだ。

(ねぇ、もう一度だけ訊くね。アタシじゃダメかなぁ。ほんとうの、ほんとうに、梨沙ちゃんじゃなきゃダメかなぁ?)

その問いに、わたしは――z

7

ある晩、遊歩者フリーのマンションの一室が盛大な火を噴いて炎上した。消防隊の迅速な作業によって炎は他の部屋に被害を及ぼすことなく鎮火されたが、沙汰《さた》の現場となった部屋からは、ふたり分の焼死体が発見された。ひとりは部屋の借主である小森幸枝という少女であることが直ぐに判明した。一方で、彼女の亡骸《なきがら》に寄り添うようにして黒焦げになっていたもう一名の身元は、遺体がほぼ炭化していたこともあり、いまだ特定されていない。

斜線堂有紀

肉《にく》霊《れい》芝《し》

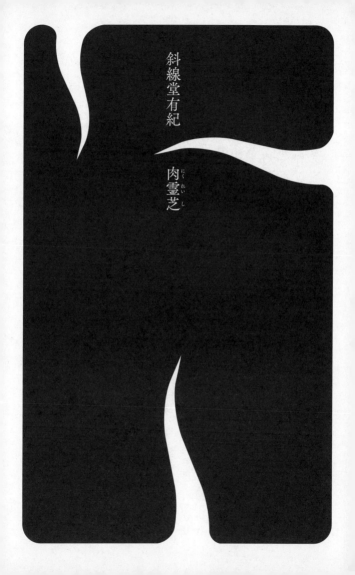

●『肉霊芝《にくれいし》』斜線堂有紀《しゃせんどうゆうき》

斜線堂有紀作品で「死体」といえば、初期（といっても数年前だが）の異色青春ミステリー『死体埋め部の悔恨と青春』『死体埋め部の回想と再興』（ともにポルタ文庫）を思い出す方もおられるだろう。死体処理を請け負う謎の先輩とともに、さまざまな死体にまつわる謎に対峙《たいじ》するはめになる大学新入生の想像を絶する青春。

あるいは、2023年の自身初となるSF短篇集『回樹』（早川書房）収録の「不滅」――人間の死体だけが腐らずに不滅の物体として残り続け、増え続ける異形の時代を描いた作品も衝撃的だった。なお、この短篇集では表題作「回樹」も、異様な死体SFといえるだろう。人間の死体と同化して、その遺族の愛情を自分に転移させる性質の樹（といっても樹には見えず、森ほどの大きさで横たわる人間そっくりの巨大な物体）が登場する。

斜線堂有紀の奇想もまた、死体と入り混じると、この作者唯一無二の世にも異形な物語へと変異していくようだ。

本作、「肉霊芝」もまたしかり。人間のあらゆる臓器、器官の代替となる肉の森が登場する冒頭から、読者は異形の時代の世界へ迷い込む。

この作品は、一種の連作。章が進むほど、前の時代に遡《さかのぼ》る。遡るほどに怖ろしい。読者を待ち構えているものは、想像を絶する「甦る屍体」のクロニクルなのである。

充血した巨大な目が、櫟木《くぬぎ》のことをじっと見つめている。その目は櫟木の背丈よりも何十倍も大きく、黒目のところには触れることすら出来ない。ここまで大きいと、見られているという意識も薄い。眼球の担当になることには抵抗があったが、視線を感じて戸惑《とまど》うこともない。眼球はずらっと並んでいて、そういう模様のようにも見える。櫟木は涙に濡れた瞼《まぶた》の一角を切り取ると、手に持った籠《かご》に入れた。

櫟木の役割は、記録と収穫である。専用の籠は一定周期で粉を吹くようになっており、濡れた臓器や肉を入れてもへばりつかない。収穫には必須の道具だ。籠の中に入れた瞼は白い粉を纏《まと》わせながら、ころころと転がっている。それを見ると、なんだか愛《いと》おしさも覚えるのが不思議だ。

目の調子はまるで良くないものの、計器に異常が出る様子は無い。すっかり病《やまい》は完治し、通常の状態に戻ったということだろう。櫟木はもう一度だけ眼球の方に視線を移すと、報告の為に管理所まで戻っていった。

櫟木が戻ると、会議が始まっていた。報告をするべきか一旦退出すべきかを悩んでいると、上司が珍しく優しげな顔で座るように促した。瞼の欠片《かけら》の入った籠を膝《ひざ》に載せ、櫟木も会議に参加する。会議の内容は極めてシンプルだった。

「肉霊芝《にくれいし》はそろそろ死ぬ」

「死ぬ……んですか。そんな」

「死ぬが死なない。それが肉霊芝だ。お前は入ったばかりだから、代替わりを経験していないのか。それどころか、肉霊芝が病を得たところも見たことがない？」

櫟木は頷《うなず》いた。彼がこの職に就いたのはほんの一年前である。肉霊芝に実際に触れ、その実態を理解するだけでいっぱいいっぱいで、肉霊芝がどのようなものかを概念的にしか理解出来ずにいた。肉霊芝が死を迎える？　そのことが、上手く理解出来ない。

「基本的には、何も変わらない。強《し》いて言うなら、死んで蘇った肉霊芝は以前より少し活力を取り戻す。ありとあらゆる臓器が生き生きとし始めるから、少し手間が増えるだろう」

「死ぬ前にやることっていうのは……特にないんでしょうか？」

「ないな。最近各所が不調なのは、単に寿命だからだ。寿命に対し俺達が出来ることは無い。看取《みと》るくらいだ」

「看取る？」

「その場合も、出来ることはない。祈る？　祈るか。肉霊芝がそれで無事に脱皮《だっぴ》出来るかもしれん」

会議はそれで終わりのようだった。肉霊芝は寿命による死を迎えようとしている。そして、死した後は蘇る。その一連の間、自分達が出来ることは特に無い。だとすれば、これ以上話し合うこともないのだ。急激なバイタルの乱れに動揺しないよう、情報を徹底することくらいだろう。切り取った瞼の一部をデータと共に提出すると、上司は「死ぬな、こりゃあ」と言って頷いた。櫟木の今日の仕事は、肉霊芝の死を裏付ける為のものだったらしい。

巨大な肉の壁の間を抜けるようにして、櫟木は家へと車を走らせていた。どこを見ても肉、肉、肉だ。世界を囲むように配置された巨大な肉体――肉霊芝の全容を、櫟木は衛星写真でしか見たことがない。その場合でも、櫟木はそれを人間とは思えず奇妙な形と質感を持った巨木のように受け取った。

櫟木は先祖代々、この肉霊芝を見守る役割を担っていた。一体どうしてそんなことになったのかも辿れないほど昔から、肉霊芝は櫟木の一族と共にあったのである。

肉霊芝は、巨大な実験場である。複製され実った臓器が農場のように育てられている。大きさは先ほどの眼球ほど大きなものから、櫟木達のような普通の人間の大きさのものまである。小さなものは主に移植用で、大きなものは病に感染させた時の経過を見る為の観察用だ。

人類の歴史とは病との戦いの歴史である。死への抵抗の歴史である。人類は幾度となく病に屈しかけたが、たゆまぬ努力とこの肉霊芝の力によって勝利してきた。

最後の戦いは五十年ほど前、高い熱がいつまでも続く、感染力の強い病とのものである。突然発生し爆発的に広まったその病も、肉霊芝のお陰で食い止められた。ＷＮＯはすぐさまその病を肉霊芝へと感染させ、分析と研究を進めた。完全な管理下に置かれている大量のサンプルは、病を解明するのに何より効果的なものだった。

その際の収穫業務はまるで戦争のようだったそうだ。実際に、病との戦争ではあったのだろう。病んだ肺《はい》を切り取り、収穫し、分析に回し、動きの悪くなった脳を切り取り、感染症によって脳の何が変化したのかを分析し、比較し、収穫し、彼らは病の根治《こんち》に奔走した。

それ以降、大きな病の流行は無い。肉霊芝はただ生き、次の病の流行を待っている。肉霊芝に万一のことがないよう、沢山の人間が肉霊芝の傍に住み、この巨大な肉の迷路の中で生活をしている。

肉霊芝というのは、古い伝説の実のことだ。食べても無くなることがなく、食べたものに不老不死の恩寵《おんちょう》をもたらす。肉霊芝の身を食べて不老不死になった人間の話は聞いたことがないから、あくまで肉霊芝という名前そのものが不老不死であるが故に付けられたものなのだろう。正確に言うなら、不死なのではなく死と再生を繰り返しているらしいのだが。

気の遠くなるような年月の間、肉霊芝はその肉体を人類に差し出し続けてきた。自分達は何の躊躇《ためら》いも疑問も持たず、肉霊芝の恩恵を受け続けてきた。

肉霊芝には脳も生えている。だとしたら、肉霊芝にも意識や自我が存在するのではないだろうか。そんなことを口にした時は、植物にも意識があるらしいぞ、と鼻で笑われたものだが。これは植物ではなく肉で、生き物なのではないか。

肉霊芝はこの巨大な身体《からだ》で、一体何を考えているのだろうか。櫟木は肉の森の中で、死んでも蘇る異形《いぎょう》の肉体に手を添わせた。もし肉霊芝に心があるのなら、ここを離れてどこかに行きたいと思わないだろうか。

家に帰ると、妹が夕飯の支度を済ませていた。

「病み上がりなんだから無理するなって言ったのに」

「夕飯作るくらいで無理って言うなら、もう何にも出来ないよ。寝てるだけじゃ暇だし。お母さんだって明日からこっち来るっていうから、もう今日くらいしか作る機会無いなって」

妹はそう言って楽しそうに笑った。その笑顔が、櫟木の心を和《なご》ませる。

ついこの間、妹は肉霊芝からの臓器提供を受け、肺の手術を行った。肉霊芝の臓器は妹の身体によく馴染み、妹はみるみる内に回復した。もし臓器提供が受けられなければ、妹はそのまま亡くなってただろう。妹に移植する肺の収穫は、櫟木が手ずから行った。祈りを込めて肺を捥《も》いだ時のことを、未《いま》だによく覚えている。

「身体の調子は大丈夫か？　何かおかしなことはないか？」

「大丈夫だよ。肉霊芝を使った治療は必ず成功するって言われていたけど、本当みたいだね。まるで手術なんか無かったみたい。傷跡だってもうすっかり薄くなってるんだよ」

「それは肉霊芝じゃなくて内視鏡のお陰だ」

櫟木はそう言いながらも、肉霊芝の有難みと、タイミングの良さを噛み締めずにはいられなかった。肉霊芝の死と再生の間に何が起こるのかはわからないが、それで一時収穫が止まるのであれば、妹の手術は大幅に遅れた可能性がある。そうなれば、彼女がどうなったかわからない。

自分達は運が良かった。長らく肉霊芝に仕えてきた一族なだけのことはある。自分達には肉霊芝の加護があるのだ——と、そう思わずにはいられなかった。

食卓に着こうとした瞬間、妹がふと奇妙なことを口にした。

「ああ、でも——不調じゃないんだけど、なんだか不思議な感覚になったんだよね」

「不思議な感覚?」

「なんだろう、胸があったかくなるような、嬉しくなるような、この時を待っていたような、そういう気持ち。私っていうよりは、私の臓器がこの日を待っていたような気がする」

もし妹の感覚が底知れない肉霊芝の心に寄り添い、触れるものなのであれば、肉霊芝はとうとう満願《まんがん》の日を迎えるということだろうか。だが、今肉霊芝は死を迎えようとしている。死こそが肉霊芝の求めていたことなのだろうか? けれど、肉霊芝は不死の存在である。どうせすぐに再生するだろう存在が、何故死を待っているのか。

「肉霊芝ってどうやって生まれてきたの」

「昔、疫病が流行って民の半分が死ぬとなった時に、光り輝く木を見つけたらしいんだ。その木は肉で出来ていて、実として臓器が成っていた。当時の医者が、肉霊芝の実を使って病の治療法を発見し、国は救われた。以来、肉霊芝は大切に育てられ、ゆっくりと成長していった」

「それでこんなに大きくなったんだ」

「今や国だけじゃなく、世界の臓器庫でもある。輸出の九割が肉霊芝なんだから、本当にすごいよ」

聞けば、櫟木の家は肉霊芝を発見した最初の医官達の一人なんだという。薬効のある草でも探しに行き、肉の木を見つけ出したのだからとんでもない話である。御伽話《おとぎばなし》のようでもあるが、実際に肉霊芝が存在して国に益をもたらしているのだから、信じるしかない。

「実は、俺はこの木が苦手だったんだ」

櫟木はぽつりとそう漏らした。

「肉霊芝を見ていると、なんだか落ち着かないような気持ちになる。この木がどれだけ人類を助け、繁栄させてきたかを理解してもなお、肉霊芝というものを恐ろしく感じてたんだ。お前が肉霊芝の肺を移植して、ようやく抵抗を覚えなくなったくらいで」

「そうだったの」

「肉霊芝がお前の命を救っていなかったら、この仕事から逃げ出していたかもしれない」

今でも、肉霊芝を見ていると胸の奥に引っ掛かりと痛みを覚える。懐かしくも感じるし、恐ろしくも感じる。この奇妙な気持ちは、長らくの間櫟木を苦しめていた。

「大丈夫。肉霊芝は私の中でちゃんと役目を果たしてくれてるよ。私は肉霊芝に感謝してる。だから、肉霊芝の世話をちゃんとしている兄さんのことを尊敬してるよ」

「ああ……本当にそうだな……」

連綿と続く血脈の中で、櫟木と肉霊芝は共鳴し合っているのかもしれない。その死と再生を前に、櫟木の魂が何かしらを嗅ぎ取っているのかもしれない。

窓の外が赤く染まったのは、その時だった。

遠くに見える肉霊芝の身体が赤く染まり、熟《う》れた実のように輝き始める。発する光があまりにも強くて、空までもが赤く光っていた。眩《まぶ》しさに目を細めると、肉霊芝の全景が見える。その時、肉霊芝はまさしく人のように見えた。肉の森であり、巨大な肉体だった。

これが肉霊芝の死なのか、と櫟木は思い、違う、と直感した。肉霊芝は輝きを放ちながら、羽化《うか》しようとしていた。

肉霊芝の身体が弾けると、光の粉が吹き出してきた。それは霧雨《きりさめ》のように降り注ぎ、ゆっくりと空を進んでくる。

「綺麗だね」

妹がぽつりと言い、櫟木と同じように目を細めた。

「あれ、どうなったんだろう」

「肉霊芝は、数十年に一度死ぬらしい」

「じゃあれは、肉霊芝が死んでいるってこと?」

「そう……なんだと思う」

光の粉が世界を覆《おお》っていく。肉霊芝は自らの身体を広げていくのだろうか。あまりに活動範囲が広がれば、肉霊芝の伐採を命じられるかもしれない。だが今は、肉霊芝の胞子《ほうし》を撒き散らしている様は、それこそシダ類か茸《きのこ》のように見える。これでまた、肉霊芝は自らの身体を広げていくのだろうか。

光の粉に覆われる世界は、この世の終わりのような美しさだった。

「綺麗だねぇ」

妹はもう一度言った。櫟木は頷いた。光の霧が近づいてくる。

＊

肉の森の中に、女の顔を見つけた。真っ赤な膿疱《のうほう》の中に埋もれているので、蔓《かづら》はうっかり見落としてしまいそうになった。女の姿をした部分は切り取るか、焼き潰さなければならない。それが肉霊芝を扱う上でのルールである。だがそのルールを、蔓は単なる迷信だと思っていた。肉霊芝という神聖なものを扱うにあたっての、心構えのようなものだと。だから、本当に話に聞いていたものを目の当《ま》たりにするとは想像もしていなかったのである。

蔓はすぐさまククリ刀を取り出すと、女の輪郭に沿わせてそれを削《そ》ぎ取ろうとした。だが、すんでのところで手が止まった。膿疱に覆われた顔は決して美しいものとは言えない。それなのに、蔓はどうしてもその女の顔が気になってならなかった。

必要なのは、蔓の持ち帰る記録だ。病の経過観察だ。削り取った女の顔などではない。

そう自分に言い聞かせ、蔓は病に爛《ただ》れた赤い肌から降りた。振り返ると、もう女の姿は見えなかった。よほど狙って近づかなければ、あの女には気づかないだろう。誰かが蔓のいない隙に女を削り取ることはないはずだ。

そう思うと、口当《くちあ》ての内側で自然と笑ってしまった。本来ならば削り取らなければいけないものを見逃し、己《おのれ》のものにしようとしている自分に、何故か高揚していた。これを契機に、肉霊芝という得体の知れないものの正体に迫ることが出来るのではないかという期待があった。

この国に恐ろしい病が蔓延《はびこ》ってから、一ヶ月ほどになる。

重度の腹痛と絶え間ない嘔吐《おうと》があったと思えば、たちまち身体の表面が赤い水疱と膿疱に覆われるのである。膿疱に苦しみのたうっている間に、患者はいつの間にか衰弱して死んでいくのだ。運良く助かったとしても、膿疱は顔や身体に酷《ひど》い痕を残した。病そのものよりも、この後遺症を恐れる者が多いほどだった。いずれにせよ、恐ろしい病だった。

しかし、この国には肉霊芝があった。

肉霊芝は肉と臓器で出来た森であり、病に苦しむ人間を救う為に神がもたらした異形の大地である。何かしらの病が流行《はや》ると、この森は丸ごと病を孕《はら》み、病んだ臓器を排出する。人はその臓器を収穫することで、病を知ることが出来る。また人の病んだ臓器を肉霊芝の実と交換すれば、その人間は寿命を超えて生き永らえることが出来る。そういうものだ。

肉霊芝を活用することにより、天然痘《てんねんとう》と名付けられたその病の流行は、急速に収まっていった。特定の水疱から取った膿を、まだ感染していない者に植え付けることで、天然痘に罹《かか》ることを防ぐことが出来たのである。肉霊芝の身体のあらゆる箇所に出来た膿疱の中には、人が罹っても耐えられる、軽度の天然痘を感染させるものが含まれていた。

もし肉霊芝が無ければ、この突然変異的な天然痘を探し当てることは出来なかっただろう。一ヶ月とは言わず、一年、いや数年かかっても、予防に必要な種を収穫することは出来なかったに違いない。

天然痘はこの国だけでなく、他国にも大きく広がっているという。いち早く天然痘から立ち直った上、軽度の天然痘の種を輸出することに成功すれば——この国はどれだけ豊かになるだろう、と、既に国の上層部が考えていると聞いた。そうでなくとも、肉霊芝の生み出す臓器は、この国の貴重な産業だ。

肉霊芝がちゃんと機能している限り、蔓の家業も安泰だ。既に蔓は種痘《しゆとう》を済ませて回復している。何事も問題なく終えられるだろう。

あの女の顔を忘れるか、抉《えぐ》り取るかするべきなのだ。

だが、蔓はそうせず家に帰った。そして、女の顔について祖母に尋ねた。

「それは、シュカ様という」

果たして、祖母はそう答えた。

「シュカ様……」

蔓はそう繰り返した。その名前自体には聞き覚えがあった。シュカ信仰は、肉霊芝に人格があると信じる人達が抱くものである。蔓はあの気味の悪い肉の森に神聖を覚えたことはない。女の顔をしたあの場所を見るまでは。

「シュカ様は時折そうして地上を眺めに来られる。我らが適切に肉霊芝を用いることが出来ているかを確かめに来るのだ。役目を終えたシュカ様の分体が肉霊芝の中に安らかに戻れるよう、取り去る風習があるのだよ」

「シュカ様っていうのは誰？　肉霊芝と何の関係があるの？」

「昔、肉霊芝は一人の姫君だった」

祖母はそう語り始めた。

「ある時、国を病が襲った。下がることのない高熱を発し、そのまま亡くなる恐ろしい病だ。民は次々に倒れ、国は滅びの危機を迎えた。国王と女王が病によって死に、シュカ姫は一人で国を背負って立つこととなった」

　一体それはどのくらい前の話なのだろうか。祖母の口調からして相当の昔だろうが、この森がここまで蔓延る前の世界を、蔓はまるで想像出来ない。

「そのシュカ様もまた、病に倒れた。シュカ様は死ぬわけにはいかなかった。もしシュカ様まで死んでしまったら、誰がこの国を守るのかと嘆いた。もしこの国を救えるのであれば、自分はどうなっても構わないとシュカ様は言った」

　祖母の口調は御伽噺を語るようでありながら、表情は強張《こわば》っていた。話の内容の不穏さに、蔓も息を呑む。どうあろうと、この物語は肉霊芝に繋がっているのである。

「シュカ様の願いを聞いたとある医官が、この慈悲深い姫君の願いを叶える方法は無いかと手を尽くした。そこで彼が手に入れてきたのが、西方にあるという禁忌《きんき》の薬だった」

「禁忌の薬……」

「それは、死者を生き返らせ死から解放する霊薬だった。これを飲めば死ぬことが出来なくなる。それでもいいかと医官は問うた。シュカ様は躊躇うことなく薬を口にした。すると、シュカ様の身体に異変が起こった。シュカ様の身体はみるみる内に広がり、分かたれ、巨大な樹木となった。丁度、今の肉霊芝のように。国を守るように広がったシュカ様の身体の内にいると、病は抑えられた。こうして、国は救われたのだ」

　そう言って、祖母は溜息を吐《つ》いた。目を細め、外の肉霊芝を見る。

「山が動くほどの長い時間が経って、みんながシュカ様のことを忘れてしまった。一人の姫君の献身によって、国が救われたのだ。それ以降も、シュカ様は肉の実を以《もっ》て我らを病や死から解放してくださったのだ」

蔓は少しぞっとした。この肉の森が、一人の姫だって？　考えるだに恐ろしくて悍《おぞ》ましい話だ。だが、肉霊芝が無ければ、病を早くに抑えることも、新鮮な臓器を収穫することも出来ないのだと思うと、そのおぞましさを否定し切ることも憚《はばか》られる。蔓は元より、その収穫を生業《なりわい》にしているのだ。

「そのシュカっていう人は今、何を考えてるんだろ。肉霊芝が一人の人間だったんなら、内臓を抉り取られ続けるのは辛いんじゃないのかな」

「シュカ様は喜んで身を捧げておられる」

祖母はやけにきっぱりとそう言った。シュカがその身を捧ぐことに苦痛を覚えているとは――絶対に認めない口調だった。ややあって、祖母はふっと表情を和《やわ》らげながら言った。

「シュカ様を不死の身にした医官は、たとえ何度生まれ変わってもシュカ様に仕えることを約束したそうだ。シュカ様はその者に報いて、今も恵みをもたらしてくれるのかもしれない」

祖母の話はそれで終わりだった。蔓も敢《あ》えて、肉霊芝の中で見つけたシュカを抉り取らなかったとは言わなかった。祖母の中では、とうに抉り取られたことになっているのだろう。

だが、浮き出た女の姿が遠い昔に身を捧げた一人の姫君であるというのなら、蔓は余計にそれを削り取ることなどしたくなくなってしまった。

肉霊芝には謎が多く、様々な噂が流れている。

肉霊芝は、医学の力によるものだ。本当は神が与えたものなどではなく、国が作り出した機構なのだと。それに対して何故か国は神話を付与し、尊いものだと扱わせているのだとも。

理由はなんとなく理解出来る。いくら病の研究や治療の為の移植に役立つからと言って、こんなものを受け入れるのは難しい。だから、神のものとした。一方で、肉霊芝を神格化する祖母のような者は、肉霊芝を人と見做《みな》し神格化している。どちらにせよ、自分達に益をもたらす存在を、自分達の都合の良いように歪めたのだ。

けれど、本当にシュカ姫というものが実在して、彼女が何らかの奇跡によって肉霊芝となったのだとしたら——自分達が臓器を収穫している森が、不死の人間であったのだとしたら。肉霊芝に浮かび上がったシュカ姫に、自我の一部でも残っているのだとしたら。

そう思うと、蔓はいてもたってもいられなくなってしまった。

翌日も、蔓はシュカの元へと向かった。国での天然痘が治っていくにつれ、肉霊芝の膿疱は狂い咲くように増えていった。これが全て治った時、真の意味でこの国の天然痘は終わるのだと思った。

シュカの元に向かう最中、蔓は椚《くぬぎ》と擦れ違った。椚も代々肉霊芝の世話を任されている家の人間で、陰気な顔をしながら臓器の収穫を細々と続けているのが印象的だった。椚は時折墓を漁《あさ》り、何かを盗んでいるという噂もあった。なんにせよ、不気味なことには違いなく、蔓は椚と話したことすらなかった。

椚は収穫用の竹籠に、赤黒い塊《かたまり》を入れていた。粘液避《よ》けの白紙に血が滲んでいる。それを見た瞬間、蔓はあっと思い至った。

あれは、シュカではないか。

稀に見つかるというシュカを椚が見つけたことも、それを椚が躊躇《ちゅうちょ》無く抉り取ったのであろうことも、全てが腹立たしく感じられた。肉霊芝に浮き出るシュカは自分達にとっては単なる腫瘍《しゅよう》に近いとわかっていても、なお腹立たしかった。まるで、シュカを横取りされたようでもあった。

――そもそも、あれは自分のシュカなのではないか？

そう思った瞬間、蔓は弾かれたように彼の元へと駆け出した。腕を思い切り強く摑《つか》み、逃げられないようにする。

「そのシュカはどこから掬いできた」

蔓が言うと、椚は怯えたように東の方を指さした。蔓がシュカを見つけた時とは反対の方向で、蔓はあからさまにホッとする。椚は大きな目を見開いて、がたがたと情けなく震えていた。今まで知る由《よし》も無かったことだが、榾はどうやら口が利けないらしかった。

「俺のシュカじゃないならいい。行け」

突き飛ばすようにして解放しても、榾は怯えた目をしてじっと蔓のことを見ていた。その怯えた目つきが気に食わない。天然痘に罹って死んでしまえばよかったのに、と、蔓は肉霊芝の前で思うにはあまりに不遜《ふそん》なことを考えた。

それより、蔓は自分の口から「俺の」という言葉が出たことに驚いていた。見つけたシュカを、蔓は自然と自分のものと認識していたのである。

榾はしばらく蔓のことを見つめていたが、やがてゆっくりと歩き去っていった。最後まで卑屈なやつだ。

ふと、榾は刈り取ったシュカをどうするのだろうと思った。籠に入れて大事そうに持っていたようだったが。

そこで蔓は、榾が人知れずシュカを埋葬している可能性に思い至った。彼が墓で行っているのは墓荒らしではなく、密やかな埋葬なのである。彼はシュカを一人の人間として認め、その魂の欠片でも天に昇れるように取り計らっているのではないかと。

その可能性に気づいた瞬間、蔓の中にはっきりと嫉妬の感情が生まれた。全てに合点がいった。蔓はシュカが欲しくてたまらないのだった。どうしてあんなものに執着してしまうのか、自分でも不思議なほどだった。

急いでシュカの元に向かうと、シュカは見つけた時と同じようにそこにいた。否、それよりもずっと成長した姿で、蔓を待っていた。膿胞から顔だけが出ていたはずのシュカは、鎖骨《さ こつ》の辺りまでを晒《さら》し、浅く息をしているようだった。目は穏やかに閉じられており、眠っているようですらある。爛れた皮膚はおぞましいはずなのに、今は熟した果実のようで蠱惑《こわく》的ですらあった。

シュカをここから救わなければならない。蔓は強くそう思った。臓器を収穫する為のククリ刀を取り出すと、蔓は顔と首元を傷つけないよう、肉霊芝を抉り削いでいった。

それからどれだけ過ぎただろうか。見咎められなかったのが奇跡のような、長い時間を経て、ようやく蔓はシュカを切り出すことに成功した。

抉り出されたシュカはどこからどう見ても肉塊《にくかい》に顔のついた異形の化物でしかなく、人としての面影はまるで感じられなかった。それなのに、蔓にとってそれは美しい姫君に他ならなかった。

「俺は埋葬なんかしない……ここから逃げ出しましょう、シュカ姫。俺が肉霊芝から貴女《あなた》を自由にします。一緒に行きましょう」

蔓はシュカを両腕に抱いて、足早に駆け出した。肉霊芝がどこまでシュカに影響を及ぼすのか分からないが、出来る限り早くシュカを肉霊芝から離さなければならないと思った。

もしシュカを肉霊芝から十分に引き離すことに成功すれば、シュカは人間としての意識を取り戻すかもしれない。シュカは自分自身を食わせ続ける生活から逃れうるのかもしれない。──それなら、俺がシュカを逃がそう。蔓は憫のような中途半端な憐憫《れんびん》を与える人間じゃない。真の意味でシュカの救いとなるのだ。

そうして歩いていた最中だった。

腕の中のシュカから、音がした。

音に合わせてシュカはぶるぶる震え、思わず蔓は立ち止まった。周りの人間も、蔓とシュカのことを訝《いぶか》しげに見ている。

シュカは笑っていた。

顔の大部分が膿疱に覆われている所為《せい》でよく分からないが、蔓には確かにそれが笑っているように見えた。裂けた口を更に裂きながら、シュカは笑っていた。笑う度に、シュカの顔は実を弾けさせるように崩れていく。思わず蔓は崩れていくシュカの顔を寄せ集め、なんとか形にしようとした。

どうしてシュカは笑っているのか。ようやく肉霊芝から離れられたことを喜んでいるのだろうか。それにしても、シュカの笑顔の恐ろしいこと！　蔓であろうと、その笑顔の孕む底知れなさを無視することが出来なかった。ククリ刀の太刀筋を後悔した。これを外に出したことを後悔した。

シュカが完全に崩れ、地面にばちゃんと溢れた瞬間、鱗粉《りんぷん》のような光る粉が辺りに舞った。

この期《ご》に及んでも、蔓はその鱗粉に未練がましく手を伸ばした。

その瞬間、蔓の精神は細切《こまぎ》れにされ、引き伸ばされた。頭の先から足の先までが、同じ質量分の痛みに変換される。自分というものが磨《す》り潰され、血の一滴一滴が身体を溶かす強酸へと変わったようだった。この世の全ての音が蔓を破壊する為に降り注いでいるように感じられ、何もかもが分からなくなる。蔓は絶え間なく絶叫していたが、震える声帯は既に崩れた後だった。砕け散っていく。何もかもが。

そうして光の霧が晴れた後、そこに残っているのは粘度の高い血溜まりだけで、シュカの姿も蔓の姿も無かった。

この日を境に、膿疱の他に皮膚の融解と出血を伴う新たな天然痘が猛威を振るった。今まで天然痘の種痘を受けた者をすら襲う新たな病に、多くの人が死んだ。あまりにも多くの人間が死んだので、蔓が人知れず血の泥と化したことに誰も気づかなかった。祖母は孫がシュカに連れて行かれたのだと解釈した。

＊

昔のことである。寒冷な気候が特徴のその小さな国には、とても美しく残酷な、一人の姫君がいた。守果《しゅか》という名の彼女は、人の命を果実ほども重んじない悪姫《あっき》だった。その顔は咲き誇る花のようであり、しなやかな身体つきは山を流れる浄らかな川を思わせた。もし彼女が心優しい賢姫《けんき》であったなら、どれほど慕われていたことだろう。

守果の命に背《そむ》いたものは、誰であれすぐさま殺された。ただ殺されるだけではなく、極めて残酷なやり方で。守果が特に好んだのは、肉削ぎの刑だった。人を吊るし、足の先から少しずつ肉を削いで殺す過酷な刑である。この刑に処された者は、長く苦しみ守果への呪いの言葉を吐いて死んでいった。

守果は特に食事時にこの刑を見ることを好み、鈴の音《ね》のような声をあげて笑った。守果が咲き誇る花を前に同じ笑い声を立てられたなら、どれほど麗《うるわ》しかったことだろう。

守果の中での反逆とは、彼女の言葉に数秒の沈黙で応じることと同義だった。悪逆の殆どがそうであるように、粛清は既に目的に掏《す》り替わっていたのだ。

守果の天下はそのまま末長く続くはずだったが、唯一彼女の思い通りにならないものがあった。病だ。国を覆った病はあっという間に世を覆い尽くした。頭が割れそうなほどの痛みに高熱、不眠症状が襲いくるその病は、人々を簡単に死に至らしめた。

まず初めに王が死んだ。その冷徹さで以て国を纏めていた者が呆気《あっけ》なく病に倒れたことは、民を動揺させた。それを弔《とむら》う暇も無く、執政者の中ではまだ正気を保っていた女王も死んだ。なし崩しに守果が国を牛耳《ぎゅうじ》ることになったが、彼女に出来ることなど、今まで以上の理不尽を民に与えることだけだった。恐ろしい病を前にした彼女の癇癪《かんしゃく》で、事態はどんどん悪くなっていった。

何より国を衰退させたのは、人々の無気力であった。守果の悪政により散々削られてきた心に、極めて高い感染力を持つこの病はとどめを刺したのだった。全ての気力を失った人々は、食事すら摂らず苦しみの中で静かに死んだ。周りに手を伸ばすほどの気力を持った人ほど病を感染され同じように死んだ。近隣諸国はこの国から立ち上る火葬の煙の禍々《まがまが》しさに、侵攻を諦めたほどだった。

病は守果をも平等に襲った。いつものように食事を摂っていた彼女は突然嘔吐し、割れるような頭の痛みにのたうち回った。誰がどう見ても、流行病《はやりやまい》の症状だった。

守果は治療を求めたが、彼女に付いている医官の数はほんの少ししかいなかった。折に触れて彼女が肉を削ぎ、殺してしまったからだった。残っていたうちの一人——歴木《くぬぎ》という名の医官が、この恐ろしい病を治す役目を仰せつかった。彼が優秀だったからではない。死んでもいい医官が、彼くらいしか残っていなかったのである。歴木はまだ少年といってもいい年齢だった。彼に医療の手解《てほど》きをするはずだった父は、とっくの昔に殺されていた。

守果は歴木を罵《ののし》り、早く自分を助けるよう何度も指示した。だが、それで治せるはずもない。守果の顔は腫れ上がり、気管が詰まっているのもあって赤い果実のようになっていた。元の美しさはもう欠片も残っていなかった。歴木は懸命に手当てをしたが、一体何がいけないのかすら分からない。守果の容体は日に日に悪くなっていった。守果の周りにいる人間は、彼女が弱っていくにつれ安堵の息を吐くようになっていた。歴木はそれを感じ取りながら、恐怖と焦燥《しょうそう》の中、守果の治療にあたった。ありとあらゆる文献を当たり、考えられうる治療法の中で、守果の身体に負担の無いものだけを選んで試した。まるで意味を為さなかった。いっそのこと自分も病に罹りたいと思ったものだが、病は何故か歴木だけを避けて通ってしまった。

そうしてついに、その日が来た。

水すら飲めないほどに衰弱した守果が、最後の息を吐いた。死ぬまでは地獄を身に宿しているかのように苦しんでいた守果は、死ぬなり穏やかな表情を見せた。皆がかくあるべきと望んだ美しく穏やかな賢姫の顔をしていた。それを見た瞬間、歴木は震えた。

守果を死なせたとあれば、歴木は間違いなく罰を受けるだろう。歴木だけならまだいい。一族みんなが肉削ぎを受けるようなことがあれば——歴木は死ぬに死に切れない。考えただけで魂が焼き切れそうである。

死ぬに死に切れない。そう思った瞬間、歴木はとある奇策を思いついた。否、思いついたというより、覚悟を決めたと言った方が正しいだろうか。それは常に歴木の頭の中にあり、削がれる肉の代わりに取り出されるのを待っていたものだ。

歴木は、とある粉を取り出した。

一匙《さじ》食事に混ぜれば、人を必ず死に至らしめる粉である。魂を滅し、二度と生まれ変わるとのないようそのものを消す毒である。

父親が処刑される寸前、最後の時に託されたものだ。

「長く仕えた身でありながら、あの悪姫の為に殺されるなど、死んでも死に切れない。お前が必ずあの女を死に至らしめろ」

「ですが、そんなことをすれば私だけでなく一族郎党皆殺しになってしまいます」

「それでも、私はこのまま死にたくはないのだ」

父親の無念さが痛いほど伝わってきて、歴木は泣いた。この人は一族郎党を巻き込んでもなお、守果に報いを残したいのだと理解して泣いた。この薬を受けとらねば、身を結ばぬ思いだ。

歴木は最も卑怯な真似をした。薬を受け取りながら、守果にそれを飲まさずにいた。

肉削ぎの際、父親は随分長く耐えた。それが守果への呪いと歴木への期待に拠るものではないかと思うと、歴木は恐ろしくてならなかった。

「守果、恐るべき悪姫、この国に巣食った生きる病よ。お前は必ず報いを受けるだろう。お前は削いだ肉の分削がれ、食われ、死んでいくだろう。お前は永劫よりも長い間、焼かれ続けるだろう。報いを受けろ、報いを受けろ」

父親はそう言って息絶えた。最後の瞬間に、彼は歴木を見た。期待の籠った目であり、呪いの籠った目であった。彼は守果を呪いながら、歴木をも呪っていた。

歴木は託された呪いに苦しみ、幾度となく吐いた。薬を盛る機会は無く、決行の日が延びていく度に歴木はやつれていった。出来ない。どれだけの極悪人であろうと、歴木が手ずから毒を飲ませることなど出来ない。

第一、人より鈍臭《どんくさ》い歴木が気づかれないままに毒を盛ること自体が不可能染みていた。父親は歴木の裏切りを知り、無念で浮かばれないのではないかと魘《うな》された。結局、守果はこうして流行病で命を落とした。ならいっそ、毒を盛ってやればよかった。歴木が守果を殺すべきだったのだ。

今、歴木はその粉を持ち、守果の屍《しかばね》の前に立った。託された薬は小袋に一杯あった。託す際に、父親は言った。

「盛る時は必ず一匙にしろ。そうでなければ、この薬は逆の作用をもたらすという。そうなれば、この国の終わりだ」

守果を殺す為の薬が逆の作用をもたらすとは、一体どういうことだろうか。そのまま受け取るなら、この薬は今の歴木の窮状を救ってくれることとなる。

歴木は守果の口に手を差し入れ、強引に上下に開けた。守果の顎《あご》が外れる生々しい音が響き、口の端が化生《けしょう》のように裂ける。開いた口の中に、大匙一杯の粉を飲ませて水を流し込んだ。喉の奥にまで手を差し入れた瞬間、歴木は思わず嘔吐しそうになった。

薬を飲ませて数分のことだった。閉じられたままだった守果の目が見開かれた。雷にでも打たれたように、痩せこけた身体が跳ね起きる。裂けた口の隙間から、守果が唸《うな》るように言った。

「私はどうなってしまったの？　私は確かに死んだはず。私は屍なの？　それでも生者であるの？」

どちらでもありません。陛下は生きた屍でございます。――そう、歴木は教えてやりたかったが、歯の根が合わず、声にならない。

守果の身体からはすっかり病が取り除かれていた。今まで誰も成功し得なかったことを、歴木は思わぬ方法で成し遂げたのだった。歴木の治療が成功するなり、医官が入れ替わり立ち替わり守果を見舞った。歴木は奇妙な心地だった。目の前で起きていることが現実とは思われなかった。それは守果も同じのようで、蘇った守果はやけに大人しかった。

この間に、歴木は怪しげな資料にまで目を通して粉の存在を探った。その粉は遥か西で用いられた伝統的な処刑用のものであった。これを用いて死に至らしめたものは生きた死者となり、思うがままに使役することが出来るようになるという。

であるならば、あの薬は殺すことが主目的ではなく、蘇らせて使役することが本来の使い方なのだろう。遠く離れたこの場所に伝わってくるにあたって、ただの毒薬として渡ってきたのだろう。

ただの御伽話だと片付けられたら良かった。だが、実際に歴木は守果が蘇生するところを目の当たりにしたのである。あの薬は本物だったのだ。あの悪性の象徴のような守果が永遠に生き永らえるところを想像し、歴木はなお恐ろしくなった。自分は恐ろしいことをしてしまったのではないか？

だが、事態は思わぬ方向に転んだ。

病によって命を落とした守果が、再び同じ病に倒れたのである。

まるで同じ絵物語を繰り返しているかのように、守果は喘《あえ》ぎ苦しみ、頭を庇《かば》うようにしてのたうった。守果の病の恐ろしさを知っている者たちは、一度目とは違って遠巻きに主の苦しみを見ているようだった。守果から城にも病が蔓延ったのを彼らは覚えているのだ。

「もう一度治しなさい、もう一度」

血走った目の守果が高熱に喘ぎながら歴木に命じる。だが、歴木はどうすることも出来なかった。病に罹った身体が死ぬのを、ただ待つことしか出来なかった。一月ほど苦しんだ末に、守果は死んだ。そして、また蘇った。守果は再び病に罹ることに怯え、歴木すら近寄らせなかったが、やがてまた同じ病に罹った。それほどまでに、流行病は深く根付いていた。

守果は死に、蘇った。

その頃になると、周りの守果への態度が変化し始めた。守果の権力の源は、言うまでもなくその血統であった。高貴なる血は、死によって一度絶えているのではないか。だとすれば、ここでのたうつ死に損《ぞこ》ないは一体なんだというのか。

守果の治療に当たる医官は、もう歴木だけではなくなっていた。いつの間にか、守果の周りには多くの人間が、病を恐れながらも近づいてきていた。

今や恐れられているものは病だけであり、守果ではなかった。

「守果様の治療をしなければならない。守果様が蘇り続ける限り」

実際に行われたのは、治療ではなく実験だった。

不死の人間を苗床《なえどこ》とした病の収穫だ。

ありとあらゆる治療が試みられ、効果が無いと見るやすぐに中断された。痛みを伴い苦痛を孕むものも含まれていた。それでも、守果のこれまでの行いを返すように、治療は絶えず進められた。歴木は恐ろしかったが、何も出来なかった。何も出来ないことが最も恐ろしかった。

守果は苦痛の叫びを上げながら死に、再び蘇った。蘇った守果の肉を裂くと、病人の吐いた血を傷に塗った。守果は再び病に罹った。まるで季節が巡って同じ実が成るようであった。

何度そうしただろうか。守果の美しさは見る影も無かった。顔貌《かおかたち》は同じであるのに、肌には張りが無く、胸は萎《しぼ》んで手足が萎《な》えていた。身体がどれだけ蘇っても、その魂が腐ってしまっているのだろう。守果はまさに生ける屍だった。そうしてしまったのは、他ならぬ歴木だった。

その頃になると、守果の身体を用いた実験が実を結び始め、病人達の苦痛を効率よく除くことが出来るようになっていた。根本的な治療にはならなくとも、症状を和らげることが出来るだけでも状況は大きく変わる。結果として生き永らえるものの割合も増えてきた。

そしてついに、転機を迎えた。数十度の死を越え、再度病に罹ることを繰り返していた守果は、奇妙な病に罹った。それは、国を脅《おびや》かしているものと似ているものの、それよりはずっと軽い病だった。軽い代わりに病は素早く広まり、守果の身体を切り刻んでいた者達も病に倒れた。国はまたたく間に、この新しい病に呑まれた。

奇妙なことに、この病に罹った者は、あの恐ろしい死病に罹ることが無かった。獣が先に目印を付けたかのように、病が人を避けて通るのである。そうして、この軽い病もかつての死病も、揃って姿を消すようになった。この国の人々は、病を克服したのだった。

「私達は病に勝利した。崩果の時だ」

医官達は、この状況を熟した実が崩れることに例えて祝った。歴木も、病によって滅びかけていた国が活気を取り戻していくのは嬉しかった。

ただ、こちらを見つめる守果の目の昏《くら》さだけが、守果の心を責め苛《さいな》んだ。

この崩果は、間違いなく守果がもたらしたものだろう。そうでなくとも、守果は何度となくその身を実験に使われたのだ。病の根絶において守果の貢献は認めざるを得ない。それなのに、守果は病室から王座に戻るどころか、手錠に繋がれ罪人のように閉じ込められていた。

日の差さぬ黴臭《かびくさ》い地下室が、守果の新しい居城《きよじよう》だった。

「どうして私をこのような目に。私はお前達よりも濃い血を持つもの、高貴なる血筋を受け継ぎしものであるのに」

守果は最後の力を振り絞るように吠えた。その声は以前とは違って、獣のような老婆のような、聞くに堪えないものになっていた。かつての側近達は、そんな守果をせせら笑うようにして言った。

「私達の仕える守果は死んだ。今やお前は何者でもないただの肉だ。守果は死んだ。血は絶えた。一度死んだ者の座る玉座があるものか」

守果は叫び、暴れ、目の前の男を肉削ぎにするよう命じた。だが、最早《もはや》誰も守果の命令に従うものはいなかった。守果は死んだのだ。この国の中枢にいる者全てが守果の死を目にしたことがあった。どんな法も、死人に振るわせる権力を保証してはいなかった。

守果は幽閉されることとなった。

そこから先に待っていたのは、生きながら——否、死にながら味わう地獄であった。守果には食べ物が与えられなかった。餓え飢えて死んでも何事もなく蘇るからだ。食わずとも死なぬ姫に、食わねば死ぬ民の米を、食わせてやる道理が無い。花はまた咲き実を結んだ。

実のところ、国は飢えてなどいなかった。他の国々が疫病によって滅びていく中、国は栄え続けた。病から守られたのだから当然だ。それに、この国を苛んでいたのもまさしく悪姫たる守果だった。この国は、全ての憂いを取り除かれた状態にあった。

それでも守果は全てを奪われ続けた。歴木はそこで初めて、守果を恨んでいるものが自分や父親だけではないことを知ったのだった。守果は自らの罪をその身で償わされていた。

歴木はもはや彼女の医官ではなかったので、全ては伝え聞いたことである。守果は肉を削がれた。新たな薬を試す肉の糧《かて》となった。慰み者になり、食い物にされた。守果の受けている仕打ちが彼女の罪を雪《そそ》ぐに足るものなのか、それを問う秤《はかり》が果たして存在しているのか、歴木には何も分からなかった。歴木は父親の墓に参ったが、何一つ言葉にすることは出来なかった。

やがて、歴木が数多くいる医官の一人として、有名無実の業務を執り行っている最中、違う病が流行った。その病に罹ったものは身体を赤く腐らせ、血を弾けさせて死ぬのだった。病が起こるなり、守果が再び用いられることが決まった。

そして、歴木は久方ぶりに守果の元へと向かった。

地下に続く階段を一歩降りただけで、噎《む》せ返るような臭気に襲われた。肉の腐った臭い、死にゆく人間の発する臭い、鉄錆《てつさび》のような血の臭い、何より死にゆく人間の病の臭い。

守果は真っ赤だった。抵抗する気力を削ぐ為に、常日頃から肉削ぎを行われているからなのか、それとも今流行っている出血病とやらに罹っているからなのか、彼女の全身は鮮やかな血に染まっていた。

守果は――もう歴木の知っている守果ではなかった。守果ではない。人間ですらない。病を孕んだ肉の袋。人の憎悪を吸って成った実。それが守果だった。

そこで初めて、歴木は己の罪の大きさに慄《おのの》き、涙を流した。どうして歴木は、あそこのか。その身の内に地獄を宿させる覚悟を、自分は本当にしていただろうか。そんなはずがない。あの時の歴木はただ必死だっただけだ。死んだ守果に罰されることが恐ろしく、守果を蘇らせた。あのまま死なせていれば――死なせてさえいれば!

不死の粉を守果に飲ませたのか。この魂を永遠の牢獄に閉じ込めてしまうような真似をした
口当てを締め直すこともせず、歴木は守果の元へと走り寄った。真っ赤になった守果の目が、ゆっくりと歴木のことを見た。守果が自らを認識しているかも分からないまま、歴木は跪《ひざまず》いて赦《ゆる》しを乞うた。

「私は貴女を治療しようと思っていました。本当です。貴女をこんな目に遭わせるつもりではありませんでした。貴女の病を癒し、自らの任を全うするつもりでした。ああ、お赦しください、守果様、守果様――」

守果からの返事は無かった。生き物というよりは地鳴りのような低い呼吸音が、答えの代わりだった。こんな状態になった守果に赦しを乞うこと自体が、罪深く厚かましい行いに他ならなかった。守果の弾けた皮膚に口付けをし、恐ろしい病を肩代わり出来るならそうした

だろう。けれど、病は歴木が死のうと守果が死のうと手を緩《ゆる》めることはないのだ。

それからどれだけの時間が経っただろうか。歴木は跪いたままだった。歴木はこれから守果の膿を取り、それが何に由来するものかを調べなければならない。血の穢《けが》れを見極め、それを浄める方法を探らねばならない。だが、身体が動かなかった。その内、訝しんだ他の医官がやってくるだろう。だが、それで罰されても構わなかった。もしかすると、彼らは歴木が病を得たと解釈するかもしれない。

その音がしたのは、そんな折だった。

昏い沼から何かが這い出しているような、濡れた音だった。最初、その音の出所が分からず、歴木はしばし辺りを見回した。この忌まわしき檻《おり》の中には守果と歴木しかいなかった。だとすれば——と、歴木はゆっくりと病の樹に成り果てた守果を見上げた。

守果の顔はすっかり崩れ、溶けていた。片目が辛うじて見える以外は、熟れ過ぎた果実のように真っ赤になっている。それでも、歴木は彼女の恐ろしい笑みを見た。人を人とも思わぬ、かつての悪姫の姿を見た。歴木は思わず後ずさったが、彼女の濡れそぼった笑い声からは逃れられなかった。

守果は今や、はっきりと歴木のことを認識していた。

自らを病の苗床に変えた男のことを見ていた。

守果が声帯を震わせると、玉座に即《つ》いていた頃とは似つかない穢《きたな》い声が発せられ、喉元からはぼたぼたと膿が垂れた。声にならない声だ。およそ、他の人間が聞いても意味を取ることの出来ない声だった。

だが、歴木はその声の意味するところを理解した。理解させられた。守果は、こう言った。

「私は病孕みの大樹、満たされることのない蠱毒《こどく》、乾くことの無い血、悍ましき果実、私は忘れない、私は滅びない、報いを受けさせる、私は私の果実を実らせよう、私の中を食い荒らす病を集め、不死の揺籠《ゆりかご》の中であやしてやろう。この世の全てに滅びの霧を撒き、最も苦しく、最も悍ましい病を与えてやろう。私の復讐を待つがいい。私はお前を赦さない。お前を赦さない。何があろうとお前を赦さない。お前の来世を、お前の子孫を、私は必ず収穫に来る。必ず」

それきり、守果は再び一言も発さなくなった。その宣言通り、樹にでも変化してしまったようだった。だが、生きている。どれだけ屍人《しびと》に近くとも、守果は生きている。生きて考えている。生きて憎んでいる。恨んでいる。憎んでいる。復讐の機を待っている。

守果は繰り返し死に、蘇りながら、その身に病の胎児を宿しているのだ。それは何年もの間——何十年、何百年、何千年もの間、収穫の時を待つだろう。守果は死なない。恐らくはこの国が滅びても、終わらない。その間、守果は全ての病を取り入れ、飼い、孕み、育て、至高の病を出産することだろう。

それがどのようなものになるのか、人をどのように苦しめるのか、歴木には想像もつかなかった。残酷なことを考えるのにかけて、守果の右に出るものはいない。守果から出てきた病の果実は、人を完膚《かんぷ》なきまでに破壊し、全てを喰らい尽くすものになるだろう。

一体いつ、その病は完成するのだろうか。それは歴木が生きている間のことになるのか。それとも、歴木が幾度となく生まれ変わった先に、待ち受ける地獄となるのか。耐えられない。もう、歴木には耐えられない。

家に帰るなり、歴木は自ら首を括《くく》った。

病の発症を察した歴木が、苦痛から逃れる為にそのような真似をしたのだと解釈され、歴木は病によって死んだその他大勢と共に焼かれ、埋葬された。彼の遺書には遺される家族への詫びだけが繰り返されていた。

出血病はその内に落ち着き、再びこの国は繁栄するようになった。二度の病を乗り越えた国で、守果のことが思い出されることは次第に無くなっていった。

芦花公園

ラザロ、起きないで

●『ラザロ、起きないで』芦花公園《ろかこうえん》

甦る屍者の記録は古くから存在し、たまたま手許にある資料には、十二世紀のイングランド「年代記」に記載されたバッキンガムシャーの死体復活事件や、二世紀ローマのフェレゴンによる歩く屍者の記述などが見てとれるのだが、さらに遡《さかのぼ》るならば、聖書の記述に辿り着くだろう。芦花公園の本作に記された名前。それは、イエス・キリストが復活させた最も有名な屍者の名前である。

日本ではあまり馴染みの無いといわれてきたキリスト教的なモチーフを、現代ホラーに取り入れて、多くの読者を怖がらせてきた芦花公園の存在は頼もしい。「神」も「悪魔」も日本人には理解できないので西洋のような本格的なホラーは本邦では根付かない――などという論説があったのは遠い昔のことながら、そんな言霊《ことだま》がいまだに成仏できずに彷徨《さまよ》っているのを見るたびに、連作短篇集『食べると死ぬ花』（新潮社）など芦花公園の実作が、それらをことごとく撃墜していくのが爽快である。

《異形コレクション》第56巻『乗物綺談』収録の「カイアファの行かない地獄」では、まさに現代の「受難」を描いた芦花公園が、今回挑むのが屍者の「復活」。

『ほねがらみ』（幻冬舎文庫）の主人公同様、医学情報にも詳しい芦花公園ならではの屍体描写も、たっぷりと堪能できる本作。映像では再現不能な、文章ならではの五感――いや、第六感までをも浸蝕してくる「体験」となるだろう。

つむぎの記録　一日目　天気：晴（星はあまり出ていない。明日は雨かも）

本当に疲れる一日だった。まず、とり急ぎ解決しなければならないのがつむぎの臭《にお》いだからだ。

つむぎは臭《くさ》い。もちろん本人には言わない。

かなり前に、母親が隣に住む韓国人家族に手作りキムチをもらい、美味《おい》しいからと言ってちびちび躊躇《ちゅうちょ》しながら食べている間にそれが腐ってしまったことがある。そして、ある日それが冷蔵庫の中で爆発した。冷蔵庫の中に飛び散り、冷蔵庫を開けた瞬間、部屋全体がとんでもない臭いになった。発酵食品のおそろしさを知った。つむぎは、そのときの冷蔵庫より臭い。

でも臭いのは、死んでいるから当たり前なのだ。

キムチが腐ったのだって、食材の死、ということだ。

死んでいるものは、臭い。

とにかく、つむぎはものすごく臭くて、部屋全体が壊滅的に臭い。どう考えても部屋の外にこの臭いは漏れているはずなのだが、苦情が来ることはなかった。そういえば、部屋の前で、「とてつもなく臭いから帰ろう」という気持ちにはならなかった。もしかして、この部屋の扉は凄まじい密閉性があるのか？　特に息苦しくはないが。

さしあたってどうすれば臭いが消えるのか、しばらく考えた。

普通に考えたら消臭剤を買ってきていくつも置けばいいのだろうが、今は平時とは違う。この部屋から出てはいけないということだから、難しい。誰かに買ってきてもらう、というような選択肢があるのは、普通の人間だけだ。日中のほとんどを部屋に引き籠《こも》って過ごし、深夜に活動する。吸血鬼《きゆうけつき》――いや、そんなに耽美《たんび》な存在ではない。屍人《しにん》と言っていいかもしれない。そういった腐った生活を続けて五年以上経つのだ。連絡の取れる人間といえば両親だけで、その両親とさえまともに口を利いていない。頼み事などできるような間柄ではない。

というわけで、自力で何とかするしかない。

まず、トイレにあった芳香剤をつむぎの側に置いてみた。当然無意味だ。弱すぎる。耐えがたい腐臭に、ラベンダーのエッセンスが追加されただけで、むしろ不快さは増したような気さえする。

玄関の靴箱の上にも、ビーズタイプの消臭剤が置いてあったので、それも使う。これは意外にも少し効果があった。ような気がする。俺の嗅覚が徐々に駄目になっていっただけかもしれない。いずれにせよ、ほんの少しだが、臭いは弱くなった。しかし、「頑張れば気にしないで済む」には程遠かった。

「ここに食料がありますよ」と男が言った棚を漁《あさ》ると、なかなかいいものを見付けた。カレーだ。固形のルーも、カレーパウダーもある。どうせ、料理などする気はない。それが、野菜を切って肉と一緒にルーを煮込むだけの、小学生でもできる料理であっても。カップ麵やら、レンジでチンするだけの総菜やら、色々あるから、四日間それだけでも全く構わない。カレールーを粉々にして、水と混ぜる。カレーパウダーも同じようにする。そして、それをつむぎの体に振りかけた。

「つめたっ」とつむぎが言った。ごめん、と言っておいた。

「ごめんね私臭いよね」

まさか「臭いよ」とも言えず曖昧《あいまい》に笑った。

そして、ここでやっと、確信に至った。遅いとは思う。これは本当に、つむぎだ。よく見ると面影は残っているので、信じてはいたが、確信したのは、この喋《しゃべ》り方だ。「ごめんね」を言葉の頭につけて、はにかんだように語尾を上げる。これが本物のつむぎならば、やはり、復活を目指すしかないだろう。

つむぎの頰は不気味に隆起《りゅうき》していて、生前のシャープなラインは完全に失われていた。しかし、つむぎは元から細すぎるくらいなのだ。少し太った方がいいと思っていた。だから、これで肌の張りがありさえすれば、むしろ理想的な膨《ふく》らみなのだが。

カレーの独特の香りと死臭、どちらが勝ったかというと、完全に互角で、部屋はとにかく激臭になってしまった。そのときには鼻がバカになったのか、臭いなあ〜と感じる程度になっていた。ガンジス川には排泄物や赤ん坊の死体が流れているという。だからここは疑似的な異国なのかもしれない、などと思って笑えるくらいには余裕がある。

つむぎとコミュニケーションが取れることが分かったので、とりあえず自分の個人情報を流し込むことにした。

つむぎとは元同級生だが、立場は大きく違った。つむぎは明るく優しく誰からも好かれる女だった。それに引き換え、こちらときたら、影が薄すぎていじめられもしなかった。挙句《あげく》、不登校だ。だから、つむぎがこちらの名前を憶えていたことが信じられなかった。

「つむぎ、どうして俺のことなんて覚えてたんだ」

「同級生だもん。それに、そんなに変わってないし、すぐに分かったよ」

つむぎは口から臭い空気を漏らした。笑っているのだと思った。

「私のことは分かんなかったでしょ。こんなで、臭いし、汚いし、見苦しいし」

「つむぎは綺麗だよ！」

大声で言ってしまい、即座に反省した。気持ちが悪い。顔が整った男に言われても気持ちが悪いだろうに、ましてや……。

「ありがと」

つむぎの表情は分からない。でも、声に嫌悪感は感じなかった。いや、ほとんど女と接したことなどないから、本当は嫌で堪《たま》らないが本音を隠してくれているのかもしれない。

「でもさ、私と須成《すなり》くん、あまり仲良くなかったよね。そっちこそ、どうして覚えてるの」

「つむぎ、優しいから」

「優しい？」

つむぎが首を傾けると、ぷしゅう、と音がして、臭いガスが漏れた。気取《けど》られないように鼻をおさえる。つむぎが今、ぶよぶよと汚く膨らみ、悪臭を放つ死体であることを自覚させてはいけない。自殺してしまうかもしれない。それはないか。もう死んでいる。

「つむぎ、シャーペンの芯がなくなったとき、くれたじゃないか。優しいなあと思った」

「シャーペンの芯くらい、誰だってあげるでしょ」

あはは、とつむぎは笑っているつもりだろう。でも、口元が歪んだ形になるだけで、笑っているかどうか、客観的には分からないんだ。かわいそうに！

「そんなことで優しいと思ってくれる須成くんが優しいよ」

つむぎの言葉は今まであった人間のだれよりも優しい。つむぎは優しいんだ。本当に。

つむぎは優しくてかわいくて、勉強は少し苦手だったけれど、運動神経もよくて、みんなに人気だった。一つ上のかっこよくて有名な先輩も、つむぎのことが好きだった。それで、つむぎとそいつが付き合ったと聞いて、泣いたこともある。どう考えても先に好きだったのはこちらだ。でも、時間なんて関係ないよな。あのときは子供だった。時間の長さで好き嫌いが決まるのなら、小さなころから通っている歯医者のジジイを好きにならなくてはいけなくなる。

とにかく、そんな、みんなの憧れだったつむぎが、目の前にいて、それを知っているのが自分だけ。そんな状況で我を失って飛びついてしまわないのは、つむぎの容姿が現在腐り落ちているからかもしれないということ。いや、かもしれないではなく、確実にそう。自分が嫌になる。

見た目が悪いから、見た目で他人を判断する人間は嫌いだった。つむぎのことが好きなのも、見た目で対応を変えないからだ。そんなつむぎを高潔で、人として正しいと思っていた。露骨にイケメンばかりを持ち上げる他の女とは違うと。だが、こうなってみるとどうだ。明らかに見た目で判断している。健康的なつむぎと腐っているつむぎ、後者には不快感を持っている。

「須成くん、どうした？　体調悪い？　ごめんね、やっぱ私のせいかな」

こんなに優しいのに。中身は一つも変わっていないのに。

「なんでもないよ。つむぎのせいなんてこと、一億パーセントありえない。それより、つむぎは、何かしてほしいことはない？　なんでも言ってくれ」

つむぎは少し考えたような仕草をしている、と思った。なにしろ手もぶくぶくとしているから、よく分からないのだ。それでしばらく経ってから、

「ごめんね私、少し眠いかも」

そう言ったきり、黙ってしまう。寝たのだと思った。

動かなくなったつむぎ。それは本物の死体。いや、元から本物の死体だが、動いて喋っていたので。何と言ったらいいのか。不安になる。生きていることじゃなくて、死んだけど動いている状態でないことと……もう何言ってるのか、自分でも分からない。とりあえず、本物の死が訪れていないことを、どうやって確認したらいいか分からない。

あの男の言うことを信じるしかない。本当に、信じること以外できることはないのだ。

カレー味の即席麵があったので食べた。臭くて、味はよく分からない。

須成竜輝《りゅうき》は世間で言うところの引きこもりだ。

高校二年生の夏前、急に学校に行けなくなった。いじめられていたわけではない。親友はいなかったが、それなりに話すクラスメイトはいた。部活は卓球部だったが、真剣にやっていたわけではないから、人間関係の悩みなどもない。勉強も、中の上程度にはできた。地味で、目立たないが、問題もない生徒。客観的にも主観的にも竜輝はそうだった。

最初、竜輝自身は、文化祭準備のせいだと思った。

九月にある文化祭の準備を、大体夏頃から始めるのだ。そのとき、文化祭に全力を出して取り組める最後の学年だ、とかなんとか言って、クラスの中心人物たちはやる気になり、大盛り上がりしていた。

竜輝はなんとなくその盛り上がりにはついていけなかった。夏休み中まで登校して準備に参加しろ、と言われたことにはかなりストレスを感じていた。

だから、それが原因だ、と思った。

ちょうど期末テストも終わっていたので、とりあえず、夏休みに突入するまで、竜輝は学校に行かなかった。夏休みに設定された文化祭準備の日も、なんだか体調がすぐれないのだという理由で行かなかった。

九月になり、新学期が始まった。竜輝は制服に着替え、玄関から出ようとした。

無理だった。足が進まない。ドアノブに手をかけようとすると、指先が毒虫にでも刺されたかのように痺《しび》れ、それが腕を通って脳に伝搬《でんぱん》し、思わず蹲《うずくま》る。

しばらくそうしていると、母親が「どうしたの」と聞いてきた。竜輝は何も答えられなかった。彼の母親は、息子は具合が悪いのだ、と判断して、とりあえず寝室に戻り、寝ているように指示した。地獄の始まりだった。

竜輝は学校に行けなくなった。どころではなく、外に出られなくなった。

最初の内は、彼の母親は竜輝を気遣い、そっとしておいた。一週間もゆっくりすれば、学校に行けるようになるかもしれないと思った。しかし、一週間経っても、二週間経っても、一カ月経っても、竜輝は玄関から先に進めなかった。

竜輝の父親は彼を叱った。怠けている、と言い、無理やり竜輝の体を玄関から放り出したこともある。そのとき、竜輝は外で蹲り、がたがたと震えた。その様子を見て、父親は、怠け癖などではなく、もっと深刻な何かが起きていると気付いたようだった。

竜輝の両親は色々な専門家に相談した。

専門家によって言うことはまちまちだった。

引き摺《ず》ってでも外に出せと言う者。

優しく見守れという者。

中には、怪しげな薬を飲めと言う者もいた。

いずれにせよ、何一つ上手くいかなかった。

竜輝は高校を中退することになった。

二十を五年も過ぎた現在では、竜輝は部屋からさえめったに出て来ない。

朝昼晩、部屋の前に置かれた食事を食べ、たまにトイレに行ったり、歯を磨いたり、風呂に入ったりするためにだけ、出て来る。

それ以外は部屋の中でただぼんやりと過ごしている。

一度、竜輝の父親は、もしかしたら本当の意味で困れば自ら行動するかもしれない、と思い、竜輝のスマートフォンを解約し、家のＷｉ‐Ｆｉのパスワードを変更し、竜輝が使えないようにしたこともある。しかし、全く無意味だった。竜輝は部屋で引きこもり、ネットをしていたわけではないからだ。

ただただ、自分を呪っていた。何もできない自分に苦しみ、呆れ、それでも死ぬ勇気さえなく、呪うしかなかったのだ。

そんな竜輝が唯一心の支えにしていたのが、一つのグループチャットだった。このグループチャットは、将棋部の山本が「陰気な奴らの憩《いこ》いの場所にしよう」と高校一年生の秋に作ったもので、当時の文化部系の男子のほとんどが参加していた。高校卒業と共に半分くらいは抜けてしまったが、今でも細々と季節の挨拶や近況報告などが流れて来る。ふつう、引きこもりというのは、社会からドロップアウトしてしまったのだから、元同級生の社会的な活動など見たら心が余計追いつめられる、と考えられているかもしれない。しかし、竜輝はその逆で、かつて陰気仲間だった彼らがまっとうに、それぞれ人生を生きているのを見ると、自分の代わりに頑張ってくれてでもいるような気分になって、温かい感謝の気持ちが湧いてくるのだった。

しかし、ある日、全く温かい気持ちにならない投稿がされた。それはほかならぬ山本の投稿だった。

『樫村《かしむら》つむぎ覚えてる？　入院したらしい』

誰も反応はしない。ただ、既読の数だけが増えていく。

十分ほど経ってから、元吹奏楽部の村上が、

『なんの病気？』

と打ち込む。

『知らん。でも、だいぶ重いらしい』

その山本の返信からは、何十分経っても何もメッセージが更新されなかった。

竜輝はその日、風呂場の壁に頭を強く打ちつけ、流血した。

神よ！　と信じてもいないのに、心の中で祈った。こんなどうしようもない引きこもりの自分が、健康的な肉体を持っているのに、あの樫村つむぎが……この世に因果応報などない。もしあれば、重病人など、現在困っている人は全て、極悪人ということになってしまう。竜輝は分かっていたが、どうしてもそう思わずにはいられなかった。

そして一月後、恐れていたメッセージが山本の手で打ち込まれた。

『樫村つむぎ、亡くなったらしい。母ちゃんが言ってた』

その瞬間、六人くらいがグループから退室した。

つむぎが亡くなったことと、陰気グループはまるで関係がない。ただ、そこで、明確に青春みたいなものが終わったと感じたのだろう。

竜輝はと言えば、退室する気さえ起きなかった。

陰気仲間たちにとって、つむぎは、陰気な自分たちにも分け隔てなく接する聖女のようなものだっただろう。しかし、竜輝にとって、つむぎは神だった。小テストのときに、シャーペンの芯が折れ、替え芯が一本もないことに絶望していた入学して間もないときに、隣の席に座るつむぎはピンク色のケースをささっと投げて渡した。そして目だけで、『使っていいよ』と合図をしたのだ。終わった後、交換採点をするとき、ぎこちなくお礼を言った竜輝に、「いいよいいよ」「でも、点数甘めにつけて、なんちゃって」と言ってつむぎは冗談っぽく笑った。あの思い出は、竜輝の脳内で、何度も何度も再生された。女子に笑顔を向けられたのなんて、あれが最初で最後だったかもしれない。

神は死んだ。

竜輝は本気でそう思った。

そして、工作用のはさみで、長く伸びていた髪の毛を、乱雑に切り落とした。

そのまま部屋を出て、階段を降りる。

竜輝を見た母親は、「わあ」と声を上げた。「ちょっと、どうしたの」

竜輝はそれには答えず、サンダルを履き、外に飛び出した。脳は痺れなかった。ただ、深くて暗い海のような感情が全身を埋め尽くし、動いていないと呑み込まれてしまいそうだった。

竜輝は足の赴《おもむ》くまま、めちゃくちゃに歩いた。三月とはいえ、まだ寒さも残る中で、Tシヤツとでろでろに伸びたジャージ、それにサンダルだけを履いた竜輝は悪目立ちしていた。数時間そうして歩いていたとき、竜輝の体は衝撃を受け、地面に横倒しになった。部屋から出なくなってから、全く経験したことのない痛みが全身を襲い、情けない悲鳴が喉から漏れた。

「テメエ、どこ見てんだ」

どすの利いた声。見上げると、白髪交じりの男性だ。年齢はかなりいっているだろうが、肩幅が広く、全体的にがっちりしている。

「痛《いて》えよ、ふざけんな」

すみません、ごめんなさい、と謝ろうとした。しかし、口からは「あ」とか「う」とか喃《なん》語《ご》のようなものが漏れるだけだ。無理もない。竜輝は音声を使った会話など、もう何年もしていない。

しかしその男性がそんな事情を知るわけもなく、

「謝りもしねえってどういうことだよ」

男性は、横に立つ部下らしき青年が「やめましょうよ」というのも聞かず、胸倉を摑《つか》んでくる。大きく右腕が上がり、殴られる、と竜輝が目を閉じた瞬間、

「まあまあ、落ち着きましょう」

思わず聞き入ってしまうような声だった。何者かが竜輝と男性の前に体を滑り込ませ、男

性に向かって「まあまあ」と言っている。

「まあまあ、ってなあ、あんた、事情も知らないのに」

「知っています。私は、この方の知人です。この方は、ある事情でずっと苦しい思いをしていらっしゃいましたが、今日やっと、それが解決できるかもしれないと思って外出されたのです。これまでほとんど他人と話す機会にも恵まれなかった。だから本当に申し訳ないと思っているのになかなか言葉が出てこないのです」

竜輝は驚いてその人物に視線を向ける。耳の形がきれいだ。それと、かなり長身かもしれない。スラリと手足が長く、上背《うわぜい》だけならガタイのいい男性よりもある。

男性はしばらく沈黙した後、

「なら仕方ねえか」と短く言った。

竜輝の方を一瞥《いちべつ》して、

「チッ、気を付けろ！」

そう吐き捨ててから、部下に付き従われて去って行った。

「災難でしたね。どうぞ、お手を」

差し伸べられた手に、自然と摑まってしまう。細身なのに意外にも力が強く、持ち上げられるようにして立ち上がる。視界に、声の主の顔が入った。

目の美しい人間だった。何色ともいえない不思議な色の光彩が、街灯の光を受けて輝いていた。外国人かもしれない。竜輝はその、美しい人間を、しばらくぼうっと眺めた。そして、もしかしてあのガタイのいい男性があっさりと帰って行ったのも、この美しい人間に圧倒されてしまったからかもしれない、と思った。

「落ち着かれましたか？」

そう聞かれて、ハッとする。

竜輝はやはり、言葉を出せないまま、首だけがくがくと縦に動かした。

「可哀想に、震えている。恐ろしかったですよね。少し、温かいものでもお腹に入れませんか？」

語尾に被《かぶ》せるように、竜輝の腹が鳴った。美しい人間はふわりと微笑《ほほえ》み、「決まりですね」と言った。

そのまま、後をついていき、辿り着いた先は、細い路地に溶け込むような店だった。

『カフェ・バー　カラヴァッジョ』といううすぼんやり光る掲示板を見ながら扉を潜る。

カウンター席が四つと、四人掛けのテーブル席が二つ。

「どうやら私たちだけのようですね」

美しい人間はそう言って、テーブル席に腰かけ、どうぞ、と正面に座るように促してきた。

竜輝は特に逆らうことはない。このような飲食店に入ったことは一度もない。そもそも外出が学生以来なのだ。竜輝の知っている店はハンバーガー屋とか、とにかくチェーン店だ。

店内は薄暗かったが決して陰鬱《いんうつ》な感じはしない。

「何を頼まれますか」

そう聞かれてメニューを見る。名前の分からない料理を頼む気はしなかったから、カレーライスと海鮮サラダを指さす。

「お酒は飲まれますか？　ここは、グロッグが美味しいんですよ」

まだ声は出ない。竜輝と目を合わせ、「はい」と受け取ったのか、美しい人間は酒も一緒に注文した。

五分も経たないうちに、テーブルの上に紅茶のような色合いの飲み物が二つ運ばれてくる。

「では、素敵な出会いに、乾杯」

きざなことを言う、と思ったが、これくらい見た目の綺麗な人間が言うと、様になっている。

竜輝もおざなりに頷いて、グラスを鳴らす。

そして口をつけ、一気に飲み、すべて吐き出した。

気管が染みる。鼻が熱くて痛い。

激しく噎《む》せる竜輝の背中を、大きな掌《てのひら》が何度も擦《さす》る。そこで初めて竜輝は、目の前の美しい人間の性別は男かもしれない、と思った。

噎せ終え、水を何杯も飲み、落ち着いて確認すると、男性に決まっていると思えてきた。

喉仏は突き出ているし、手は大きく、さらにこんなに背の高い女性は見たことがない。顔立ちはやや女性的と言えなくもないが、一般的にやや女性的な顔立ちの男性を人間は美しいと思うわけだから、それは彼というより美青年は皆そうなのかもしれない。いずれにせよ自分がこの人間のことをなぜすぐに男性だと思わなかったのか、それが不思議だった。

「すみません。お酒はあまり飲まれないのですね。勝手に注文してしまい、申し訳ない」

彼は悪くもないのに謝る。声が低い。やはり、男性でしかない。

「さて、本題に入ってしまうのですが、先程、随分切羽詰まったご様子に見えましたが、何かあったのですか？」

青年は笑顔を見せる。口唇《こうしん》からわずかに尖った犬歯《けんし》が見えた。柔らかな顔立ちの中にあって、攻撃的な印象を受けた。少し怖い。どうあっても話さなくてはいけない、そう感じた。

竜輝は何度もつかえながら、「好きだった女が死んでしまった」ということを伝えた。

話し終えると、久しぶりに使わない機能を使ったからだろう、動悸がした。はあはあと荒い呼吸が漏れて、竜輝は恥ずかしくなった。

ひやりとしたものが頬に触れた。

「おかわいそうに」

ぎょっとする。青年の大きな掌が竜輝の頬に触れ、上下に動いている。子供のように撫でられているのだ。

青年はしばらくそうした後、

「あなたの愛する人は復活します」

「は……」

竜輝は暫《しばら》く、青年の美しい顔を見つめた。

「信じる人は必ず生き返りますから。分かりますね」

「いや、あ、あの、急に」

何といっても、危険なまでに目が美しいのだ。何色とも言えない独特の色をしていて、これに見つめられると、「急にふざけたことを言うな」という、人の死を冒瀆《ぼうとく》しているとしか言いようのない発言に対する正当な怒りでさえ、ぶつけることをためらってしまう。

竜輝は必死に彼の目から目を逸《そ》らし、深呼吸をして、

「つむぎは……亡くなってしまったので……それが悲しいという話で……」

ぼそぼそとそう言うのが精いっぱいだった。正直な話、こんな怪しい男からは一刻も早く逃げたかった。ずっと引きこもっていた自分では、簡単に騙《だま》されてしまうかもしれないという危機感はきちんと働いていた。

「ええ。ですから、悲しむ必要はないと申し上げています。信じる人は、決して死ぬことがないのですから」

新興宗教だ、と竜輝は思った。間違いなく新興宗教の人間だ。もしかして、あの怒鳴《どな》って

きた男性とグルだったのかもしれない。恫喝《どうかつ》され、困っているところにヒーローのように現れて恩を売り、そこから勧誘するという手口は、あり得る。

竜輝は後悔した。もう少し、まともな見た目だったら、こんな目には遭わなかっただろう。

「あの……もう……」

「ええ、そうですね。善は急げです。早く食べてください」

テーブルの上にはいつの間にか、頼んでもいないのに、大きな肉の塊《かたまり》が浮いたシチューらしきものと、見るからにおいしそうなパンが載っている。

青年は笑顔を浮かべながら「早く食べてください」と繰り返した。

そして、青年自身も、パンをちぎり、シチューに浸して口に運んでいる。

毒は入っていなさそうだ。それに、竜輝は腹が減って仕方がなかった。目の前のシチューからは、抗《あらが》えない香りがした。

竜輝は皿を持ち上げ、シチューをかき込んだ。酒を飲んでしまった時とは違い、体が良いもので満たされるような気がした。

さらに残った汁までパンにつけて完食すると、青年は立ち上がった。

「さあ、行きましょう」

どこへ、と聞く気持ちは竜輝に残っていなかった。腹が満たされると同時に、不信感が嘘のように消えてしまった。青年の言うことを信じた、とは言えないかもしれない。しかし、青年が嘘を吐いて人を騙す信仰宗教の人間である、とは考えなくなった。

青年は店を出て、ずんずんと進んで行く。長い足はそれだけ多く距離を進むので、竜輝はついていくのがやっとだった。

やがてバス停につき、青年は迷わず停まっていた黄緑色の車体のバスに乗り込む。

バスに乗るのは、信じられないくらい久しぶりだった。それでも、乗る時に運賃を入れなくてはいけない、ということは分かる。

「お、おれ、お金……」

「大丈夫」

青年はそう言って、後方の二人掛けの席に座り、手招きをした。隣に座れということだろうか。竜輝は促されるまま、着席する。それと同時に、バスが動き出した。

バスは駅を抜け、予備校の前の道を左に曲がり、住宅街に進んで行く。

「あの……」

「なんでしょうか」

「その、つむぎの、お知り合いですか？」

「さあ。しかし、私は彼女のことを良く知っています」

親戚ということなのか、とも考える。しかし、あまり顔は似ていない。

「じゃ、じゃあ……もしかして、つむぎが死んだというのは単なる噂で、本当は生きているってことなんですかね。俺の勘違いってことですかね」

「私は復活であり、命ですから」

聞き返してもまともな回答は得られないだろう、と悟る。

バスは必要以上に揺れ、どこの停留所にも停まらない。この男と竜輝しか乗っていないわけだから、当然かもしれないが。

――次は、べたにあ団地に停まります
ピンポン、と音が鳴る。青年が、長い指でブザーを押したのだ。その瞬間、バスが急停車した。

「さあ、降りましょう」

何も言えず、竜輝はついていくしかない。降りた瞬間、せいせいした、とでも言うように、バスは走り去って行った。

べたにあ団地、という名前の通り、団地、つまり集合住宅がある。

ところどころひび割れたコンクリート造りの建物が三棟並んでいる。

団地というからには、人が住んでいるのだろうが、気配がない。通路にヒトは見えないし、声もしない。

「あの……」

「さ、急ぎますよ」

彼は竜輝の方など見向きもせず、一番右の棟に入って行く。

「さあ、三階までいきますよ」

どうも、エレベーターはないようだった。外壁と同じ、ひび割れたコンクリートの階段を上る。傾斜が妙にきつくて、普段ほとんど動かない竜輝はそれだけで息も絶え絶えの状態になってしまった。やっとのことで三階の床を踏むと、青年がじっと立って待っている。

「さあ、行きますよ」

「ま、ま、ま、待て、よ」

竜輝の喉から喘鳴《ぜんめい》のような声が漏れだした。

「はい?」

「さ、さっきから……さっき、から、勝手に、話を進めるけど、俺、あんたの名前も知らない……知らない、です」

言いたい文句も、聞きたいことも、もっと山のようにある。しかし、竜輝はやはり、この男のことが怖かった。そして、そんな怖い男について見知らぬ場所に来てしまった自分のことが恥ずかしかった。

「ああ、これは失礼いたしました。私、こういう者です」

青年は竜輝に、名刺を手渡した。白地に黒い文字で「石切《いしきり》　ノエル」と書いてある。名前の左上にある三角形のロゴマークの下に「人材斡旋　地の塩」と書いてあるが、これは社名だろうか。

　ノエル、という名前は、最近だと日本人でもいるが、青年の顔は西洋風ではある。そうすると、外国人の血が混じっているのかもしれない。

「大丈夫ですか？　他に、分からないことは？」

　口がパクパクと動く。言いたいことはあっても、まとまらない。そんな状態が数十秒続いてから、ノエルは「ないようですね」と言った。「さあ、入りますよ」

　ノエルは階段から見て左手の部屋を指さした。

　表札に、「樫村」と書いてある。

「つむぎ！」

　竜輝は思わず大声を出した。しかし直後に後悔する。たまたま、同じ苗字かもしれない。樫村なんて、珍しい苗字でもない。いやしかし——

「ええ。そうですよ。ですから、こちらに入ります」

　ノエルは竜輝の反応を気にすることもなく、傷だらけの鉄扉《てっぴ》を開ける。ギイ、と何か引っかかりのある不快な音がした。

「ウッ」

　扉が開いた瞬間、竜輝は生命の危機を感じ、両手で鼻と口を覆った。

　臭い。尋常ではない。

目も瞑《つむ》る。目に沁みる。痛い。

「ああ……こちらをどうぞ」

ノエルが何かを取り出して、顔に被せて来る。外科手術で使われるような、スケルトンタイプのゴーグルだった。それでやっと、目を開けられるようになった。

「こ、この、に、おいは……」

鼻詰まりの声で、涼しい顔をしているノエルに竜輝は問いかける。彼はなんでもないという顔で、

「ああ、いま肉体は朽ちていますからね。仕方がないことです」

何故この男は平然とした顔でいられるのか。何か言いたくても、言うために少しでも外気が指の隙間を通って鼻腔《びくう》に侵入すると吐いてしまいそうだった。

「これも、どうぞ」

ノエルはマスクを取り出し、紐を竜輝の耳にかけた。これで手を自由に動かせる、と思ったが、あまりに強い臭気で、マスクの上から手で鼻を覆ってしまう。

「そんな状態では、無理かもしれませんが……しかし」

少しだけ考え込むような顔をしてから、ノエルは左手の襖《ふすま》を開いた。

さらに臭いがきつくなる。顔を歪める竜輝に、呆れたような顔をしてノエルは軟膏《なんこう》を渡した。言われなくても分かる。竜輝はそれを鼻の下に塗った。強い薄荷《はっか》の匂いで鼻腔が満たさ

れ、臭いはあまり気にならなくなった。

臭いのことを考えずに済むと少し冷静になり、周囲の状況が確認できるようになる。今いるのは、ほとんどものが置いていない和室。床には大きめの段ボールが二つ未開封のまま転がっている。そして壁際には木の板が立ててあって、何かを囲っているように見える。それがわずかに動いているように見えた。

「え、あ、あれ、なんですか」

「樫村さんのお宅なのだから、樫村さんでしょう」

竜輝はおそるおそる近付いて行って、上からそれを覗き込む。

そして直後に、強い力で首根っこを掴まれ、後ろに引かれる。

「な、何をするんだよ！」

「あなた、いま、叫ぼうとしたでしょう。失礼なことです」

竜輝は何も言い返せなかった。確かに、ノエルに引き摺られるのがあと一秒でも遅ければ、竜輝は「バケモノ！」と叫び、泣き喚《わめ》いていたかもしれない。

木の板に囲われていたのは、腐った女だった。一瞬しか見えなかったが、確実にそうだ。

「あれが、樫村つむぎさんですよ」

「嘘だ」

「信じないのですか」

ノエルはじっと目を見つめてくる。また、何も言えなくなる。

そもそも、信じる人、信じる人、と繰り返すこの男に、「信じていない」と言うわけにはいかない。そんなことを言ってしまったら、どうなるか分からない。

「いいですね。あれが、樫村つむぎさんです。よく聞いてください。私を信じますね。私は今から三日外に出て、四日目に戻ってきます。それまであなたは、彼女と過ごしなさい」

「か、彼女、って……」

ううう、ああ、と呻《うめ》き声のようなものが聞こえてくる。頭の中で、ぐちゃぐちゃに腐りきったグロテスクな死体が、這い廻り、追いつめられ、足にまとわりついてくる――そんな想像をする。いや、想像ではないのだ。げんに、あそこに生ける屍《しかばね》がいて、それと過ごせと言っている。この、悍《おぞ》ましい悪臭の漂う部屋で。

「復活って、その……」

「私は、復活であり、命ですから。分かりますね。信じる人が、死ぬことはないのです」

ノエルは床の段ボールを開封し、「ここに、食料の類《たぐい》は全てあります。好きに食べてください」と言った。「言うまでもないことですが、外には出ないように」

これほど他人とほぼ会話せず大人になってしまった自分を恨んだことはない。竜輝がまごまごしている間に、ノエルは部屋から出て行ってしまった。

竜輝はしばらく呆然《ぼうぜん》とした後、意を決して立ち上がり、木の板を覗き込んだ。

つむぎの記録　二日目（晴れ）

臭いが気になる。

やっぱり、カレーなんかではどうにもならない。朝、起きてしまったのは、臭すぎたから……そんなこと、つむぎには言えないけど。

冷蔵庫に卵とハムがあったので、ハムエッグでも作ろうかと思ってフライパンに油を敷いていると、

「ねえ、なにかつくろうか」

とくぐもった声が聞こえて来た（実は、良く聞こえなかったから、何回か聞き直した）。

慌ててつむぎのところに行くと、つむぎは腕を使って、立ち上がろうとしていた。そして、そのせいで、二の腕の皮膚が破れて、臭いガスがまた出ていた。

「いいよ、いいよ、そのままで！」

思わず大きな声が出てしまったかもしれない。顔も、怖い顔になっていたかも。慌てて、

「つむぎはいま、つらいときだろ。休んでないとダメだ。それより、何か食べたいものない？　あったら、作るけど」

取り繕《つくろ》った。不自然な態度。我ながら、演技のセンスはゼロだ。

「食べたいものはないよ。ごめんね……おいしいものも、おいしくないよね」

そう言ってつむぎは、泣いた。白く濁った瞳が若干うるんで、口からぶぶぶ、と音が鳴るから、そう判断した。

「そんなことないよ。つむぎ、つむぎが、笑っていてくれたら、それで」

言ってしまってから、気障《きざ》ったらしい、と恥ずかしくなる。信じられない。鏡を見ろという感じ。どこから見てもキモい引きこもりが言っていいセリフではない。

「やっぱり、須成くんは、優しいね」

つむぎが笑った。口元のただれきってびろびろな皮膚の成れの果てが垂れ下がっている部分が少し動き、口腔《こうくう》から臭い息が漏れていたからそう判断した。

「私、須成くんを手伝えるようになりたいな。早く、立って、動いて、それで迷惑かけないようになりたい……今のままだと」

「竜輝って呼んで」

はっきりと言うことができた。つかえなかった。

つむぎはもそもそと口を動かして、

「竜輝」

そう言った。照れているのか、勝手な解釈なのか、それは分からないけれど。

「今のままだと……りゅ、竜輝、が、嫌な気持ちになるから」

今度はこちらが泣く番だった。ぼろぼろと涙が零《こぼ》れ、鼻水が垂れ、マスクの中はぐちゃぐちゃに汚れたが、構うことなく泣き続けた。

今まで、ずっとずっと、嫌な気持ちだった。何気ない日常を何気なく過ごしている人間が嫌だった。そもそも、何気ない日常などなかった。教師も、クラスメイトも、その辺を歩く人々も、家族も、なんなら犬猫さえも、薄気味悪い。ずっと嫌な気持ちだった。しかし、嫌な気持ちにさせてきている何者も、一度だってこちらに申し訳ない、と言って来たことはない。だからずっと薄気味悪い気分を抱えながら、細々と呼吸をしながら生きていたのだ。

つむぎは、こちらの嫌な気持ちに初めて寄り添ってくれた。そうだ、つむぎのような、自分にとっての神さえも、俺は薄《う》っすら嫌だった。それをつむぎは察したのだ。

つむぎが愛《いと》しい。俺はマスクを外した。ゴーグルもだ。

つむぎがこうして、あるがままを曝《さら》け出しているのだから、こちらもそうしなくては失礼だと思った。失礼だ。ノエルの言うとおりだった。ずっと、つむぎに失礼だった。

カレーの匂いがする。そして、つむぎの臭いも。しかし、構わない。

「大丈夫？」

「大丈夫だよ。つむぎ、やってほしいことがあったらなんでも言ってくれ。俺にできることならば、なんでも」

その後は、つむぎとずっと話していた。

つむぎの死因――いや、死んでいない、こうして話しているのだから――でも、とにかく、こんな感じになってしまった原因を聞こうとも思ったが、病名なんて聞くのは失礼かもしれないと思って、何も聞けない。

だから、つむぎが高校を卒業した後、何をしていたのか聞いた。

つむぎはテニスのスポーツ推薦で有名私大に合格したが、靭帯《じんたい》を切ってやめ、医療機器販売の会社の営業職になったらしい。

「べつに、面白いことは特にないよ。つまんないこともないけど」

つむぎはそう言った。働いたことがないから憶測だが、ほとんどの社会人はそんなものかもしれない。恋人がいるかどうかも聞けなかった。きっといるんだろうけど、それを聞いた瞬間に、俺はつむぎを憎んでしまうかもしれない。つむぎは男など知らない体でいてほしい。いや、もし恋人がいたら、最初に話すだろうし、いないかもしれない。

たまたま、好きな漫画（鬼滅《きめつ》の刃《やいば》）が同じで、鬼滅の刃の話をした。結構盛り上がった。つむぎが富岡義勇《とみおかぎゆう》が好きなのは、なんとなく嫌だった。結局イケメンがいいのか、と思ってしまうからだ。

そして、ノエルの話を聞こうとした。

つむぎはどうやってノエルと知り合ったのか。どういうわけでここにこの状態で連れて来られたのか。あいつは一体何者なのか。

しかし、それらの質問のとき、つむぎの体はゆらゆらと揺れた。

「ごめんね……ちょっと、眠い」

そして、喋らなくなってしまう。時計を確認したら、夜の一時だった。無理もない。

担々麵《タンタンめん》を一杯食べて、就寝。

つむぎの記録　三日目（晴れ　ときどき雨）

今日はすごかった。

気持ちが通じ合うってこういうことなんだと思った。自分の母親にもこんな感情を持ったことがなかったから、すごく、嬉しかった。これで、真人間《ま》になれたと思う。つむぎのおかげだ。

目覚めは、最悪だった。

昨日と違って臭みで目が覚めるということはなかった。鼻がダメになったのか、あるいは、いい匂いだと感じるようになったのか、どちらだろうか。どちらでもいい。

とにかく、どう最悪だったかというと、つむぎの悲鳴で目が覚めた。

つむぎの悲鳴は、よくある「キャー」とかいう女のうるさい悲鳴じゃなくて、とても擬音《ぎおん》で表わせない。地面から響いてくるような、世界の終りのような音なんだ。でも、確実に可愛い女のものだと分かるから不思議だ。

「つむぎ!」

名前を呼びながら駆け寄って行った。

悲鳴は止まない。

当然だ。俺だって悲鳴を上げてしまった。これは失礼ではないと思う。つむぎ自体のことを気味が悪いと思ったわけではないからだ。

悲鳴を上げざるを得ないほど気持ちが悪かったのは、つむぎの体の上を蠢《うごめ》く半透明の虫だった。ウジ虫なのか、虫に詳しくないから分からない。つむぎの皮膚が破裂したところにうごうごと動くうす白いものがいたらそれは全部虫だったんだ。

つむぎはずっと、悲鳴を上げていた。さすがに逃げたい、という気持ちになった。

虫、虫、虫。少年は虫が好きだと言う偏見があるが、俺は昔から虫は嫌いだった。昆虫採集なんかする奴らが信じられなかった。蝶《ちょう》は鱗粉《りんぷん》が飛び散ってキモいし、蟻《あり》もダンゴムシも足が沢山あってキモい。足がなくたってミミズみたいなのは生理的に受け付けない。本当に苦手で、小さなハエですら、顔の周りに飛んで来たら大騒ぎして、それでからかわれたこともある。

だから、いくらつむぎでも、可愛《かわい》くて、神で、寄り添ってくれるつむぎでも、虫は嫌だった。

白状すると、一度逃げようとした。もういいやと思った。つむぎを元に戻さなくても。

それで、スーパーのビニール袋に、ノエルが残して行ったカップ麵とかを入れて、持ち帰ろうとした。頭の中で逃亡を正当化していた。つむぎが復活したら、きっと、すごい美人になるだろう。そうしたら、つむぎは、イケメンが結局好きだから、イケメンとかから告白されて、付き合って、セックスをして、結婚して子供を作るんだろう。それで、俺がつむぎに声をかけたら「キモ」とかなんとか言われるんだろう。そんなひどい女を復活なんかさせなくたっていい。

袋にめぼしいものを詰め終えてから、最後に、顔でも見てやろうと思った。

それで覗き込んだら、つむぎは、もう悲鳴を上げていなかった。ぐずぐずの皮膚を、虫が噴出しているみたいに見える皮膚を懸命に持ち上げていて、つまり、小さく手を振っていたんだよ。口の中からも、虫が出て来ていたんだけど、なんとか聞き取れた。

ありがとう、竜輝、楽しかった。

そう聞きとれた。俺はまた泣いてしまった。本当に最低だ。何がひどい女だ。ひどいのは自分だと思った。

それで、無我夢中で、もうどうなってもいいという気持ちで、つむぎの口あたりに手を伸ばして、虫を摘まみとった。ヒイイ、と叫んだ。気持ちが悪かった。小さいくせに、パンパンに張っていて、何が詰まっているか分かったもんじゃない。それで、俺はぼろぼろ泣きながら、ビニール袋に虫を投げ込んだ。もちろん、一匹程度じゃなんの足しにもならないから、ヒイヒイと喚きつつ、何匹も、何十匹も、何百匹も入れた。沢山いれると、虫の蠢きで、袋ももぞもぞと動く、それが本当に余計気持ち悪くてまた泣いた。

顔の虫をあらかた取り終えたときに、気付いた。

つむぎが、今まで見たこともない顔をしている。

泣いているのでも、笑っているのでも、怒っているのでもない。

白濁した光に反応を示さない目が、何故かうっすら色づいているように見える。口から漏れる息が、熱っぽく、途切れ途切れに聞こえる。そして、まだ虫にまみれた体が、もぞもぞと動く。

俺はそういう経験がない。一回もない。でも分かる。

つむぎは、明らかに性的な快感を覚えているのだ。

俺はそっと手を伸ばして、胃袋のあたりに手を差し入れた。うぞうぞとした感触が上がってくる。虫だ。気持ちが悪い。しかし、それは無視して、つむぎの顔を見る。

つむぎが、ふう、と溜息を吐いた。

「つむぎ」

呼びかけてみる。つむぎの体が震えた。顔がぎこちない、壊れそうな動きでこちらに向いた。

「竜輝」

俺はもう一度、手を差し入れ、虫を摑み取った。

「気持ちいい」

そこから先は、夢中だった。

虫は摑むと時折潰れて体液が出たが、その湿り気さえ嬉しかった。

一気に何匹も摑み取り、青紫の内臓に指が触れることもあった。爪先で器用に一匹だけ摘まみ上げて、わざと落としてもう一回拾ったりもした。

それで、つむぎの反応を見る。

つむぎは蕩《とろ》け落ちた鼻から褐色の液を漏らしながら、

「もっとやって」

と言った。

ふと、気が付くと、腹が減っていた。

はっとして時計を見ると、三時だ。外の昏《くら》さから考えて、どう考えても夜中の三時だ。

信じられなかった。夢のような時間だった。

「楽しい時間はあっと言う間」なんて体験したこともなかったが、これのことだったんだな。

つむぎは、いつもなら（と言ってもまだ二日しか知らない）寝てしまっているのに、今日は起きていた。

「すごかった」

つむぎはそう言って、まぶたをぴくぴくと動かす。その通りだ。すごかった。


つむぎの記録　四日目（晴れ　これから雨が降るらしい）

今日はノエルが来る日だ。だから、ほんの少しの間だけ。

虫に食い荒らされたつむぎの中身を撫でる。つむぎがぴくぴく動くのはとてもかわいい。

「ねえ、またやってね」

そう言われる。何も答えられない。復活してしまったら、何をやればいいんだ？

「気持ちいいからね、やってね」

約束ができない。こんなことは間違っている。つむぎが望むことが、もうしてあげられないなんてことは、間違っている。

ギイ、と重い音がした。部屋に溜まっていた空気が抜けたような気がして、惜しい。今や大気の中にもつむぎの成分が入っている。

「いやあ、降られてしまいました」

洋服からぼたぼたと水滴を滴らせているノエルは、髪をかき上げた。美しい顔が露《あら》わになる。ほんの数日前の竜輝なら、ぼんやりとその瞳に見入ってしまったかもしれない。しかしもう、そんなことはない。ノエルの瞳は光を追うのだ。そんなものは、必要がない。

「あなたは、信じたのですね。よかった。信じない方も、いらっしゃいますから」

ノエルは相変わらず、竜輝の反応などまるで無視しててきぱきとコートを畳み、部屋の奥まで入ってくる。

「さて。それをどけてください」

実は、扉の開く音がした直後に、折りたたんだ段ボールをつむぎを囲っている木の板の上に載せたのだ。なんとなく、他の男の目に触れさせるのが嫌だった。

「あ……でも、四日も経ってるし、腐敗が進んでいて、やっぱり、すごく臭いですし」

「信じる人は死ぬことはない、とあなたに言いませんでしたか」

ノエルは呆れたように言って、段ボールをどけた。そして、つむぎの上に、手をかざす。

「つむぎ、起き」

「やめてくれ」

竜輝はノエルの手を払い落した。明らかに何か言いかけているのが分かった。それで、妨害した。

ノエルは払われた手を擦りながら、

「なぜ？」と尋ねて来る。

「なぜ、邪魔をするのですか。私が声をかけ、手を差し伸べ、つむぎがその手を取れば、復活します。これはもう、決まったことなのです。まさか、今になって」

「いや、違うんだ。俺は、あなたのことを疑っていない。むしろ信じている。信じているからこそ、やめてほしい」

ノエルの瞳がじっと竜輝を見つめる。美しすぎて、じっと見ていると正気を失ってしまいそうな瞳だ。竜輝は目を逸らす。そしてしどろもどろに、

「つむぎは、今の状態がいいんだ」

そう言う。

「どういうことですか」

「つむぎは今、確かに見た目は悪い——いや、俺はそう思っていないけど、一般的には、腐り落ちていて、悪いと思う。臭いだって最悪だ。カレーなんてふりかけたところでなんだっていうんだ。すごく臭い。でも、つむぎは、だからすてきなんだ。醜くて臭い。人間の器なんて、そんなもんだろう。誰だって。綺麗な器なんて、赤ん坊だけだ。それなのに、そんな

汚い器の中に入っているのに、いや、入っているからこそ、つむぎの真実、真の善性、美徳、そういうものが輝いていると思う。つむぎは外を包んでいるものが腐り落ちても、なんら変わらないんだ！　美しいんだ！　唯一なんだ！　だから、その、唯一無二で美しい状態が本当で、取り繕ったような見た目だけ美しい器をとりもどしてしまったらどうなる？　それは、偽物だと思わないか？　偽物ではないにせよ、限りなく偽物に近い。決定的に、俺や、その他有象無象《うぞうむぞう》の見る目は変わってしまう。他者の評価が変わっても、本人は変わらないと思うか？」

ノエルは黙っている。竜輝は「思う」と返答したと受け取った。

「違うんだよ。まるきり、間違っているんだ。他者の評価は本人に影響を及ぼすんだ。ピグマリオン効果。ゴーレム効果。バーナム効果。ハロー効果。こういったものは、フィクションじゃない。リアルなんだ。みんながつむぎを元の快活な美少女として扱ってしまったら、つむぎは快活な美少女に逆戻りしてしまうんだよ！　恐ろしい！　そんな思い上がったつむぎは見たくない。それは、嘘だ。本当のつむぎはこれなんだ」

「つまり、あなたは、信じないということだ」

ノエルの声は冷え切っていた。竜輝は首を横に振った。どうして伝わらないのか全く分からなかった。

「違うって。違う、全然違います。信じています。心の底から。そもそも、信じない理由がない。つむぎはこの姿で動き、話す。それで信じられない人間なんて」

「何かが起こったから信じるというのは、何も起こらなかったら信じないということだ。失礼です」

「何が失礼なんだよ！」

竜輝は叫んだ。泣いてさえいた。ノエルが怒っている理由が分からなかった。

「全てです」

ノエルは冷たく言い捨てる。

「私たちは思い、言葉、行い、怠《おこた》りによって、たびたび罪を犯しました。しかし、許される。愛される。ただ——それは、信じる者の話です。あなたは、信じていない。私が、『起きなさい』と言って、つむぎが起きて歩くことを」

「信じてるってば！　だから止めてるんだろ！　どうして分かんないんだよ！」

竜輝は赤子のように泣き叫んだ。なんでだ、なんでだと騒ぎ、足を踏み鳴らした。ノエルの着ているワイシャツの襟元を摑み、信じている、信じている、そんなふうに繰り返した。

「信じていない。あなたは何も。信じなかった。ずっとだ。それだけです」

胸を叩こうとする拳《こぶし》を受け止めて、ノエルはそう言う。そして、拳を摑んだまま、恐ろしく強い力で竜輝を引き摺り、玄関を開け、そこで放した。竜輝は尻もちをつく。コンクリート打ちっぱなしの床が冷たい。見上げる。美しい顔が見える。

ノエルは怒っていなかった。心底悲しそうな顔をして、目を潤《うる》ませながら見下ろしている。

「さようなら。このお話は、なかったことに」

「まっ」

地響きのような音を立てて扉が閉まった。

竜輝は這いつくばるような姿勢のまま、呆然と扉を見つめた。死んでしまった、と思った。ここは死んでしまっていて、もう二度と何もない。

中からはなんの臭いもしない。音もしない。

醜く響いているのは竜輝自身のしゃくり上げる音だけだ。

ひっく、ひっくとしゃくり上げ、鼻水を垂らしながら、のろのろと立ち去る。階段を下り、バス停まで歩く。そこから先は覚えていない。気付くと、竜輝は少し臭う自分の布団の上で、号泣していた。


自室の外に置いてあった食事にも手を付けなくなって三日が経った。もちろん、トイレや風呂もだ。食べていないのだから何も出るものがない。水だってほとんど飲んでいないのに、なぜか尿だけは出て来るので、竜輝はそれをペットボトルに入れ、窓から撒いた。薄茶色に濁った水が窓から階下に流れていく。ただそれだけの三日間だった。あの夢のような三日間と比べると、惨めで死んでしまいたくなった。

明確に何かを間違えた。しかし、間違ったことをしたとはどうしても思えなかった。竜輝はただ、つむぎにあのままでいてほしかっただけだ。むしろ、見た目が美しく戻ることを望んでいた過去の自分よりずっと、純粋な気持ちを持っていると思える。

しかし、こんなに悲しいのにも拘《かか》わらず、腹が鳴り、竜輝はべとついた頭のまま、部屋の外に出た。そこに用意されていた、表面が乾いたおにぎりを口に放り込み、階段を降りる。誰ともすれ違わず、外に出る。

世界が濁っているような気がした。竜輝が窓から捨てた尿が、大気を汚したせいだろうか?

薄汚れていて汚い町。

すれ違う人は竜輝を見て、身汚さに顔を顰《しか》める。それについて竜輝自身は何も思うところはない。人間は下らないからだ。下らないから、見た目や臭いに拘《こだわ》り、それだけで他人を判断する。あのノエルという男にしてもそうだ。自分の容姿が優れているからと言って調子に乗っている。どれだけあの容姿のおかげで優遇されてきたかは知らないが、それは間違ったことなのだ。見た目が綺麗であることが正しい形だと思うなんて間違っている。

「クソ」

大声が出た。空気が張り詰め、若い女性があからさまに避けて路地を曲がった。色白で肌がきめ細かく、目の大きい女性だ。何の価値もないのに。

「クソ、クソ、クソ」

モーセの海割りのように、竜輝は人ごみを割り、進んで行く。

商店が立ち並ぶ道を抜け、駅を通り、バスの停留所に着いた。

あの、べたにあ団地にもう一度行くためだ。納得できない。彼が間違っていて、自分は間違っていないのだ。それを納得してもらい、つむぎに、正しい形のつむぎに会わなくてはいけない。

バスなんて、自力で乗ったのはもう何年も前だし、どのバスがどこに行くのか分からない。

『ときわ台駅ゆき』とフロントの電光掲示板に書いたバスが視界に入る。眼鏡をかけた白髪交じりの男が運転手だ。竜輝はバスのステップに片足をかけ、彼に話しかける。

「べたにあ団地に行きたいんだけど」

声は震えなかった。つむぎとずっと会話していたから、完全に声帯は元の機能を取り戻している。

「は……？」

運転手は眼鏡のつるを触りながら、ぼんやりとした返答をする。なんと無礼な、と思う。

真面目に話している。きちんと声が出ているから、聞こえなかったはずもない。それなのにこんなとぼけた反応をするのは、バカにしているからだ。見た目で判断して、見下しているからだ。

「べたにあ団地に行きたいんだけどっ」

今度は大きな声で言う。

運転手は明らかに眉を顰《ひそ》めて、

「そんな停留所、聞いたことありませんけど」

と言った。

「すくなくともウチの会社のバスに、そんな名前の停留所はありませんから、どこかと間違えているんじゃないですか」

「てめえ」

竜輝は運転手の胸倉を摑んだ。

「な、何を」

「俺は間違ってないって言ってるだろ」

このバス会社は、ノエルとグルなのだ、と竜輝は確信した。団地に行くとき、そもそもがおかしかったのだ。誰も乗っていなくて、すぐに停まってすぐに走り出して、怪しかった。ノエルとグルだ。だから「間違えている」などと言う。間違っていない。見た目が美しい状態こそが、間違っている。

「お、落ち着いてください」

「落ち着いている！　べたにあ団地に連れて行けと言ってるだけだ！」

「だから、そんな場所は……」

「早くしろ！」

バスに既に乗っていた老婦人が、身を強張《こわば》らせて、じりじりと距離を取ろうとしている。反対に、大学生風の二人連れは、近寄ってきて、スマートフォンを構えている。

「やめなさい、警察に通報しますよ」

竜輝の肩に手をかけてきたのは、眉毛の太い中年男性だった。

竜輝はその手を払い落とし、文句を言おうと振り向く。

「わっ」

世界が明るくなった。竜輝は、人だかりの向こうに、目的を見付けた。

運転手から手を放し、眉毛の太い中年男性を突き飛ばし、集まって来た野次馬を掻き分けて、竜輝は走る。

少し日焼けした肌。くりくりとした目。やや厚めの唇。高い位置で一つに結んだ黒髪。大人になって、やや頬がほっそりとした感じはある。でも、間違いなく、樫村つむぎだ。

樫村つむぎは灰色のリクルートスーツを着用し、黒い仕事鞄と、緑色のエコバッグを手に持っている。

「つむぎっ」

彼女は振り向いた。目が合う。

ほんの数秒間が空く。

学生時代とほとんど印象が変わらないのは、ほとんど化粧をしていないことも原因かもしれない。元々の造形がいいから、あまり飾る必要もないのかもしれない。それでも、整えられた眉毛は明らかに学生の時とは違う。大人の女性の眉毛だ。その眉毛が、少し不審そうに歪む。

「つむぎ」

竜輝はもう一度、彼女の名前を呼んだ。

「もしかして……須成くん？」

つやつやとした唇が鳴いている。

「あ、やっぱり須成くんだよね。偶然だね！　ごめんねちょっと変わったから分かんなくて。懐かしいなあ。私、今日は営業でここに来ただけなんだけど、やっぱり地元って安心するよね。須成くんは」

ああ、やっぱり間違っている、と竜輝は思う。これは偽物だ。

なんだか声が上ずっていて、時折ちらちらと媚《こび》でも売るように目を合わせて来て。こんなことをする下品な存在は、全く自然ではない。不自然極まりない。

そしてあのノエルという男は結局つむぎを生き返らせたのだ、と思う。生き返らせると言う言い回しはノエルという男に与《くみ》したような形でどうも気に入らないけれど、とにかくそうしてしまったのだ。望んでもいないのに。止めたのに。

　これはつむぎの偽物だ。竜輝が、誰よりも望んで、つむぎを愛していた竜輝が認めていないのだから、これは偽物だ。正しくない。

「つむぎ」

「えっと……ごめんね、なあに」

　目が光を反射してキラキラ輝いている。

　何が、おかわいそうにだ。かわいそうなものは、こんなものを生み出した自分だ。

　起こさなくていい。なぜ起こしたんだ。信じられない。

　戻してやらなくてはいけない、と思う。

　早くあの状態に戻して、また、べたにあ団地で二人きりで過ごすのだ。

　あのパンパンに膨らんだ虫。虫を取り除いたときの顔。美しい、欲情した顔。臭い。

　膨れ、破裂し、腐り落ち、虫が湧いて、取り除き、また湧き、それを繰り返し、骨になるまで。骨になったつむぎはどんなことを話すのだろう。

　竜輝は笑顔で手を伸ばし、細い首に手をかけた。

平山夢明

煉《れん》獄《ごく》の涙《るい》滴《てき》

●『煉獄《れんごく》の涙滴《るいてき》』平山夢明《ひらやまゆめあき》

平山夢明とはじめて会ったのは1999年の10月。その年末の刊行となる《異形コレクション》第14巻『世紀末サーカス』に「Ω《オメガ》の聖餐《せいさん》」で初登場となった。版元はぎりぎり廣済堂の時代だったが、ゆえに第6巻『屍者の行進』には参加していない（もっとも、リヴィング・デッドの重要な要素のひとつでもある人肉食については「Ωの聖餐」にしっかりと描かれてはいるのだが、それはまた別の話）。屍体を繋げた大男フランケンシュタインの怪物を恐怖すると同時にこよなく愛する平山夢明だが、真っ向から〈歩く屍者〉をモチーフに据えた本作はSFだ。今風にいうならば、ポスト・ヒューマンSFなる分野とも太い血管で繋がっている。かなりネクロな血管ではあるのだが。

至近未来のようにも見え、どこかレトロ・フューチャーな雰囲気もある平山SFは、令和の《異形コレクション》読者にもお馴染《なじ》みかもしれない。「いつか聴こえなくなる唄」（第49巻『ダーク・ロマンス』）をはじめ、第52巻『狩りの季節』でも、第55巻『ヴァケーション』でも、参加作はすべてSF。実は《異形》二度目の登場「卵男《エッグマン》」（第17巻『ロボットの夜』）からすでに近未来の物語。以降をあらためて眺めてみても、平山夢明の《異形》参加作にはSFがかなりの領域を占めているのだ。ディストピアな未来として括《くく》りたくなるかもしれない。だが、現代はすでにこうした恐怖に満ちた世界なのだというリアルを、本作の〈歩く死体〉とその家族たちが、果敢に語りかけている。

a

ここは、まるで教会のようだとショーは思った。

目の前にある机を始めとして横に二十はあるそれらは部屋の奥までキーボードのように並んで居、それぞれにひとりずつの男女が座っていた。奥の壁まではサッカー場のように遠い。机の前に立っているのは自分ひとりだが、時折、〈ピン〉とか〈ポン〉という機械音がする以外に話し声すらしない。教会のようだと感じるのは何処《どこ》かに収納されて姿を見せない照明が仄暗《ほのぐら》さを感じさせるほど柔らかく、室温が通常のこうしたオフィスより低いせいかもしれない。厭、それ以上に騒音がない。咳払いや、椅子に腰を押しつけて伸ばす音、肩を回して凝《こ》りを解《ほぐ》そうとするような気配もない。

机には〈タニン〉と名札《プレート》があり、役職は〈リテール融資リスク管理係長《マネージャー》〉とあった。左手薬指にはハリー・ウィンストンのバンドリング、右手首にはジャガー・ルクルトーレベルソが塡《は》められていた。生前、質屋をしていた父が喉から手が出るほど欲しがっていて果たせなかった腕時計だ。

「さて、堂島様《どうじま》」と声がし、ショーは我に返り、反射的に「はい」と応えていた。

「結論から申し上げます。当社としては規定措置の執行以外、選択肢は御座いません」

タニンの右目は蒼味がかっていた。肌は陶器のように滑らかで髪も眉も綺麗にカットされ、一分《いちぶ》の隙もない。さすが実存維持産業《Existentkeep·industry》としては世界最大のKafka's Pawの社員だけのことはある。

「あとひと月待って戴けたらお約束は果たせるんです」ショーは三度目になる説明をくりかえした。タニンは彼を見ず、卓上のモニターを凝視していた。

彼の発言は机に内臓されたマイクによって中央情報管理室に伝えられ、そこからコロラドにあるチーフタン・コンプレックス研究所に他の世界中から来る数億のクレームや相談や懇願と一緒にChronos・Frontier《クロノス・フロンティア》というＡＩに送られ、その国の文化圏での過去の解決事例、営業実績と対応選択肢による予測、ショー自身の経済・健康状態を含む全個人情報、社会的批判ならびに積極的差別是正措置《アファーマティブ・アクション》を加味した最適解が瞬時に返送される。

ショーはタニンの口が動く前に答えを知った。

「当社としましてはこのような結論をお伝えせねばならぬことは誠に慚愧《ざんき》の念に堪えませんが、ご期待に添うことができない旨、お詫び申し上げます」

タニンはモニターに浮かんだ文面をそのまま読んだ。

――外では凍り付くような雨が降っていた。

b

退勤間際の支店に突然、現れたその男は〈負け慣れるな！　勝ち慣れよ！〉と大書《たいしょ》されたホワイトボードの前に立つと机の上に三つの細長の箱を並べだした。

「誰だ、あいつ」ネクタイを外し、脇染みの浮いたシャツの前ボタンに手をかけていたゴミが顎《あご》をしゃくった。「やけに洒落《しゃれ》たスーツを着込んでるじゃねえか」

「しらんよ……保険か、なんかのセールスだろうが、いけ好かんね。それじゃ、また明日」と、ヨコミゾは立ち上がると薄い事務鞄を手に出口に向かった。

ショーはサグラダが真横で昨日、訪問した客の妻が巨乳だったとニヤニヤしながら笑うのを聞き流しながら、妻のホノカにCPでの結果を何と説明するべきか悩んでいた。

男の横には支店長のイミチが、ぼうっと立っていた。男の手元を見るでもなく、さりとて無視するでもないといった様子だった。

「今、そのドアを開けるのは止めた方が良いな」不意に男は云った。顔は上げなかったので、本当にそうだったのかは誰にもわからなかった。

が、ヨコミゾは手を止め〈奴は俺に云ったのか？〉という顔で室内を見まわした。

誰も応えるものはいなかった。

男が顔を上げた、その視線は真っ直《す》ぐヨコミゾを見ていた。唇が僅かに微笑《ほほえ》んでいる。

「あんた、俺に云ったのかい？」ヨコミゾがよれよれの薄いレインコートの袖を上げて自分を指した。

「俺が今から口にすることを耳に入れた方が身のためだ。もし、まだこの会社の寄生虫でいたいのならな」

〈ぷっ〉とゴミが鼻を鳴らした。なに格好つけて凄んでやがんだ大将と、彼をよく知る仲間には聞こえた。支店長のタニンにもそう聞こえたのだろう、補足するように「この人は」と紹介しかけたところを男に手で遮《さえぎ》られた。

「ウチの会社は生後六百ヶ月のよぼよぼの未熟児に払う金はない。わかったら、席に戻れ」

ヨコミゾは口の中で、もごもごご文句を云いながら窓際の席に座った。

「全員、聞く気になったな。結構」男は殴り慣れた者が直前にするように右の拳《こぶし》を左の掌《てのひら》で林檎《りんご》のように磨きながら室内をゆっくり、ひとりひとりを確認するように見ながら、歩きだした。「このなかで性病に罹《かか》ったことのあるやつはいるか？　ヘルペス、梅毒《ばいどく》、淋病《りんびょう》なんでもいい」

ヨコミゾの顎があんぐりと開いて、やれやれと云った様子で首をふった。

「それじゃあ、ひと区画五百万Ｌｃ《ロジ・コイン》の物件をひと月に四発。週に一件の割合でブチ込んだことのある者は」

　誰も手を上げなかった。それをチラッと確認し、男は頷きながら歩いた。

「では、このなかで梅毒やヘルペス、淋病やケジラミと話したことのあるやつ」

　ショーはヨコミゾと顔を見合わせた。互いに呆れたという顔をする外《ほか》なかった。

「おまえらは何もしたことがないんだな」

「そんなことできるわけないだろう」ゴミがぼやく。

「俺はしたぞ」

「へえ。区画を売り捌《さば》く凄腕はあるのかもしらないが、病原菌と話すなんて趣味もあるのかい？」

「おまえ、無頭症なのか？　その額《デコ》の裏に詰まってるのは東スポか？」

「なんてこと云いやがるんだ！　侮辱だ！　パワハラじゃないか！」

「客や本社の人間の言葉はこんなものじゃ済まないぞ！　生きたまま腹を割《さ》かれ、灼けた炭を突っ込まれて自分の内臓でしゃぶしゃぶをした方がマシだという〝ぱわふるはらすめんと〟が、おまえをお待ちかねだ。なんならその足で行ってみたら良い。本社の住所ぐらい知ってるだろう。さあ、行けよ」

　ゴミは目を逸《そ》らした。

　男はショーとヨコミゾに目を向け、手をパンと叩いた。

「さて話題を戻そう。俺はある。いつ？　今だ。今、この瞬間、この場で俺は性病同様の奴らと話をしている。いや、しなくちゃならん。この俺が今、どんな気持ちか、おまえらには想像もできんだろう。人間である俺が、家族への経済的な責任も果たし、会社への貢献と会社を通じての社会貢献も果たした。自分の才覚と血の滲むような努力で人生を切り開いてきたこの俺が、梅毒以下の生物と自分の人生の時間を削ってまでコミュニケートしなくちゃならない。なんの罪があって俺はそんな莫迦《ばか》げたことをしなくちゃならないんだ？　おまえ、名前は？」

男がショーを指した。

「堂島です」

「あんたに訊こう。もしあんたが生まれてからこれまで、ずっと並べてきたドミノがあるとする。それはそれは長いドミノだ。延々と街の果てまで続いているだろう。雨の日も風の日も嵐の日でさえ並べ続けてきた、謂《い》わばあんたの命だ。そんなドミノを不意に現れたドブネズミが倒してしまったら、あんたならどうする？　ドミノの転倒は止《と》めることも出来ない。アッという間にあんたの立てた全てのドミノは倒れ尽くしてしまった。今や、ひとつも立っているドミノはない。あんたが持っているのは必死になって捕まえたドブネズミだけだ。家族の希望も自身の夢も全て掛かっていたドミノはそのドブネズミが倒してしまったんだ。さあ、あんたならそのドブネズミをどうする？」

ショーはとっさに答えが出なかった、代わりにヨコミゾが「殺すね。そんな厄病神なんか生かしておいたら他の人にも迷惑だ」

男はゴミを見た「あんたは？」

ゴミは「おなじく」と軽く手を振った。

男はその答えに満足したように頷き、また歩き出した。

「俺は違うんだ。そうはできない。俺は逆にそのドブネズミを勇気づけ、おまえには見所があると云ってやらなくちゃなんないんだ」

「莫迦らしい、なんの為に？　時間の無駄だね」ゴミが云う。

「あんたそう思うか？　本気で」

「ああ。そんなことするぐらいなら糞《くそ》でもしてた方がマシだ」

男が突然、笑いだした。それこそ涙を浮かべて莫迦笑いを始めた。

白けた場が更に発光するほど白々しくなったとき、男は笑うのを止め、顔を上げた。

「莫迦野郎ども。そのドブネズミはお前らだ。会社が立てたドミノをぶち壊しやがって。だが俺はそんなおまえらでも一分の情けをかけてやってくれと本社に交渉したんだ。呆れた社長が云った例え話が、今のそれだ。俺は貴様らゴミ屑《くず》が、のんべんだらりと職場という名の幼稚園で遊んでいる間に、世間というタールのプールで毎日百万キロを泳いでいる男だ。本社のお偉いさんが、この支店を貴様らクソッタレごと丸焼きにしてしまえというのを、どうにか説得し、猶予《ゆうよ》という名の愛を施しに来てやったのだ」

ゴミは机に肘《ひじ》をついたまま窓の外に目を向けていた。

男が云う本社とは『T&X：デジタルホーム・コンソーシアム』のことで、ショーたちは本社が運営管理をしている『プロメティア』と呼ばれる仮想空間内の土地を販売するために雇われていた。そこでは、ひと区画売るごとに二十万から百万Ｌｃ《ロジ・コイン》の報酬が約束されていた。

頑張り次第では年俸の数倍を得ることもできると夢見てショーは一年前、二十年以上勤め上げた創造と表現力《クリエイティブ・エクスプレッション》の中学教師の職を辞し、転職していた。

「おまえらのド頭の中の辞書には安っぽい酒場の泥しか詰まっていないのだ。夜な夜な取るに足らん自分の女房にあれが悪い、これが良くないと愚痴をこぼし、垂れて死んだも同然のおっぱいを舐めさせて貰うために涙ぐむ。或いは駄菓子以下のくだらん場末の女に銭を払って自分が如何《いか》に不運だったかを話しながら抱っこして貰う。全ては三流以下の人間が好んでするものだが、おまえらはそれに淫《いん》している。売れ！　血の一滴が全て砂になるまで駆けずり回れ！　鼻から息が吸える間は動くんだ。売れ！　地球《ここ》と月《あそこ》にいる人間全てが顧客になるまで休むな！　売れば金が入る。楽になる。幸せに成れる。なのに何故売らんのだ！　この貧乏好きのマゾヒストども！　理由《わけ》があるなら云ってみろ！」

すぐに応答する者はなかった……が、ゆっくり手を上げたヨコミゾが口を開いた。「売ってるさ。ただ売れないんだ。ライバルが多すぎるよ」

男はヨコミゾの横で停まった。「ライバルはたったひとり。おまえだ！　何をするにも言い訳をひねり出して逃げ出そうとする詐欺師根性を何故、客に使わんのだ！　嘘で丸め込んで洗脳をするのを自分ではなく客に使え！　間抜け！」

「顧客情報《ネタ》が古すぎるんだよ」ゴミが大きな独り言のように云う。

「顧客情報は全支店統一のものだ」イミチが反駁する。

「じゃあ、携帯端末《ハンディ》の反応が悪いんだ。客に連絡つけても繋がる頃には他所《よそ》に盗《と》られちまってるんだからな。安いのばかり使うからだ。最新型を買えよ」

ゴミの前に男が立った。「何が安いって？」

「諸々《もろもろ》さ。謂わば、営業戦士に必要な武器が揃ってないってことだよ。一体全体、こんな古い端末で仕事をしてるのなんて俺たちぐらいのもんだ。カシワのv800なんて、今時、中学生でも使ってないぜ。どうしてトヨタとかポルシェ、せめてソニー製のが使えないんだよ」

「どうしてか教えてほしいか」

「ああ、是非とも拝聴致したいですな」

男は躯《からだ》を起こし、襟を正した。「それじゃあ、教えてやる」

ゴミはショーたち、仲間に向かって〈俺はビビってないぜ〉と目配せした。

「それはおまえが低脳の猿だからだ！　俺が一皿五万Ｌｃの肉を喰っている間に、おまえは尻軽女房と並んで二時間二千Ｌｃのバイキングに行く。俺は月に一度、ロブションに行く。貴様はゼリヤかラーク。それが答えだ！　糞ッタレ野郎！」

　ゴミは顔を真っ赤にして顔を背けると、親指の爪を噛んだ。

「おまえが喰ってる物は、添加物と薬品と保存料と糞色した合成着色料満タンの喰い物とは名ばかりの糞の元だからだ。そんなもので出来あがった脳味噌に高級外車が何台も買えるような高級端末を渡すんなら動物園の猿山に放り込んだ方がマシだ！　奴らなら使っているフリだけで客は喜んで集まり、動物園も儲かる。貴様らに渡しても一Ｌｃにもならん。それが答えだ！」

　普段から年上女房とレストランでクーポンを使った割引食いを〈俺は生活を楽しんでいる〉と、ひけらかすゴミを全員が知っていた。

　今度こそ部屋の中が静まり返った。

　男はホワイトボードの前に戻ると『48Ｈ』と書いた。「貴様らに、たった今から二日だけ猶予をやる。その間に契約が取れなければ馘首《くび》だ」それから男は机に置いた箱の中身を取り出した。金色に光る男根だった。

「おまえらフニャチン野郎には、こいつが必要だ。いいか、これこそが男だ。どんなに踏み付けられても次の場面では木のように金のように固くなり、勇ましく突進し続けるのが男だ。

自分を慰めるのは燃やされた後にしろ。これは俺が販売実績世界一を獲得した際に受け取った男の牙のレプリカだ。一位の者にはこいつと営業報酬に加え、十万Ｌｃだ」

サグラダが軽い口笛を吹いた。

男は男根を音をさせて机に置いた。

「貴様ら、正真正銘のラストチャンスだ！　男の中の男だけ残れ、男のなりそこないや腐った奴は……消えろ。死ぬか、月の裏側《ダーク・サイド》へ行ってくれ」

c

自宅に戻る前、車内から五度かけた芳夏油《ほうげとう》夫妻は電話に出なかった。金の男根を手にした男の不快な檄《げき》が堂々と罷《まか》り通ってしまった今、ショーにとっては彼らだけが一縷《いちる》の望みであった。元形態遺伝工学《モルフォジェノミクス》教授であるという老人がバス停で立てなくなっていたのを家まで偶然送り届けたのが縁で彼らはショーの仕事に興味を持ってくれ、上等なカーペットの敷かれたリビングで語り合ううち、奇跡的にも土地購入を約束してくれたのだ。

これから四十八時間以内に完成書類をタニンに渡せば、馘首は免れるだろう。あの夫婦が購入した土地の営業報酬だけで二百万Ｌｃは確実だ。しかし、それだけでは今迄の債務と相殺すれば数ヶ月分にもならないだろう。だが、それでもいい。今はただ……。

ショーはまた胃の辺りがグッと重く、胸が灼けつくような痛みを感じた。最近はこうした痛みが日増しに激しくなってくる。茶娘《チャコ》通りに差しかかったところでショーは車を脇に駐め、『エイハヴス』でホットココアを買うと車内でそれを飲んだ。口の中に甘さが拡がるとその日初めて、軀が解《ほど》けるような感覚に長い溜息が出た。

雨粒が撥《は》ねるフロントガラス越しに通りを行き来する人の姿が見えた。足の運びや軀の動かし方でそれが人なのかそれとも実存者《フレイル》なのかは容易に判別がついた。フレイルは走らないし、慌てない。まるで見えない大量に重ねた皿を手や頭の上に載せたまま落とさないように移動するのがフレイルだ。特に雨の日は判別が遠くからでもすぐにつく。フレイルは傘を差さない。厭、差せないのだ。傘を持つ、また雨の変化によって微妙に持ち方を変えるというようなことを彼らはできない。大抵はポンチョのようなものを被《かぶ》せられているか、何もないかだ。彼らは被許諾者《ライセンサー》の前を決して歩かない。大抵は並ぶか少し後ろをついてくるのが主だ。服装は被許諾者の好みによってそれぞれだが薄いサングラスをしているものが多い。その独特な無表情に人は慣れることはできるが、あの常に深い隙間を見つめているような目付きには決して慣れることがないからだ。個人商店や食堂は連れ込みを禁止しているところも多い。大型のモールやスーパーは別だ。

十六歳以下の者はPetite《プチ》・Frail《フレイル》と呼ばれ、こちらに対する世間の目は優しい。ライセンサーの年齢が若ければ同情の視線が集まるし、公共交通機関などで若い元母親が赤ん坊のプチフレイルを抱いている場面が、その悲劇的死因と共に町ネタとして紹介されることもあった。また法律的に酒をメインで扱う場所にフレイルを同行させることは禁じられている。人は見知らぬフレイルの側ではリラックスすることができないし、屡々《しばしば》トラブルの元になるからだ。最もそれは単なる嫌《けん》フレイル的な感情と云うよりも、もっと根深いもの、普段から鬱積《うっせき》していたストレスが理由であることを皆わかっていた。

被許諾者の多くが圧倒的に富裕層であるということが裏にある。

一部の例外を除いては——。

d

ドラッグストアで妻に頼まれていた芳香剤と消臭剤、使い捨て用グローブとゴミ袋を購入してショーは自宅へと戻った。妻は五年前にコウが逝《い》ってから看護師の仕事を辞めていた。それからは付きっきりで息子の世話に明け暮れる毎日だった。

ショーの自宅は市街地から車で小《こ》一時間走った先にある寂れた住宅街の中にあった。以前は市中のマンションだったのだが節約のため、形質保持用循環防腐液《パーペチュアル・ホルマ》を推奨から必須に変えたことと、定期メンテナンスを最低のL《ロー》にせざるを得なかったため、近隣に配慮して転職と同時に転居したのだ。劣化状態の洸《コウ》を居住者と共用エレベーターで出会《でくわ》させるのは何が何でも避けたかった。

『はい。主人も大変に楽しみにしております。もう老体ですから旅といっても遠くへ行く気力はありませんものですから……明日の午後三時以降でしたら空いていますのでお越しください。サインの準備をしてお待ちしております』

芳夏油夫人のその声を聞いたとき、ショーは礼を云う自分の声が震えているのを聞いた……助かった……プロメテアの最高級仮想住宅地二区画……神よ……心の底からそう思った。

「ありがとうございます」ショーは通話が切れた後も、くりかえしていた。脇をサイレンを鳴らした救急車が駆け抜ける音で我に返ったショーは、直ぐさまタニンに滞納していた返済が可能であるのと同時にライセンサー資格更新の申し込みを連絡した。『受理致しました』とのデジタル証明が返ってきた。ショーはホノカに対しあれやこれやと考えていた選択肢を全て頭の中から放り出した。心なしか街の風景が少し明るくなって見えた。窓を下ろすと雨が止みかけていた。

ドアを開けた途端、微《かす》かな異臭がショーの鼻を殴り付けてきた。と同時に見知らぬスニーカーの横に、脱ぎ揃えられたザノッティの気障《きざ》な靴に厭なモノが押し寄せた。「帰ったぞ」声をかけてもいつものホノカが顔を見せなかった。ショーは忌まわしい予感が胸の奥で確信に変わるのを感じつつ奥へと向かった。リビングダイニングのテーブルにふたりの男とホノカが、向き合って座っていた。こちらを見たホノカの顔は既に泣き尽くしたように目の辺りが腫れていた。ふたりの男のうち白髪の小男はK・Pづきの査定医で、もうひとりはコウを担当しているベツニという男だった。ふたりとも簡易だが白い防護服にヘアキャップ、手袋、フェイスシールドにマスクをつけている。この部屋は細菌に汚染された部屋だと云わんばかりの装備だった。ベツニの防護服の下にはゼニアの高級スーツがあり、ヘアキャップとマスクの中には、一分の隙もない髪型と漂白した歯が隠されている。

ベツニはショーが完全に視界に入ると会釈をしてきた。「さて困りましたね」投げやりな声がくぐもって聞こえた。「奥様はご納得戴けない。別に必要ないのですが、私どもは強制は最後の手段と考えております。先生、こちらご主人の堂島さんです。状況を説明してやって貰えませんか……元御子息であるフレイルの」

先生と呼ばれた男はホノカの前に置いていた分厚いカタログから手を離すと、眼鏡の中から目だけで見上げるようにして云った。

「Necrokin-1138……あ、このプチフレイルのコンディションは極めて深刻です。後に検査をしてみれば更に確実なことがわかるでしょうけれども。リキッドの劣化が著《いちじる》しく周辺組織のみならず外部への漏出《ろうしゅつ》が夥《おびただ》しい、これにより保護されなくなった組織の一部変質、腐敗が始まっています。このままでは早晩、日を置かずに崩壊を起こす可能性が高いし、細菌の媒介が懸念されます。即時、適切な処理を施さなければN-V収容もやむを得ません」

その言葉を聴いた途端、妻の軀がシャックリをしたように揺れた。それは〝N-Vault《貯蔵庫》〟という名で知られるフレイルの最終収容所を指す。充分な保護監督下に置くことが不可能になったフレイルはそこで焼却され、灰は道路などの資材に再利用される。

「そこで私どもとしては、奥様へ先に元御子息の再加工についての提案をさせて戴いたのです」

ベツニがホノカの前にあった分厚いカタログを指差した。それは住宅建設時のタイル見本のように見えた。ホノカがページを開くと手足、額に入った顔、硝子《ガラス》瓶の中の首など人体のパーツで作られた立体写真が次から次へと宙に現れた。

「これは一体なんだ」

「フレイルの部分利用です。これはまだ他所では誰もやっていない。極めて画期的な当社独自のサービスです。フルサイズでしかできなかった実存維持が軀の好きな部分から可能になったのです。これですと維持費用は最大従来の二〇パーセントにまで圧縮できます。勿論、足や手は体温を感じることもできますし、握り返すことや動かすこともできます。顔の場合は額に塡めることで壁に設置も可能です。また頭部をお好きな瓶に入れて、花瓶を横に添えて眺めたり、おしゃべりも楽しめます。持ち運びも楽ですし、今迄のように部屋を大幅に用意する必要も、連れ回すのに手間取ることもないのです。ご年配のライセンサーの方々にはご好評戴けるだろうし、なによりもその低コストさからライセンサーの裾野を今の何倍も広げることができる、画期的商品だと我が社は胸を張ってお勧めしているんです」

ショーは言葉を失った。この目の前にいる高学歴、高収入の男は人間の切り身を嬉々として売り込もうとしている。しかも、おまえたちの父や母や子ども、大切な人々の肉体をバラ売りしてやるんだ、嬉しいだろうと本気で考えている。

ショーは思わず握った拳を振り上げそうになったが、そのとき、査定医が気になることを云った。その言葉がショーの激昂《げっこう》を奇妙にも鎮めた。査定医が云ったのだ――「いたいはずです」と。

「え？」思わずショーは云った、「いたい？」

白髪は鞄から少し大きめの査定用パッドを取り出し、モニターを眺めた。「痛いなんてもんじゃない。人間なら限界に達している。失神レベルだ。仮令《たとえ》フレイルでもこのような数値は見たことがない」

思わずショーはベツニを見返した。「どういうことだ」

長い間、与え続けた問いの答えにやっと辿り着いた弟子を見るようにショーを眺め、軽く咳払いをして始めた。「一部、守秘義務に抵触する情報なので掻《か》い摘《つ》まんで説明しますが、元御子息は絶え間ない激痛下にあるということです。原則的に肉体の実存延長には、神経の維持が不可欠なのです。これは他の臓器、筋骨よりも更に云えば脳の大部分よりも最優先に保護されます。神経の行き届かないところに維持は望めないからです。しかし、それには弊害もある。生命の絶対死の約十二時間後から、崩壊を始めている骨細胞から、ある種の酵素とそれによって産出される腐敗系物質が確認されたのです。それらが神経に触れると脳は甚《はなは》だ強い痛みを感ずるのです。故に全ての実存維持会社で使用している保存防腐剤には肉体の維持以外に、ある種の成分が含まれています。それはかつてアヘンと呼ばれていたものに化学合成が似たものです。これを濃度調整して使用することでフレイルを不要な激痛から解放するのです。これにより肉体の劣化も大幅に軽減し、使用可能期間が劇的に延びることも実験で証明されています」

そこまで云うと、ベツニは不意に腹をまさぐるような仕草で防護服の裾から中に手を伸ばし、上着のポケットから楽草《タイマー》を取り出すとフェイスシールドを外して火を点《つ》けた。煙はなく本人だけが芳香と効能を喫《や》った。そして、一服つけるとまた口を開く「あなたがたは当社の利用規約に違反して勝手にリキッドを希釈《きしやく》し、改変を加え続けておられた。こちらの度重なる要請を無視してです」

「それはあんたたちが、いくら頼んでも新しい液の補充やメンテに来てくれなかったからだ。自分たちでやる外ないだろう。一種の正当防衛だ。痛みがわかっているなら、今すぐどうにかしてくれ。薬は持ってるんだろう」

フッとベツニが鼻を鳴らした。「支払いがお済みになればね」

「だからと云って、何もしないで放置したままというのはあまりにも酷すぎるじゃないか」

「契約書の第十一条に支払いの不履行によるサービスの停止。第三十条に強制執行等々について書いてあります、再読されることです。元御子息、厭、Necrokin-1138 は実存維持加工を施した段階で全所有権は当社にあるのです。契約書にそれは明記され、あなたがたも確認されている。故にあなたがたは所有者《オーナー》ではなく限定条件下で使用を許可された被許諾者《ライセンサー》なのです。これは国際裁判所も認めており、完全に法的効力を持っているのです」

「コウはわたしの子です……たいせつな……たいせつな……うっうっ」それまで黙っていたホノカが呻《うめ》くように云った。

「奥さん……コウさんは死んだんですよ。五年も前にね」

ショーは思わず叫んでいた。「出て行け！」

ベッツニがその言葉を待っていたとばかりに頷いた。「我々だけでは出て行きませんよ。貸与品も」

「それは許さん。出て行くのはおまえらふたりだけだ」

「そんな主張は通りませんよ。通報すれば警官に代理執行させられるんです」

「金なら！　銭ならある！」

ショーの言葉に場の空気が停まった。ホノカまでがぽかんとした顔を向けていた。

「ご主人、この期に及んでまで、ハッタリは見苦しいですよ。当該フレイルの状態《コンディション》によっては即時回収の命令が出てるんです」

「ハッタリなどではない。金さえ払えば更新延長は可能だし、従来のメンテナンスレベルに戻すことはできるだろう。タニンにはその旨、連絡済みだ」

それを耳にしたベッツニの表情が微かに曇った。

「確認します」携帯通話機《コミュニケーション・エンハンサー》を取り出したベッツニが、その画面を眺めだす。

「あなた……ほんとうなの……」

「ああ。契約は取れた。相手は元大学教授夫妻さ。書類も本社に送付済みだ。確認され次第、二百万Lcが入金される。そうなったら直ちに、こいつらにブチこんでやる」

――沈黙。

ふっと苦笑したベッツニがショーとホノカを見やった。

「確かに連絡は受け付けられているようです。首の皮一枚で執行猶予が与えられましたね。おめでとう」

今度はショーが溜息《っ》を吐く番だった。

「但し、ひとつだけ猶予を付するための、条件が記載されています」

「条件？」

「ええ。フレイルの一部回収です。それをもって本日は撤収し、後どうするか。我々は社の決定を待ちたいと思います」

「一部回収？」

　査定医が脇にある黒いダッフルバッグからテーブルの上に植木鋏《うえきばさみ》のようなものを置いた。刃先がリビングの照明の下、ぬらりと銀色に光った。

「どうするつもりだ」

　すると今度はベツニの代わりに白髪が口を開いた。

「お宅のフレイルの状態が現在の維持技術の最低値を下回っていないかを、サンプルを持ち帰ってウチの科研に調べさせるのさ。もしかするともう手遅れかもしれんがね」

「手遅れ？　どういうことだ？」

「手の施しようがないってことさ。現在の生物工学技術では救えないほど腐敗が進んじまっていては、いくら金を払ったって無駄だってこと。パーペチュアル・ホルマ、つまり実存リキッドの保持用要素の改変、物理量の加減、枯渇《こかつ》は実存維持には致命的なんだ。素人が勝手にそんなものを変更して与えるなんてのは目を瞑《つぶ》って脳外科手術をするようなものだ。どだい無茶だよ。よくぞこれまで維持できたものだ。痛みだってそれが原因だ」

　ベツニが腕時計を確認した。こいつらは揃いも揃って胸が悪くなるような高級時計を塡めてやがるとショーは思った。

「先生、次が控えています。早く済ませてしまいましょう。とんだアクシデントで予定時刻を大幅に過ぎてしまった。奥さん、お手数ですがNecrokin-1138をもう一度、お願いします」

ホノカが一瞬ショーを見、ショーは頷いた。こうなっては抵抗する術《すべ》はなかった。リスクよりも効用が大きければリスクを採るより他ないのだとショーは自分に云い聞かせた。

ホノカがリビングとの境にある隣室の扉の前に立った。

「コウ、出てこれる？」

――ウん。大じょウぶダ世。

扉の向こうから場違いなほど、ゆったりした響きが戻ってきた。

「じゃあ、こっちにおいで」

――吽《うん》。

ホノカがこちら側から手伝うように引き戸を開けた。すぐに別の異臭がリビングに流れ込んでくるのを鼻は感じたが、ショーは敢えて表情を変えようとはしなかった。代わりにハンカチで鼻を包んだのはベツニだった。顔には嫌悪とも憎悪とも読み取れる表情が浮かんでいた。ジョガーパンツにTシャツ、その上にパーカーを羽織っていたが、それを、どこにでもいる十五歳の少年と錯覚させるには、少なくとも二十メートルほど離れる必要がありそうだとショーは思った。

――オとウさん、おかあサん……。みな酸、コんにチ歯。

ショーにはコウが小刻みに振動しているように見えた。実際、軀を支えるために各種の筋肉が総力をあげて維持に努めているのが感じられた。青黒く浮腫《むく》んだ顔、髪は黒々としていたが疎《まば》らに抜け落ち黴《か》びた色の頭皮が透けている。コウがリビングに足を踏み入れると、貝や両生類が腐敗したものに近い異臭が空気と共に移動した。両手が赤や青、紫と斑《まだら》に変色していた。両の小指と右の人差し指の爪は欠落して、ぶくぶくと黒い肉が代わりを占めていた。目は煮崩れたように白濁し、乾いた瞼《まぶた》は全体を覆い切れてはいなかった。唇は紫色で所々が黝《あおぐろ》い。歯は前歯の二本が抜け落ち、三本が口腔《こうこう》内に向かって倒れていた。しかし、なによりもショーが目を奪われたのは首に残る条痕だった。泥濘《ぬかるみ》の轍《わだち》のように深々と皮膚を抉《えぐ》るその跡はK・Pの技術を以《もっ》てしても修復は不可能だった。

コウは三歩ほど前進し、停まった。

それを見上げる査定医が太い鼻息を吐くと首を振った。

「それでは奥さん。ズボンを脱がしてください。パンツがあれば、それも」ベツニが呟く。

「え？　何故ですか？」

「申し上げたでしょう。一部回収するのです」

ホノカがショーを見返す。ショーが口を開いた。

「回収って。具体的に何処をだ？」

「ここまで来ると表面採取では埒《らち》がアカンのですよ。少なくとも手足か……」査定医がショーを見る。「だが、それでは移動や今後の活動にも支障が出る。外部からも丸わかりでしょうしね」

「なので、こうした場合にオスのフレイルに推奨しているのが性器なのです。これならば深部の査定にも使用できますし……第一」ベッニはそこでまた、苦笑した。「もう使うこともないでしょうからね。ふふ」

「あなた……」ホノカの声が震えていた。

「どうしますか？ どうしても厭だというのなら、我々の手にはもう負えない。ここから先は治安執行部の出番となります」

ショーはコウを見た、聞こえているだろうが今の彼の脳では何が話し合われているのか全く理解はできないだろう。ただ声のトーンと応酬のピッチで不安になっているのか、頻《しき》りに瞬《まばた》きをしていた——この子は今、不安なんだ。

「痛みは？」

「いま、感じている以上に激しいということはないね。現にこれだけの数値を叩き出しておいて、平然と立っていられるんだ。生きていたらこの子はさぞかしタフで立派な男になったと思うよ」初めて査定医がコウを認めるような言葉を口にした。

「どうなんです」ベッニの口調がきつくなった。

ショーは、しばらくの間を置いてから頷いた。

「あなた……」ホノカが絞るような声を出した。「わたしにはできません……そんな惨《むご》いこと……この子が一体何をしたって云うんですか……生きているときにあんなに苦しんで、また死んでからもこんな目に遭わなくちゃならないんですか……」

「だったら奥さん、静かにコウさんを灰にするべきでしたな。堂島さん！」

ショーは強く噛み締めた奥歯が欠けたのに気づいた。彼はコウの前に進むと息子を見上げ、そして息子のズボンをパンツごと引きずり下ろした。「すまん……コウ……許してくれ」

コウの性器が露わになるとホノカが短く鋭い悲鳴を上げた。

するとコウがショーの頭にそっと手を置いた。

――大じょぶだ世、お棟さん。

コウはごわごわの顔を歪めていた――微笑んでいるのだ。

「はい。お邪魔しますよ」

切断用の鋏を手にした査定医がショーとコウの間に割り込んだ。

驚いたことにコウの性器は他の部分とは打って変わって生きているように自然なものに見えた。それが証拠に白髪も「ほー、これはきれいだ」と感嘆したような声を上げた。

「先生、とっとと済ませましょう」ベツニが急《せ》かす。

刃が性器を挟み込んだ瞬間、《具ぅ》とコウの喉が音を立てた。彼がフレイルになって初めて出す声だった。刃は性器をしっかりと挟んでいるはずなのに切断されなかった。査定医が両手を添えて力を込める。が、なかなかスッパリ切ることができない。

「先生……」ベツニが苛立《いらだ》った。

「なんだか巧くいかんのだよ。まるで生きているようだ。糞手強《てごわ》いな。なんだこのチンポコは」白髪が鋏を何度も直したり、引き捻《ねじ》った。

その度にコウが短い声を上げた。

「奥さん、鉈《なた》か包丁をお借りできませんか？」ベツニがホノカに云った。

「厭です！」ホノカが叫んだ。

「お借りします」ベツニがキッチンカウンターの抽斗《ひきだし》から料理に使っている包丁を手にしてきた。「先生、こいつで叩き切ってしまってください。どうせ死ぬこともできないできそこないだ。構うことはない」

「この青春チンポコ」

鋏を捨てた査定医が受け取ると片手でコウの性器の先を握り、根元に向かって振り下ろそうとした。

できの悪い西瓜《すいか》を安い陶器で殴りつけたような音が部屋に響き渡り、次いでショーは自分が振り抜いた花瓶が把手《とって》だけになっているのに気づいた。花瓶の破片を髪に付着させたまま査定医はコウの性器と包丁から手を離すと、どっと音を立てて前のめりに床に倒れた。

「な……なにを……貴様！」

ショーはベツニの顔に軽くパンチを喰らわせた。大して力を入れたわけではなかったが、〈人に叩かれた経験のない〉ベツニにとってはショックは大きく、それだけでも充分に失神するパワーになっていた。ベッニは腰を抜かすように床に尻餅をつくと白目を剝き、忽《たちま》ち、高級なスーツのパンツを失禁で黒く濡らした。

ショーは何故か反射的にその姿を写真に収めた。

「ふざけやがって……莫迦野郎！」

「あなた……どうするの……」コウの服装を整えたホノカが震える声を出した。

「……逃げるんだ」

「逃げる？　どこへ」

「何処でも良い。とにかく奴らの手にコウを勝手にさせない！　用意しろ！　すぐに出ないとコウが盗られてしまう！」

——度っか逝く野。

「そうだ……コウ。旅行だ」

——了こう、輪ーい。

ショーは妻の顔が不安と緊張で強張《こわば》るのを見た。

e

残る手段はひとつしかなかった。芳夏油夫妻から契約書類を受け取り、それを支店に朝一番で持ち込むのだ。そうすれば金は入る。後の自分が逮捕されるようなことがあってもホノカとコウまで拘束されることはあるまい。また正当な契約の対価でサービスの更新を行うことは何の問題もないはずだ。但し、土壇場《どたんば》になって契約が引っ繰り返ることは、今迄ショーも何度も体験してきた。時間変更と急な署名《サイン》を果たして夫妻は快く応じてくれるだろうか……。

ショーは窓から見える駐車場のバンに目を遣った。不透過ミラーの後部座席の中でコウは静かに座っているはずだった。

ホノカの溜息がテーブルの向こう側から聞こえた。

「あたしはコウと一緒に車の中でも良かったのに……」

「そう云うな、ふたりだけの外食なんて久しぶりじゃないか……」ショーは妻の気分をなんとか盛り上げようとしたが、この『レトロ・スパイク』というパブは古く臭く、酔っ払いばかりが男同士でテーブルにへばりついているような店では気分も盛り上がりそうになかった。だが今の懐事情では到底、洒落《しゃれ》たウェイトレスがチップを要求するような店には入れるはずもなかった。

ホノカは苺《いちご》や葡萄《ぶどう》、桃の中にバニラアイスクリームを詰め込んだアイスクリーム・ボンボンを、ショーはコーヒーに蛍光色のブルーベリークリームの載ったネオンブルーベリーグリッツを頼んでいた。

「取り敢えず、契約を完了させてしまいたい。今夜中に支店のポストに入れてしまえれば引き継がれたりすることはない。その後は支払いを完了させ、俺はＫ・Ｐの沙汰を待つよ」

「サービスはきっと終了だわ。あなたもいなくなって、コウとふたりきりになったらどうすればいいのかしら……ああ、わからないわ……一体、どこからおかしくなってしまったのかしら……ただ、あたしたちはあの子をあのまま失いたくなかっただけなのに……」

悔しげに唇を嚙み締めホノカは、またバンの方を見やった。

ショーは彼女のいつまで経っても寂しさの消えない横顔を眺めつつ、あの日のことを思い出していた。

あの日の授業で、ショーはマインドマップを利用した物語の作り方を指導していた。ショーがモニターに『星の王子さま』を展開例として映し出したとき、学年主任のコギトが飛び込んできた。

彼の顔は青褪め、〈至急、職員室へ〉と口にするまでパクパクと喘《あえ》いでみせた。ショーは同僚に〈どうしたんだ〉と苦笑しながら興味津々《しんしん》に教壇を見つめる生徒たちに〈二十分、各班でブレストして地図《マップ》を一例作ってみなさい。すぐに戻る〉と云い置いて教室を出た。

――すぐに戻る。その約束は永遠に果たされないこととなった。洸が自室で縊《い》死したのだ。葬儀までの記憶は曖昧《あいまい》だった。ホノカもまた全ての記憶がなかった。洸の自殺は確かだった。あの日、パートから帰宅したホノカが今朝、履いて行ったはずの洸のスニーカーが玄関に揃えてあることに気づき、部屋を開けて発見したのだ。外部からの侵入の形跡は一切なし、家人以外の指紋も現場からは検出されなかった。

『最近は、みんな簡単に死にやがる……』

担当刑事がポツリと云った言葉を何故かショーは憶えていた。誰ともなく遺体が返還されるまでの間の、がらんとした十五歳の少年らしい部屋を眺め、あの男はそう云った。

通夜の晩、ホノカがひとりの男をショーに紹介した。黒衣の葬式慣れした男で、それがベツニの前任者だった。契約をしてしまうと後はベルトコンベアーに載せられたように全ては一直線、一気呵成《いっきかせい》に進んだ。数日後、リビングにKP社の人間に付き添われたコウが現れたとき、ふたりは子どものように泣きじゃくって喜んだ。

いくつかの注意事項とコウが元のコウではないことを忘れないようにとの説明があった。それは説明と云うよりは厳命に近いものだった。実存延長は再生《リボーン》ではないこと。フレイルの運動機能、記憶、並びにコミュニケーション能力には自ずと限界があること等だった。

最初の数週間は自分たちの傷の癒やしに使われた。が、やがて一時期の熱狂が過ぎると返済という名の現実が重くのしかかってきた。福利厚生は良かったが手取りの少ない公務員ではジリ貧になった。遂に昨年、ショーはコギトら同僚が止めるのを振り切るようにして教師を辞し、もっと割の良い営業職へと進んだ——四十を数えてからの転職だった。

実存維持に欠かせない循環型リキッドはネットで廉価版《れんかばん》を補填《ほてん》して使用した。当然、契約違反だが汎用的《ジェネリック》だと説明されていた。

　コウの自殺の原因は虐《いじ》めや将来を悲観してのことではなかった。彼には初恋の相手がいた。ふたりは大人には想像すら及ばぬレベルで真剣に愛し合っていた。が、或る日、それは呆気なく崩れた。彼女が父親の転勤と共に月に向かったのだ。帰星がいつになるのかは誰にもわからなかった。またLunar Tycoon《月上の富豪》として地球人とは比べものにならない階級《クラス》になる可能性も濃厚だった。逢えない苦しさ、忘れる辛さから解放されようとコウは縊死した。

『莫迦な奴だ』今でもショーは思い出す度、そうくりかえした。フレイルとなったコウにも告げたことがある、すると彼はゆらゆらと笑った。

『回収に手間取っちまってよ』と不意に背後のテーブルから酔ったダミ声が聞こえた。

『け。フレイル潰しだろ。おまえもネクロヴォルトから早く足を洗えよ』

『銭が良いのよ。婆《ばばあ》と雀小屋で暮らしてるんだ。四《し》の五《ご》の選んじゃいられねえよ。それにしても今日見たフレイルの処置ってのは強烈だったぜ。まず首を五体から切り落とすと、中身を抉り取るのさ』

『抉り取る？　なんで？』

『ホルマリキッドの材料にするんだとよ。脳味噌を』

『ええ！　なんだそりゃ』

『死人ってのは全身が痛いんだと。大きな声では云えねえが死んだのに生きるってのは、とんでもない痛みなんだ。だから、それを緩和するのに脳を使うのさ。脳の中には元々、麻薬が出るだろ。それが凄く能《よ》くフレイルどもの痛みに効くんだって。だから収容されたフレイルはみんな脳味噌を生きたまんま、デッカい缶切りみたいなのにド頭突っ込んで頭蓋を切り離されるんだ。それを磨《す》り潰してリキッドに加えるのよ』

『生きてねえだろ』

『生きてねえよ。生きてねえけど、生きてるみたいにジタバタするし、人間そっくりに悲鳴を上げるのもいるんだ……』

ショーが勢いよく立ち上がると後ろのテーブルにいた六十過ぎの男ふたりが驚いたように彼を見上げた。ふたりとも安っぽいシベリア産の腕時計に金属タワシのような髭《ひげ》をつけていた。

――出よう。ショーは耳を塞いでいるホノカに告げた。

f

ラッキーなことに芳夏油宅の明かりはまだ消えていなかった。ショーはバンの中で身支度と書類鞄の中身を確認するとホノカに云った。「無事に契約書が受け取れるように祈っていてくれ」

ホノカは軽く頷くと、その代わりにといった感じで口を開いた。「無事に済んだら、あたしも話があるのよ」

「わかった。後で聞こう」ショーはホノカの頬にキスをすると玄関に向かった。

芳夏油婦人は顔に浮かぶ驚きを隠そうとはしなかった。既に就寝間際だったことは、その服装からもハッキリしていた。

「まあ、どうなさったの。こんな時間に」

「夜分、誠に申し訳ありません。実は大事な情報をお伝えしなくてはなりませんでした」

「明日になさってくださらない。主人は今夜、加減が悪くて」

ここが正念場だとショーは感じ、思い切って語調を強めた。「今夜中にサインを戴ければプロメティア内にあるミッキーマジックランドのＶＩＰ限定のルーム、あのＭＰＲ《マジカル・プレジデンシャル・リトリート》が永久利用できるメンバーズカードが贈呈されるんです！」

芳夏油婦人の口が文字通り丸くなった。彼女がＭＭＬの大ファンで或ることは、大学教授の家には似つかわしくない、ぬいぐるみ《ジェット・ソフト》や壁にかけられたホロフレームが物語っていた。

ショーは背中に汗が噴き出すのを感じた。……もうひと押しだ。でもここが肝心要《かんじんかなめ》だ。焦ってはいけない。こちらがあくまでも親切心で行動していると思わせなければ全ては無駄になる。今夜中に支店のポストへ投函《とうかん》しなければ。明日になって逮捕でもされれば俺は解雇され、ここまでの努力が全て無駄になる。最悪、別の人間か支店長のイミチの手柄になってしまう。それだけは絶対に許せない。

ショーは少し離れた街灯の下に停まっているバンに目を遣り、それから腕時計を確認する仕草をした。この方が下手に言葉で相手を急かすより、効果的だと今は辞めてしまった新人訓練係《インストラクター》が教えてくれたのだ。

「お急ぎなのね」

「そうなんです。あと二時間以内に完璧な形で申し込みを終えないと無効に成ってしまうのです」

夫人は履いているスリッパの爪先に視線を落とした。「主人は具合が悪くて、早めに休んでいるの。わたしがサインをするのなら構わないけれど」

ショーの頭の中で爆発のような衝撃と警告音が鳴り響いた——それだけは絶対にダメだ。契約の主体は芳夏油本人でなければ成立しない。社会的信用《クレジット》や自己所有資産の面から云っても専業主婦《キャリア・ネスト》の署名など、この熾烈《しれつ》なVR不動産《イマージョン・エステート・ネットワーク》の世界では通用しない。

「今からの変更は難しいです。ご主人名義で契約は進めてきましたので……もしどうしてもご無理なら」と、ショーは最後の手段に打って出ることにした。残念ですがと云いかけて、相手の喪失感を煽《あお》るのだ。

一礼したショーは玄関のステップを降り始めた。降りきってしまえば彼の負けだった。背後で唇を軽く噛み締め、逡巡《しゅんじゅん》しているはずの夫人が夫を起こす覚悟を決めるのか……否か。

『わかりました』

ラスト一段のところで声がかかり、ショーは〈嬉しい悲鳴〉を呑み込むのに苦労した。

「大丈夫でしょうか？」ショーは飽くまでも相手の決断であることを本人に記憶させるように重ねて云った。

今度は夫人に迷いは感じられなかった。「結構ですわ。但し、主人はとても加減が悪いのです。それだけは忘れないで」

――勿論。こっちは契約書を貰えれば良いんだ。ショーは自分にそう云い聞かせ、夫人に笑顔を向けつつ、ステップを戻った。

芳夏油の容態はショーの想像を超えていた。目は虚《うつ》ろで彼の応答にも殆ど反応がない。いつもの穏やかな快活さは消え去り、死病に取り憑かれている人の抜け殻と云っても良い雰囲気だった。夫人の隣に座った芳夏油はソファの背に躯を預けたままゆらゆらと揺れていた。額には冷たい汗が光っていた。

――これは早く済ませた方が良いな、とショーは思った。契約完了前に死なれたら元も子もない。トラブルがなくとも、今夜がもしかするとマストだったのかもしれない。

「最近は夜になると途端に加減が悪くなってしまうんです」

「ご病気ですか？」

「心臓です……血管がボロボロなんだそうです」夫人がポツリと云った。「いくつもの爆弾を抱えているようなもんだってお医者に云われています」

ショーはペンを取り出すと芳夏油に差し出した。目の前には署名を待つだけの契約書。

「では、そろそろ持って行かないと」ショーは芳夏油を促そうとした。

今夜に限り、芳夏油は明瞭な言葉を発しなかった。寝起きが不愉快なのか、それ以上に体調が悪いのだろうとショーは理解することにした。

『ぶぶぶ』契約書に向かった芳夏油がペンを落とした。ショーが拾ってそれを手渡す。その指と指が触れ合った瞬間ショーは文字通り、ゾッとした。

――彼は氷のように冷たかった。

ショーは芳夏油を見た。が、芳夏油はペンを握ったまま微動だにせず、契約書をぼんやりと眺めている。

「フォゲトウさん」ショーは自分の声が掠《かす》れているのに気づいた。「大丈夫ですか……」

目を見開いた夫人がこちらを凝視していた。その顔は今にも破裂しそうだった。

「夜だからなんです……寝る前はいつもこうなんです……だから云ったでしょう。具合が悪いんです……主人はとても具合が悪い……」

ショーは夫人の趣味の飾りの間、壁にある芳夏油の功績を賞する額に目を遣った。

『形態遺伝工学《モルフォジエノミクス》』『生物革新技術《バイオノヴァテイクス》』『核小体加工学《リボソーステクス》』……。

ショーは雷に打たれたように、それらが主に何に使われる技術かを悟った。

その瞬間、芳夏油が彼をハッキリと見た。加齢による白濁だけではない卵の白身を思わせる瞳はショーがよく知っている者の目だった。

そこへ不意に部屋の何処かに潜んでいた小蠅が『そうだよ、あんたの思った通りだよ』と留まった。芳夏油は払おうともせず蠅が虹彩《こうさい》のど真ん中で前脚を擦《こす》るのを許していた。

ショーは立ち上がった。その反動でテーブルに出されていたコーヒーカップが落ち、床で割れた。芳夏油はペンを握ったまま、さっきまでショーがいた場所を眺めている。

「なんてことだ……なんてことだ……」

「違うのよ！　説明させて！」

「こいつは人間じゃない！　くそったれのフレイルじゃないか！」

夫人がショーを落ち着かせようと摑《つか》みかかってきた。ショーが振り解くとそのとき、芳夏油が彼に唸《うな》り声を上げて迫った。ショーがその顔を殴り付けると芳夏油は呆気なく床に倒れ込んだ。ショーは近くにあったスツールを摑むと芳夏油の頭に叩き下ろそうとした。

「お願い！　やめて！」

部屋中を震わせる悲嘆の叫びにショーの腕が止まった。

「お願いします！　やめて……わたしたちには子どもがいません……この人がいなくなった

ら……わたしは……わたしは……うっうっうっ……」

ショーはスツールを放り捨てた。大きな音がした。

「最先端の技術を自分に試したんだな。それであんなに精巧なフレイルができたんだ。会話までしやがって……」

「たった数時間なの……殆どの時間は無理なの。でも、それも最近はどんどん短くなってしまって……欺《だま》すつもりはなかったの……でも人間のように相手をしてくれるのが嬉しくて。あたしもなんだかこの人が本当に帰ってきたようで。ごめんなさい……ごめんなさい」

ショーはテーブルの契約書を摑むと外に出た。

g

ショーが説明しなくてもホノカには何が起こったのかわかったようだった。少なくとも夫の目論見《もくろみ》が外れたことは充分に伝わっていた。

コウの横に座った彼女は息子の手を握ったままウトウトとしているようだった。コウは物珍しげに窓の外に視線を向けていた。

先程からＣ　Ｅ《コミュニケーション・エンハンサー》の画面が何度も点いては消えをくりかえしていた。『連絡しろ』というＫ・Ｐからのメッセージが機械的に送付されているのである。文面は徐々に脅迫的になり、やがては通報という最終手段を執るぞと脅し文句めいたものに変わることを、ショーは今迄の苦々しい延滞《えんたい》経験から憶えていた。

ショーたちは、万が一にも警察に停められるような事態を避けようと幹線道路を避け、敢えて郊外の未舗装に近いような林間の道を走っていた。ふと気がつくと数百メートル前方を行く、車のテールランプに気づいた。ホノカは寝入ってしまっているのだろう。

——これからどうすればいいのか。

取り敢えずは避難できる場所を探し、明日になってから状況がどの程度変化しているのかを確かめなければならない。コウに対する支払い等々は民事の範疇《はんちゅう》になるだろうが、気になるのは白髪とベッツニの怪我の程度だった。出血するほどではなかったにせよ、業務時間内であることから、彼らは会社の法務担当の力を借りて目一杯の賠償を求めてくるだろう。そうすればショー一家の暮らしは完全に瓦解《がかい》する。厭、それよりもコウはどうなるのだ？　単なる無許可フレイルだと認定されてしまえば即日、彼はN-V送りで処分されるだろう。他のフレイルの苦痛を和らげるため、脳だけ取り出されて……そんなことだけは避けたかった。二度も惨い死を息子に与えることは耐えがたかった。

そこまで考えたとき、後部座席にいたコウが『ほお』っと珍しく声を上げた。

それに釣られてうたた寝をしていたホノカも「え」と声を出した。

ショーは前方の車がいつの間にかいなくなっているのに気づいた。林間の道は、何処までも真っ直ぐに延びていた。が、最前までの車の姿は消えている。変だなと思いながらスピードを緩《ゆる》めた。と、林の中で光るものがあった。

「……車だ……」近づいたとき、ショーは思わず口に出た。

白い乗用車が道を外れ、林の中に突き進んだ形で停まっていた。車の鼻面《はなづら》が一本の太い木に突っ込み、白い蒸気が上がっていた。追突して間がない。

──面倒だ。

通過しようとショーがアクセルを踏もうとしたとき、コウがまた鳴いた。

「あなた……コウが気にしてるみたい」

「そんな莫迦な」

「とにかく無事かどうかだけ……ね」

他に車がやってくる気配もなかった。ショーは傍らに寄せて停めると助手席の足下からバールを取り出した。

「おまえたちはここにいろ」

ショーは車に近づいた。

車内は運転席にひとりだけだった。前照灯の明かりが木に反射して周囲は仄明るかった。

長い髪と細い体型から若い女だとすぐにわかった。

「大丈夫？」ショーは声をかけたがハンドルに突っ伏した当人から返事はなかった。

　ショーは運転席側に回り、変形したドアを軋《きし》ませながら開けることができた。女は気絶していた。が、その顔がショーの方に向いたとき、彼は思わず息を呑んだ。

　女には顔がなかった——厭、正確には人の顔がなかった。

　貌面異變症《ベーコン病》だ、とショーは思った。この病気は環境の変化や遺伝子の異常、化学物質の暴露などが原因で発生し、症状が出たときにはその変貌を止めることはできず、停止後のみ完全治癒が可能だが、患者は顔の膨張や歪《ゆが》み、皺《しわ》や痣《あざ》の拡大表出、皮膚の潰瘍《かいよう》、眼窩《がんか》の縮小による眼球の変化、鼻の溶解など容貌の変化に一生苦しまなければならない難病の一種だった。画家フランシス・ベーコンの自画像が泣き叫び、ズタズタに切り裂かれているところから一般ではベーコン病と呼ばれていた。確かに女の顔は巨大な手に握りつぶされたようになっていた。

　ショーが立ち尽くしていると手首が握られた。

「……家に……お願いします……こんなところで晒《さら》し者にはなりたくないの……」

　顔を伏せたまま女は云った。

　すると足音がし、ホノカが運転席の女を見た。

「家は近くなの」

「ええ……」

「家族は」

「なにが？」

「あなたたちは不思議ね」

撲だけで済んだという。女の求める薬を与えると彼女は安心したような溜息を吐いた。

ホノカが元看護師らしく、女の世話を焼いた。彼女によると幸いなことに骨折はなく、打

にあった。ベッド脇の棚には薬や栄養剤、注射が詰め込まれていた。

い柱が目立つ典型的なフロントポーチハウスだった。女の寝室は玄関を抜けたリビングの奥

を見失ったのだと云った。家の前には湖と呼ぶにはあまりに狭い大きな池があり、建物は白

女の案内で車を進めて行くと林の中の家は意外なほど近くにあった。女は目眩《めまい》がして方向

コウはホノカが後部座席の更に奥の荷室《にしつ》の部分に、毛布をかけて隠しておいた。

使えなかった。

ショーは車から女を連れ出すと両腕で抱えるようにしながらバンに戻った。女の車はもう

「かまわないわ」

がいる。少しの間、一緒にいさせてくれるなら……」

ホノカが頷き、ショーは逡巡した後、口を開く。「良いだろう……但《ただ》し、こっちにも病人

「ええ」

「独り暮らし？」

「ないわ」

「あたしを見ても厭がらないから。ここには滅多に人は来ない。配達人もあたしに逢うのを厭がってポーチに荷物を置き去りにして行くのに」

「あたしは元看護師だし、夫も元教職者だから変な偏見はないのよ」

「ベーコン病は飛沫《ひまつ》感染するとか？」

「ええ」

室内は品の良い調度が占めていた。しかし、壁には額に入った写真も画《え》もなくそこだけ殺風景だった。

女はやがて薬が効いたのか静かに寝息を立て始めた。

ショーとホノカはリビングに戻ると家の中を見て回った。なるほど女の説明通り、他に住んでいる人間を示す衣服や身の回りのものは見当たらなかった。二階を上がったすぐ手前に古いベッドのある手頃な空き部屋があった。ショーはバンからコウをそこへ移した。

二階に上がる際、コウはいきなり階段の半ばで停まった。それは足が単に上がらなかったというよりは上がるのを拒絶したようにショーには感じられ、驚いた。

——こっ血、イヤ駄。

コウがそう呟いた。

「どうしたんだ。早く上がりなさい」

——血がう門、子っち邪ない。

ショーはむずかるコウを窘《なだ》めながら何とか部屋に連れ込んだ。

「コウの様子がちょっとおかしくはないか？」リビングに戻ったショーは云った。

「あの子もいきなり環境が変わったのと、さっきまでのゴタゴタで不安がっているのよ」

「そんな機能まで残っていないはずだ」

「でもきっとそう。それに……痛いのかも……」ホノカが顔を曇らせながらハンカチを開いた。血肉が包んであった。「さっき後ろの座席に移したとき、皮膚がこぼれちゃったの……強く摑んだわけでもないのに」

「なんとかして純正ホルマを手に入れなければ……ぐずぐずしていると軀が保《も》たない」

と、いきなり窓の外が昼間のように白々しく明るくなった。家の上に緊急空行車《エマージエンシー・スカイライダー》が三機も浮いていた。下部のサーチライトが家の窓という窓から光を投げ込んでいた。しかし、いつも行うはずの警戒音は発せられず、静かに舞っているのみだった。

が、ショーの端末とホノカの端末が同時に鳴った。それぞれが応答する。と『何を考えているんだ』と、ベッツニの声がショーの耳に響いた。『莫迦なことは止めたまえ。フレイルには位置情報を報せる信号器《ビーコン》が仕込まれているんだ。あんたたちに逃げ場はない』

「俺は自首する。コウの安全な修復と妻の無事を保証してくれないか」

『やはりそれが目的で人質を取ったんだな』

「なに？」

『フレイルの費用遅延《ちえん》だけじゃあない。あんたらは既に、二件の暴行致傷に加え、拉致《らち》監禁、脅迫罪まで犯しているんだぞ。諦めて投降するのが賢い選択だ』

「何を云ってるんだ。我々は怪我人を助けただけだ」

『ふん。そんな見え透いた言い訳が通用するとでも思っているのか……莫迦な……』

そのとき、ショーはホノカが自分を驚いた顔で見つめているのに気づいた。が、ホノカの顔に一瞬浮かんだその驚きは消え、いつもの不安で哀しげなものに戻った。

「どうした」ショーはベツニの声を遮るように、通話を打ち切った。

不思議なことにホノカは微笑んでいた。

「あなた！」

「なんだどうした！」ショーがホノカの肩を摑むと彼女の目が大きく見開かれた。

コウが立っていた。ぐらぐらした軀を懸命にまとめあげながら一歩一歩、ショーたちに向かって進んでくる。

「自分で階段を降りたのか……信じられん」

「コウ！　どうしたの？」悲鳴に似た声を上げ、ホノカが近寄った瞬間、ショーは信じられない物を目撃した。

コウの手がホノカを振り払ったのだ。生前生後、逆らうことはおろか手を上げたことのないコウが母親を突くような感じで叩き払った。

ショーも思わず息子に飛びかかった。が、とんでもない力に彼は躯ごと吹き飛ばされ、テーブルで背中を打ち付けられ思わず喘いだ。「コウ!」

ショーは死んだ息子がリビングの奥に向かってよろよろと進むのを見た。立ち上がったホノカが追おうとしたが、ショーはそれを手で制し、キャビネットの上にあったビクトリア朝のアンティークスタンドを手に息子の後を追った。

リビング奥の女の寝室に続く扉が開いていた。

ショーは背中にホノカの視線を感じながら、歩を進めた。

——扉の向こうからくぐもった声がした。

女は寝ているのだろう、さもなければ悲鳴が聞こえるはずだった。

扉を開けると驚いたことに女は壁に背を預ける恰好でベッドの上に起き上がってい、コウはその膝の中に胎児のように身を丸くしていた。女は静かにコウの背中を擦《さす》っている。

「……あなた」ホノカが啞然とした声を上げた。

ショーは固唾《かたず》を吞みながら、静かに部屋に入った。

ふたりがベッドに近づくのを待って、女が顔を上げた。

「コウくんのおとうさん、おかあさんだったのね」

ショーの手からスタンドが滑り落ち、床で鈍い音を立てた。

「君は……」

「愛來《あいら》です……コウくんとはクラスメートでした。付き合っていたけれど、父の仕事の関係で地球《ここ》を急に離れることになって月《むこう》にいました……病気になる去年まで。彼が亡くなったことを知ったのは最近のことでした……わたしも逢いたかった……」

コウは顔を上げると何かを口ずさんだ。

──巣ぺ機をる慣れ。

問いたげなショーに向かいアイラが答えた。

「月の鏡《スペツキオ・ルナーレ》……わたしたちだけの合い言葉を作っていたんです……彼は頭はしっかりしているわ。きっと色々なことがわかっているはずです」

ホノカがショーの背に顔を押しつけ、啜り泣いた──奇妙な嬉し泣きだった。

「おかあさん、あたしも長くはないんです。もう余命が宣告されてしまっていて。だから戻ってきたの。もっとも人目を避けなければならないから……月にいても同じことだったかもしれないけれど、コウくんと同じ星で眠《ねむ》りたかった。もし良かったらしばらくの間、ここで暮らしてくれませんか……コウくんも一緒に」

ショーは頷いていた。

するとコウの声がハッキリと聞こえた。ショーは胸を摑まれる気がした。

──痛かったと、それは聞こえた。

が、すぐに訂正された。

コウは云い直すかのように、

――あ井た勝ったと、ハッキリ告げたのだ。

アイラが見上げたコウの顔を掌で優しく包んだ。

その瞬間、ショーとホノカはコウの目元から丸い液体が現れ、それがツーッと頬を降りて行くのを発見した。

そして、ホーッと長い溜息を吐くとコウは動かなくなった。

h

あの一連の出来事から三年が経った。

ショーは今でもアイラの家に四人で住んでいた。

居住はフレイルとなったアイラの世話をすることで許可された。費用は彼女の父親が何年も先払いをしていた。

「今日も良い天気だ」

キッチンのテーブルに並んだ、アイラ、ホノカ、コウを見てショーは笑った。

明確な返事はないが、彼は満足していた。

あの後、ホノカはショーと同時に受けた連絡が自分が末期の癌《がん》だとの宣告だったと告げ、生前に支払われる保険金で自身のフレイル化とコウの再フレイル化の手続きを済ませたのだった。

残念なことにコウの肉体は保存が難しく、首から上のみとなったがショーは満足だった。ホノカはそんな彼らを一日中、静かに見守っている。その顔は生前よりもずっと幸せそうだった。

ショーに関する暴行事件はアイラの父親の協力で不問に付された。その後、ベツニが月の裏にある支社に転勤したと聞いた。水も乏しく、昼は数百度、夜間はマイナス数十度以下という過酷な状況下で土地の開発販売をしているらしい。

――O103
ショーの漕ぐボートに乗ったアイラは池を渡る風に帽子を飛ばされないよう手で押さえながら笑った。

「なんだ」

――イ胃、Oテン機。

アイラの言葉が聞こえたのか、彼女が膝に置いた瓶の中でコウも笑顔になった。

空には夕焼けの中、月が浮いていた。

澤村伊智

ゾンビと間違える

●『ゾンビと間違える』澤村伊智《さわむらいち》

澤村伊智曰《いわ》く「個人的には過去最高に、お題に対して正面から挑んだものになったと思います」とのコメントが添えられていたこの作品。

登場する「ゾンビ」はまさにゾンビ映画の王道であり、本作がジョージ・A・ロメロのシェアード・ワールド・アンソロジーに入っていたとしても矛盾はない。極めて標準的なゾンビなのだが、標準的ではないものまでも描かれている。本作は、ゾンビをきっかけに炙《あぶ》り出される悪夢的な世界を絶妙に描き出した社会派ホラーともいえる。思い起こせば、ロメロによる第一作『ナイト・オブ・ザ・リビング・デッド』(1968)は、生ける屍のメタファーめいた復活から、結末に至るまで強烈な社会批判に満ちていた。この監督のお蔵入りになっていた幻の映画『アミューズメント・パーク』(1973)などは、「老人が遊園地で酷い目に遭う」としか説明のしようがない不条理の悪夢が描かれ、そのシニカルさはエッジの効いた澤村伊智の諸作品とも通底するものが感じられるほどである。

比嘉《ひが》姉妹シリーズ短篇集『すみせごの贄』(角川ホラー文庫)や、長篇『斬首の森』(光文社)の衝撃も醒めやらぬ澤村伊智のホラー凱旋。正統派のゾンビが横溢《おういつ》する本作は、その獰猛《どうもう》な鋭い牙で、社会の内臓を引きずり出してくれるだろう。

一

「お兄ちゃんをゾンビと間違えたい。だから協力して」

幼馴染《おさななじ》みの青部美雪《あおべみゆき》にそう言われて、僕はとても驚いた。もう少しでコーラを噴き出すところだった。驚いた人間が口にしていたものを噴き出すなんて、作り話の演出だと思っていたけれど、全然そんなことはなかった。

「健《けん》にしか相談できないでしょ、こんなの」

五月下旬。日曜の午後三時。

青部邸の一階のリビングで、僕と美雪はローテーブルを挟んで座っていた。彼女の両親はどちらも仕事で不在だった。仕事詰めなのはずっと前からで、子供を放任気味なのもずっと前からだ。だから彼女が今回、僕に物騒な相談をするのも自然と言えば自然な流れだ。それは分かる。でも。

「いや、だってキヨくん……清照《きよてる》くんって、健康だよね。まあ多少こう、横幅があるかもしれないけど」

反論しながら僕は美雪の年の離れた兄、キヨくんのことを思い出していた。

小さい頃——本当に小さい頃に、美雪と三人で遊んだ記憶がある。まだゾンビが作り話だった頃だ。

当時は同じアパートのお隣さんで、二人が僕の家に預けられることがよくあった。キヨくんは当時既に小学校高学年か中学生で、進んで「預けられる」ような年齢ではなかったはずだし、実際嫌そうではあったけれど、僕や美雪と遊んでくれていた。

美雪が離れるのを嫌がったからだ。

「お兄ちゃん」「お兄ちゃん」とキヨくんに甘えて抱きつく美雪の、嬉しそうな表情。鬱陶《うっとう》しそうに、でも同時に優しく美雪の相手をしていたキヨくん。二人の姿を思い出しながら、僕は訊ねた。

「正直、ちょっと信じられないな。どうしてそんな、間違えたいなんて……健康に問題とか？」

「ううん」

美雪は頭を振った。

「年齢だってそんな、いってないよね。六十、七十ってことは……？」

「何言ってんの？　いま二十七だよ」

ふっ、と冷ややかな笑みを浮かべる。

「だよね。じゃあ、い、家は……？」

「ここ。一緒に住んでる」

「だったら」

　僕はコーラを一口飲んで、訊ねた。

「だったらキヨくんは、間違えていい枠じゃない、ってことになるよね」

　理屈から言ってそうなる。どう考えてもそうだ。

　だからこそ僕に相談したのだ、と分かるけれど、それでも美雪が言っていることは無謀すぎる。反社会的だ。道徳的にアウトだ。どんな理由があっても絶対に協力できない。

　はっきり言葉で伝えようとしたところで、美雪は小さく溜息《っ》を吐いた。そして無言で立ち上がり、歩き出す。やけにゆっくりと、ぎくしゃくと。僕が声を掛ける前に、彼女は口を開いた。

「来て」

　そのまま振り返らずに廊下に出る。僕は傍《かたわ》らのバットケースを摑《つか》んで、慌ててその後を追った。

　廊下から玄関の方へ向かい、階段を上る。僕は少し間を空けて彼女に続く。階段を上りきり、二階の廊下に立ったところで異変に気付いた。

　臭《くさ》い。

記憶が鮮やかに蘇《よみがえ》る。

小学校の教室。床にこぼれた大量の牛乳を拭いて、そのままベランダに何日も放置された雑巾《ぞうきん》。あれと同じ種類の悪臭が、二階に漂っていた。

酷《ひど》く臭い。

「これ、兄ちゃん」

小さな小さな囁《ささや》き声で、美雪が言った。指先で廊下の突き当たりのドアを示す。ドアには「立入禁止」と下手くそな字で書かれた紙が貼ってあった。僕も同じくらいの小声で訊ねる。

「兄ちゃんって……？」

「お風呂に入らないんだよ。歯も磨かない。ずっと」

「なんで」

「これからもっと酷くなるよ。暑くなるからね。だからわたし、夏は一階で寝起きしてる。

もう三年……四年目か」

「僕らが中一の時から？　そんな、全然……」

「こんなになるとは思ってなかったし」

「なんで、こんなことに」

「さあ。でも、父さんも母さんも諦めてる。お医者さんとかにも連れて行けないし」

「だから、なんで」

「臭いオタクって、現実にいるんだよ」

彼女は泣きそうな顔で微笑《ほほえ》んで、階下を指さした。

一階のリビングに戻り、大きく息を吸って初めて、僕は無意識に呼吸を止めていたことに気付いた。鼻の奥にあの悪臭が、かすかにこびり付いていた。

美雪のひそひそ声の説明を、黙って聞く。

キヨくんは新卒で入った会社を一年で辞めた。そこからおかしくなった。部屋に籠《こ》もり、ずっとネットを見て過ごしている。たまにオフ会か何かに出かけるが、訊いても教えてくれないので実際のところは分からない。

両親が説得しようとすると激怒する。大声をあげ、壁を殴る。そして暴力を振るう。両親だけではない。美雪も些細《ささい》なことで因縁を付けられて何度も殴られたり、蹴られたりしたという。

「因縁って？」

「部屋にいたら壁ドンドン叩いて呼び出されて、行ったら『遅い』とか……」

どこかで聞いたような話だ、と思っていると、美雪はゆっくり立ち上がった。穿《は》いているハーフパンツの、右足の方の裾《すそ》を捲《まく》り上げる。

太腿《ふともも》に大きな痣《あざ》がいくつもあった。よく見ると太腿自体も腫《は》れている。左右で太さが違っている。

「ここを狙ってくる」

美雪が言って、裾を戻す。

僕は散々迷って、考えて、口を開いた。

「だからって、ゾンビと間違えちゃ駄目だよ」

「でも」

「最後まで聞いて。他にやり方がある。美雪を助けるやり方が。とりあえず――」

ぶぶ、と学生鞄の中から音がして、僕は黙った。

スマホに父さんからのメッセージが届いていた。

〈山内《やまうち》の家にゾンビが出た。お前も来てくれ〉

二

ゾンビは実在する。決して作り話ではない。

人類がその事実を知ったのは、僕が小学二年の夏のことだ。だからもうすぐ丸九年になる。

最初に発見されたのはアメリカの、ピッツバーグの墓地だった。

呼吸が止まり、心臓も動かず、もちろん脳波も停止している「死体」が、何故が動いて、暴れて、人を襲って食べる。ゾンビに嚙まれたり、その組織を体内に取り込んでしまった人も、数時間〜数日後にはゾンビになり、人を襲うようになる。この繰り返しでゾンビは増えていった。

北米各地でゾンビによる被害が報告されるようになった。当初は「ゾンビは不適切だ。不死者もしくはリビング・デッドと呼べ」などと言う人間も世界中にいたらしいけれど、少し経つと彼らは黙り、呼び方は「ゾンビ」に何となく統一された。こんな些細なことで悠長に議論する時間なんてない、と誰もが気付いたからだ。

日本にゾンビが現れたのは、アメリカで発見されてからわずか五日後のことだった。場所は某県郊外のフェス会場で、観客のほぼ全員がゾンビ化したのだ。僕が初めて観たゾンビの映像がこの時のものだ。

フェスの中継スタッフが押し寄せるゾンビを撮りながら逃げ惑《まど》う。転んだところを追いつかれ、嚙み付かれ、食べられてしまう。食べられる過程と、死の瞬間、どちらもはっきりとは映っていなかった。でもスタッフの悲鳴と、レンズに付いた赤い血と、ゾンビたちの青白い顔は、今でも脳裏に焼き付いている。

大勢が死んだ。

たくさんの悍《おぞ》ましい動画がネットにアップされ、僕は家でネットの閲覧を禁止された。その頃の暗い空気も記憶にあるが、希望の光が差した時の空気もはっきり覚えている。

ゾンビの弱点が頭だと判明したのだ。

厳密には脳を大幅に損傷させればいい。そうすればただの死体に戻る。大人たちは「やっぱり」と思ったらしいが、僕には実感がない。

弱点が見付かってからはスムーズだった。

アメリカみたいな銃社会に比べたらずっと遅かったけれど、日本のゾンビ対策も着実に進んだ。そして上手くいった。今ではゾンビはあらかた駆除され、新たな発生報告も月に一度あるかないかだ。それも遠くの町の話で、必ずすぐさま駆除される。大抵は地元の勇気ある人々の手によって。

だから、と言っていいのか分からないけれど、僕がゾンビを実際に目にしたのは、小学四年の秋の一度っきりだ。不死者に関する緊急事態宣言、通称「ゾンビ自粛期間」が解除され、自由に表を出歩けるようになって一ヶ月が経った頃。

夕焼け空の下、両親と川沿いの土手を歩いていると、対岸の川原をヨロヨロと歩く人影が見えた。ボロボロの服を重ね着して、髭《ひげ》は伸び放題で、ウー、アーと叫んでいた。それを野球のユニフォームを着た男の人たちが追いかけていた。人影は転んだ。その頭を男の人たちはバットで何度も何度も殴った。「死ね！」「臭《くせ》ェんだよ！」と男の人たちが口々に叫ぶのが聞こえた。

人影は動かなくなっていた。よく見えなかったけれど、頭はケチャップをかけたみたいに真っ赤になっていた。

「あれって……」

僕が訊こうとすると、

「ゾンビだよ」

父さんが遮《さえぎ》るように答えた。

「ゾンビね」

母さんも答えた。僕の目をさっと手で覆《おお》って、「駄目駄目、見ちゃ駄目」と言う。

「でも」

「健が自分の目でゾンビを見たの、これが初めてだったよな？　じゃあゾンビっぽく見えないのも仕方がない」

「父さんはあるの？」

「ああ。母さんもな」

「そう、あれはゾンビ。ゾンビなの」

母さんは僕の目を隠したまま、

「違ったとしたら、間違えられる方が悪いのよ」

と言った。

バスが大きく揺れて、僕は我に返った。

美雪の家を飛び出して、近くのバス停からバスに乗り、父さんとの待ち合わせ場所に向かっていた。

スマホを取り出し、父さんとのメッセージの遣り取りを見るともなく見る。

〈山内の家にゾンビが出た。お前も来てくれ〉

〈了解〉

〈山内は気持ち的に無理らしくて、代わりに父さんたちが駆除することにした〉

〈了解。別件で相談があるんだけど〉

〈今バタバタだから終わったら教えてくれ〉

〈了解〉

〈左武稲《さぶいな》駅西口に五時は？〉

〈行ける〉

山内さんは隣町に住む、父さんの学生時代からの友達だった。僕も小さい頃から何度も遊んでもらっていた。最後に会ったのは去年、僕が高校に入学した時だ。だから山内さんの力になりたい気持ちは素直に湧いた。

でも――

考えていると、車内アナウンスが「次は左武稲駅、左武稲駅。終点です」と告げた。

五分前に西口に着き、待っているとすぐ父さんが現れた。会社の部下を二人連れていた。

眼鏡の人と、角刈りの人。どちらも何度か会ったことがあるけれど、未《いま》だに名前は覚えられない。挨拶を交わし、父さんの号令で歩き出す。三人ともバットケースを背負っていた。当たり前の光景なのに、見ていると自分のバットケースが重く感じられた。

山内さんの家は閑静な住宅街の真ん中にあった。

玄関で僕たちを出迎えた山内さんは、別人のように痩せていた。前に会った時とまるで違う。体格だけでなく、声も細くなった。顔色も悪いし、髪の毛も半分以下に減った。しわくちゃの服の襟元《えりもと》や胸には染みが付いていた。

「すまないな、堀井《ほりい》。それと、会社の皆さんも……」

「全然ですよ」「これくらいしかできることないんで」

部下二人がにこやかに答え、父さんが続く。

「困った時はお互い様さ」

「健くんも、来てくれたんだね」

「はい」

僕は頷いた。お役に立てるかは分かりませんが、と心の中で言い添える。

「山内、奥さん――穂花《ほのか》さんはどうした？」

「入院した」父さんの質問に、山内さんは暗い声で答えた。「ずっと介護して、過労でね。いや、僕が押し付けてたんだ。本当は僕が全部やるのが当然なのに」

「だってそうだろ。穂花の父親じゃない。僕の、僕の、実の……なのに」

「自分を責めるな、山内」

父さんは山内さんの肩を優しく叩いた。山内さんは真っ赤な目を擦《こす》って、「ありがとう」と言った。

ゾンビは上がってすぐの応接室にいた。

介護用ベッドに仰向《あおむ》けで寝ていた。目は片方だけが微《かす》かに開いていて、口をずっともぐもぐさせている。僕たちに気付いても全く反応しない。

糞尿《ふんにょう》の臭気が部屋に満ちていた。

床にビニールシートが敷いてあった。

「じゃあ……頼むよ」

廊下から山内さんが声をかけた。ドアを閉めようとする彼に父さんが声を掛ける。

「もう通報しといてくれ。すぐに終わるから」

「うん」

パタン、とドアが閉まった。

よし、と父さんが小声で言った。眼鏡の人が折り畳んだ白いビニール袋のようなものを四つ、床に置く。安物のレインコートだ。四人が一つずつ拾い上げ、着る。ガサガサという音が部屋に響く。全員が着終えると、父さんは自分のバットケースのファスナーを開く。眼鏡の人も、角刈りの人も同じことをする。僕もそれに続く。護身用に持ち歩くことが普通になった、金属バットを四人揃って取り出す。

グリップを握り締めた僕の両手が、小さく震えていた。膝《ひざ》も笑っている。ばれないように力を込めれば込めるほど、震えはますます激しくなる。

眼鏡の人と目が合った。彼が憐れみと軽蔑の混じった表情を浮かべ、口を開きかけたその時。

「健はひとまず撮影を頼む。援護はまあ、できたらでいい」

父さんが事務的に言った。僕はホッとしたのを気取《けど》られないように、「ああ、うん」とぶっきらぼうに答える。ポケットからスマホを取り出し、父さんと部下の二人、そしてゾンビを動画撮影する。

父さんはバットを構えて、訊ねた。

「聞こえますか？」

ゾンビは答えなかった。

「きーこーえーまーすーかああああーっ？」

角刈りの人がいきなり大声で訊いたので、僕は跳び上がった。スマホを落としそうになって、慌ててしっかり摑む。

ゾンビがゆっくり父さんたちの方を向いて、

「ふあ」

と小さな声を上げた。一本だけ残った前歯が見えた。

「会話が成立しません」と眼鏡の人。

「この臭い、腐敗臭ですね」と角刈りの人がこっちを向いて、わざとらしく顔を顰《しか》める。

ゾンビがゆっくり右手を持ち上げた。こちらへ差し出す。

「危ない、我々を襲おうとしている」

父さんはサッと一歩下がって、

「仕方ないな、やろう」

父さんが静かに言った。

それを合図に、部下二人が金属バットを振り上げた。眼鏡の人はゾンビの腰に、角刈りの人は頭に、力まかせに振り下ろす。

がつ、ごつ、と鈍い音がした。

二人は何度も何度もバットをゾンビに叩き付けた。大きく振りかぶって、体重を掛けて、

「このゾンビめ!」「ゾンビめっ!」と大声を上げて。

ゾンビは無抵抗で殴られ続けていた。

「楽にしてやるよっ、どうせ生きててもゾンビみたいなもんだろっ!」

角刈りの人が嬉しそうに言って、血まみれのバットを振り上げる。

「おいこら待て、ストップ！」

父さんが叫んで、部下たちを制した。

「今のは拙《まず》いだろ。形骸化してるとはいえ、限度ってもんがある」

「すっ、すみません」

角刈りの人がゼイゼイと荒い息の間で詫びた。目はギラギラと怪しく輝き、頬に返り血が付いている。眼鏡の人がもどかしそうに頭を掻き毟《むし》った。

ゾンビの顔はぐちゃぐちゃに潰れ、赤く濡れていた。かつて口のあったところにはピンク色の、ぬらぬらした裂け目が開いていた。微かに開いたり、閉じたりしている。胸も腹もデコボコだった。

「健、一旦撮影を止めて、さっきのくだりをカットしろ。こいつの発言だ」

「あ、うん」

答えてタッチパネルに触れようとした、まさにその時。

「ごげえええ！」

ゾンビが奇声を上げて、掛け布団を蹴り上げた。

掛け布団は父さんたちに覆《おお》い被《かぶ》さる。「うわっ！」「ぐっ」「臭《く》っせ！」と三人はもつれ合って転んでしまう。

ベッドから転げ落ちたゾンビが、折れ曲がった身体を起こして立ち上がった。潰れた顔が僕の方を向いている。両手を僕へと差し出し、父さんたちを避けて、僕の方へとやって来る。

いつの間にか壁際に追い詰められていた。

こんな状況で馬鹿の一つ覚えみたいに録画を続けながら、僕は立ち竦《すく》んでいた。そうだ、バットを持っていた――と気付いた瞬間、バットが手から滑り落ちる。

ゾンビが呻《うめ》きながら僕へ躍りかかった。僕は思わず目を閉じた。

ごきん、と大きな音がした。

ゾンビが襲いかかってこない。

うっすら目を開けると、父さんがバットを持って立っていた。ゾンビは床に伸びて、小さく痙攣《けいれん》している。

その潰れた頭に何度かバットを振り下ろし、完全に動かなくなるのを確かめてから、父さんは「ふう」と息を吐いた。乱れた前髪が汗で額に張り付いていた。

「大丈夫か、健」

僕はどうにか頷く。

「もう止めていいぞ」

「な、何を……？」

「撮影だよ、撮影」

父さんは苦笑した。それを見てほんの少しだけ、身体の力が抜ける。

僕はスマホを操作して、録画を止めた。映像を編集しているうちに少しずつ緊張が解ける。

角刈りの人が父さんに詫び、眼鏡の人は何故か僕に詫びた。「大人がこんなにいるのに危険な目に遭わせたこと」を謝っているらしい。

「平気です」

僕はスマホから顔を上げ、笑顔で答えた。

山内さんが若い制服警官と一緒に部屋に入ってきたのは、それから数分後のことだった。

僕たちを順繰りに見据え、動かなくなったゾンビを警棒で軽く突《つ》いてから、警官は怠《だる》そうに言った。

「これ、人間ですね」

父さんたちが答える前に、

「まあ、こんなに臭いなら、ゾンビと間違えるのも仕方ないかもしれないなあ」

と、顔を顰める。

「動画、確認してください。会話も全く成立しなかったんです」

眼鏡の人が言った。僕はスマホを警官に向けて、動画を再生する。警官はチラッと動画を見て「ああ、はいはい、なるほどね」と投げやりに言い、追い払うような仕草をする。

「もういい」ということだろう。僕は再生を止めた。

「すみません。警察の方にお任せするべきでした」

父さんが神妙な顔を作って言った。警官は欠伸《あくび》を嚙み殺しながら、

「まあ、不可抗力ですね、不可抗力。一応書類作るんで、ちょっとここ、出ましょうか。三〇分くらいで済むんで」

返事も聞かずに部屋を出ていった。

「ありがとう、堀井。ありがとう、皆さん」

山内さんが涙目で言って、深々と僕らに頭を下げた。

三

ゾンビは危険だ。

だから人間は基本、ゾンビから逃げる。でも中にはゾンビに立ち向かう人間もいる。自分を守るためだったり、愛する人を守るためだったり、理由は色々だ。でも、ただの人間をうっかりゾンビと間違えて、攻撃してしまうことがある。傷付けるならまだしも、殺してしまうことだってある。

そういう事件が後を絶たない。深刻な社会問題だ。解決策を編み出して、こうしたことが二度と起こらないようにしなければ――

大人たちはそういうことにして日々を過ごしているが、もちろん実際は違う。

お年寄り、障害者、ホームレス。

彼ら彼女らが悪臭を放ち、会話が成立しなければ——

ゾンビと間違えたことにして、殺してもいい。

そんな空気がいつの間にか、何となく、出来上がっていた。

僕もすぐに慣れて、大人たちの嘘を真《ま》に受ける振りをし続けている。それが難しくなった時は、あの日の夕方、母さんが言った言葉を頭の中で繰り返す。

ゾンビと間違えられる方が悪いのだ、と。

それに、この空気のおかげで、世の中は確実によくなった。

ホームレスがいなくなって、町は綺麗になった。地下道や空き家に潜んで、今もひっそり生きているらしいけれど、目に見えるところには全くいない。僕はよく知らないけれど、老老介護の問題や介護殺人の件数も大幅に減ったという。道行く障害者の人たちはいつもニコニコして謙虚で、何をするにしても、僕たち健常者に感謝の言葉を忘れない。ゾンビ以前の彼らは礼儀知らずで、権利ばかり主張する厄介者ばかりだった、と父さんが言っていた。

だから、これでいい。

いや、これがいい。

この空気の中で生きていくのがベストだ。

「おっ、美雪ちゃん。住み心地はどうかな」

会社から帰ってきた父さんが、ネクタイを緩《ゆる》めながら訊ねた。

「いいです。とても」

ソファに座っている美雪が、ぎこちない笑みを浮かべて答える。洗面所からは母さんがドライヤーで髪を乾かす音がする。

山内さんのお父さんをゾンビと間違え、事情聴取と事務手続きが全部終わって解放されてから、僕は父さんに美雪の事情を伝えた。そして頼んだ。彼女を僕の家に匿《かくま》ってあげてほしい——と。

そりゃあ大変だ、と父さんは美雪の両親に電話し、了解を取り付けた。その日の夜に、美雪は荷物を抱えてこの家にやって来た。もうすぐ三日が経つ。

「落ち着くまでここにいたらいい」

「ありがとうございます」

「その間に、ご両親が必ず何とかしてくれる。これは大人の責任だ」

父さんは真剣に、どこか誇らしげに言ったが、美雪の表情は翳《かげ》っていた。しばらくして、彼女は口を開いた。

「いつですか?」

「ん? どういうこと?」

「いつ落ち着くんですか？　今まで何もしなかったのに」

「大丈夫だよ。おじさんも青部さんに、電話で伝えといたから。美雪ちゃんのためにも、清照くんのためにも、ちゃんと対処すべきだってね」

美雪は膝の上で組んだ手を、固く握りしめた。

「やっぱり……」

「何だい？」

「やっぱり、ゾンビと間違えた方がいいと思う」

「おいおい、おいおいおいおいおい」

父さんは真顔になった。美雪の正面にやって来て、腰を落とす。

「美雪ちゃん、それは駄目だ。差別だよ。人権侵害だ。清照くんは何ていうか……そうだな、人生の足踏みしてるだけなんだから」

「じゃあ」

美雪の目が一瞬で潤《うる》む。「じゃあお年寄りとか、障害者はいいんですか？　ホームレスは？　お兄ちゃんも一緒ですよ。臭いし、知らないマンガとアニメの引用してばっかりで話通じないし、それに暴力振るうし、だから迷惑だし。何が違うんですか？」

「美雪ちゃん、あのね」

「間違えていい人とダメな人の違いって何ですか？」

美雪の目から涙が溢れた。ぽたぽたと手の甲に落ちる。父さんはやれやれといった表情で、溜息交じりに言った。

「そういうのは大人になったら分かるよ。美雪ちゃんはほら、世の中の仕組みとか、全部馬鹿馬鹿しく見える年頃だから」

美雪が何か言おうとしたその時、父さんは「おっ」と言って、ポケットからスマホを取り出した。画面を覗き込んで、「おいおい」という。

「どうしたの？」僕は訊ねた。

父さんは答えた。

「職場の近所にゾンビが出たらしい」

参ったなあ、参ったなあ、と繰り返すが、頬が弛《ゆる》んでいる。

「再開発で住処《すみか》を追われたヤツらが流れてって、みたいな話、前から聞いてたんだよなあ。うちの会社の近所、とりあえず飯には困らないだろうし。今から緊急のリモート会議することになった。ごめんね美雪ちゃん」

ホッとした様子でリビングを出て、書斎に引っ込む。僕は洟《はなみず》を啜《すす》る美雪を横目で窺いながら、かける言葉を探していた。

書斎から父さんの笑い声が聞こえた頃。

「ごめんね、避難させてもらってるのに」

美雪が詫びた。僕は気の利いたことを言おうとしたけれど、「全然」としか答えられなかった。

物音がして目を覚ました。

自分の部屋のベッドで寝ていた。

かちゃん、と音がする。

玄関のドアをそっと閉めた時の音だった。

嫌な予感がしてリビングに行くと、美雪用の布団が空っぽだった。パジャマ代わりのスウェットの上下が、布団の横に丸めてある。時計を見ると十時四十分。たしか美雪の家の方へ向かうバスの最終便が、もうすぐ最寄りのバス停に来る。

迷ったのはほんの数秒だった。僕は大急ぎで着替えて家を出た。

バスには乗れず、僕は自転車を飛ばして美雪の家へと急いだ。やっと家の前に着いた頃には息が切れていた。

どの窓もカーテンが下りているが、一階も二階も灯りが点いているのが分かる。耳を澄ますと中から声がした。何を言っているのかは全く聞き取れないが、男の声だ。

門が開いていた。目を凝らすと玄関ドアもちゃんと閉まっていない。僕は乱れた呼吸を整えながら、バットケースを提《さ》げて青部邸に入った。途端に吐きそうになった。

廊下が血まみれだった。

壁にもあちこちに血が飛んでいた。

トイレのドアの前に、美雪の両親が折り重なるように倒れていた。二人とも頭を割られ、二人とも髪と顔が真っ赤に濡れている。二人とも背中に包丁が突き刺さっている。二人とも目を開いている。靴を履いたまま駆け寄り、確かめてみたがどちらも息をしていない。

血の臭いに混じって漂っているのは、あの異臭だった。少し吸っただけで胸がむかつき、吐き気がさらに強くなる。僕は鼻と口を押さえた。

真っ赤な足跡が廊下から階段に、点々と付いていた。

二階から物音がする。「やめてよっ」と美雪が小さな声で叫ぶのが聞こえる。

次の瞬間、パンッ、と弾けるような音がした。どん、どん、と鈍い音が続く。そして、

「オラアッ！」

甲高《かんだか》い怒鳴《どな》り声が二階から轟《とどろ》いた。

怖気《おぞけ》が走った。足が竦んだ。

引き返したくなる気持ちを抑えて、僕は靴のまま階段に足を向けた。バットケースから中身を引っ張り出し、構える。

「オラオラオラオラオラオラオラオラオラーッ！」

怒鳴り声はまだ続いている。

ぼこぼこ、ぼす、と音がする。

声も音も、二階に上がってすぐの美雪の部屋から聞こえた。中で何が起こっているのか考えるまでもなかった。迷っている暇もない。

僕は駆け寄ってドアを開けた。

でっぷりと太った男が、フローリングの床に倒れた美雪を踏み付けていた。こちらを振り向く。キヨくんなのだろう。かすかに面影があった。でも僕の知っているキヨくんとはあまりにも違っていた。

油っぽい癖毛は肩まで伸び、色あせたTシャツは汗に濡れている。腕にも顔にも首にも白っぽい粘土のようなものがこびり付いているが、どうやら垢《あか》らしい。歯はボロボロだった。手には血に濡れたアイアンクラブを持っていた。細い目は血走り、瞼《まぶた》は赤く腫れ上がっている。

饐《す》えた体臭が目に染みた。胃の中身がせり上がる。

蹲《うずくま》っていた美雪が顔を上げた。唇が切れて血が滲《にじ》んでいた。

バットのグリップを握りしめて、僕は言った。

「キ、キヨくん、あの——」

「やかましいッ!」

キヨくんが再び怒鳴った。

アイアンクラブを振り上げて、こちらに迫る。僕は咄嗟《とっさ》にバットを頭上で横に構え、クラブの一撃を受け止めた。金属同士のぶつかる高い音が部屋に響いた。バットから伝わる激しい衝撃で、腕が激しく痛む。

凄まじい悪臭に嘔吐《えず》きながら僕は叫んだ。

「美雪、逃げて！」

呻きながら美雪が身体を起こした。手を突いて部屋を出て行こうとする。

キヨくんがその気配に気付いて、首だけ振り返った。僕は隙を突いて彼の発疹《ほっしん》だらけの向こう脛《ずね》を蹴る。膝の伸びきった、弱々しいトーキックだったが、それでもキヨくんには効いたらしく、呻いて蹲った。手放したアイアンが床に落ちる。

雲脂《ふけ》だらけの頭が、ちょうどいい位置にあった。

バットで殴るには最適な高さと距離に。

殴らなければ。

美雪を苦しめ、美雪の親を殺した、臭くて、汚くて、話の通じないキヨくんを——

ゾンビと間違えるなら、今だ。

なのに僕は動けなかった。バットを振り下ろす以前に、振り上げることができない。半端な位置でバットを握りしめたまま、僕は震えていた。

「健！」

美雪の声がした、その時。

キヨくんが僕に突進した。体当たりをまともに食らって僕は吹っ飛び、窓に背中を打ち付ける。息が詰まった。叫びたいほど痛いのに、声も出ない。

キヨくんが太い指で窓を開け、僕の胸ぐらを摑んで持ち上げる。何をしようとしているのか気付いて、心臓が縮んだ。いつの間にかバットを落としていた。必死に抵抗するが体重も力もキヨくんの方がはるかに上で、まるで相手にならない。

キヨくんの膨らんだ顔が目の前にあった。

腐ったような口臭をまともに顔に浴び、涙が出た。

僕は腰まで窓の外に押し出された。窓枠を摑もうとしたが間に合わず、ちっぽけな柵になんとか指を引っかける。メキメキと柵が音を立てた。

駄目だ、落ちる。

そう思った時、キヨくんの背後に美雪の姿が見えた。

美雪は涙を拭って、憎しみと悲しみの目でこちらを見た。ぎこちない動作でアイアンを振り上げる。

「この――ゾンビめっ！」

ごつ、という音とともに、キヨくんの後頭部にアイアンの先端がめり込んだ。

キヨくんが白目を剝《む》いた。

キイイ、と変な声を上げ、僕を摑んだまま仰《の》け反《ぞ》る。後退《あとずさ》る。部屋に引き戻された形の僕は、どうにかキヨくんの手を振りほどき、床に転がる。バットを拾おうとしたところで、ドンッ、と激しい振動が床を震わせた。

キヨくんが仰向けに倒れていた。

後頭部から出た血が、じわじわと床板に広がっていく。目を閉じていた。力なく口を開けていた。美雪は片手で顔を覆っていた。啜り泣く声が指の間から漏れる。手からアイアンが滑り落ち、ゴトンと床を鳴らした。

「うう、う……う……」

美雪の泣き声を聞きながら、僕は後悔していた。

キヨくんをゾンビと間違えていいとは今も思わない。父さんの言うとおり差別だ。人権侵害だ。仕方ないと思ってくれる人はきっと少ない。ゾンビと間違えられる方が悪い——そう言ってくれる人は。

それでも今回は間違えるべきだったのだ。僕が躊躇《ためら》い、動けなかったばかりに、美雪が人殺しの罪を犯してしまった。僕は馬鹿だ。最低だ。根性無しだ。そもそもキヨくんが両親を殺したのだって、僕のせいみたいなものだ。僕が美雪を家に泊めたことで、美雪の両親はキヨくんを説得しようとしたのだろう。間接的に追い詰めてしまったのだ。両親を、キヨくんを。

だからといって、ここでずっとくよくよしていいわけがない、と気付いた。立ち上がって、キヨくんを避けて、美雪の肩を摑む。

「とりあえず下に行こう。それから通報する」

美雪は無言で頷いて、よろよろと歩き出した。

「怪我はない？」

「……ある」

「ど、どこ？」

「あちこち。折れてはないと思う」

「頭は？」

「大丈夫。守った」

「歩ける？　無理してたりとかは？」

「ちょっと痛いけど、大丈夫」

廊下に出たところで、僕はようやく思い至る。

「美雪、ありがとう」

「え？」

「最初に言わなきゃいけないことだった。助けてくれてありがとう」

「全然」

美雪は顔を上げて、ほんの少しだけ表情を弛めた。

瞬間、その顔が引き攣《つ》った。

どうしたの？　と声を掛けようとしたところで、彼女は僕を階段の方へ突き飛ばした。落ちそうになった僕は咄嗟に手摺《てす》りを摑む。

「美雪、何を――」

振り返った僕は息を吞んだ。

部屋から出てきたキヨくんが怒りの形相《ぎょうそう》で、アイアンを頭上に振りかぶった。そのすぐ手前で美雪が僕に背を向け、両手を広げて立ちはだかる。

「み………」

「オラアッ！」

キヨくんが勢いよく振り下ろしたアイアンが、美雪の首を直撃した。ごきん、と厭な音が廊下に響き、美雪が糸の切れた操り人形のように頽《くずお》れる。

「フーッ、フーッ、フーッ」

ニタニタと気味の悪い笑みを浮かべて、キヨくんが満足げに美雪を見下ろしていた。

「てめー……の、はいいん……は」

顔から表情が抜け落ちる。大きく体勢を崩す。

「たった、ひと……」

また白目を剝き、また仰向けに倒れる。ミシミシと床が軋《きし》んだ。

キヨくんは動かない。全く動かない。後頭部の血がまた床に広がっていく。一方で、美雪の身体はかすかに上下している。

つまり――

「美雪！」

僕は美雪に駆け寄った。

四

一週間後。

終礼が済むとすぐさま学校を飛び出し、最寄りのバス停でバスに乗る。向かった先は市内の総合病院だった。受付を済ませエレベーターに乗り、廊下を何度も曲がって、「青部美雪」とパネルに書かれた、個室のドアを開ける。

「え？」

僕は思わず声を上げた。

中にはスーツ姿の父さんと、部下の二人――眼鏡の人と角刈りの人がいた。三人ともスーツの上に安物のレインコートを羽織っていた。病室の壁と床を、手分けしてシートで覆っている。

ベッドで美雪が寝ていた。点滴を繋がれ、酸素マスクを付けて、うっすら開いた目で天井を見ている。こちらに気付いた様子はない。父さんたちを気にしている風でもない。いや――反応できないだけかもしれない。

一命は取り留めたが首に受けた一撃は深刻で、首から下は動かせないという。意識はあるようだが話すのは難しいらしい。話せる日は来るのか、動ける日は来るのか、現時点では分からない。

父さんからそう聞いていた。

だから面会できると聞いて、僕はすぐここへ来た。美雪に声をかけよう、かけ続けよう。恩返しと呼ぶにはあまりにもちっぽけだけど、僕にできることは何でもしよう。そう思ったからだ。

なのに、つまり、これは。

「父さん」

僕が声をかけると、父さんは疲れた顔で、

「ゾンビだよ。美雪ちゃんはゾンビになった。病院にもそう伝えてある」

「いや……」

僕は足を踏ん張って、

「そういうの、もういいから。誰が決めたの？　両親はいないのに」

廊下で血を流して倒れている二人を思い出す。

「遠くの親戚の方とコンタクトが取れてね。話し合って、最終的にお願いされた。『申し訳ありませんが、どうか』ってね」

「そんな」

「父さんだってこんなこと、やりたくはないさ」

壁にシートを貼り終え、父さんは悲しい表情で言う。

「でもほら、親戚の方は余裕ないらしいし、他に面倒見てくれる人もいないから」

「ぼ、僕の家は」

「優しさだけじゃ足りないんだよ、健」

父さんは溜息を吐いて、頭を振った。

僕は泣きそうになっていた。膝が笑っている。

角刈りの人が窓際で素振りを始め、眼鏡の人に身振りで窘《たしな》められる。

廊下で赤ちゃんの泣く声がした。悲鳴みたいな甲高い声が、もっと遠くから聞こえる。そこにバタバタと足音が重なる。事故か何かの急患が運ばれたのだろう。かすかな音と声をやけに冷静に聞きながら、僕は言った。

「だ……駄目だよ、父さん」

父さんは答えず、部下二人に早口で指示を出している。

「あの──」

「健くん、ごめんねえ」

眼鏡の人が猫なで声で言って間合いを詰め、僕の両肩を摑んだ。あっという間のことで避ける暇もなかった。

「駄目だ、やめ……やめろっ」

「男の子だろ、ここは現実を見ようよ」

「嫌です。どけよ、どけ」

「健くん」

眼鏡の人は不意に力を込めて、僕を押した。僕はあっけなくドアに背中をぶつける。眼鏡の人は笑顔のまま、僕の耳元で囁いた。

「あんまり大人を舐めるなよ、クソガキ」

ちょっと凄まれただけなのに、僕は黙りこくってしまう。竦み上がってしまう。悔しさと恐ろしさと情けなさで涙が出た。鼻の奥が塩辛い。

「聞こえる?」

角刈りの人が美雪に訊ねた。バットを手で弄《もてあそ》びながら、同じ質問を繰り返す。父さんがその様子をスマホで撮りながら、「腐敗臭がする」と嘘を吐く。

美雪の口がわずかに動いた。

「か……」

弱々しい声を漏らす。

「聞こえた。確かに聞こえた。

「父さん、反応したよ。美雪には聞こえ――」

チッ、と眼鏡の人が舌打ちした。ドアを開けて僕を出そうとする。僕は必死で抵抗しながら、

「と、父さん」

「会話、成立しません」

父さんがスマホのカメラレンズを美雪に向けたまま、事務的に言った。

角刈りの人が嬉しそうにバットを構えた。

止めろ、と言おうとしたら鳩尾《みぞおち》を殴られ、その場に蹲った。眼鏡の人にゴミ袋か何かのように、乱暴に廊下に蹴り出される。

「み、みゆ――」

閉まりかけたドアの向こうで、眼鏡の人がバットを振り下ろした。

僕が悲鳴を上げそうになった、その時。

美雪の手が――点滴のチューブが刺さった方の手が、そこだけ生き物のように動いた。勢いよく、何の躊躇いもなくバットに手を差し出す。

べきん、と音がした。

バットを弾かれた眼鏡の人が、目を丸くして後退る。

「え、え？」

病室を振り返った眼鏡の人が、啞然として言った。

滅茶苦茶に折れ曲がった指を中に翳《かざ》したまま、美雪が上体を起こした。痛がる様子もなく、どんよりした目で角刈りの人を、次に父さんを見る。顔色が酷く悪い。

酸素マスクがずり落ち、食いしばった歯が見えた。ベッドから下りる。点滴が引っ張られて抜けるが、血は一滴も出ない。

まさか。

この姿は、まさか。

「ウウウ」

彼女の口から呻き声が漏れた。

ゆっくりと両手を持ち上げる。

「ぞ……ゾンビだっ！　なんで」

叫んだ角刈りに美雪が襲いかかった。角刈りが咄嗟に腕で顔を庇う。美雪は腕を摑んで躊躇《ちゅうちょ》なく齧《かじ》り付く。

ぶち、ごり、という音が病室に響いた。

「ああーーーっ！　あーーっ！」

角刈りの全身が一瞬で真っ赤に染まった。骨まで嚙み砕かれ、千切《ちぎ》れかけた手から噴水のように血が噴き出している。美雪も返り血を顔に浴びたが全く動じず、今度は角刈りの喉に嚙み付く。

「ぶえええええ！」

ぷちぷちぷちっ、とやけに軽い音を立てて、美雪は角刈りの喉笛《のどぶえ》を嚙み千切った。角刈りは喚きながら喉を押さえる。

美雪の口から赤くぬらぬらした肉片が垂れ下がっていた。彼女は角刈りに馬乗りになったまま、その肉片をくちゃくちゃと嚙んで飲み込む。その目はうっとりと遠くを見ていた。

「く……駆除を」

眼鏡が震える声で言って、僕は我に返った。

「堀井さん、駆除しないと」

父さんはスマホを手にしたまま呆然《ぼうぜん》としている。

「堀井さん！」

「う、うるさいっ」

父さんが大声で言った。真っ青な顔に脂汗《あぶらあせ》を浮かべている。

「お前やれよお前。やれ、任せる」

「何言ってるんですか堀井さん。ゾンビ駆除、得意だって言ってたじゃないですか。慣れてるって」

「…………」

「まさか、あんた」

「うるさい、お前がやれお前がっ。やれよ！　業務命令だぞ！」

眼鏡が軽蔑の目で父さんを睨《にら》んだが、僕は少しも腹が立たなかった。むしろ清々《すがすが》しい気分だった。美雪が角刈りの目玉を指で抉《えぐ》り、口に含む。角刈りの顔は原形を止めていなかった。いつの間にか叫び声を上げなくなっていた。

嬉しかった。

大人たちが大事にしているものが目の前でボロボロと崩れ、壊れていくのが。

高校二年生の、たった一体のゾンビに壊されていくのが。

父さんと眼鏡はまだ言い争っている。夢中でお互いを罵倒《ばとう》している。だから美雪が立ち上がり、少しずつ距離を詰めているのにも気付かない。期待に胸が躍った。思い切り息を吸って、血のにおいを嗅ぐ。

二人が美雪に気付いて、子供のような悲鳴を上げた。

僕は咄嗟に廊下からドアを閉め、取っ手に全体重をかけた。ドンドンと中から激しくドアが叩かれ、引っ張られるが、必死で押さえつける。

アアアア、と美雪の呻き声がした。

ぶちぶち、ぐちゅ、という音とともに、父さんたちが絶叫した。


気付けば個室が静かになっていた。

中から聞こえるのはかすかな咀嚼音《そしゃくおん》だけだった。

病院のあちこちから悲鳴が聞こえる。何かが倒れる音、割れる音もする。

僕は長い廊下に目を向けた。

遠くをふらふら歩いているのは、人ではない。美雪と同じ柄の病院用パジャマは血に染まり、裂けた腹から赤黒い腸を垂らしている。その向こうには頭の半分欠けた看護師が、その隣にはランドセルを背負った血まみれの子供が。

ゾンビだ。この病院にはたくさんのゾンビがいる。増えている。

院内感染、ということだろうか。そう考えると美雪がゾンビになったことの説明が付く。

僕は個室のドアをそっと開け、中に入った。

一面血の海だった。美雪の家よりも凄まじかった。ベッドも天井も壁も赤い。隅《すみ》で美雪が大きな骨を囓っている。

眼鏡と角刈りは八つ裂きにされ、あちこちに転がっていた。父さんだけが辛うじて、人の形を保っていた。

「……ウウ、ウ、ア」

ゾンビ化した父さんが虚《うつ》ろな目を開けて呻いた。ズタズタの身体で立ち上がろうとする。

僕は床に転がっていたバットを拾い上げた。グリップの血をシーツで拭い、しっかり握る。

美雪と目が合った。音を立てて骨を嚙み砕く、その顔が笑っているように見えた。

彼女をどうするか、どうするのが正しいのか、まだ分からない。

ここを無事に出られるかも分からない。

でも今するべきことが一つある。それは分かっている。

僕は間違えない。

ゾンビと間違えて人間を殺したりなんてしない。

僕が倒すのは、僕が殺すのは――

「アアアアア！」

襲いかかる父さんの大きく開いた口に、僕はバットを叩き込んだ。

三津田信三

屍《しかばね》の誘《いざな》い

●『屍《しかばね》の誘《いざな》い』三津田信三《みつだしんぞう》

芦花公園、背筋をはじめ、令和に活躍する新世代のホラー作家たちが、自身に強い影響を与えたカリスマ的な巨匠として、口を揃えてその名をあげるマスター・オブ・ホラー。三津田信三が、ひさびさに《異形コレクション》に登場である。

氏の《異形コレクション》参加作は、2005年夏の第33巻『オバケヤシキ』収録の「見下ろす家」――のちの〈家三部作〉や〈幽霊屋敷シリーズ〉などの長篇とも通底する建物系怪奇小説。ちなみに三津田信三は、2023年にオリジナルアンソロジー『七人怪談』(KADOKAWA)を編集し、参加者七人にそれぞれ得意な分野の怪奇小説を注文しているが、本人が選んだ分野も「建物系怪談」――にはじまり、第45巻『憑依』収録の「ついてくるもの」まで全七作。いずれも純粋な怪奇小説であり、これらは『赫眼《あかまなこ》』(光文社文庫)などの短篇集でじんわりと恐怖を愉しめる。一方、ミステリーファンからも大いなる支持を受けているのが、怪奇作家が探偵役となり事件に挑む〈刀城言耶《とうじょうげんや》シリーズ〉で、最後の頁《ページ》までは、犯罪トリックなのか超自然怪異なのかわからないが、どちらも濃厚に味わえるこの作風は、ジャンルの新しい可能性を導いた。

本作は、ひさびさの《異形コレクション》での凱旋興行。三津田信三本人も登場し、編集者による依頼メールや、私の企画書なども引用されていて愉しめるが、ディクスン・カー「密室講義」ばりの「死者忌避感」講義もなされていて、実に贅沢なのである。

光文社の編集者より、いったい何年振りになるのか——と思わず懐かしさを覚えるような執筆依頼が届いた。『異形コレクション』シリーズである。一九九八年に創刊して、二〇〇〇年の途中で版元を変えながらも二〇一一年まで続いてから休刊となり、二〇二〇年にハマー・フィルム・プロダクションの映画「吸血鬼ドラキュラ」シリーズの如《ごと》く復活した。何とも息の長い書き下ろしのアンソロジーになる。

ただし僕が怪奇短篇を書いたのは、光文社文庫版になったあとの七冊に過ぎない。それらは短篇集『赫眼《あかまなこ》』（二〇〇九）にすべて纏《まと》められており、もうご縁はなくなったものと思っていた……。

それが再び執筆依頼をいただき驚いた。もちろん嬉しい驚きなのだが、そのタイトルが『屍者の凱旋』で、しかも依頼文の「今回のテーマは、お好きな『ゾンビ』です」を目にしたとたん、はたと困った。なお「凱旋」とあるのは、過去に同テーマの『屍者の行進』が刊行されているためだろう。

確かに僕はホラー映画のゾンビ物が好きである。ただ、ジョージ・ロメロ「ゾンビ」やルチオ・フルチ「サンゲリア」「ビヨンド」といった正統派のゾンビファンが評価する作品よりも、アマンド・デ・オッソリオ「エル・ゾンビ　死霊騎士団の誕生」（ビデオタイトル「エルゾンビ　落武者のえじき」）など、ちょっと変わり種を好む傾向がある。よってゾンビファンを名乗れるかどうか、かなり心許ない。それに僕がホラー映画で最も興味がある分野は、よく考えるとスラッシャー物なのだ。

では、ゾンビ小説はどうか。とっさに思いつくのは、フィリップ・ナットマン『ウェットワーク』、スキップ&スペクター編『死霊たちの宴』、サイモン・クラーク『地獄の世紀』、ブレイク・クラウチ／ジャック・キルボーン／ジェフ・ストランド／F・ポール・ウィルスン『殺戮病院』、M・R・ケアリー『パンドラの少女』くらいしかなく、それほど熱心に読んでいるとは言えない。

斯様《かよう》な僕に「ゾンビ」テーマの執筆依頼は、かなり荷が勝っているのではないか。そもそも拙作《せっさく》には、あからさまな「化物」が、ほぼ登場しない。仮に出てくるにしても、見た目は普通の人間の姿を一応している。一見ゾンビも人に映るだろうが、すぐに生者でないことは分かる。そういう一目で「人ではない」と判断できる存在を、拙作では意図的に扱わないようにしてきた。その理由を述べると長くなるため、ここでは割愛《かつあい》する。とにかく本書のテーマを前に、すっかり僕は困惑したのである。

これはお断りするしかないか。

一時の喜びが去ったあと、そんな悲壮感に包まれた。それでも添付された監修者の井上雅彦の「企画書」に、念のため目を通すことにした。そうして本当に良かったと思う。なぜなら文面には、以下のような但し書きがあったからだ。

《異形》の『屍者の行進』が扱ったモチーフは、あの映画の設定どおりの「増殖する人喰いゾンビ」だけには留まりませんでした。／たとえば、ゾンビの語源でもある本来のブードゥー教のゾンビ（神霊ンズンビ信仰による「使役される死体」）や、江戸川乱歩《えどがわらんぽ》が『怪談入門』で分類した「死体の怪談」に属するようなものまで、多彩な作品が集まりました。（中略）要するに、幽霊、怨霊、心霊のような〈霊魂〉を扱ったホラーとは趣を異にして、より生理的、物質的、身体的な「死体（肉体）」を伴うホラー作品」というコンセプトで『屍者の行進』を作りました。

この企画意図を読んで、これなら拙作も参加できるのではないか——と考えを改めた。ちょうど角川ホラー文庫三十周年記念アンソロジーのために、怪奇短篇「湯の中の顔」を書く心算《つもり》だったことも幸いした。

ちなみに「湯の中の顔」は本稿を執筆している現在、すでに書き上げている。これは今から二十年近くも前に新宿ゴールデン街のバー「G」で隣席になった、某出版社で校閲《こうえつ》の仕事をしているNから聞いた、彼の叔父の体験（昭和十年前後）が基《もと》になっている。その後もNとは同店で何度か飲む機会があって、他の怪異談も取材していた。その中に、如何《いか》にも拙作に相応《ふさわ》しい話が一つ、実はあったことを思い出したのである。

体験者は昭和三十年代の前半に、某中学校の国語教師だった人物で、彼は教職に就いたあと民俗学に目覚めた。そのため図書館に通って独学しながら、休日には近隣の村々を民俗採訪していた。やがて訪ねる村がなくなると隣県へ足を延ばしはじめ、そのうち宿泊までして野外調査を行なうようになる。彼が特に興味を持ったのは、葬送儀礼についてだった。

この国語教師の少なくとも名字は分かっているが、そのまま記すと差し障りがあるかもしれないので——かなり珍しい名前なので——便宜上「国史《こくし》」と呼ぶことにする。国史は自分の体験をNの叔父に語り、それを叔父はNに話して、Nが僕に教えてくれた。

本来なら国史の一人称で紹介するのが相応しいと思われるが、又聞きの又聞きという不確かな状態で、そのうえ随分と昔の話になるため、敢えて三人称で記す。

＊

はっと気づいたとき、すでに国史は山中で迷っていた。

その年の初夏の、とある晴れた土曜日、中学校で半ドンの授業を終えると、すぐさま彼は駅へ向かって電車に乗った。昼食を駅弁によって車中で済ませたのも、とにかく時間が惜しかったからだ。

この日は、某地方の犬甘村《いぬかいむら》まで行く予定だった。同村は半年前にも訪れており、村人たちに聞き取りをする中で、老齢の「木俣《きまた》」という郷土史家と仲良くなった。その老人が中学校に電報を打ってくれたため、半ドンが終わるや否や、彼は即座に学校を飛び出した。

国語教師の専門とは何の関係もない「趣味」について、学校長は理解を示してくれていたが、副校長と一部の教師たちは苦々しく思っているようで、あまり良い顔はしない。とはいえ国史が教師の本分を立派に全《まっと》うしている以上、さすがに文句は言えないのか、今のところは黙っている。しかも彼は民俗採訪の結果を原稿に纏めて、民俗学関係の学術誌に発表しており、専門の学者から高評価も受けていた。それは同中学校の名を高めることにも繫がっているため、父兄たちの受けも大いに良い。副校長たちとしても表立った非難は、ほとんどできなかった。

ただし国史自身も、この二足の草鞋《わらじ》を履いている状態が、いつまでも続くとは考えていない。民俗採訪する土地が遠方になればなるほど、春夏と冬の長期の休みを利用するにしても、いつか教職にも差し支えが出てくるだろう。そんな羽目になって学校長に迷惑を掛ける前に、きっぱりと教師を辞めるべきである。そう思っているのだが、できればもう少し当の学術誌で認められてから、中学校を去りたい。市井《しせい》の研究者という今後の立場に鑑《かんが》みれば、それくらいの準備は当然である。

そんな国史にとって今、最も悩みの種なのは、実際の通夜や葬儀に出た経験が少ないことだった。これまでに親族関係での体験は、いくつかある。だが、どれも子供の頃で記憶も曖《あい》味《まい》にしか残っていない。教師になってからは、学校関係での出席が確かに増えた。しかし地元で、しかも彼の立場で、通夜や葬儀に於ける民俗採集など無理である。かと言って赤の他人の家の弔《とむら》いに、いきなり押し掛けることもできない。

そうなると可能性があるのは、民俗採訪をした先の土地で、国史が出ても問題のない通夜や葬儀に僥倖《ぎょうこう》にも出会《でくわ》すことだろう。そして当然、そんな偶々《たまたま》など滅多に訪れない。この悩みを犬甘村の郷土史家である木俣に打ち明けたところ、なんと協力してやろうと言われた。同村で土日に予定されている弔いがあって、彼が出席しても問題なさそうな場合、中学校宛に電報を打ってくれることになった。そのうえ相手の家には、予《あらかじ》め木俣が話をつけてくれるという。まさに至れり尽くせりの申し出だった。

この約束を木俣としてから、国史はカメラや地図や着替えなど民俗採訪に必要なものを詰めたリュックサックを、中学校に置くようになる。電報を受け取ると同時に、すぐさま出発できるように。

その電報が届いたのだから、彼は大いに張り切った。もっとも先方の家の葬儀では、できるだけ目立たないように気をつけた。他所者《よそもの》のうえに完全な部外者、という自分の立場を肝に銘じるようにした。

そういう態度が良かったのか、また木俣のお陰もあるのか、最初は取っつき難かった遺族たちも次第に打ち解けてきた。仏が大往生した刀自《とじ》だったことも、彼には有利に働いたのかもしれない。写真撮影まで許可してもらえたときは、本当に喜んだものである。

国史は葬儀のあと、精進落としにも同席させてもらえた。そこでは酔って口が軽くなった人たちから、貴重な話を採集できた。終いには「泊まっていけ」とまで言われたが、木俣家に厄介になると決まっていたので、それは丁重に辞退した。

木俣の家では夜遅くまで、二人は酒を酌《く》み交わしつつ、犬甘村の葬送儀礼について話し込んだ。我が村の風習に若い彼が興味を持ってくれるのが嬉しいのか、老人は饒舌《じょうぜつ》だった。このときの会話の中で、隣村である犬前《いぬさき》村の小学校教師が、やはり民俗学好きだと教えられた。しかも先方への紹介状を、その場で木俣が書いてくれた。

木俣家での一夜は、国史にとっても楽しく有意義だった。ただ就寝の間際に木俣が、ちょっと気になる台詞《せりふ》を吐いた。二人で地名の成り立ちを話題にしていたところ、ふと酔いに任せて口を滑らせたという感じで、犬甘村は元々「犬飼い村」であり、犬前村は「犬裂き村」ではなかったか……と老人が言ったのである。

国史が驚いて「どういう意味ですか」と尋ねた。しかし木俣は、それまでのお喋りが嘘のように黙り込むと、唐突に「もう遅いので寝よう」とお開きにした。

翌日、国史は朝食に呼ばれてから、木俣家を辞した。村の名前の成り立ちについて、老人に尋ねたい気持ちはあったが、時と場所を選ぶべき話題だと考えて、このときは諦めた。

木俣は犬前村までの手描きの地図と、昼食用のおにぎりを渡してくれた。国史の水筒にお茶を詰めることも忘れなかった。もちろん彼は丁重に礼を述べたが、昨夜の問題が心の片隅に引っ掛かっているためか、何処《どこ》かぎこちなかったかもしれない。

犬甘村の外れから北西へ延びる小道を歩いていくと、やがて道祖神《どうそじん》に行き当たる。ここが正式な村境《むらざかい》らしい。それを越えて十分も進んだ頃、二股の分かれ道に出た。左手に折れて五分ほどで、一つ目の低山《ていざん》の登り口が見えてくる。

小道から逸《そ》れて山路《やまみち》に入ったとたん、辺りが翳《かげ》った。しばらくは杉木立の中の、緩《ゆる》やかな登りを辿る。木漏れ日が幻想的で、ちょっと見蕩《みと》れてしまう。

先程の小道を進んでも、犬前村には行けるという。ただし、ほぼ一日は掛かる。二つの低山越えは少し大変だが、半日で着くらしい。国史のような若者なら、もっと早くに到着できるに違いないと、木俣は自信有り気に請け負った。おにぎりを持たせるのは、あくまでも念のためだと言われた。

やがて山路は足場が悪くなり、その先で葛折《つづらお》りの急登《きゅうとう》となる。最初は折れ曲がった坂を、ふうふう息を吐きながら登るだけだった。確かにきついが、ジグザグの山路を愚直に進めば済む。しかし途中で枝道に入り、その後も何度か分かれ道を過ぎてから、どうにも不安になり出した。

……何処かで間違えたか。

どんなに辛くても葛折りの山路なら、頂上を目指している感覚が少なくともある。しかし一つ目の枝道に入って以降は、あまり登った気がしない。山肌に沿って横へ移動しているからではないか。

当初は楽だと喜んだものの、これでは一つ目の低山を、いつまで経っても越えられない。山には素人ながら、それくらいは分かる。むしろ、どんどん山奥へ足を踏み入れている気がする。まったく別の山に侵入している気配があって、どうにも落ち着かない。地図に従っているはずなのに……。

ふと気づくと鬱蒼《うっそう》と茂った斜面の森の直中に、ぽつんと彼は佇《たたず》んでいた。まだ午前中だというのに、あまりにも辺りは薄暗い。足元を見下ろしても、とっくに山路などなくなっている。辛うじて細い一本の線のような、獣道《けものみち》かと思える筋があるばかりで……。

このままでは拙《まず》い。

山での経験はかなり浅いが、民俗学関係の書籍で得た知識は持っている。山中で迷った場合、闇雲《やみくも》に下山するのは悪手《あくしゅ》だった。山間《やまあい》の谷のような部分に落ち込んでしまい、そこから出られなくなる懼《おそ》れがあるからだ。

こういうときは元の場所まで戻るか、それが無理なら周囲を見渡せる地点まで登って、辺りの地形を確かめたうえで下山ルートを探るか。どちらかを選ぶべきだと、書物を通じて先人たちは教えてくれている。

ただし国史は、とっくに自分が戻れない状態にいると分かっていた。いくら木俣の地図を眺めようとも、そもそも今いる地点が不明である。ほぼ間違いなく、この地図には描かれていない場所にいるのだと思う。そのため彼が持参した地図も、もちろん役には立たない。つまりは上を目指すしかないわけだ。

彼は樹から樹へと、それぞれの根元に移動するようにして、急峻な斜面を登り出した。転げ落ちないための、用心である。大きな樹木に辿り着いたときは、その太い幹に凭《もた》れて休憩した。そうして時間を掛けながらも、確実に上へと登り続けた。

ようやく山の稜線《りょうせん》に出たとき、もう昼になっていた。生憎その周囲も樹が生い茂っており視界が悪い。がっかりしたが気を取り直して、おにぎりを食べる。木俣の「念のため」が役立ったことを感謝しながら、水筒のお茶も飲む。

しばらく休んだあと、稜線を歩き出す。やがて少し開けた場所に出た。左手に樹木の途切れた崖があり、見下ろすと山の中腹辺りに一本の路が走っている。しかも道端には、なんと人影が見えるではないか。その恰好から察するに、この近辺の農家の人らしい。

おーい……と叫びそうになって、国史は思い留まった。やはり民俗学関係の本に、山中で「おーい」と声を出すのは魔物のため、絶対に返事をしてはいけない、と記されていたからだ。もっとも魔物は「おーい」と一度だけしか呼べない。「おーい、おーい」と連続で声をあげている場合は、相手が人間だと分かるという。

そんな知識を持っていても、この山中で「おーい」という呼び掛けを口にするのは、やっぱり躊躇《ためら》われた。それに変わるものは、山らしく「やっほー」だろうか。しかし慣れていないためか、とっさに出てこない。

おぉーーーいぃ。

すると下の方から、先に呼び掛けられた。改めて見下ろしたところ、こちらに右手を振っている。

国史は手を振り返しながらも、呼び掛けが「おーい」で、しかも一度だけなのが気になった。とはいえ本の記述は、あくまでも山に纏わる俗信である。実際に魔物が人間の姿を借りて出てくるはずがない。思わず躊躇《ちゅうちょ》したのは、こんな山中で迷ったせいだろう。

彼は教師らしく考え直すと、さらに手を振りながら叫んだ。

「犬前村にはぁ、どう行けばぁぁ、いいんですかぁぁっ」

下の道端にいる人物は、なおも右手を振りつつ、すうっと左手を水平に挙げた。それは山路の奥を指し示しているようだった。

あっちか。

山路の先を見やりながらも、ふと国史は懸念《けねん》した。あれが一つ目の低山の登り口に入る前に、もしも彼が歩いていた小道だとしたら、犬前村まで時間が掛かり過ぎる羽目になる。該当の小道は山中ではなく平地を通っているはずなので、恐らく杞憂《きゆう》だとは思うものの、ちゃんと確かめておいた方が良い。

そう考えつつ視線を戻したのに、肝心の人影が見えない。ほんの数秒の間だったのに、もう立ち去っていた。

……いったい何処に？

あの人物は国史と同じく犬甘村から来て、犬前村へ行く途中だったのか。だとしたら山路の先に目をやっていた彼の視界に、間違いなく入ってきたはずである。では逆に犬前村から犬甘村へ行く途上にあったのか。だとしたら道端で、どうして犬前村の方をわざわざ振り返っていたのか。

妙な人物だったな。

何となく不信感を覚えたが、お陰で助かったのは間違いない。あとは問題の山路まで、如何《いか》に安全に下りられるかである。眼下の崖は急勾配のうえに岩場も多く、とても危険そうに映る。このまま稜線を進みながら、左手に下りられそうな場所を探す。その方法しかなさそうだった。

国史は気を取り直して歩きはじめたが、皮肉にも稜線は右手へ曲がり出した。しかも進むにつれて、どんどん右方向へ逸れていくではないか。それでも仕方なく辿っていたが、このままでは埒《らち》が明かないと思い、他に比べると緩やかそうに見える左手の斜面が現れたところで、彼は果敢にも下りはじめた。

先程の登りと同様、大きな樹から樹へ、その根元を目指して移動する。こういう斜面の場合、登りよりも下りの方が難しく危険度も高い。だから慎重に、とにかく焦らず、ゆっくり時間を掛けて下った。

ようやく山路に出られたときには、ぐっしょりと汗を掻いていた。半端ではない疲労感にも見舞われ、その場に思わずへたり込んでしまう。

しかし、そう愚図愚図もしていられない。早くも太陽は傾き掛けていた。山中の日暮れは平地よりも早い。まだ大丈夫だろうと構えていると、あっという間に辺りが薄暗くなる。それでも明るさはあると舐めていると、瞬《また》く間に闇が降りる。はっと気づいたときには、すでに真の暗がりに包まれている。まったく何も見えない状態に陥ってしまっている。

そうなる前に判断が求められた。山中で野宿をするか、夜通し歩いて麓《ふもと》の里に出るか。前者は一刻も早く安全な場所を見つける必要があった。そして後者はある程度の確信がなければ決められない。

あと二時間くらいは、まだ犬前村を目指せるか。

太陽の傾き加減と空の色合いから、そう国史は判断して歩き出した。だが、その直後にある不安を覚えた。

この山路は、さっきの人物が指差したのと、本当に同じものなのか。

先程の崖上から稜線を辿ったものの、かなり右方向に逸れながら進んでいる。ようやく左手に下りられる斜面を見つけたが、その真下に通る山路が、あのとき崖上から見下ろしたものと同じだという保証は、よく考えると何処にもない。

とはいえ今は、この山路を進むしかなかった。日の陰り具合を常に意識しながら、行けるところまで歩くしか他に選択肢はなさそうである。

山路の右側は登りの、左側は下りの斜面で、どちらも樹木が密集している。ぐねぐねと路は蛇行していたが、しばらくは平坦だった。やや足早に辿りつつも、絶えず前後に気をつける。あの人物が歩いているかもしれない。確かに妙な感じは受けたが、今のこの状況では心強い相手と言えるだろう。

そうやって前後の気配を探っているうちに、後ろの方から誰か来ている気がした。すぐに立ち止まると、その場で振り返りつつ凝《じ》っと待つ。でも、いくら待っても追い着いてくる者などいない。

……勘違いだったか。

そこで再び歩き出したが、しばらく進むとまたしても、後方から跟《つ》いてくる何者かの気配を覚えて、彼は背筋がぞくっとした。

こういう状況は拙いな。

さすがに国史も、自分のあとを尾《つ》けているのが山の魔物だとは思わない。それは想像の産物に過ぎないからだ。しかし一方で、背後に何かの気配を感じているのも事実である。この場合、そういう感覚に彼が陥っていること自体が、大いに問題だった。

まったく未知の山中で迷い、おまけに日も暮れ掛けている。そのため精神的に追い詰められた気分になって、実際は存在しない気配を感じ取っているに違いない。このまま不安が酷くなっていけば、やがて幻聴が聞こえはじめ、幻視も体験する羽目になるかもしれない。そんな事態になれば、確実に遭難するだろう。

しっかりしろ。

国史は己を鼓舞すると、もう背後には一切の注意を払わずに、さらに足を速めた。にも拘らず後ろの方から、ずっと何かが跟いてくる。そういう気配がある。

……した、した、したっ。

それは尾けてくるというよりも、あたかも彼を追い上げているかのようだった。そんな風に感じられてならない。

なおも進んでいくと山路が少しずつ下りはじめて、そのうち瀞《せせらぎ》が耳につきはじめた。どうやら川の側に近づいているらしい。間もなく平地に出られるのかもしれない。

その予想通りに、やがて山路は完全に下り切ったあと、ほとんど起伏のない平坦な状態で深い木立の中を蛇行するようになり、しばらく歩くと左手に小川が現れた。ほぼ山路と並行して流れている。

このまま川に沿って進んでいけば、犬前村に着けるのではないか。という淡い期待が、ともすれば酷い過労から重く感じる足取りを元気づけた。弱々しい歩みながらも、彼は一歩ずつ前進した。

それが、ある地点に差し掛かったとき、ぴたっと止まってしまう。山路と小川は相変わらず並行していたが、その一箇所に粗末な橋が架かっている。こんな山奥に……と首を傾《かし》げるほど、その橋の出現は謎めいていた。

ふらふらっと国史は橋を渡った。半ばは好奇心、半ばは疲れからである。もし人家でもあるのなら、ちょっと休ませて欲しい。できれば泊めてもらいたい。そう考えたとたん、どっとした疲労感に襲われると同時に、目の前に奇妙な家屋を認めていた。

中央に玄関の格子戸、左手に不可思議な長方形の出っ張り、右手に破れ目の繕《つくろ》い跡が目立つ障子《しょうじ》と、その下部に縁側が見えている。もちろん木造の安普請《やすぶしん》だったが、屋根は粟幹《あわがら》で葺《ふ》かれており、玄関と障子の間は土壁だった。樵《きこり》小屋や炭焼き小屋とは、何処に目をやっても明らかに違うことが分かる。

彼は少し驚いたが、それ以上は何も感じなかった。心身ともに平常なときであれば、もっと不審に思ったかもしれない。だが、とにかく疲れていた。障子越しに明かりが映っているので、家人は在宅しているらしい。ここは休憩もしくは宿泊を、ぜひ頼み込みたい。それしか頭になかった。

ところが、そのまま国史が玄関に近づいていくと、ふっと屋内の明かりが消えた。まるで彼の気配を察したかのようで、なんだか気持ちが悪い。かと言って立ち去ってしまうほどの出来事でもない。きっと偶然なのだろう。

彼は気を取り直すと、玄関先で声をあげた。

「……こんにちは」

しかし屋内は、しーんとしている。ただし無人の静寂ではなく、凝っと誰かが息を潜めているような、そんな重苦しい静けさである。

「あのー、すみません」

どうして応答しないのか、と少し腹が立ったのも束の間、彼はすぐに察した。

こんな人里離れた山中の夕間暮れに、いきなり訪ねてきた何処の誰とも分からぬ男を、そう愛想良く迎える者もいないだろう。それなりに警戒するのは当然ではないか。と遅蒔《おそま》きながらも気づいた。

「私は――」

そこで国史は簡単な自己紹介と、今ここにいる事情を簡潔に話した。自分が決して怪しい者ではないと、必死に説明した。にも拘らず屋内からは、やっぱり何の反応もない。

……変だな。

彼が玄関戸から右手の障子に視線を移したとき、破れ目の穴から覗く眼《まなこ》と、ふいに目が合った。ぞわっと項が粟立《あわだ》つ。すっと目の玉が消えても、首筋の怖気《おぞけ》は残っている。

ずっと覗かれてた。

しかも障子の破れ目は、すでに塞がれているのか、何処を捜しても見当たらない。破れ目を繕ったように見せ掛けて、実は外を覗ける穴があるのだとしたら……。

……何のために？

国史は突然、目の前の家が怖くなった。さっさと立ち去るべきではないか。そう思うのだが、ぴくりとも両足が動かない。それが恐怖のせいなのか、疲労のためなのか、まったく判断がつかない。ただ呆然《ぼうぜん》と立ち竦《すく》むばかりである。

……がた、がたっ。

そのとき目の前の玄関戸が音を立てて、少しずつ開き出した。顔を背けたいはずなのに、格子戸にできる隙間を、逆に凝視してしまう。どうしても視線を外せない。

半分ほど開いた戸口の暗がりに、四十前後に見える痩せ型の男が立っていた。第一印象は農民でも猟師でも木地師《きじ》でもなくて……いや、そもそも労働している人間に見えない。何処か怠惰《たいだ》な雰囲気を纏っているからか。だとしたら人里から離れた山中の一軒家で、この男はいったい何をしているのか。

とっさに覚えた圧倒的な違和感から、彼は反射的に逃げ出し掛けたのだが、

「ちょうど良かった」

男の意外な台詞を耳にして、つい応じてしまった。

「……な、何がですか」

「今から犬前村まで行って――」

　何々を呼んでこなければならない、という意味のことを男は言った。肝心の「何々」は聞き取れなかったが、どうも人名ではなかった気がする。それがまた妙に気持ち悪い。ただ、かなり急いでいる。それは感じ取れた。

「けど独りにしとくのも不憫《ふびん》なんで、儂《わし》が戻るまでの間、ちょっと一緒におってやってくれんやろか」

　つまり男の他に、家には誰かいるらしい。しかも相手の口振りから察するに、それは病人か子供のようである。本当なら断りたい。こんな得体の知れぬ家に入りたくない。と躊躇う一方で、相当に疲労困憊《こんぱい》なのも間違いなかった。

　そこで国史は念のために尋ねた。

「犬前村までは、どれくらい掛かりますか」

「日中なら早足で一時間やけど、もう暗うなり掛けとるから、一時間半は見とかんといかんやろな」

　この答えを聞いて、彼は決心した。それだけの時間を今から歩くのは、とても無理そうである。さっき仮に逃げ出していたとしても、いくらも走らないうちに、間違いなくへたばっていただろう。今夜の宿の問題は残るにしても、今は休むしかない。

「私でお役に立てるなら――」

という返事を彼が口にしている最中に、男は懐中電灯を片手に、もう外に出てきていた。その素早さが、なんとも不可解に映ってしまう。この家から一刻も早く離れたい。そう願っているようではないか。

……早まったか。

たちまち後悔の念を覚えたが、すでに遅かった。

「よろしゅう頼むわ」

あとは任せた――というよりも責任を押しつけた――と言わんばかりの顔で、男はそう言うや否《いな》や駆け出して、すぐに姿が見えなくなった。

国史は半分だけ開いた玄関戸の前で、まだ迷っていた。そこで辺りを見回した結果、左手の出っ張りが厠《かわや》らしいと分かったくらいで、この家は相変わらず謎めいている。それでも男と約束した以上、彼の家族と思しき誰かの面倒を見なければならない。何よりも彼自身が疲弊《ひへい》しており、屋内で腰を下ろして休みたかった。

「……お、お邪魔します」

戸口で声を掛けて入ったとたん、何も見えなくなる。外よりも屋内が暗いため、いきなり視力を奪われてしまう。すぐにも逃げ出したくなるが、ひたすら我慢する。

しばらく佇んだ状態のまま、目が慣れるのを凝っと待つ。やがて足を踏み入れたところが土間で、左手の手前には水回り、奥には二つの竈《かまど》、正面の狭い板間に小さな壺や食器などを並べた棚が、それぞれあると次第に分かりはじめる。水回りの隅《すみ》に釣り竿が見えることから も、前の川では魚が釣れるのだろう。

田舎の農家では特に珍しくもない間取りのため、彼も少しは安堵できたが、右手の一段上がった板間に目をやったとたん、ぎくっと身体が強張《こわば》った。

奥の壁際に敷かれた蒲団《ふとん》に、誰かが寝ている。

やっぱり病人だったのか……と合点しながらも、どうにも奇妙な違和感を覚えた。枕元の蠟燭《ろうそく》と手前の火鉢だけが、この暗がりに満ちた屋内の明かりだった。よって細部まで見えなかったのだが、それでも何処か異常である……と察することができた。

そもそも病人の枕元に、なぜ蠟燭が立っているのか。

その蠟燭の側で、ぽつんと点《とも》る小さな赤い点は何なのか。

という疑問が頭を擡《もた》げたとき、さらに暗がりに目が慣れてきた。そして違和感の正体に、はっと気づくことができた。

蒲団に寝ているのは、病人ではなく死人だった。

よく目を凝らしてみると、顔が手拭いで覆われている。

枕元の小さな赤い点は線香であり、蠟燭と共に弔いの灯になっていた。蒲団の頭に逆さ屛風《びょうぶ》が、奥の壁に逆さ箒が立てられ、掛け蒲団の代わりに逆さ着物が広げてあり、その上には鎌が置かれている。

ただ、なんとも異様だったのは、着物の下に二枚の蓑《みの》が、やはり逆向きに重ねて掛けられていることだった。そのせいで遺体が盛り上がって、まるで土饅頭《どまんじゆう》のようで気味が悪い。

屛風も箒も着物も逆様《さかさま》になっているのは、もちろん魔除《まよ》けのためである。通常とは逆にすることで、遺体を狙う魔物を惑わせる意味がある。仏が右手に頭を向けている状態から、普段は左手側を頭にして寝ているのだろう。これも内枕という魔除けになる。逆さ着物の上の鎌も、魔物が金物《かなもの》を嫌うために置かれている。

魂の抜け出した遺体は、何も入っていない器《うつわ》と見做《みな》された。

空っぽの容器を放っておくと、そこに悪いものが入り兼ねない。

この二つの俗信から、様々な魔除けが用いられるようになる。その基本となる概念が「逆さ」だった。非日常的に映る表現そのものが、魔物に対する目眩《めくら》ましとして、極めて効果的であると考えられた。

そういう意味では目の前の仏も、ちゃんと「正しい処置」が施されていると言えた。それは間違いはないのに、相変わらず彼は違和感を抱き続けていた。

あんなに奥の壁際に、どうして遺体を安置しているのか。

魔除けの装置は理解できるが、あまりにも数が多くないか。

逆さ蓑などはじめて見るが、二枚も重ねるのは変ではないか。

この場の特殊な状況が明らかになるにつれ、さらに疑問が膨らんでいく。と同時に恐怖も増していくのが、彼自身にもよく分かった。

ここまでの魔除けをしたからには、何か理由があったはずだ。

あの得体の知れない男は、いったい何に怯《おび》えていたのか。

いつの間にか日は暮れていた。すでに外は真っ暗である。お陰で屋内の様子が、奥壁の窓と右手の障子から射し込む星月の微かな明かりで、ぼんやりとながらも浮かんでいる。

国史は板間には上がらずに、その端に腰を下ろした。靴は履いたままで、そのまま土間を踏んでいる。

あの男が口にしたのは、きっと「何々寺」だったのだ。だから人名には聞こえなかった。地方に行くと僧侶のことを、寺の名称で呼ぶ場合が間々ある。犬前村も同じなのだろう。僧侶が必要なのは、仏の通夜のためか、もしくは葬儀か、それとも宗教者に縋《すが》らざるを得ない何かがあるというのか。

そんな風に考えていると、妙に後ろが怖くなってきた。背後に遺体があるせいか。かと言って正面から向き合うのは避けたい。

向かって板間の右手には障子が、左手には板戸があった。恐らく板戸の向こうは納戸《なんど》だろう。しばらく見比べたあとで、彼は靴を脱いで板間に上がると、納戸を背にして座った。仏から距離を取るためには、そこか障子の前しかない。ただ背中を預けて休みたかったので、障子よりも丈夫な板戸を選んだ。

リュックサックを下ろして横に置く。遺体は目にしたくないので、仕方なく土間に顔を向ける。しかし板間に比べると、そっちは真っ暗である。そんな闇を見詰めているのが、どうにも苦痛に感じられ出したところで、ふと肌寒さを覚えた。粗末な樵小屋などより立派な造りとはいえ、所詮は安普請のため、あちこちに隙間があるのかもしれない。初夏とはいえ山中である。日暮れと共に、ぐんっと気温も下がる。隙間風も莫迦《ばか》にできない。

しばらく我慢していたが、そのうち辛抱できなくなり、やむなく火鉢の側に移動する。そうなると火鉢を挟んだ向こうに安置された遺体が、厭でも目に入ってくる。だが火鉢に当たりながらも仏から距離を取ろうとすると、そこしか座る場所はない。

火鉢の真上には自在鉤《じざいかぎ》が下がっているため、その床下に囲炉裏《いろり》があるのかもしれない。冬の間は使って、春になると床板を嵌《は》めて仕舞うのか。自在鉤の先に肝心の鉤が見えないことからも、この推測は当たっていそうである。

囲炉裏があれば火鉢よりも、もっと明るかったに違いない。だからと言って洋灯《ランプ》でも探そうとは、まったく思わない。暗がりに慣れた目と星月のせいで、今の状態でも遺体は朧《おぼろ》げに見えている。はっきりと細部まで見取るためには、もちろん明かりが必要である。しかし、そんなことをする心算《つもり》は毛頭ない。

死んだ人間に対して、なぜ生者は忌避《きひ》感を覚えるのか。それは四つに分けられるかもしれない——と国史が考えたのは、一種の現実逃避だったのだろう。

一つ目は、死そのものに対する恐怖。誰であれ死の先は未知である。故に宗教が流行《はや》る。
二つ目は、遺体の腐敗に対する嫌悪。見た目と臭《にお》い、人間の二つの感覚に訴えてくる。
三つ目は、死者の霊魂に対する畏怖《いふ》。そのため幽霊や怨霊などの出現を恐れる。
四つ目は、死体に憑く魔物への危惧。葬送儀礼の多くが、この対策に充《あ》てられている。
彼は熟考しつつも、しっかりと頭の中でメモを取った。いずれ原稿に纏めて発表したいと思ったからだ。お陰で目の前の遺体について、少しは冷静に眺められるようになる。相変わらず明かりは欲しくなかったが、いつしか市井の民俗学者の視点で、安置された仏を観察してさえいた。

手拭いで顔は見えないが、その身体つきから女性と思われる。年齢は不詳ながら、あの男より年上ではないだろう。つまり母親ではなく妻の可能性が高い。もしくは妹か。こんな山中の一軒家で暮らしている点からも、恐らく妻ではないか。死因は分からない。病人だった印象は、遺体を眺める限りない。不慮の事故か。または……。

……あの男が殺《あや》めた。

とんでもない「死因」を唐突に想像して、国史は自分でも驚いた。だが、即座に否定してもいた。自分が殺した妻の遺体を、まったく見知らぬ山で迷った人物に預けて、わざわざ僧侶を呼びにいくわけがない。

……うん？

繁々《しげしげ》と仏を見詰めているうちに、彼は奇妙な既視感を突如として覚えた。逆さ着物と二枚の逆さ蓑で覆われているため、遺体の着衣は定かではない。にも拘らず知っているような気がした。ちゃんと立っている姿で、彼女を目にしたことがある。そういう感覚に襲われた。

あぁっ……。

その直後、ぱっと脳裏に浮かんだのは、崖の上から見下ろしたとき、山路の端に佇みつつ右手を振っていた人物だった。

左手を挙げて山路を指し示した人の顔は……。

……手拭いで覆われていたのではなかったか。

とっさに外した視線を再び遺体の顔に向けると、いつの間にか手拭いが半分ほど捲《まく》れており、左の半顔が覗いている。その左目は開いたままで、虚《うつろ》な瞳が中空を見詰めていた。

ぐるるっと左の眼が蠢《うごめ》いて、こっちを見た……という妄想に囚われそうなほど、彼は慄《おのの》いた。如何に隙間風があるとはいえ、手拭いを動かす力があるとは思えない。では、どうして捲れているのか。

……がりぃ。

微かながらも忌まわしい物音が、遺体の辺りで聞こえた。まるで手の爪によって、板間を引っ掻いたような音である。

隙間風が何かを動かしたに過ぎない。そう考えたかったが、該当するような代物《しろもの》が少しも見当たらない。それに手拭いの件はどうなるのか。

……ずるるっ。

残りの手拭いが完全に捲れて、顔の向こう側へ落ちた。今度は彼も、はっきりと目にしている。しかしながら原因は、さっぱり分からない。

……がりがりぃ。

先程よりも強く板間を引っ掻く音が、暗がりの屋内に響く。この悍《おぞ》ましい物音の出処《でどころ》も、相変わらず不明である。

……ざっ、ずっ。

そこに新たな音が加わった。衣擦《きぬず》れのように感じるが、何処から出ているのか。そもそも衣擦れを起こせる存在は、彼しかいないはずなのに。

……ずずっ、ざっ。

その正体は謎ながらも、かなりの禍々《まがまが》しさを覚える。何の音なのか理解したとたん、精神に異常を来すのではないか……と本気で恐れるほどの怖気が、彼に取り憑いていた。

……逃げるべきではないか。

盛んに本能が警告を発している。こういう場合の心の声は、不思議と当たる。しかし一方で、この不可解な現象の原因を突き止めたい。そう願う自分がいることを、彼自身もよく知っていた。

いったい何が……。

起きているのかと考えて、安置された遺体の隅々まで目をやって、ようやくその現象に気づいた。

ずずずっ……と少しずつ遺体の頭が動いている。

このままでは死人の顔が、こちらを向くことになる。

と察するや否や、彼は板戸の前に置いたリュックサックなど放置して、土間に脱いだ靴も手摑みにした靴下のままの状態で、その家から脱兎《だっと》の如く逃げ出していた。

何度も転びそうになりながら、這々《ほうほう》の体《てい》で橋を渡る。渡り切ったところで、ようやく靴を履く。それから山路を駆け出し掛けて、ちらっと家に目をやった。たちまち見なければ良かったと激しく後悔したが、もう遅い。

家の裏の暗がりから、ぬっと真っ黒な顔が覗いていた。

逃げ出す国史を見咎めるかのように、凝っと見詰めている。

あれは奥の壁際に安置されていた遺体が、むくっと起き上がって壁を通り抜けて、家の裏側へと出た姿ではないのか。慌てて逃げ出す彼のあとを追って、彼女も家から出てきたのだとしたら……。

国史は夜の山路を犬前村へ向かいながら、絶えず後ろを振り返り続けた。その行為を止めることが全然できなかった。

あれが追い掛けてくるかもしれない。

という恐怖がどうしても払拭《ふっしょく》できずに、ずっと彼に付き纏った。

……した、したっ。

暗がりの山路の背後から、あれの足音が今にも聞こえそうだった。

……ひた、ひた、ひたっ。

しかも突然、その足音が追い上げてくる。そんな妄想に囚われた。

もっともお陰で、両足は棒のように疲れていたにも拘らず、ほとんど早足で歩くことができた。そのため犬前村には、ほぼ一時間で着けた。

幸いにも木俣の紹介状は上着の内ポケットに入れてあったので、そのまま小学校教師の家を訪ねる。これまでの事情を話すと駐在の巡査が呼ばれ、同村の寺にも使いが出された。しかし詳細が分かる前に、あまりの過労から彼は寝入ってしまった。

翌日の朝、とにかく国史は中学校へ急いだ。それでも無断の大遅刻は避けられず、副校長には大問題だと騒がれた。しかも間の悪いことに、この数日後に学校長が持病で入院する。彼への風当たりが強まり、当分は大人しくせざるを得なくなった。この頃から教師としての仕事も、ぐんと増えはじめた。

斯様な雑然紛然《ざつぜんふんぜん》が続いたため、あの一件が気になって仕方ないながらも、何もできずに歳月だけが流れて、結局そのままになった。

国史は民俗採訪を控える反面、民俗学関係の文献を読み込む日々を送る。その結果、いつしか彼は市井の文献学者になっていた。ただし教職から離れて、念願の民俗学者になれたのは、定年退職後のことだったという。

＊

この話を語り終えたあと、Nが何とも言えぬ表情で、

「どう思われました？」

と尋ねたのには、果たして如何なる意図があったのか。ホラーだけでなくミステリも書く作家として、こちらの意見を求めたのだろうか。

今となっては確かめようもないが、僕なりの考えもあったので、すぐに返した。

「男と仏さんの関係は不明ですが、お話を聞いている間、僕も国史さんと同じ妄想を抱いていました」

「つまり二人は夫婦で、男が妻を殺した……と？」

「それも国史さんが家を訪ねる、ほとんど直前だったのかもしれません。要はとっさに起こった、発作的な殺人ですね」

「ほうっ」

Nの感心するような相槌に、僕は励まされつつ、

「だから国史さんの気配を察して、男は屋内の明かりを消した。そして逆さ屏風などの葬送儀礼を、急いで遺体に施した」

「何のためにです？」

「国史さんを脅かして、一刻も早く家から追い出す——それが男の目的でした。本当なら家に入れることを断れば良かった。しかし国史さんの玄関先での説明を聞いて、簡単には追い返せないと悟った。とはいえ家には、自分が殺めた妻の死体がある。そこで一連の準備をしてから、犬前村の寺に行くと嘘を吐《つ》いて、家を出たのです」

「準備とは葬送儀礼ですね」

「それだけでなく、他にも色々とありました。自在鉤から鉤だけを外して、釣り糸を結びつける。そして二枚重ねの逆さ蓑で盛り上がった遺体の向こう側に、それを置いて隠す。遺体の顔を覆う手拭いの端に、やはり釣り糸を結びつけ、その先端を奥の壁際に向けておく。釣り糸で作った輪を遺体の左耳に掛けて、その先を首の下に潜らせて向こう側に出す。ここまでの準備をしたうえで、三本の釣り糸の先端を、奥の壁の隙間から外へ出しておく。安普請で隙間風が吹くような家ですから、釣り糸が通るくらいの小さな穴は、きっと容易に見つかったでしょう。他にも釣り糸の仕掛けは、あったかもしれません。こういう用意を済ませたうえで、男は犬前村へ行く振りをしたあと、そっと家の裏まで戻ります。そして屋内の様子

を窺いながら、釣り糸を操った。手拭いを少しずつ動かして遺体の顔を露わにする。鉤で床板を掻く。極めつけは遺体の顔が少しずつ、国史さんの方を向くようにした。そういう脅かしをしたわけです」

「つまり逃げる彼が目にした、家の裏から覗いた顔とは……」

「犬前村に行ったはずの男でした。国史さんが完全にいなくなったかどうか、それを確かめたかったのだと思います」

「しかし彼は、犬前村の小学校教師の家で、自分が見たことを話しています。その結果、駐在まで出てきているのですから、男は逃げられなかった……ということになりますか」

「男としては、とにかく遺体のある家から、国史さんを追い払いたかった。その後どうするかは、あとから考えるしかない。それほど追い込まれた状態だったわけです。国史さんが犬前村方面に向かったため、遅かれ早かれ男の家に死体があると、村の駐在にも伝わる。そう男は覚悟した。警察で調べられると、他殺だと分かる。恐らく男は、国史さんの姿が見えなくなるのを待って、すぐに逃げる準備をした。最初に家を出たとき、そのまま逃亡しなかったのは、隠していたお金を取り出すのに時間が掛かるなど、きっと何か事情があったのだと思います。そこから犬甘村の方面か、まったく別の方角か、とにかく男は逃亡したのでしょう」

「……怪談だと思っていた話が、謎解きミステリに変わりましたね」

しきりに感心するNに、僕は慌てて断った。

「この解釈は僕の、あくまでも妄想のような推理で、何の証拠もありませんから……」

「いえいえ、ちゃんと筋は通っています。とても面白かったです」

Nは微笑みながら、盛んに僕を褒めていたが、

「そう言えば……」

と続けたあと、

「国史が崖下の山路で目にした人物と、遺体が似ていたという話がありましたが、あれはいったい……」

僕が無言で首を振ると、たちまちNの表情が曇った。こちらの仕草を、果たして彼はどう受け取ったのか。

その後もNとの付き合いは長く続いた。しかしながら国史の話を蒸し返すことも、他の怪談に解釈を求めることも、彼は二度としなかった。

牧野修

骸噺《むくろばなし》三題　死に至らない病の記録

●『骸《むくろ》噺《ばなし》三題　死に至らない病の記録』牧野《まきの》修《おさむ》

《異形コレクション》常連の牧野修に、かつて吸血鬼をテーマにした第37巻『伯爵の血族　紅ノ章』への寄稿を編集氏が依頼した際、〈ゾンビ〉テーマの第6巻『屍者の行進』に書きたかったのだということを切々と訴えておられたと聞き及び、ゾンビ・テーマは多くの作家にとっても憧れのモチーフなのかもしれないと再認識するに至ったが、牧野修は単著でも、極めて独創的なゾンビ作品を書いている。

『死んだ女は歩かない』（幻狼ファンタジアノベルス）は全三冊の長篇。〈医療虫〉という一種のナノテクノロジーが暴走し、これに感染すると男性は人喰いの生ける屍者となり、女性は異能者になる、という設定。治安部隊の隊長となった女性が、「死んだ男たち」とバトルを繰り広げるSFホラーアクションだった。なるほど、牧野修のゾンビ愛は筋金入りである。

さて、満を持して本書『屍者の凱旋』に参加した牧野修作品は、生ける屍者の年代記である。太古の時代から、異形の未来まで、三つの時代の物語を描いた「骸噺三題」。

このめくるめくイメージの奔流《ほんりゅう》は、ホラーとしても、SFとしても、牧野修作品の理想郷かもしれない……そんな感慨すら抱かせてくれる、屍情あふれる絶品である。

1．それは深海からやって来た　It came from the deep sea

深い深い海の底からそれは長い時間をかけてこの国へとやってきた。

今から四百万年あまり前のことだ。

本来住む場所が異なり、まず出会うことのなかった二種の生き物が、その時奇跡的に出会った。一つは巨大なサメの祖、メガロドン。そしてもう一つは、群れを離れ迷い出てきた人魚だ。そして、その巨大なサメの祖は、人魚の肉を食ってしまった。

かくしてその巨大な鮫、のちに鮫帝《こうてい》と名付けられたメガロドンは、不死となった。不死ではあるが、不老ではない。メガロドンはほかの生命ではあり得ない時間をかけてゆっくりと老いていった。彼が人魚を食べてから百七十万年後、氷河期に適応できぬまま寒さで死んでいく仲間たちを見送り、彼はメガロドンの最後の一頭となった。それでも彼は死ぬことを許されなかった。深海の生き物もどんどん様変わりしていった。その様を海の底の底で彼はじっと眺めていた。

不死となって二百万年ほど経過したときだ。普段彼のいる深海にはマリンスノーも届かないのに、その時は気づいた時からずっとマリンスノーが降りしきっていた。

光も届かない深海で、彼は長い時間をかけて物が見えるようになっていた。明暗を識別する桿体細胞《かんたいさいぼう》が長い年月で高度に発達し、わずかな青い光を、詳細まで判別することが可能になっていたのだ。

その目が、終わることなく降りしきるマリンスノーを捉えていた。幾重《いくえ》にも塗り重ねられた繊細な青のグラデーションの中を、無数の淡く儚《はかな》い光の切片《せっぺん》が、散歩する蝶の群れのようにゆらゆらと降る。降り続ける。

そして彼は唐突に自分というものに気が付いたのだった。稲妻に似たその閃《ひらめ》きは、衝撃の波となって巨大な彼の身体に瞬《また》く間に広がっていった。

あまりにも深海の雪が美しかったから、と言えば擬人化が過ぎるかもしれない。だが間違いなく、その深海の景色が彼に、自我に近いものを与えたのだ。そして彼は身悶えした。苦しかったのだ。肉体的な痛みなどとうに失せていた。だからそれは、心の痛みだった。もっとも原始的な魚の、小さな小さな脳が自我を生み出した瞬間だった。

生まれたのは〈私〉だ。私は私であり、そして私でないものが私を包んでいる。例えばあの降りしきる深海の雪のような何かが。つまり彼はその時に〈世界〉をも感じ取ったのだ。

彼の寿命と同じく久遠《くおん》の果てへと通じるであろう〈世界〉は、ただただ昏《くら》く恐ろしいものだった。その中心で動き考える者は、彼しかいない。そのことにも彼は気づいていた。きりきりと身悶えしたいような痛みを彼は感じた。彼の感じた痛みは、苦しみであり哀しみだった。彼は孤独というものを感じ取ってしまったのだ。

突然迷子になったことに気づいた幼児のようなものだった。子供なら泣き叫ぶところだろうが、メガロドンは泣くことも叫ぶこともできなかった。

代わりに彼は何万年かぶりに身体を動かした。動くことについていけず、皮がはがれ、肉が千切《ちぎ》れ落ちた。それでも彼はゆっくり、ゆっくりと移動を始めた。仲間を求めて。

海溝をのろのろと進む彼は、死んではいなかった。だが生きているわけでもなかった。生死の境界《あわい》で時間は停まっていた。変質して石のように硬化していた彼の肉は、しかし腐り落ちることがなかった。深海では微生物の分解速度が百分の一程度になることが記録されているが、それにしても何万年の月日で腐敗しつくさないことの説明は難しい。

ゆっくり深海を移動するメガロドンは、巨大な動くバイオマスだった。死んだ鯨が魚たちを集め漁礁《ぎょしょう》となるように、その巨体を無数の奇怪な深海の生き物たちが生活圏としていた。それぐらい彼の移動はゆったりとしたものだった。

長い旅の途中にはシロナガスクジラと出会い、言葉にならない言葉で語らう時間もあった。とうとう仲間——とは言えないが友人に出会えたのだ。悠久の時間の流れの中ではほんのわずかな刻《とき》だったが、それでもそれはいつまでも忘れられない彼の記憶の一つとなっている。漁礁となったメガロドンは、生物たちの家となり同時に彼らを同族だと感じていた。もし喋ることが可能であれば彼はこう言っただろう。

「みんな家族だ」

さらに何十万年かの時が過ぎ、彼は己の身体の内部で何かが起こっていることを感じていた。

浮いている。

わずかに身体が浮かぶ。浮かぼうとしている。

それは彼の身体の中でガスが発生しているからだった。腐ることのなかった彼の皮が肉が臓物が、何十万年の時を経てようやく分解されてきたのだ。それは天《あま》の羽衣でひと撫でして岩を削っていくかのような緩《ゆる》やかな反応ではあったが、それでも間違いなく彼の身に浮力を与えていった。

意思に反して、彼は浮上していった。浮力によって身軽になった彼は、海流に身を任せる。行きつ戻りつしながらも長い時間をかけて海溝から離れ、岸へと流されつつあった。新たに百万年の時が過ぎ、さらに次の百万年が過ぎようとしたとき、彼は旅の終わりが近づいていることを知った。

深海の水圧から解放されるにつれ、身体の中でガスは膨張し、そのため浮上する毎《ごと》に速度を増して海上へと向かった。

海面が近づくにつれて光は濃度を増し、彼はまぶしさに何度も眼球を反転させた。しかしそれも瞬時のことだ。瞼《まぶた》のない彼にはどうしても光から逃れることはできなかった。上昇するにつれ、光は色を増し、優しく穏やかだった青い光は息を潜《ひそ》めた。眼球を刺す暴力的な極彩色《ごくさいしき》の光が彼を苦しめた。

そして彼はついに陸へと打ち上げられたのだ。地上の光は、直接的で慎ましさを知らない。ひたすら猥雑《わいざつ》で騒々しく、野蛮だった。静謐《せいひつ》で思索的な深海とは真反対の世界だった。耐えられなかったが、意識を失うことはなかった。それでも彼に死は与えられなかったのだ。

最初に集まってきたのは海鳥の類《たぐい》だった。乾燥し始めた彼の背を、彼の肉を、鳥たちは啄《ついば》んだ。

次に集まってきたのは近くの漁港に住む漁師たちだった。遠巻きに彼を取り囲み、しばらく観察を続けていた。時々この浜にはイルカの死骸が打ち上げられることがある。それと彼とはかなり異なっていた。まずは大きさ。彼は小山ほどもあった。恐ろしく大きな口の中でピノキオ家族が三世帯ほど生活できそうだった。そしてにおい。打ち上げられたイルカはたいてい腐敗し、恐ろしい悪臭を放っていた。だがそれの、一見腐敗しているかに変質した表皮や筋肉からは、麝香《じゃこう》のような強い芳香《ほうこう》がした。

この物珍しい海辺の異物に、漁師たちは必要以上には近づかなかった。海辺に打ち上げられた海獣の死体は戎《えびす》と呼ばれ信仰の対象でもあった。海原で漁をする彼らは、その巨大な何かに畏《おそ》れる気持ちを持っていた。そして漁師たちは見ていたのだ。彼の眼を。祭で使う大太鼓ほどの大きな眼には瞼がなく、日差しの中で時折反転して白目を剝《む》いた。瞬《まばた》きをしたのだ。眩《まぶ》しくて。

つまり、生きている。

漁民たちはそう思った。

そして小《こ》一時間それを見守り観察し、ようやく一人の男がそれに触れた。何も起こらなかった。次の男が触れる。何もない。その次の男はさらに近づく。何も起こらない。豪胆な者から臆病な者まで、やがて皆はどんどん大胆に触るようになり、とうとうその一部を切り取る者が出た。それでも何も起こらなかった。

瑞兆《ずいちょう》だ！

男は切り取った肉片を掲げてそう宣言した。それを聞き、多くの人々がその肉を持ち帰った。やがて噂を聞きつけて、マスコミが訪れるようになった。ニュースが流れ観光客が集まった。さすがにこの頃には周囲に立ち入り禁止のバリケードテープが張り巡らされていた。昼間は警備の人間が付いた。この不可思議な生き物をどうするか、その判断のための調査が長々と続いた。

　彼はすべてを運命に任せていた。深海に比べたらここは地獄だった。彼は何百万年かぶりに心から死を望んだ。死を願った。そして祈った。

　そしてようやく、彼が彼であることを支えていた何かが寿命を終えた。

　腐臭が漂うようになった。この巨大な生き物（この時にはすでにマスコミによって鮫帝と名付けられていた）はとうとう本当に死んでしまったのではないか。

　その噂が広まるよりも早く彼の腐敗は進んだ。胸鰭《むなびれ》がおずおずと持ち上がっていく。生きているからではない。体内の腐敗が進み身体が膨張しているからだ。専門家たちはすぐそのことに気が付いた。早急《さっきゅう》に、速《すみ》やかに解体してガスを抜くことが必要である、という調査報告書を書き上げ、自治体の対策本部に提出した。対策本部はそれに目を通し、数人を経ていくらかの訂正を加えてから、国に解体の許可を求めた。解体の許可が出るのを待っている間に、彼の鰭は、まるで万歳でもするかのように持ち上がっていた。すでに誰が見ても膨張し始めていることが見て取れた。時を同じくして領民たちが持ち帰った彼の肉が、悪臭を放ち始めていた。ドロドロした腐液を垂らし始めるころには、おおよその肉片はゴミ箱に捨てられていた。

　そして早急でもなく速やかでもない解体の許可が下りたとき、四百万年の長旅を終えたそのメガロドンは、すさまじい爆発音とともに四散した。

周辺の住民はある程度避難していたのだが、爆散した彼の肉体は霧状となってこの港町全体に降り注いだ。

四百万年の時を経たのは彼だけではなかった。彼の身体に巣食う菌も同じ年月を過ごしていた。細菌は世代交代が早い。深海という環境はそれを大幅に遅らせはしたが、それでも四百万年の間にそれは大きく姿を変えていた。彼に不死をもたらした人魚の肉の中の未知の細菌は、飛沫《ひまつ》を通して広く感染を広げていった。そしてメガロドンに知性を与えたそれは、人が人として生きるための意識の座を真っ先に破壊した。

最初はその漁村に住む人たちに若年性の認知症患者が急激に増えた。あっという間に村全体が街を徘徊する新種の認知症患者に占拠された。そしてその後、さらに最悪の事実を知らされる。この新しい認知症患者は、数日後には脳死状態となり、しかし死ぬことのない肉体は、恐るべきことに人肉を求めたのだ。人食いの死者たちは悪疫《あくえき》として村から町へ、そして県全体、日本全土へと広がっていった。日本への核攻撃を大国が真剣に検討し始めた頃、すでに不死の感染症は世界へと広がっていた。人魚の肉を食べて不死になった古代生物は鮫帝だけではなかったのだ。続いてネス湖で不死となった首長竜《プレシオサウルス》が発見され、さらにアメリカ、バーモント州から、そしてカナダのオカナガン湖からも同様の巨大生物が発見された。なぜかそれらの古代生物はこの時一斉に寿命を迎えたのだ。それでもいくつかの不死の古代生物は生きたまま捕らえられた。わずかばかりのその個体は、その後にこの現象を解明するのに非常に役立った。その結果、世界中の科学者たちの不断の努力により、かなり有効な特効薬とワクチンの開発に成功した。こうして人類はようやくこの未知の病を抑止することが可能となった。希望の誕生だ。かくして長くにわたって続いた混乱は収拾したのだった。

爆散したメガロドンの肉体は腐臭を放っていたが、それに感染し歩く死者となった者たちは、鮫帝がそうであったように麝香のような香りがした。とはいえそれが人食いの怪物であることに変わりはなかったが。

鮫帝を祖とし拡散していった歩く死者たちは麗体《ビューティフル・デス》と名付けられ、この病は麗死病《れいしびょう》と呼ばれるようになった。その名を付けたのは患者たちの家族が作る自助グループ及びそれに協賛していた葬儀社だった。ゾンビ、という言葉をマスコミが使わなくなったのもそれらが圧力団体として力を発揮したからだ。

こうして人は皆、生ける死体と共存する道を選んだ。

2. 死体と遊ぶな子供たち　Children Shouldn't Play with Dead Things

　さて、ご遺体は規定通り四十八時間の観察期間を置き、お医者様の再診の結果、蘇られたことが確定しました。今後遠藤《えんどう》様のご遺体は、御麗体《ごれいたい》となります。

　御麗体はリサイクル法により、火葬土葬が禁じられています。公の回収業者に頼みますと無料ですが、冠婚葬祭のヒシウラ会では、自社独自の回収システムを持っておりまして、弊社にお任せいただけましたら些少《さしょう》ではございますがお礼金として葬儀代金よりお値引きさせていただきます。いかがなさいます。……はい、そうですねえ、八割以上のお客様が私どもにお任せくださいます……かしこまりました。ありがとうございます。それでしたら早速《さっそく》御麗体お見送りの儀の説明をさせていただきます。はい？　土葬火葬でなくご遺体をどうするか、ですか。うん、まあ分散葬と言いますが、詳細はあまり知らない方が良いかと思うのですが……知りたいと……どうしても。はい、そうですね。こちらといたしましてもお客様にきちんと理解していただいたうえで選んでいただいた方がありがたいので、少々長くなりますが詳しくご説明させていただきます。

亡くなりますと。まず最初に内臓から腐敗していきます。正確に言うと麗腐菌《れいふきん》によって発酵が始まります。いわゆる麗腐が起こるわけですね。御麗体は醗酵する過程で液化ガスを発生します。世間で麗腐油《れいふゆ》と呼ばれるものです。……そうですね。以前はゾンビ油と言っていたのですが、ちょっと差別的なニュアンスがあるということで、今は麗腐油と呼ばれております。で、これが石油に代わるカーボンニュートラルなエネルギーとして注目されていることはご存じかと思います。

さて、内臓は新エネルギーに使われるためにガス精製工場へと運ばれます。残る筋肉と腱《けん》は麗腐が少し遅れます。麗腐菌に侵され不死となった筋肉は麗腐化する過程で生み出した麗腐油をエネルギーとして長期にわたって動き続けることが可能です。これを利用したのが医療用代替筋肉です。現在移植用人工筋肉として多くの人々の命を救っています。

長々と説明してまいりましたが、このように御麗体はほとんどすべての部位がリサイクル可能です。人以外の生き物に感染してもこのように役に立つ麗体にはなりません。人間のご遺体だけがこのように活用されるわけです。これもまた神様仏様のお導きかと存じます。

というわけでして、御麗体は分散葬され、用途に応じてそれぞれが活用される場所へと運ばれるのです。

えっ？　ばらしてしまうのか、って……それは言葉の選び方がちょっと乱暴かと思います。

いわゆる献体と同様、人の、大きく言うなら人類の幸せに貢献できるわけですからね。弊社の人間はだれ一人としてご遺体をおろそかに扱う者はおりません。みんな敬意をもってご遺体と接しておりますので……はあ、確かにそれなりの金額で御麗体は売買されているわけですが……ええええ、よくご存じですね。確かに御麗体は裏で高値で売買されているらしいですね。えっ、ぼろ儲《もう》けって、それはありませんよ。SDGsっていうんですか。あくまで社会貢献ですよ。はい、はい、はい、はい、そうですね。その通りでございます。はいはい、はい、その辺り上司とちょっと相談して、また後日……待てない。そうですよね。ちょっと連絡しますので少々お待ちいただけますか。

　それでは皆様、今から御麗体さまお見送りの儀を執り行いたいと思います。喪主はこちらに、ご親戚の方も、お見送りケースの前にお集まりください。ケースの両脇に立っておりますのは腐乱兵衛《ふらんべい》と申しまして、今から灯明《とうみょう》を灯させていただきます。ほら、奇麗でしょ。かわいらしいでしょ。犬の御麗体はね、常に身体からガスを放っておりまして、このように御灯明として死者のお見送りを手伝ってくれます。

　さて、すでに御麗体さまは四十八に分割されております。喪主様はこちらに来て、頭部をお預けいたしますので、こちらで支えていて下さい。えっ？　猿轡《さるぐつわ》はけしからん、と。まずそれは猿轡ではなく舌清めと申します。御麗体さまは、その御意志とは無関係に話をされることがあります。それは御麗体の反射的な行為でして、何の意味もありませんので、このように舌清めで静粛にしていただいております。あああああ、ダメダメ。外しちゃダメですよ。ダメダメ、それは本人の意志とは関係なく言ってるんで、ちょっとちょっと、興奮しないで、確かに殺されたとか言われるとちょっとね、いやいや、それはもう世迷言《よまいごと》でございますよ。本人の意志とは何の関係もない妄言なのでございますよ。座って、座ってください。はやく猿轡して、ああ、舌清めだ。はいはいそうですそれで大丈夫。皆さん、皆さんもざわつかないで、何か聞こえたかもしれませんが、それは口からただ息が漏れるだけの生理的な現象でして、何の意味もありません。落ち着いて、落ち着いて。ええと、ご家族の方からこちらに来て、一つ一つ桐の箱に入っております。中は手の指です。ご家族分ありますから、慌《あわ》てずに、開けないでください。入ってますよ、そりゃ。勝手に処分なんかしてませんってば。皆さん、慌てないでください。ご親戚の分もきちんと用意しておりますから。ご主人、御麗体の頭を殴るのをやめてください。それはお父様の御麗体ですよ。失礼なこと言ったとしても殴っちゃダメです。奥さんも笑ってないで止めてください。ご家族にいきわたりましたね。それでは今から葬礼車へと運び入れます。そこから先は、御麗体専門の再生場へと運ばれ、世間様のお役に立つわけでございます。ご主人、こちらです。そうです。そこで職員に手渡して、投げないでください。そうそうそうです。ご家族の皆さんも順に渡してください。これが最後のお別れとなりますよ。ご親族の皆さんも、箱を持って並んでください。中身を見ない。入ってますよ。きちんと入って……ちょっと待って。今そこの人、ポケットに御麗体を二、三個突っ込みましたよね。はっきり見てましたよ。高額なので時折あなたのような……えっ、叔父貴を泥棒扱いする気かって、そうおっしゃられましてもですね、今そのポケットに、あああああ、逃げた逃げた。その叔父貴って人ちょっと追いかけて。誰か、誰か！　これだから低所得層相手の低価格家族葬を引き受けるのを止めろって、イタイイタイ、ご主人なんで私の腕を、馬鹿にしてません。馬鹿にしていませんってば。ちょっと折れるよ。ダメダメそっちには曲がりませんってば、いててててて、ヒトゴロシ！　あんたほんとに人殺ししたんじゃないのか……いてて、反対に曲げるな。曲げるんじゃないよ、クソ貧乏人が。警察、警察。誰か、ケーサツ呼んでください！

3. 釣り堀にて　In the Fishingpond

天使気取りで散歩するにはいい日和《ひより》だった。

死のにおいがする。

春の終わりの昼の光のにおい。

何となく後ろめたいような気分になるのはなんでかわからない。いや、本当はわかっている。神の下働きをやらされているからだ。何というか、裏切っている感じがする。何を。人類を。

小学校でも中学でも、先生側に立って生徒指導を手伝わされると、それがどれだけ正しいことであろうと、なんだか後ろめたい気分がするのだよ。神であるならその正しさが絶対であるが故に、余計後ろめたい気分になるのだ。わかっていただけるだろうか。

光のにおいを嗅ぐ。それは暖かく柔らかく、少し、ほんの少し甘い。太古と呼ぶにもあまりにも古《いにしえ》に太陽から放たれた、黄金の汗のにおい。それは華やかで切なく、子供の頃の思い出に似ている。というようなことを考えてしまうのは、感傷への逃避だな。

というわけで自己紹介をしておこう。俺は神代行業を営んでいる。要するに天使業だ。いつだって天使が微笑《ほほえ》まない方に立っていた俺が、なんでそんな仕事をしているのか説明しだすと話は長くなる。クレマンラムのヴィンテージものを奢《おご》ってくれるなら、いくらでも付き合うよ。連絡をくれ。仕事を済ませたらすぐに駆け付けるよ。

でも今は……路地を折れる。

方向音痴の俺は地図ソフトの命じるままに移動中なのだ。

今年の冬は生きるか死ぬかの選択を迫られるような寒さだった。路上で寝泊まりしている知人たちが何人も死んだ。所謂行旅死亡人《いわゆるこうりょしぼうにん》になるわけだが、例の病に感染していることが確認されたら、比較的早く処分される。麗体は高く売れるからだ。酷《ひど》い世の中だよ。とうとう死すら不平等な世界になってしまった。誰もに平等に死が訪れた時代が懐かしい。貧乏人は静かに死んでいることすら許されないんだ。

そう。死者が歩き始めたからだ。その時点で世界の理《ことわり》が書き換えられてしまった。旧態の科学が終焉《しゅうえん》を迎えたように言う人間もいるがそうじゃない。今までの仕組みが否定されたわけではないのだ。ただ科学をも含むより大きな理の存在が現れただけなのだ。たとえ量子力学が生まれようと、特定の条件下では相変わらずニュートン力学は正しい。変わらない理は変わらず真実であり続ける。だが死者は歩く。当然それ以外にも、それまで魔法だのなんだのと同様に思われていたあれやこれやも、科学同様にこの世に存在することとなった。

で、俺みたいな凡人が神の片棒を担がされることになるわけだ。看板が見えてきた。〈フィッシュセンター下柳《しもやなぎ》〉だ。

ちょっと見る限りは廃《すた》れた食品工場か忘れられた港の倉庫を思わせる。陰気な建物だった。アルミの安っぽい扉を開く。もわっと湿気を帯びた風が吹き出してきた。テニスコートがたっぷり二面は取れそうな二階まで吹き抜けの大きな建物。その大半を占めているのはプールだ。青黒く濁った水で満たされている。ここは釣り堀なのだ。

ところでどうして化け物退治に向かう人間は夜を、そうでなくとも夕暮れ近くを選ぶのだろうか。どうせ夜の忠実なしもべに違いない化け物が相手なら、よく晴れた日中を選べばいいのに、常々俺はそう思っていたのだが、何となくその理由が分かった。夜に潜む連中は昼も夜も関係ないような場所を居場所とするわけで、結局いつ訪れようと同じなんだ。

見回してもここには窓が一つもなかった。煤《すす》けた蛍光灯の侘《わび》しい灯かりが水面を照らしている。あまり士気が上がる場所ではない。

「目方？　時間？」

灰色のくたびれた制服の男が、いつの間にか背後に立っていた。何となく蜘蛛《くも》を思わせる、痩せて長身の若い男。胸に〈フィッシュセンター下柳〉の刺繍《ししゅう》がある。

「時間、かな」

「じゃあ、そこの券売機で遊びたい時間分チケット買って」

この陰気な釣り堀に相応《ふさわ》しい陰気な男だった。横に「地縛霊」とキャプションが入っていたら、ああそうですかと思うだろう。

券売機で一時間分の料金を入れてチケットを受け取る。

「あっ、これ領収書もらえる？」

後ろで背後霊のキャプションとともに立っていた男は、ゆっくりと首を横に振った。そして釣り竿を差し出す。

「はいこれ釣り竿。針はもどりがないから釣ったらプールに戻して。所謂キャッチアンドリリースね」

言いながら俺の手からチケットをもぎ取った。

「あのさあ、この子を知らないかなあ」

俺は胸ポケットから一枚の写真を取り出して男に見せた。

「川谷《かわたに》ひまり。十二歳。先月母親と一緒にこの近所のスーパーに来て、買い物中にいなくなった」

「あんた、何者」

「天使……代行かな」

「天使ってのが神の代行じゃないの」

「じゃあ神の孫請けって奴かな」

「ふざけてんの？」

「真面目な人間でね。生まれてから一度もふざけたことがない。で、知らない？　この女の子。麗死病に罹《かか》ってたんだけどね、この近くにある葛西《かさい》不死クリニックって、麗死病のワクチンを扱ってるんだよね。この子はそこで治療中だったんだって」

「なんでこの釣り堀に」

「この釣り堀の近所で少女の行方不明者が続出してるんだよ。その誰もがあの葛西不死クリニックで治療してたらしいんだよ」

「だから、なんでこの釣り堀に。まさか近所だからってことだけで来たわけじゃないだろ」

「天使代行の方はいいの？」

「はあ？」

「俺が天使の孫請けっていうのにはすぐ納得して、なんでここを選んだかが気になるんだ」

「死者が歩き始めたこのご時世だ。天使代行ぐらいじゃ驚かないね」

「じゃあ、ここを選んだのは天使情報だ。それで納得？」

「本当に天使代行か」

「結構天使っぽいと思うけどな」

「少なくとも神秘的じゃない」

「申し訳ないね、凡庸《ぼんよう》な天使代行で。で、天使代行ってのは認めてもらえた？」

「ここはただの釣り堀だ」

「オフィーリア機関《エンジン》って知ってるよな」

男は黙って俺を見ている。俺は話を続けた。「知らないって言う方が嘘になる。あちこちで話題になってテレビでも取り上げられていたからな」

女児の中で繁殖する麗腐病菌の中に、ある種の酵母菌と似た働きをする変異種が誕生した。その麗腐病菌はアルコールや炭酸ガスを醸《かも》すのではなく、エネルギーを生む。何のエネルギーかというと、ゾンビ化した肉体を動かすエネルギーだ。普通その力は自らの肉体を動かすことのみに使われる。が、ある種の女児の麗体は、汎用性《はんよう》が高く大出力のエネルギーを生み出す。そのエネルギー、およびそのエネルギーを利用したシステムの総称がオフィーリア機関だ。死者の有効活用に大いに役立つ存在として注目されている。

「で、その何とかエンジンって奴がここと何の関係がある」

「特殊な条件下で生まれた麗体は、オフィーリア機関の原料として高値で売買されていることは知ってるよな。じゃあ、ってそれを作ってしまえばいいんじゃないかと考える馬鹿がいるわけだ」

「いるだろうな。だが高額といっても知れている。一生を棒に振るほどの額じゃあない」

「普通の麗体ならな。だがオフィーリア機関《エンジン》に使える麗体は、一生をかける博打《ばくち》をしてみる価値がある。それも十数体売り捌《さば》けば、国外に逃亡して一生楽して暮らすことが可能だ。捕まらなければな。で、オフィーリア機関ってやつは、溺死した少女の麗体からのみつくられる」

　おれはとろりとした薄暗い水面を見た。

「ちょっと安易じゃないか。この中に溺死体があるって、考えたのか」

　俺は頷く。

「まあそんなものだよ。おまえたち罪人の考えることは。無罪を主張したいのならプールの水を抜いてもらえるか」

「俺は、俺は人を殺しちゃいない。ただ麗死病の人間をさらってきただけだ。麗死病は不治の病だ。罹った時点で死んだも同然、いや、死んでいるんだよ、物理的には。だからまあ俺のしていることはせいぜい死体損壊《そんかい》、懲役三年以下の刑だ。さあ、警察を呼んでくれ。三年食らって出てきたら豪遊できるだけの金はもう稼いでるよ」

「この国の法と俺は関係ない」

「はあ？」

「それを許さないのは神だ」

　俺はホルスターから銃を取り出した。フリントロック式の古風な拳銃のような外見をしている。銃把《グリップ》から銃身まで、ゴシック建築のようにびっしりと彫刻が刻まれていた。描かれているのは聖書中の物語だ。これは銃であり、一冊の書物だった。

銃口を男に向けた。

「これは天罰だ」

中で明かりが灯ったかのように、銃全体が光りだした。白く、重い光だ。

「待て。待ってくれ。俺はクリスチャンだ。神も裏切ってはいない。神への冒瀆《ぼうとく》だと言いたいなら、それはこの麗死病という病のことだろう」

「冒瀆だの不敬だのというような問題じゃない。天罰とは冷徹で容赦《ようしゃ》のないメカニズムの一端だ。そのスイッチを押したら天罰が下る。そこに正も義もあったもんじゃないが、おまえはもともと病気の子供をさらって溺死させるような人間だ。なんで神に許されると思っているのかが不思議だよ」

その時神の銃が口を開いて、言った。

「有罪《ギルティ》！」

「ほらね。神は不寛容なんだ」

「な、なんだよ、その神ってやつは」

「不寛容な神はただ一つ。摂理を維持する世界の理《ことわり》。因があれば果に至る。神は判断しない。だからこそ不寛容。だからこそ絶対神。そして俺は摂理の奴隷なんだ。俺の判断などここにもないよ。だけど、あんたは大嫌いだけどね」

俺は引金に指を掛けた。

「弾丸は正義さ。正義は光よりもはるかに遅いが、確実に罪人の臭いを感じ取り眉間《みけん》を撃ち抜く」

男がいきなり駆け出した。

俺は同時に引金を絞った。

弾丸が歌う。

鼠《ねずみ》よ、鼠。

ささて窮鼠《きゅうそ》。

追い詰められて何を噛む。

水飛沫が上がった。

澱《よど》んだプールから巨大な何かが弾け飛ぶように出てきた。

銃口と男の後頭部を結ぶ軌跡の間に、それは立ち塞がった。

巨体だ。

筒状の胴体部に、太く長い腕と脚がついている。頭はない。なのに優に三メートルはあるだろう。胴体も腕も脚も、それの全身は身体の様々な部品を、米粒としてぎゅっと握りしめたおにぎりのような構造になっている。まるで獣を寄せて作られたアルチンボルドが描く顔のように。

幾本もの指がバナナのように実り房となった手が、正義の弾丸を受け止めていた。

コトリとそれが床に落ちるのを待たず、その異形の生き物は走り出した。前傾し、幾本もの腕をねじり編み込んだような長い腕を床につけ、四足となって突進してくる。

直径が一メートルを超える肉の筒の中が丸見えだった。そこにはテラリウムのように、流れる水を中心とした生態系が丸ごと封じられているのだが、どうやら川沿いの植物群は生きているみたいで、しかし透明な水は本物ではなく、川を模したゼリー状の物質で、その人造の川面《かわも》にドレスを着た少女のようなものが浮かんでいる。皮膚が出ている部分は少ないが、そのふやけきった皮膚は剝き出しの脳のようにぶよぶよとした皺《しわ》で覆われていた。それはその顔も同じで、魚の精巣《せいそう》じみた灰色の醜い皺に、生牡蠣《なまがき》そっくりの眼がついてるだけで、鼻も口も何もない。ラファエル前派を象徴するミレーの『オフィーリア』そのままの背景を舞台に、浮かんでいるオフィーリアが、これだ。これが、これこそがオフィーリア機関《エンジン》なわけで、さらに説明するなら川面に浮かんでいるのは麗死病に罹った少女を溺死させ醸したものであり、これを心ないやつらは溺死加工と不謹慎極まりない名で呼んでいるわけなのだが、確かに麗死病に罹った時点ですでに肉体は死んでいるので、それを改めて溺死させるというのは矛盾してはいるのだが、とにかく生ける死者となり動く少女を、いったん水につけて水死体として醸さないとオフィーリア機関は完成しないので、〈生ける死者=麗体〉は再利用の許可が受理されれば、遺体ではなく資材として扱うことが可能になるわけで、従ってそれは合法かもしれないが、だからと言ってまともな倫理観を持った人間に医学的には死んでいるとはいえ普通に動いて喋る病気の少女を無理やり溺死させるようなことができるわけがないということは理解してもらえると思うが、そのようなわけで、今のところオフィーリア機関は死者を冒瀆することなど道端の犬の糞ほども気にかけていない、つまりは麗体再処理許可など、もともと得る気もない、反社会的な輩《やから》しか手を出さないわけで等々ということをすさまじい速度で突進してくるトラック並みの巨体を見ながら——ゴリラに擬態した巨大なタコみたいだ——刹那《せつな》にだらだらと考えることが出来るのは、もしかしたら死ぬ前の走馬灯《そうまとう》的《てき》な現象かもしれないが、とにかく目前に迫る悍《おぞ》ましいオフィーリア機関に魂を奪われていたその瞬間、長く太く逞《たくま》しい腕に弾き飛ばされていた。

ダンプに撥《は》ねられたようなものだ。一緒に魂まで吹き飛ばされた。脳が蒸発してすべてが闇の中へ。で、激痛で目が覚めた。壁に叩き付けられたのだ。左脚が折れている。見ればわかる。関節じゃないところで曲がっているからだ。いつの間にか俺は怯《おび》えた犬のように唸《うな》っていた。脂汗がだらだらと流れる。

タコゴリラは目の前に立っている。

どうやら俺を殺せと命じられたわけではなさそうだ。あの男を逃がすのがこいつの目的か。

その時、歌が聞こえてきた。

鼠よ、鼠。

おお、これは弾丸の歌だ。

弾丸が目覚めたのだ。

床に落ちた弾丸がゆっくりと浮かぶ。

鼠よ、鼠。

さてさて窮鼠

ひゅん、と音を残し弾丸は開いた扉から男を追って飛び出ていった。

追い詰められて何を噛む。

歌声が消えていく先で、悲鳴が聞こえた。男の頭を弾丸が貫いたのだ。

「なあ、タコゴリラ。残念だがお前はしくじった。もう用無しだよ。窮鼠が噛むのは、臍《ほぞ》が精一杯なのさ」

せっかくの俺の名言を無視してそいつは俺へと近づいてくる。逃げようと思うのだが、立ち上がることすら出来ない。痛みを堪《こら》え、両手でずるずると後退《あとずさ》りするのが限界だ。

俺の真横にまで来ると、そいつは小さな指を新芽のようにびっしりとはやしたでかい脚で俺を踏みつけようとしてきた。

間一髪で俺は横に転がる。また踏みに来る。また転がる。

ただ転がるだけでも悲鳴が漏れる。今度は俺の方が窮鼠だ。だが、とりあえずはこいつの動きがそれほど素早くなくて良かった。

俺は何度も丸太のように転がった。

何度もしくじって、焦《じ》れたそいつは身体を前に倒して長い腕を伸ばしてきた。

またオフィーリア機関が丸見えになった。

もちろん俺はこの瞬間を待っていたのだ。

「あんたを無事に神様とやらのところへ送ってやるよ」

銃口をその額へと向ける。

有罪《ギルティ》。

神の審判が下されると同時に引金を絞った。

銃火はまっすぐ顔へと伸びた。

発射された銀色の弾丸が、ゆっくりと回転しているのが見えるぞと思っていたら空中で止まった。これはどうやらまたもや時間が引き延ばされているのではないだろうか、ってことはちょっと待てよ俺は今この時死にかけてるってこと？　などと自問していると、少女の眼が開いた。

瞳が見えた。

色でいうなら青か緑なのだろうが色で例えようとすることがそもそも間違っているのかもしれない。おそらくそれはとても永遠に似ているのだ。そう言えば青空も紺碧《こんぺき》の海も同じなのだ。本質が色として認識されている。そしてだからこそその瞳は恐ろしかった。こちらの認識を超えてやたらでかいのだよ。見上げていると首が折れる。それどころか見つめていると目が潰れる。あなたは大きな地震を経験したことがあるだろうか。いきなりどんと世界の底が抜けたような音がして世界がゆさゆさと揺れる。世界がみしみしと軋《きし》む。

その時立っていられなくなるのは単純なバランスの問題ではないのだ。それは世界というものに対して感じている存在としての正しさがごそりと抜け落ちて奈落へ落ちてしまうという恐怖が足を竦《すく》ませているからなのだ。

ああ、そうだ。

自分で言って気が付いた。

恐怖。

それは圧倒的な孤独。耐えきれない虚無。何かが頭の中に押し寄せてくる。思い出している。俺は思い出している。経験もしていない途方もない量の記憶が俺の中へ無理やり侵入してくる。俺の考えは千の断片になって押し流され花を摘《つ》む科学者は殺しても良いという法律は身の丈八尺を越える妖精たちのパレードから生まれたそうそうほらご覧火花とともにあっという間に弾け飛ぶこども言語学者を、これはまいった、切り刻まれた俺の記憶とそれを押し流そうとする何百万年分の何かああああああもしかしたらおれはしょうきをたもてないかもしれないぞおおおおおおおおおおいかんいかん駄目だ駄目だ駄目だ駄目だ頑張れ俺に集中しろ俺がここに俺がいるいるんだあああああ耳鳴りに耳を澄ませ！

……………ノイズで脳を満たす。おう神よ。意思なき摂理よ。俺を導け

……………見える。見えるぞ。よしよしだんがんがうごきだした。ゆっくりとゆっくりと

それはゆっくりとオフィーリア機関の少女の額を——撃ち抜いた！

生牡蠣そっくりの眼が、母親の横で就眠儀式を終えた子供のように静かに閉じた。

タコゴリラから力が抜ける。

前のめりにズンドウと倒れるタコゴリラの下から転がり出て、何とか今回も無事に終わりそうだ。

円筒の中からゼリー状の液体がどろどろと流れ出る。ドレスを着た〈オフィーリア〉も一緒に流れ出てきた。見る間に腐敗していく。それはようやく真の死を迎えたのだ。俺は彼女の魂が天国に召されることを祈った。システムの神ではなく、本当の神に。天使業をやりながらこう言うのもなんなのだが、そんなもの信じてもいないのだが。さてこれから俺は天使庁本部に連絡してこのプールの底に沈んでいるであろうオフィーリア機関予備軍を回収してもらわねばならない、のだがその前に。

俺は痛みを堪えて立ち上がった。

これから一仕事残っているのだ。

まずはさっきの男が外で本当に死んでいるのを確認した。それから釣り堀事務所横の倉庫から水中ポンプを探し出して、プールに突っ込んだ。下水道に直接排水するのだ。本来でかいプールの水を抜くには水道局やら消防署やらに連絡が必要なのだが、知ったことじゃない。

こうしている間にも、俺の頭の中では何かが俺から主導権を奪おうとしている。そいつは大量の記憶で俺の頭の中を満たそうとしている。何となく俺はわかってきた。この膨大な記憶が誰の……何のものなのか。

おそらく俺はいつの間にか麗死病に感染していたのだ。聞いた話だが、感染の初期症状に、麗死病の始まりとなる不死の鮫帝《こうてい》の記憶が頭の中に流れ込んでくると。つまり麗死病患者とは鮫帝の分身となったものたちのことなのだと。

巨人が蕎麦《そば》を啜《すす》っているような音がする。そうだ、とうとうプールの水を吸い終えたのだ。やたら太いパイプだが、これだけの水を抜くのにはさすがに時間が掛かるはずだ。いつの間にかすっかり日が暮れてしまっていた。もしかしたら途中で気を失っていたのかもしれない。

水のないプールの底には、横たわった何十体もの少女の遺体があった。まだオフィーリア機関になっていない。顔や手足は変形の途中だ。動かないように固く縛られた少女たちは、ごぼごぼと水を吹き出しながら呻《うめ》き声を上げた。見ていられない状態のはずだ。少女たちは半ば腐敗し身体が膨れ上がっている。オフィーリアとは名ばかりで美しくはない。いや、はっきり言って醜い。顔形、目鼻立ち。どこをどう取っても醜い。だがそれは、それを人の顔として見ているからだ。それが人の顔であるという概念を捨て去ると、それを一個の物として見ると、驚くほどに美しいのに気がつく。目や鼻や唇や耳が、その名を剝奪《はくだつ》され目的も用途もなにもかもゼロになったとき、それらを、その区分さえはっきりしない一塊《いっかい》の造形として見れば、それは荒れ狂う海原のように美しかった。深海に降り積もるスノーダストのように美しかった。洞窟から垂れさがる巨大な鍾乳石《しょうにゅうせき》のように美しかった。

畏怖《いふ》すべき美。

唐突に俺は理解した。この知覚は、俺の五感は、もう人のものではないのだ。おそらくこれは、鮫帝の知覚であり鮫帝の認知だ。

俺はその美しき異形の神々を眺めながら考える。それは麗死病患者たちだ。醸す途中で水を抜き、おそらくもうオフィーリア機関にはなれない。オフィーリア機関が完成していたら、おそらく書類一枚で遺族の手を離れ、業者に売られ、あの化け物みたいな器に入れられいろんなところで使われることになるだろう。それを俺は台無しにしたのだ。死んだ少女たちが利用されるのが、俺には我慢できなかったからだ。それぞれが遺族のもとに帰ればいいと、俺は思っていた。それはもう神の摂理でも何でもない。ただの感傷だった。だが、今俺は麗死病患者として、鮫帝の一部として改めて考えているのだが、麗死病罹患者というものは、バラバラに解体されてそれぞれが利用されることに何か大きな意味があるのではないだろうか。俺は正しいのか。俺は本当に正義を成しているのか。結局俺は人も神も裏切ったのではないのか。今はすでに鮫帝の意識を受け継いでいるはずなのに、俺は結局優柔不断な情けない人間だった……いや、人間でもない。俺は自分の中の新しい欲望に気がついていた。そう、俺は腹が減っているのだ。何を食いたいのか。それは人だよ。人の肉を食いたい。内臓をむさぼりたい。脳みそを啜りたい。これは飢えだ。俺の肉体が要求している飢えではない。それは宗教心に似た何かによって引き起こされている強烈な飢餓感だ。

ああ、残念なことに、俺はもう、俺の処分すら自身で判断できないようだ。

俺は銃を手にした。

銃口をこめかみに当て、銃爪《ひきがね》に指を掛ける。と、銃口が静かに告げた。

有罪《ギルティ》。

俺は引金を引く。

【異形コレクション&シリーズ関連書籍】

●《異形コレクション》シリーズ

廣済堂文庫	通巻
『ラヴ・フリーク』	I
『侵略!』	II
『変　身』	III
『悪魔の発明』	IV
『水　妖』	V
『屍者の行進』	VI
『チャイルド』	VII
『月の物語』	VIII
『グランドホテル』	IX
『時間怪談』	X
『トロピカル』	XI
『GOD』	XII
『俳　優』	XIII
『世紀末サーカス』	XIV
『宇宙生物ゾーン』	XV

光文社文庫	通巻
『帰　還』	XVI
『ロボットの夜』	XVII
『幽霊船』	XVIII
『夢　魔』	XIX
『玩具館』	XX
『マスカレード』	XXI
『恐怖症』	XXII
『キネマ・キネマ』	XXIII
『酒の夜語り』	XXIV
『獣　人』	XXV
『夏のグランドホテル』	XXVI
『教　室』	XXVII
『アジアン怪綺《ゴシック》』	XXVIII
『黒い遊園地』	XXIX
『蒐集家《コレクター》』	XXX

『妖　女』 XXXI
『魔地図』 XXXII
『オバケヤシキ』 XXXIII
『アート偏愛《フィリア》』 XXXIV
『闇電話』 XXXV
『進化論』 XXXVI
『伯爵の血族　紅ノ章』 XXXVII
『心霊理論』 XXXVIII
『ひとにぎりの異形』 XXXIX
『未来妖怪』 XL
『京都宵』 XLI
『幻想探偵』 XLII
『怪物團』 XLIII
『喜劇綺劇』 XLIV
『憑　依』 XLV
『Fの肖像』 XLVI
『江戸迷宮』 XLVII
『物語のルミナリエ』 XLVIII
『ダーク・ロマンス』 XLIX
『蠱惑の本』 L
『秘密』 LI
『狩りの季節』 LII
『ギフト』 LIII
『超常気象』 LIV
『ヴァケーション』 LV
『乗物綺談』 LVI
『屍者の凱旋』 LVII

……以下、続刊予定……

●《異形コレクション傑作選》『涙の招待席』（光文社文庫）

●『異形コレクション讀本』（光文社文庫）
十周年を記念する特別篇

●《異形コレクション綺賓館》――古今の傑作と新作書下ろしの饗宴――
（光文社カッパ・ノベルス）
第1巻『十月のカーニヴァル』　第3巻『櫻憑き』
第2巻『雪女のキス』　第4巻『人魚の血』

●《異形ミュージアム》――テーマ別傑作アンソロジー――（徳間文庫）
第1巻『妖魔ケ刻――時間怪談傑作選』
第2巻『物語の魔の物語――メタ怪談傑作選』

●《タロット・ボックス》――タロットカード精華集――（角川ホラー文庫）
第1巻『塔の物語』　第2巻『魔術師』　第3巻『吊された男』

●『夢魔たちの宝箱　井上雅彦の異形対談』（メディアファクトリー）
異形コレクション参加作家20人との対談&座談会

光文社文庫

文庫書下ろし

屍《し》者《しや》の凱《がい》旋《せん》　異《い》形《ぎよう》コレクションLⅦ

監　修　井《いの》上《うえ》雅《まさ》彦《ひこ》

2024年6月20日　初版1刷発行

発行者　三　宅　貴　久
印　刷　堀　内　印　刷
製　本　ナショナル製本

発行所　株式会社　光　文　社
〒112-8011　東京都文京区音羽1-16-6
電話（03）5395-8147　編　集　部
8116　書籍販売部
8125　制　作　部

落丁本・乱丁本は制作部にご連絡くだされば、お取替えいたします。
ISBN978-4-334-10341-5　Printed in Japan

組版　萩原印刷